Een tweede kans

Van dezelfde auteur:

Chadwick-trilogie
Een tijd van verwachting
Een veilig huis
Met open armen

Een week in de winter
Een vergeten glimlach
Vervlogen tijden
De vogelkooi
De gouden vallei
Dans van herinnering
Zomerbloemen
Julia's belofte

Marcia Willett

Een tweede kans

2009 – De Boekerij – Amsterdam

Oorspronkelijke titel: The Prodigal Wife (Bantam Press, Random House)
Vertaling: Nellie Keukelaar-van Rijsbergen
Omslagontwerp: HildenDesign, München
Omslagbeeld: David Grogan / Trevillion Images
Zetwerk: Mat-Zet bv, Soest

ISBN 978-90-225-5267-4

Voor de kinderen van mijn zus
en voor hun kinderen

Chadwick stamboom

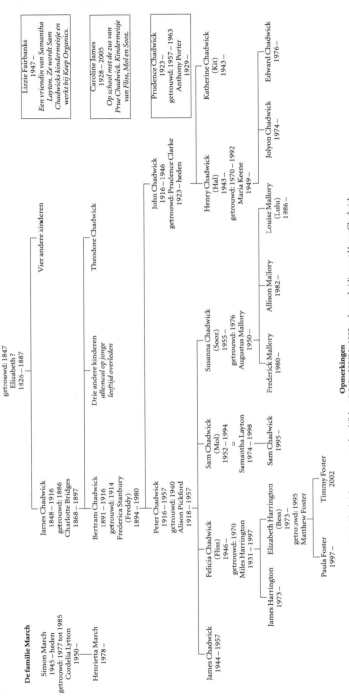

De familie March

Simon March
1945 – heden
getrouwd: 1977 tot 1985
Cordelia Lytton
1950 –

Henrietta March
1978 –

Edward Chadwick
1788 – 1881
getrouwd: 1847
Elizabeth ?
1826 – 1887

James Chadwick
1848 – 1916
getrouwd: 1886
Charlotte Bridges
1868 – 1897

Vier andere kinderen

Bertram Chadwick
1891 – 1916
getrouwd: 1914
Frederica Stanbury
(Freddy)
1894 – 1980

Drie andere kinderen
*allemaal op jonge
leeftijd overleden*

Theodore Chadwick

Lizzie Fairbanks
1947 –
*Een vriendin van Samantha
Layton. Ze wordt Sam
Chadwicks kindermeisje en
werkt bij Keep Organics.*

Caroline James
1928 – 2005
*Op school met de zus van
Prue Chadwick. Kindermeisje
van Fliss, Mol en Sooz.*

Prudence Chadwick
1923 –
getrouwd: 1957 – 1963
Anthony Porter
1929 –

John Chadwick
1916 – 1946
getrouwd: Prudence Clarke
1923 – heden

Katherine Chadwick
(Kit)
1943 –

Henry Chadwick
(Hal)
1943 –
getrouwd: 1970 – 1992
Maria Keene
1949 –

Edward Chadwick
1976 –

Jolyon Chadwick
1974 –

Peter Chadwick
1916 – 1957
getrouwd: 1940
Alison Pickford
1918 – 1957

Sam Chadwick
(Mol)
1952 – 1994
=
Samantha Layton
1974 – 1998

Sam Chadwick
1995 –

Susanna Chadwick
(Sooz)
1955 –
getrouwd: 1976
Augustus Mallory
1950 –

Frederick Mallory
1980 –

Allison Mallory
1982 –

Louise Mallory
(Lulu)
1986 –

Felicia Chadwick
(Fliss)
1946 –
getrouwd: 1970
Miles Harrington
1931 – 1997

Elizabeth Harrington
(Bess)
1973 –
getro:uwd: 1995
Matthew Foster

James Harrington
1973 –

Paula Foster
1997 –

Timmy Foster
2002

James Chadwick
1944 – 1957

Opmerkingen

Maria Chadwick trouwt met Adam Wishart (1948 – 2006) in 1995 na haar scheiding met Henry Chadwick.
Henry Chadwick en Felicia Harrington trouwen in 1998.
Meer informatie is te vinden in de Chadwick Trilogie: Een tijd van verwachting, Veilig thuis en Met open armen.

Deel een

1

Het ging steeds harder waaien. De wind rukte rusteloos aan de verweerde muren en gierde door de schoorsteen. Hij zweepte het glinsterende, maanverlichte oppervlak van de zee op tot kleine pieken en deed de stijve, geknakte varens op het klif ritselen. De rij kustwachthuisjes keek met uitdrukkingsloze ogen naar de lange golven die het zand op rolden en wegzonken, zodat er alleen fijn, zout schuim buiten het bereik van het getij achterbleef. Er schoof een wolk voor het ronde, felle gezicht van de maan. Op het steile, glibberige, met gaspeldoorns overgroeide klifpad flikkerde en danste een geel licht. Toen verdween het.

Cordelia, die tussen onrustig slapen en waken in verkeerde, schrok wakker en tuurde in het duister. Toen ze uit bed glipte en naar het raam toe liep, schoof de maan achter de wolk vandaan en wierp zilverkleurige en zwarte patronen op de vloer. Op zee zorgde de schittering van zijn stralende baan, doorbroken met licht als glasscherven, ervoor dat het water aan weerszijden ervan pikdonker was. Vroeger zou ze haar kleren hebben aangetrokken en de steile granieten trap af zijn gedaald naar de kleine baai onder het huis. Nu had haar gezond verstand de overhand: ze had morgenochtend een lange rit voor de boeg. Toch draalde ze, zoals altijd betoverd door de mysterieuze magie, en ze keek naar de zwarte kolkende vloed die de glimmende rotsen omspoelde.

Liep er iemand op het pad beneden of leek dat maar zo doordat er wolken voor de maan schoven? Aandachtig tuurde ze naar beneden, naar de veranderlijke duisternis, waar vormen donkerder en vaag werden toen er een vluchtige mist naar de rand van het klif toe dreef en daar bleef hangen. Achter haar ging de slaapkamerdeur zachtjes open en er doemde een grote, bleke gestalte op. Omdat ze aanvoelde dat ze niet meer alleen was, keek ze om en smoorde een kreet.

'Stoute McGregor, dat moet je niet doen.'

De grote, magere windhond liep zachtjes naar haar toe en ze legde haar hand op zijn ruwe kop. Samen keken ze naar buiten. In het westen, voorbij Stoke Point, kwam de logge, felverlichte veerboot vanuit Plymouth in zicht, die onderweg was naar Roscoff. Verder was er nergens licht te zien.

'Je zou toch wel hebben geblaft? Ja, als er buiten iemand was, was je aangeslagen. Blijf nou maar hier. Je gaat niet meer in het donker door het huis lopen. Hup, in je mand.'

De grote windhond gehoorzaamde, liet zich rustig op een geruite fleece deken zakken. Zijn glinsterende ogen keken waakzaam. Cordelia ging terug naar bed, trok de sprei hoog op en glimlachte heimelijk. Ze dacht aan morgen. Ook al was ze al dertig jaar journalist, het vooruitzicht van reizen en nieuwe opdrachten was nog steeds opwindend en dit beloofde leuk te worden: ze zou naar een oude *soke* in Gloucestershire rijden om de al bijna even oude bewoner te interviewen. Daarna had ze met haar minnaar afgesproken op een aak.

Uiteindelijk viel ze in slaap. De windhond stak echter van tijd tot tijd zijn kop op, zijn oren gespitst. Een paar keer gromde hij diep in zijn keel, maar Cordelia was diep in slaap en hoorde hem niet.

Ze werd vroeg wakker en vertrok meteen, zodat ze al om kwart voor acht naar het noorden reed. Het regende hard. McGregor lag elegant op de achterbank van haar kleine driedeursauto. Met vorstelijke onverschilligheid keek hij naar het doornatte landschap en toen ze bij Wrangaton de A38 in de richting van Exeter op draaiden, slaakte hij een zucht en legde hij zijn kop op zijn poten. Hij had voor vertrek even over het klif mogen rennen en het was duidelijk dat hij het daar voorlopig mee moest doen. Tussen het zingen door – ze had muziek nodig tijdens het rijden – zei Cordelia af en toe iets tegen hem en ze zag in de achteruitkijkspiegel dat er iets onder de ruitenwisser van de achterruit zat. Ze zette de ruitenwisser aan en het ding – een blaadje? – bewoog over het raam maar schoot niet los.

Cordelia zette de ruitenwisser uit en neuriede een stukje mee met 'Every Time We Say Goodbye' van Ella Fitzgerald. Ze dacht aan de *soke* en diens oude bewoner, die het geweldig vond dat er een artikel over hem in *Country Illustrated* zou komen. Ze had hem gebeld en hij had zeer vriendelijk geklonken. In gedachten controleerde ze of ze alles bij zich had. Had ze reservebatterijen voor haar cassetterecorder? Bij het benzinestation bij Sedgemoor stopte ze om McGregor uit te laten. Terwijl de hond sierlijk langs de heg liep, haalde Cordelia het doorweekte papiertje onder de ruitenwisser vandaan. Het viel bijna uiteen, maar ze zag wat felgekleurde vlekken. Ze probeerde het papiertje glad te strijken op de motorkap, drukte het water eruit en vroeg zich af hoe het onder haar ruitenwisser terecht was gekomen. Het zou wel een reclamefoldertje zijn dat op het parkeerterrein van de supermarkt eronder was gestopt, al verbaasde het haar dat ze het niet eerder had gezien. Door de regen was niet meer te zien wat erop had gestaan. Ze verfrommelde het papiertje en stopte het in haar zak. Het regende niet meer en er vielen waterige lichtstralen tussen de flarden wolken door die door de zuidwestenwind werden voortgestuwd. Ze deed het portier open, zodat McGregor op de achterbank kon klauteren, en kocht een mokkakoffie en een chocoladebroodje.

Angus belde vlak nadat ze bij afslag 13 de M5 had verlaten en in de richting van Stroud reed. Ze ging langs de kant van de weg staan en pakte haar mobiele telefoon.

'Waar zit je?' vroeg ze. 'Zijn de jongens weg?'

'Ja, die zijn vertrokken. Maak je geen zorgen. De kust is veilig. Ik ben onderweg naar Tewkesbury en hoop de nacht daar in de jachthaven door te brengen. Heb je de landkaart?'

'Ja, ik bel je zodra ik klaar ben bij de *soke*. Ik heb geen idee hoe lang het gaat duren. Hoe vonden ze het op de aak?'

'Geweldig. We hebben afgesproken dat we dit nog een keer gaan doen. Tot straks. Succes.'

Ze reed door Stroud, volgde de wegen naar Frampton Parva en stopte een paar keer om de routebeschrijving te raadplegen. Toen ze de weg met een wegwijzer naar het dorp insloeg, zag ze de *soke* meteen liggen en ze zette de auto in de berm, vlak tegen de heg. De *soke* stond aan de andere kant van de velden, aan het eind van een eigen oprijlaan; goudgele stenen, drie verdiepingen hoog, verticale raamkozijnen en maar een paar meter verderop langs diezelfde weg stond een prachtig kerkje. De combinatie van kerk en huis was ideaal en ze vroeg zich af of de fotograaf dat ook had gezien.

Cordelia liet McGregor uit de auto, in de wetenschap dat hij misschien nog lang in de auto zou moeten wachten, en genoot van het tafereel en de warme zonnestralen. Ze zag twee mensen bij de *soke* lopen: de een gebaarde, de ander had allerlei apparatuur bij zich. De fotograaf was er dus al. Hopelijk was het Will Goddard. Ze werkte graag met Will samen. Ze stak haar handen in haar zakken en haar vingers raakten de prop. Nadat ze de prop uit haar zak had gehaald, probeerde ze het papier glad te strijken, zodat het weer een herkenbare vorm kreeg. Het papier was inmiddels wat opgedroogd en ze zag nu dat er een foto op stond. Zo te zien was het een slechte kopie van een foto; twee mensen in een indrukwekkende deuropening, boven aan een trap – een hotel? – die elkaar aankeken. Het geborduurde spijkerjack leek op haar eigen spijkerjack, maar dat sloeg nergens op. Cordelia draaide de foto om, om te zien of er iets op de achterkant was geschreven. Dat was inderdaad het geval, maar de inkt was uitgelopen en de tekst was onleesbaar. Ditmaal vouwde ze het papier voorzichtig op en liet het weer in haar zak glijden.

McGregor kwam met lange passen op haar af. Met een koekje lokte ze hem de auto in. Toen hij weer netjes in de auto zat, controleerde ze haar tas: cassetterecorder, notitieblok, potlood. Ze liet haar ogen over een vragenlijst glijden om haar geheugen op te frissen en reed verder naar het hek van Charteris Soke.

Toen ze drie uur later op de aak zat en Angus theezette, beschreef ze de *soke*: de rechtszaal met de prachtige rechterstoel, die bij een oud raam met tralies ervoor stond, de gegraveerde stenen haard met het familiewapen en de geheime deur naar de toren, die ooit een versterkte schatkamer was geweest. En dan was er nog de charmante eigenaar, wiens familie daar al eeuwenlang woonde.

Ze rekte zich uit en keek waarderend om zich heen.

'Dit is leuk,' zei ze. 'En we hebben morgen de hele dag voor onszelf. Wat heerlijk.'

'We zouden stroomopwaarts naar Pershore kunnen varen,' zei hij. 'Laten we hopen dat McGregor varen leuk vindt. Weet Henrietta waar je bent? Kan ze een beetje wennen nu ze op het huis in de Quantock Hills moet passen na haar drukke bestaan als kindermeisje in Londen?'

Cordelia trok een lelijk gezicht. 'Met moeite. Mijn arme dochter is geschokt, maar ze redt zich wel.'

'Je hebt me aan de telefoon verteld hoe het zat, maar ik weet het niet meer precies. Wat is er ook alweer gebeurd?'

'Het is een triest verhaal. Susan en Iain – dat is het stel waar Henrietta voor werkt – zijn uit elkaar. Iain bleek al heel lang een verhouding te hebben. Die arme Susan had niets in de gaten, kwam het pas te weten toen hij zei dat hij bij haar wegging. Het was voor iedereen een grote schok. Susans ouders waren van plan om naar Nieuw-Zeeland te gaan, naar hun andere dochter, en besloten dat het het beste was als Susan en de kinderen meegingen, zodat iedereen een adempauze kreeg. Ze zijn vorige week vertrokken.'

'Maar wat heeft dat met het huis in de Quantock Hills te maken?'

'Daar wonen Susans ouders, Maggie en Roger. Er was namelijk geen plek voor Henrietta in het huis van hun dochter in Nieuw-Zeeland en daarom past ze nu op de honden en de oude pony's terwijl iedereen weg is. Ik heb haar ge-sms't dat ik zondagavond weer thuis ben. En nee, ik heb haar niet verteld dat ik hier met jou ben, maar dat wist je. Ze zal wel denken dat ik in een B&B zit. Dat doe ik meestal.'

'Je zult het haar toch ooit moeten vertellen, vooral nu ik naar Dartmouth ben verhuisd,' zei Angus. Hij trok een lelijk gezicht bij het zien van haar geërgerde blik. 'Goed, ik zal er niet meer over beginnen. Niet dit weekend althans. Het lijkt me leuk om bij The White Bear te gaan eten. Dan vertrekken we morgenochtend vroeg en dan regel ik onderweg het ontbijt.'

'Dat klinkt geweldig,' zei Cordelia. 'Vind je het goed als ik wat aantekeningen uitwerk nu de gebeurtenissen van vandaag nog fris in mijn hoofd zitten? Daarna kan ik de *soke* uit mijn hoofd zetten en me ontspannen, en dan gaan we met McGregor over het jaagpad wandelen.'

2

Henrietta herkende de stem meteen, ook al was het bericht vanochtend anders.

'Hoi, Roger, ben ik weer. Het is nu dinsdagochtend, tien uur. Misschien kom ik later vandaag langs als ik uit Bristol kom. Rond een uur of vier. Jammer dat ik je steeds niet te pakken krijg.'

Automatisch keek ze op haar horloge: het was iets over elf.

'Het is jullie schuld dat er niet wordt opgenomen als hij belt, wie hij ook mag zijn,' zei ze tegen de honden, die op de koude leistenen waren gaan liggen, waar hun vachten goudkleurige hopen vormden. 'Hij belt altijd als we aan het wandelen zijn.'

Hun pluimstaarten kwispelden met beleefde onverschilligheid en Juno, de moeder en grootmoeder van de twee andere retrievers, ging staan om overvloedig te drinken uit de grote kom met water naast de buffetkast. De keukendeur stond open naar de warme zonneschijn van september en een prachtige, wanordelijke combinatie van diverse kleuren: roze en lichtpaarse Japanse anemonen, karmozijnrode en paarse herfstasters en scharlakenrode *crocosmia*, die allemaal bij elkaar stonden en in het poederige zonlicht baadden. Henrietta zette koffie en nam haar beker mee naar het houten stoeltje bij de deur. Ze had het gevoel dat er iets belangrijks te gebeuren stond, want er hing een zekere magie in de lichtgouden gloed die over deze kleine binnenplaats werd geworpen, een hoopvol, verstomd wachten in de diepe, landelijke stilte. Juno kwam naar buiten en ging naast haar zitten, leunde tegen de stoel. Henrietta sloeg haar arm om de zachte nek en legde haar wang op Juno's kop.

'Je mist ze, hè?' mompelde ze meelevend. 'Ik ook. We moeten er maar aan wennen.'

Ze zaten stilletjes bij elkaar. Met Juno's zware kop tegen haar knie nipte Henrietta van haar koffie en dacht aan de stem op het antwoordapparaat. Het eerste bericht was ingesproken een paar uur nadat Roger en Maggie naar Londen waren vertrokken voor het eerste deel van hun reis, bijna een week geleden. Om de honden af te leiden van hun vertrek was ze met hen over de smalle weggetjes naar Crowcombe gereden, naar het Great Wood, waar ze over Robin Upright's Hill hadden gewandeld, vanwaar je Bridgwater Bay kon zien liggen. Bij thuiskomst had het groene lampje van het antwoordapparaat geknipperd. Ze was er haastig naartoe gelopen, bang als ze was dat er iets was misgegaan, dat de trein vertraging had gehad of dat Roger en Maggie Susan en de kinderen niet hadden kunnen vinden.

'Hoi, Roger, met Joe. Bedankt dat je boeken voor me hebt geregeld. Ik kom binnenkort langs. Doe Maggie de groeten.'

Er waren geen instructies achtergelaten over boeken voor ene Joe, hoewel er op de ladekast in de gang wel een plastic tas stond. Ze had erin gekeken. Er zaten inderdaad boeken in, over boten en havens. Dat was niet verbazingwekkend, want Roger was een gepensioneerd marineofficier die heel veel over oude zeilboten wist.

Wie was Joe? Gek genoeg had Henrietta het idee dat ze hem kende, dat ze zijn stem herkende. Ze meende zelfs dat ze hem had ontmoet en met hem had gepraat. Nu ze in de zon zat, met Juno aan haar voeten, zag ze hem voor zich: lang, blond haar, handen die tijdens het praten druk gebaarden. Maar waar en wanneer was dat geweest? Ze trok haar lange dikke vlecht over haar schouder en friemelde aan het uiteinde, liet de vlecht tussen haar vingers door glijden. Misschien hoorde hij bij een van de marinegezinnen die ze kende via het netwerk van accommodaties voor getrouwde stellen, huurhuizen voor marinepersoneel en kostscholen. Het was duidelijk dat hij Roger en Maggie goed kende. Een nieuwe gedachte, namelijk dat hij van hun generatie kon zijn, riep opeens een buitensporig gevoel van teleurstelling op. Ze kon het inlichtingennummer bellen en zijn telefoonnummer opvragen, vooropgesteld dat hij geen geheim nummer had. Dan kon ze Joe bellen om te zeggen dat Roger weg was, maar dat ze een tas met boeken had gevonden die misschien wel voor hem bedoeld waren. Wie weet wilde ze gewoon nog wat langer van het mysterie genieten, wilde ze haar fantasie toestaan om vermakelijke scenario's te bedenken die haar zouden afleiden van haar huidige problemen.

Zijn stem klonk jong, hield ze zichzelf voor. En het beeld dat ze van hem had, dat hij tegen haar praatte, haar iets uitlegde, was dat van een jonge man. Maar als ze hem had ontmoet, hoe kon ze dan zijn naam zijn vergeten? Met gemengde gevoelens – opwinding, ongerustheid en nieuwsgierigheid – dronk ze haar koffie op.

'Doe normaal,' zei ze tegen zichzelf. 'Het is waarschijnlijk een saaie oude vent met een voorliefde voor theeklippers.'

Toch besloot ze om na de lunch naar Bicknoller te rijden om iets lekkers voor bij de thee te halen, een heerlijke luchtige cake bijvoorbeeld. Gelukkig had Roger een flinke voorraad sterkedrank in huis en ze zou citroenen kopen voor het geval Joe een gin-tonic wilde. Wat zou ze vanavond eten?

'Kom op, zeg!' riep ze geërgerd. 'Waar ben je in hemelsnaam mee bezig?

Geschrokken van de plotselinge kreet kwam Juno moeizaam overeind. Berouwvol aaide Henrietta over haar kop.

'Sorry, Juno,' zei ze. 'Ik schoot uit mijn slof. Dat krijg je als je niets te doen hebt. Ik mis de kinderen en de gebruikelijke drukte, ik kan er maar niet aan wennen dat Susan niet in en uit rent.'

Er schoot haar iets anders te binnen. Voorzichtig duwde ze Juno's grote lijf opzij, stond op en ging het huis in. Ze aarzelde even, waarna ze het bericht nogmaals beluisterde. Toen pakte ze haar mobiele telefoon en toetste het nummer van haar moeder in.

Ze had al twee telefoontjes gehad voordat ze zelfs maar bij haar bureau was, dat bezaaid lag met computeruitdraaien, naslagwerken en artikelen die ze uit kranten en tijdschriften had geknipt. Met een mok koffie in haar hand liep ze van de keuken naar de werkkamer en weer terug, terwijl ze nadacht over de openingszin. 'Charteris Soke in Frampton Parva is het enige gebouw in zijn soort dat, voor zover bekend, zo ver in het zuiden ligt.' Rust. Wist ze honderd procent zeker dat dat waar was? Dat kon ze later uitzoeken. Nu verder. En dan? De 'prachtige Charteris Soke' of de 'charmante Charteris Soke'? Beide bijvoeglijke naamwoorden klonken afgezaagd, saai. Daarna moest ze in elk geval uitleggen wat een *soke* was. Cordelia zocht het papier waar dat op stond en raadpleegde het woordenboek om te zien wat de definitie van een *soke* of *soc* was: het recht om een plaatselijke rechtbank te houden of het rechtsgebied onder jurisdictie van een bepaalde rechtbank. Ze bestudeerde foto's van het oude, kleine herenhuis – het artikel kreeg langzamerhand vorm – toen ze in de keuken haar mobiele telefoon hoorde gaan. Ze zette haar mok koffie neer, rende de gang door en vond het toestel uiteindelijk onder een stapel kranten op de keukentafel.

'Hallo,' zei ze hijgend. 'Ben je er nog? O, Henrietta. Gelukkig. Ik dacht dat ik te laat was en dat je al had opgehangen. Heb je mijn sms'je gekregen dat ik weer thuis ben? Hoe gaat het met je? Ben je al wat gewend?'

'Het gaat prima, mama. Ja, ik heb je sms'je gekregen. Alles is in orde. Ik wil je eigenlijk iets vragen. Op het antwoordapparaat staat een bericht van een zekere Joe. Hij wil langskomen. Het is duidelijk dat hij Roger en Maggie heel goed kent en daarom vroeg ik me dus af of er een verband met de marine zou zijn. De stem klinkt bekend. Kennen we iemand die Joe heet? Van mijn generatie, niet de jouwe. Gaat er een belletje rinkelen?'

'Jo.' Cordelia ging haar grote kring van vrienden en bekenden af die met de marine verbonden waren. 'Jo, dat zal voluit wel Joanna of Josephine zijn…'

'O, nee, sorry. Het is een man, geen vrouw.'

'Aha.' Cordelia dacht opnieuw na. 'Joe of Joseph. Nee, er schiet me geen Joe te binnen.'

'Mij ook niet, maar de stem klinkt bekend. Laat maar. Is alles goed met je?'

'Ja, prima. Ik worstel met dat stuk voor *Country Illustrated*. Zeker weten dat je geen gezelschap wilt? Het zal wel vreemd zijn om opeens midden in landelijk Somerset te zitten met alleen Maggies beestenboel als gezelschap na het huis in Londen met Susan en… met Susan en de kinderen. Als je eenzaam bent kan ik wel naar je toe komen. We zouden ook in Taunton kunnen afspreken, want winkelen is goed voor je.'

'Het gaat goed, heus. En jij zit met dat artikel. Ik laat je nog wel weten wie Joe is. Dag.'

Cordelia ging terug naar haar werkkamer. Haar gedachten dwaalden af en ze was volledig uit haar concentratie. 'En jij zit met dat artikel.' Was dat verkapte kritiek? Ze werd met liefde voor haar dochter vervuld, maar ook met ongerustheid, medelijden en schuldgevoelens, vooral schuldgevoelens: allemaal emoties die gegarandeerd elke creatieve stroom blokkeerden. Ze rommelde wat, legde papieren recht, deed boeken dicht en zette die terug op de planken, nipte van de lauwe koffie. Een vraag die ze onlangs bij een radioprogramma had gehoord spookte door haar hoofd.

Zijn wij de eerste generatie die per se vrienden willen zijn met onze kinderen?

Was dat zo? Ze dacht aan haar eigen ouders. Die waren zorgzaam maar ook afstandelijk geweest. Voor hen niet dit emotionele blootleggen van de ziel, geen diepzinnige gesprekken over de gevoelens of behoeften van hun nageslacht. Haar vaders reactie op de scheiding van tafel en bed en de daaropvolgende echtscheiding stond haar nog helder voor de geest. Hij had geschokt en daarna afkeurend gekeken toen ze hem vertelde dat Simon bij haar wegging.

'Er is zeker een andere vrouw in het spel? Nee, ik wil de smerige details niet weten. Ik kan alleen maar zeggen dat ik blij ben dat je moeder niet meer leeft.'

Nee, zaken die verband hielden met emoties konden beter verborgen blijven. Daar werd niet over gesproken. Je moest je groothouden.

Zijn wij de eerste generatie die per se vrienden willen zijn met onze kinderen?

Ze wilde inderdaad een vriendin van Henrietta zijn. Ze wilde haar aanmoedigen en steunen, wilde er voor haar zijn. Maar ze mocht nooit iets van het verdriet en de ongerustheid laten merken, die knaagden alleen vanbinnen.

Henrietta die met een bleek, mager gezichtje vroeg: 'Gaat papa weg omdat ik het hok van Boris niet schoner wil maken?'

Boris was de hamster, een mooi en lief maar dom beest.

'"Schoon", lieverd, niet "schoner". Nee, natuurlijk niet. Soms komt er een einde aan een vriendschap.'

'Is papa nog mijn vriend?'

'Natuurlijk, en dat zal hij altijd blijven.' Tot hij een brief aan zijn dochter had geschreven toen die vijftien was. De brief zat in een roomwitte envelop en de boodschap was ingeslagen als een bom, die nu, bijna twaalf jaar later, nog steeds schade aanrichtte.

Cordelia ging zitten en keek naar het computerscherm. Het was leeg, evenals haar hoofd. Wat had ze toen lomp gereageerd. Ze had zich onbekwaam en machteloos gevoeld. Zo had ze zich ook gevoeld toen ze een maand geleden op Tregunter Road arriveerde en daar een grote chaos aantrof.

Opeens lijkt het scherm voor haar ogen op te lossen. In plaats daarvan ziet ze Henrietta's gezicht. Haar ogen kijken behoedzaam, de oude bekende schim snijdt als een zwaard tussen hen in en verhindert de uitwisseling van warmte en liefde.

Ze is in Londen om met haar agent in de Arts Club te gaan lunchen. Ze logeert bij vrienden in Fulham en zoals afgesproken gaat ze onderweg naar Dover Street bij Henrietta langs. Zodra de deur wordt opengedaan weet ze dat er iets mis is. De gebruikelijke vrolijke drukte ontbreekt. Er komt geen geluid uit de twee grote kamers in de kelder waarvandaan Susan haar succesvolle postorderbedrijfje runt. De keuken is leeg. Geen Iain die zijn computer even in de steek heeft gelaten om onder het genot van een kop koffie de ochtendkrant door te nemen. Geen kinderen die uit de tuin naar binnen rennen om haar te begroeten.

Cordelia zet haar tas op tafel en kijkt verbaasd om zich heen.

'Kom ik ongelegen?' vraagt ze.

Henrietta's ogen zijn groot van schrik. 'Iain is weg,' zegt ze. 'Hij heeft zojuist zijn spullen gepakt en is vertrokken.'

Ze kijken elkaar aan. 'Vertrokken?' Haar eigen stem klinkt hees en geschrokken. 'Bedoel je dat hij bij Susan weg is?'

Henrietta knikt. Opeens verandert haar gelaatsuitdrukking en ze kijkt afstandelijk. 'Ja, vertrokken. Vanochtend. Blijkbaar heeft hij al heel lang een ander. Susan is in zak en as.'

Ze kijken elkaar nog steeds aan. Er komen herinneringen naar boven en verbolgenheid steekt de kop op. Ze horen de stem van Susan, die boven is en roept, en er huilt een kind.

'Je kunt beter gaan,' zegt Henrietta vlug. 'Susan wil niemand zien en ik probeer de kinderen bij haar vandaan te houden.' Cordelia stemt meteen in, laat zichzelf uit en loopt vlug Dover Street in.

'Charteris Soke in Frampton Parva is het enige gebouw…' Het klonk steeds meer als een gelikt verkooppraatje van een makelaar dan als een artikel over een stukje geschiedenis. Toen de telefoon opnieuw ging, nam Cordelia bijna angstig op, tot ze zag wie de beller was.

'Dilly?'

Het geluid van zijn stem en de dwaze, bekende bijnaam vulden haar met blijdschap en opluchting. Toen haar schouders ontspanden en ze heel diep ademhaalde, besefte ze hoe gespannen ze was geweest.

'Schat. Het was leuk, hè? Wanneer zie ik je weer?'

'Ik kan rond theetijd bij je zijn. Is dat wat?'

Ze hoorde de lach in zijn stem. 'Je hebt geen idee hoe fijn ik dat vind,' antwoordde ze. 'Dag, schat.'

Cordelia stond op en ging naar de keuken. Daarna liep ze het brede balkon op dat was uitgehakt uit het klif, dat zeer steil afliep naar de zee beneden. Haar huis was het laatste van de rij met kustwachthuisjes en het bood ook de meeste privacy. De andere twee waren vakantiehuisjes die in de zomer werden verhuurd en in de winter grotendeels leegstonden. Haar ramen boden onbelemmerd zicht op de zee en op de kust, die zich in westelijke richting uitstrekte tot Stoke Point en in oostelijke richting tot Bolt Tail. Binnen de scheidingsmuren had ze sierheesters, fuchsia's en tamarisken geplant om inkijk tegen te gaan van geïnteresseerde en zelfs jaloerse wandelaars die over het kustpad liepen, dat hoger op het klif een paar meter bij haar voordeur vandaan liep. Ze zette haar ellebogen op de brede muur, waar moederkruid in de kleine nissen groeide en klompen roze en witte valeriaan net konden wortelen. Onder haar deinde de zee zacht op en neer alsof die was vastgelegd aan de kliffen, voor anker lag en nergens heen kon. Kibbelende zeemeeuwen krasten vanaf de scherpe richels beledigingen naar elkaar. Licht stroomde omlaag vanuit een brede, nevelige, blauwe hemel en werd gereflecteerd, zodat er geen onderscheid tussen lucht en water was. Naar het westen trok een vissersboot een eenzaam, glanzend spoor.

Nog even en hij zou onderweg zijn. Er zou tijd zijn om te praten, te delen en te vrijen.

'Het is zo stom,' zei ze veel later tegen hem. 'Ik raakte in paniek over Henrietta, vroeg me af of ze het wel zou redden nu iedereen weg is. Twee maanden! Dat is lang, Angus.'

Ze overhandigde hem een beker thee en dacht opeens aan een opmerking die een wederzijdse vriendin ooit over Angus Radcliff had gemaakt. 'Het is een lekker ding. Hij had zo model kunnen staan voor Action Man,' had ze gezegd. 'Ik val wel op hem. En jij?' Cordelia had onverschilligheid voorgewend, maar snapte wat die vriendin bedoelde: de verontrustende lichtgrijze ogen en krachtige kaaklijn, het donkere kortgeknipte haar en het stevige, gespierde lichaam.

'In wat voor kleding zie jij hem dan voor je?' had ze aan die vriendin gevraagd. 'Verzetsheld? Helikopterpiloot? Onderzoeker op de Noordpool?'

'O, zonder kleren,' had de vriendin prompt geantwoord. 'Dat is het 'm nu juist.' Ze hadden gebruld van het lachen.

Nu ze tegenover hem ging zitten, verborg ze haar glimlach. 'Ik heb eens nagedacht,' zei ze. 'Toen we op de aak zaten, heb ik je toch verteld dat Susans huwelijk op de klippen was gelopen en dat haar ouders haar en de kinderen mee naar Nieuw-Zeeland hadden genomen? Onderweg naar huis bedacht ik dat je Roger en Maggie Lestrange vast wel kent. Roger zat in Dartmouth toch in hetzelfde jaar als Simon en jij?'

'Roger Lestrange. Natuurlijk ken ik die. Je had zijn achternaam niet genoemd. We zijn alleen niet van hetzelfde jaar. Roger zat op de marineopleiding twee jaar hoger dan Simon en ik. Veel later zaten Roger en ik samen met Hal Chadwick bij de Marine Operations Division. Roger en Hal waren goed bevriend. Of moet ik "admiraal Sir Henry Chadwick" zeggen?' Hij trok zogenaamd een eerbiedig gezicht.

'Ja, Hal,' zei Cordelia vol genegenheid. 'Dat is zo'n lieve man. En Fliss is geknipt voor de rol van Lady Chadwick. Dat uitgesproken, aristocratische gezicht. Ik kan me geen aardiger echtpaar voorstellen aan wie die eer te beurt zou kunnen vallen. Weet je nog dat ze me dat artikel voor *Country Life* lieten doen over dat prachtige oude huis van hen? The Keep. Hal was dolenthousiast, maar Fliss stond erop dat er geen al te persoonlijke details zouden worden genoemd, wat op zich een redelijke eis was. Uiteraard ging het over de geschiedenis van het huis, maar we besloten dat ik ook zou schrijven over het bedrijf dat organische groenten teelde, dat Jolyon had opgericht. Keep Organics. Het was heel leuk om te doen.'

'Raar, hè?' zei hij peinzend. 'Ze zijn niet altijd een stel geweest, Hal en Fliss. Je bent geneigd dat te vergeten omdat ze zo goed bij elkaar passen, maar ze zijn pas zeven of acht jaar getrouwd. Fliss en Hal zijn neef en nicht. Fliss heeft net zo veel recht op The Keep als Hal.'

'Dat hebben ze me uitgelegd toen ik bij hen was,' bekende Cordelia. 'Daarom wilde Fliss er niet te veel details over hun privéleven in hebben. Het is een echt familiehuis waar zich zo veel drama's hebben voltrokken dat ik er een boek over zou kunnen schrijven. Het is een bijzonder huis. De Charteris Soke deed me aan The Keep denken, al is het uiteraard veel kleiner. Wat is er eigenlijk met Hals eerste vrouw gebeurd? Heb je die gekend?'

Angus fronste zijn wenkbrauwen. 'Volgens mij niet. Nadat we ons hadden gespecialiseerd, is het contact verwaterd. Roger en Hal zaten op een olieveger, Simon en ik op een duikboot. Vermoedelijk zaten we bij de Marine Operations Division toen Hals vrouw hem verliet. Ze nam een van de jongens mee, maar Jolyon bleef bij Hal en dus zagen we die veel vaker. Ik moet zeggen dat het heel raar is om Jo op televisie te zien. Hij lijkt sprekend op Hal op die leeftijd.'

'Jo!' Cordelia sloeg haar hand voor haar mond. 'Jolyon Chadwick. Wat ben ik toch een oen.'

'Hoezo?'

'Henrietta belde. Ze zei dat een zekere Jo een bericht voor Roger had ingesproken en ze meende zijn stem te herkennen. Ik heb geen moment aan Jolyon gedacht, dacht aan Joseph of aan Joe met een *e*. Wat een sufferd ben ik toch. Hij zou langskomen, wist niet dat Maggie en Roger in Nieuw-Zeeland zitten.'

'Dat geeft toch niet?' vroeg hij opbeurend. 'Jo zal Henrietta heus niets aandoen.'

'Natuurlijk niet, maar ik bel haar toch even om haar te waarschuwen. Hij is best beroemd, hè? Ze vindt het vast niet leuk als ze in een oude spijkerbroek rondloopt en geen make-up op heeft als hij opeens op de stoep staat.'

Ze vond haar mobiele telefoon en drukte op wat toetsen.

'Lieverd, met mij. Zeg, zou het Jo Chadwick kunnen zijn die een bericht… O, is hij er al? Ja… Goed. Natuurlijk mag je me later terugbellen.'

Cordelia verbrak de verbinding en trok een lelijk gezicht naar hem. 'Hij is er al,' zei ze.

Angus gniffelde. 'En?'

Cordelia dacht na. 'Ze klonk gespannen, maar dan in positieve zin. Ze zei dat ze me later zou terugbellen.'

Hij trok zijn wenkbrauwen op en tuitte de lippen. 'Hopelijk duurt dat niet al te lang,' zei hij. 'Anders zijn we misschien bezig.'

3

Ze had hem meteen herkend. Met een verbaasde uitdrukking op zijn gezicht bleef hij op het tuinpad staan, alsof hij vermoedde dat er iets was veranderd, al wist hij niet wat. Juno en Pan waren de deur uit gedribbeld om hem te begroeten. Zijn gelaatsuitdrukking was veranderd en hij had zijn handen naar hen uitgestoken en had zich gebukt om hen te aaien. De puppy was dartel achter de anderen aan gekomen, had zijn neus in de wind gestoken en was in de lucht gesprongen. Joe had hard gelachen, had 'hé, ouwe dibbes' gezegd en was neergehurkt om aan de oren van de puppy te trekken. Toen had hij opgekeken en had hij haar bij de deur zien staan. Zijn verbaasde blik was bijna lachwekkend geweest. Hij had zich een weg tussen de honden door gebaand en had gezegd: 'Hallo. Is Roger thuis?' 'Nee,' had ze gezegd, 'die is er niet, maar kom gerust binnen. Volgens mij liggen er boeken voor je klaar.'

Nu stonden ze verlegen bij elkaar in de koele, halfduistere gang en keken naar de boeken. 'Je wist dus niet dat Maggie en Roger naar Nieuw-Zeeland zijn vertrokken?' vroeg ze.

'Nee.' Hij stopte de boeken terug in de tas. 'Ik wist dat er plannen waren, maar ik had geen idee dat ze al weg waren. Pas jij op de honden en de oude pony's?'

Ze aarzelde. Ze kon hem in de waan laten dat ze was ingehuurd om de dieren te verzorgen. Dan hoefde ze verder niets uit te leggen en zou hij zijn boeken pakken en weggaan. Einde verhaal. Maar ze wilde niet dat hij wegging. Gek genoeg wilde ze dolgraag dat hij zou blijven.

'Ik verzorg inderdaad de dieren,' zei ze, 'maar zo eenvoudig ligt het niet. Ik ben niet van de oppascentrale voor dieren. Ik ben het kindermeisje van Susans kinderen en die zijn met Maggie en Roger meegegaan.'

Hij keek haar aandachtig aan. 'Aha,' zei hij. 'Volgens mij snap ik het. Ik zal me even voorstellen. Jolyon Chadwick. Mijn vader is een van Rogers oudste vrienden. Toen ze bij de marine zaten, waren ze dikke vrienden. Ik ken Susan goed, ook al is het jaren geleden dat ik haar voor het laatst heb gezien.'

Ze glimlachte. 'Ik weet wie jij bent,' zei ze. 'Dat komt natuurlijk vooral door de televisie, maar volgens mij hebben we elkaar al eens eerder ontmoet. Ik kom ook uit een marinegezin. Henrietta March. Susan en ik hebben samen op de Royal Naval School gezeten. Zo komt het dat ik nu haar kindermeisje ben. Ik zat zonder werk toen haar bedrijf opeens goed liep en ze twee kleine kinderen had. Het leek de ideale oplossing. Toen het misliep, heb ik aangeboden om hierheen te komen. Degene die gewoonlijk voor Maggie op het huis en de dieren past kon niet.'

'"Misliep"?' herhaalde hij.

Ze had niet verwacht dat hij zo vlug zou reageren op het feit dat ze haar mond voorbij had gepraat. Er viel een stilte toen ze zich afvroeg hoeveel ze hem zou vertellen. Via het roddelcircuit bij de marine zou hij binnenkort toch wel horen hoe het zat.

'Heb je zin in een kopje thee?' Ze stelde het moment uit. 'Ik heb een heerlijke cake gekocht in een van de dorpswinkels in Bicknoller.'

'Graag.' Hij volgde haar naar de keuken en ging op zijn knieën zitten om met de puppy te spelen, die verrukt op zijn rug rolde en met zijn vlijmscherpe tandjes aan Jolyons vingers knabbelde. 'Deze hond was er de vorige keer nog niet. Hoe heet hij?'

'Maggie noemt hem Tacker. Roger zegt dat hij Cornish temperament heeft. Hij heeft een deftige officiële naam, maar op een bepaald moment is Maggie hem Tacker gaan noemen en die naam is blijven hangen.'

'Hij bijt zich inderdaad vast,' zei Jolyon. 'Hij is prachtig. Mijn oude hond Rufus is vorig jaar overleden, die leek op deze hond.' Jolyon stond op en pakte de kop thee van haar aan. 'Wat is er aan de hand?'

Ze had besloten er niet langer omheen te draaien, maar toch aarzelde ze nog. 'Het is een beetje gênant, want het gaat om iets heel persoonlijks en we kennen elkaar niet goed.'

'Waarschijnlijk kennen we elkaar wel. Er is altijd wel een verband tussen marinegezinnen. Onze vaders kennen elkaar vast. Ik ben gewoon benieuwd waarom Roger en Maggie plotseling zijn vertrokken zonder hun beste vrienden in te lichten. Maar als je het gevoel hebt dat het indiscreet is om het me te vertellen, zal ik er niet over doorzeuren.'

Henrietta zuchtte terwijl ze twee plakken cake afsneed. 'Het zou fijn zijn om erover te praten. Eerlijk gezegd ben ik nog steeds in shock. Iain heeft Susan in de steek gelaten. Hij heeft een ander en ze zijn uit elkaar. Maggie vond het een geschikt moment voor een verlofjaar en Roger en zij hebben Susan en de kinderen meegenomen naar Nieuw-Zeeland. Susans zakenpartner runt het bedrijf en past op het huis in Londen. Ik heb ermee ingestemd hierheen te komen, zodat ze snel weg konden.'

'Tjonge, arme Susan.' Zijn stem klonk vlak.

Ze wierp een blik op hem. Hij keek somber en dat bood op de een of andere manier troost. 'Ik ben er bijna net zo ondersteboven van als Susan,' bekende ze. 'Iedereen was gelukkig, dat dacht ik althans. Er was geen enkele aanwijzing. Geen ruzie, geen geschreeuw, geen onenigheid. Het bedrijf werd vanuit de kelder gerund, veel mensen over de vloer. We waren net één grote familie. We zijn er allemaal kapot van.'

'Roger en Maggie zullen wel overstuur zijn.'

'Zeg dat wel. Het raakt heel veel mensen.' Ze zweeg even. 'Mijn eigen ouders zijn gescheiden.' Ze haalde haar schouders op. 'Nou en? Lekker belangrijk. Maar het was pijnlijk en nu lijkt de geschiedenis zich te herhalen. Ook mijn tweede gezin is uiteengevallen en het is net alsof ik in de rouw ben. Ik kan het niet goed uitleggen.'

'Dat hoeft ook niet. Ik weet er alles van, al heb ik meer geluk gehad dan jij. Mijn tweede gezin is nog intact. Vervelend voor je dat ze je alleen hebben achtergelaten.'

'Volgens mij zien ze het niet zo. Ze dachten helemaal niet aan mij in dat opzicht. Het enige waar het Maggie om ging, was Susan en de kinderen weg krijgen en ik was het met haar eens. Het was bijna een opluchting. Ik wilde niet op Tregunter Road zijn, waar Iain in- en uitliep om zijn spullen op te halen.'

'Maar dit is wel het andere uiterste. Je hebt nu juist vrienden nodig.'

'Maggie heeft gezegd dat ik gerust mensen mag uitnodigen. Ze was geweldig. Het punt is dat ik er nog niet over wil praten, tenminste niet met wederzijdse vrienden.' Ze trok een lelijk gezicht. 'Dat gespeculeer en geroddel, ingaan op sappige details. Daar ben ik niet voor in de stemming.'

Hij knikte. 'Daar kan ik in komen.'

Haar mobiele telefoon ging. Ze pakte het toestel van de buffetkast, keek op het schermpje, aarzelde en mompelde: 'Het is mijn moeder.' Ze nam op. Ze draaide zich met opgetrokken schouders ietwat bij hem vandaan. Hij ging aan de tafel zitten en mompelde tegen de honden.

'Hoi, mama... Ja, hij is er al... Ik bel je later terug.' Beschaamd zette ze haar telefoon uit.

'Ik had haar eerder vandaag gebeld,' zei ze tegen hem. 'Na al die berichten wilde ik weten wie je was. Ik had haar gevraagd of ze iemand kende die Jo heette en ze vroeg zich opeens af of jij het zou kunnen zijn.'

'O.' Hij keek tevreden. 'Hoe heet je moeder?'

'Cordelia Lytton. Na de echtscheiding heeft ze haar meisjesnaam weer aangenomen. Ze is journalist, schrijft over speciale onderwerpen. Ze werkt vooral voor de bekende glossy's, maar ze heeft ook een serie nogal ongebruikelijke, op feiten gebaseerde boeken geschreven over het zwarte schaap in oude, bekende families. Die boeken verkochten goed, dus misschien klinkt haar naam bekend.'

'Nou en of ik haar ken. Ze heeft voor *Country Life* een artikel over The Keep geschreven en ze is ook wel op feestjes van mijn vader te gast geweest. Je kunt met haar lachen.'

'O ja, je kunt zeker met haar lachen,' beaamde Henriettta.

Hij keek haar aan vanwege de vrijblijvende toon. 'Dan verbaast het me dat we elkaar niet eerder hebben ontmoet.'

Henrietta haalde haar schouders op. 'Ik zit meestal in Londen. In het bericht dat je had ingesproken zei je dat je uit Bristol kwam. Woon je daar?'

Hij schudde zijn hoofd. 'Ik woon nog steeds in The Keep. Dat is ons huis in South Hams, het huis waar Cordelia dat artikel over heeft geschreven. Het is een leuk, oud gebouw met heel veel ruimte en ik wil graag betrokken blijven bij het bedrijf in organisch verbouwde groenten dat ik heb opgericht.'

'Voordat je een beroemde tv-ster werd,' zei ze plagend.

'"Ster" is overdreven en ik ben zeker niet beroemd. Gek, hè? Van tuinman tot tv-presentator in drie gemakkelijke stappen.'

Henrietta grinnikte naar hem. 'Die eerste zomer was je een wonder. Het roddelcircuit draaide op volle toeren en mama begon steeds over dat artikel dat ze over jouw familie had geschreven. Roger belde Susan op als je op tv kwam. Dan konden we onze vrienden uitnodigen en opscheppen dat we je kenden. Dan zaten we met z'n allen voor de buis en koesterden we ons in jouw weerspiegelde glorie.'

'Hou op. Ik heb gewoon mazzel gehad, al moet ik bekennen dat ik er ontzettend van geniet.'

'Niet te geloven, hè? Wat deed je eigenlijk? Liet je niet een zeldzame roos zien op de Chelsea Flower Show of zo? En toen was je opeens de publ iekslieveling.'

'Het was de roos van mijn overgrootmoeder. Bij haar trouwen had ze een stekje meegenomen naar The Keep. De rozenstruik deed het goed, maar we wisten niet wat voor soort roos het was. Het was mijn idee om ermee naar de bloementetoonstelling te gaan. Een van mijn neven had me overgehaald en had alles geregeld. De tv-ploeg besloot er een onderwerp aan te wijden, omdat het om een zeldzame plant ging. We spraken over de familiegeschiedenis en van het een kwam het ander.' Hij schudde zijn hoofd, nog steeds verbaasd over zijn eigen succes. 'Het wonderlijke was dat ik het live-interview ontzettend leuk vond om te doen. De tv-ploeg was geweldig en we hadden veel pret samen.'

'En toen stroomden de aanbiedingen binnen?'

'Zo ging het niet. De bbc had blijkbaar veel reacties op dat interview gekregen. Een producer nam contact met me op en vroeg of ik eens met hem en een deel van zijn productieteam wilde praten. Ik werd gevraagd als copresentator voor een programma in de West Country – over landhuizen en tuinen – en toen ging het balletje rollen. Ik kom nu uit Bristol, waar we het over een nieuw project hebben gehad. Het gaat over scheepsbouw en oude havens en we zijn net met het onderzoek begonnen. Daarom had papa aan Roger gevraagd of ik wat boeken van hem mocht lenen. Roger is een expert op dat gebied.'

Hij at zijn cake op en keek om zich heen alsof hij aanstalten maakte om op te stappen. Henrietta wist zeker dat ze eenzaam zou zijn als hij weg was, maar wist niets te bedenken om zijn vertrek te voorkomen. Dat kwam niet alleen doordat hij erg aantrekkelijk was met zijn ruige, blonde haarbos of doordat hij prettig gezelschap was. Er was meer. Ze herkende een bepaalde karaktertrek waar ze zich toe aangetrokken voelde, hoewel ze die niet kon benoemen. Ze volgde hem toen hij de boeken pakte en naar zijn auto ging. De honden dribbelden hoopvol achter hem aan. Hij bleef even staan, met het portier open, en ze wisten allebei niet wat ze moesten zeggen.

'Kom gerust nog eens langs als je meer tijd hebt,' zei ze in een opwelling. 'Dan kunnen we naar de pub toe gaan of met de honden gaan wandelen of zo.'

'Dat lijkt me leuk. Wacht even.' Hij viste zijn portemonnee uit zijn zak en haalde er een visitekaartje uit. Ik bel je als ik weer naar Bristol ga. Het nummer van mijn mobiele telefoon en mijn privénummer staan erop.'

Hij gaf haar het visitekaartje, aarzelde alsof hij niet wist hoe hij afscheid van haar moest nemen en stapte toen in de auto. Ze zwaaide hem uit en bekeek het kaartje. 'Keep Organics' stond erop gedrukt. Juno en Pan keken hem vertwijfeld na en de puppy jankte zielig.

'Ik wilde ook niet dat hij vertrok,' zei Henrietta. 'Niet getreurd. We gaan straks weg, maar ik moest eerst binnen opruimen en de cake wegzetten.'

Pas veel later belde ze het mobiele nummer van haar moeder.

'Je had gelijk, het was Jo Chadwick.' Henrietta zweeg even. Haar moeders stem klonk gedempt, alsof ze lachte, en ze hoorde klinkende glazen. 'Heb je bezoek?'

'Er zijn vrienden langsgekomen om wat te drinken. Het was dus Jo. Leuke man, hè? Vond je hem aardig?'

'Ja.' Henrietta wilde niet over haar gevoelens praten, dat was privé. 'Ja, hij is heel aardig. Ik zal je niet langer ophouden nu je bezoek hebt.'

'O, dat geeft niet. Is Jo blijven eten?'

'Nee. Hoor eens, ik ga nu douchen en mijn haar wassen. Je weet hoe lang het duurt voordat het droog is. We praten morgen verder. Dag.'

Ze verbrak de verbinding en speelde met een schone, glanzende haarlok. Ze voelde zich schuldig omdat ze zo kortaf was geweest, maar ze wilde niet over Jo praten, en al helemaal niet met haar moeder. Bekende gevoelens van onrust en wrok dreigden nieuwe, fijne gevoelens te bederven. Ze haalde haar schouders op om die gevoelens van zich af te zetten en dacht aan Jo: zoals hij had gelachen, zijn gezicht stralend van vreugde, en dat hij meteen had begrepen hoe het zat met Susan en Iain. Was hij maar gebleven, maar ze snapte zijn voorzichtigheid. Ze trok Tacker naast zich op de bank en knuffelde hem.

'Ik vind hem aardig,' mompelde ze tegen de hond. Hij likte haar wang. 'Ik vind hem echt aardig.'

'Volgens mij vindt ze hem leuk,' zei Cordelia. 'Tja, dat zat er dik in. Het is een schat.'

'Waarom zei je dat er vrienden op bezoek waren? Heb je aan één vriend niet genoeg?'

'Precies. Veiligheid in aantallen,' antwoordde ze.

'Ooit komt ze erachter, zeker nu ik verhuisd ben. Is het niet verstandiger het haar gewoon te vertellen? Dat kan toch geen kwaad?'

'Geen denken aan.' Cordelia schudde haar hoofd. 'Nog niet… Het is te vroeg.'

Hij trok haar dicht tegen zich aan. Ze sloeg haar armen om hem heen, legde haar hoofd op zijn borst en hield hem stevig vast.

4

Er woonden al ruim honderdzestig jaar Chadwicks in The Keep. Rond 1840 keerde Edward Chadwick terug naar Engeland, nadat hij in vijfentwintig jaar een aanzienlijk fortuin had opgebouwd in het Verre Oosten. Hij onderzocht een aantal mogelijke investeringen en nam toen een beslissing. Hij werd grootaandeelhouder en directeur van een bedrijf dat een uitgestrekt grondgebied in het zuiden van Devon wilde aankopen om er porseleinaarde uit te winnen.

Na deze beslissing volgde de stap om een geschikt huis te vinden. Daar slaagde hij niet in. Wel vond en kocht hij de ruïne van een oud fort dat in de heuvels tussen de woeste heidevelden en de zee lag. Met de stenen die er nog lagen, bouwde hij een gekanteelde toren van drie verdiepingen die hij The Keep noemde.

Hij trouwde met een veel jongere vrouw van goede komaf, maar zijn energie stak hij voornamelijk in het succesvol ontwikkelen van de porseleinaardefabriek, zodat hij voor zijn dood zijn fortuin meerdere malen had verdubbeld.

Zijn mannelijke nakomelingen maakten carrière in de marine, maar bleven betrokken bij het bedrijf, en onderhielden en moderniseerden The Keep. De beide vleugels van twee verdiepingen, die iets achter het originele huis waren geplaatst, waren door een latere generatie aangebouwd. Er werden hoge muren gebouwd om een binnenplaats te vormen, die kon worden betreden via een poort die de twee huisjes van de portierswoning met elkaar verbond. De muren van de binnenplaats en de nieuwere vleugels waren met ouderwetse rozen en blauweregen bedekt, maar de grimmige grijze stenen van de toren bleven onveranderd. The Keep en de binnenplaats lagen op het zuiden en de tuin strekte zich naar het westen uit, omringd door boomgaarden, maar in het noorden en oosten ging het terrein steil naar beneden; de ruwe hellingen liepen omlaag naar de rivier, die vanuit de hoge heidevlakten naar beneden stortte. Via borrelende uitmondingen stroomden de koude, veenachtige wateren over smalle rotsbodems naar vredig en rijk boerenland en van daaruit langzaam naar de brede riviermond, waar ze zich met het zilte water van de zee vermengden.

Gezeten aan de ontbijttafel in de warme, rustige keuken vouwde Hal Chadwick de brief op en deed die terug in de envelop. Hij zag zijn vrouw naar hem kijken en haalde zijn schouders op.

'Juist,' zei hij ontwijkend.

Fliss keek geamuseerd. 'Je bedoelt: "Wie weet er wat we moeten met Maria?"' zei ze luchtig. Toen hij zijn wenkbrauwen fronste, werd ze alert en zette zich schrap. Sinds Hals ex-vrouw eerder dat jaar weduwe was geworden, hadden ze een ongekende hoeveelheid kaarten en brieven van haar ontvangen. 'Wat wil ze?' vroeg Fliss, en hoewel ze er geen 'nu weer' aan toevoegde, hingen die woorden onuitgesproken in de lucht. Hij reageerde direct.

'Kom op, lieverd,' zei hij. 'Ze zal het zwaar hebben in haar eentje.'

'Natuurlijk,' beaamde Fliss, die honing op haar geroosterd brood smeerde. 'Dat snap ik best. Het is afschuwelijk voor haar dat Adam zo plotseling is overleden, maar ze heeft toch veel vrienden in Salisbury? Ik wil weten waarom wíj opeens zo populair zijn geworden.'

Hal keek ongemakkelijk. 'Misschien omdat we familie zijn?'

Fliss slikte een vinnig weerwoord in. 'Wat wil ze?' vroeg ze opnieuw.

'Ze vraagt of ze op Jolyons verjaardag mag komen.' Hij klonk verdedigend. 'En of ze twee nachten hier kan slapen.'

'Het is vast harteloos van me om te vragen waarom zijn moeder na hoeveel jaar – vijftien? – opeens zijn verjaardag met hem wil vieren. Hoe zal hij dat vinden?'

'Volgens mij polst ze mij daarom eerst.' Hal keek verzoeningsgezind en wilde dat Fliss meegaand was. 'Ze schrijft dat ze het zo fijn heeft gevonden het weekend dat ze hier is geweest na Adams begrafenis en ze wil ons allemaal graag weer zien. Ze oppert dat Jo's verjaardag een goede gelegenheid is om "de banden aan te halen", zoals ze dat uitdrukt.'

Fliss dacht: en als ik bezwaar maak, klink ik als een echt rotwijf.

Hardop zei ze bedaard: 'Het lijkt me dat Jolyon dat zelf moet beslissen. Misschien heeft hij andere plannen.'

'Ja, natuurlijk.' Hals opluchting was tastbaar. 'Weet je waar hij is?'

'Hij is even hier geweest om te ontbijten en daarna is hij met de honden naar buiten gegaan. Waarschijnlijk is hij nog op de heuvel of zit hij op kantoor. Wil je koffie?'

'Ja, graag.' Hij keek toe hoe ze inschonk. 'Het is niet mijn schuld dat Maria eenzaam is. Wat kan ik eraan doen, Fliss? Ze was erg afhankelijk van Adam.'

'Zeg dat wel. Maria is een vrouw die zich altijd afhankelijk opstelt. Ik pas ervoor dat wij de plek van Adam moeten innemen. Ze heeft je vijftien jaar geleden in de steek gelaten en sindsdien hebben we haar amper gezien. Nu zijn we opeens ongekend populair en dat zit me niet lekker. Afgezien van allerlei andere aspecten is het niet eerlijk tegenover Jo. Ze heeft Ed altijd voorgetrokken – ze heeft geen enkele moeite gedaan dat te verdoezelen – maar nu hij naar de Verenigde Staten is vertrokken en Adam is overleden, zijn Jo en jij opeens weer in trek.'

'Wat kan ik eraan doen?' vroeg hij opnieuw. 'We hebben zo veel geluk, Fliss. Kunnen we niet iets van dat geluk aan Maria afstaan?'

Ze zweeg. Hij had haar een schuldgevoel bezorgd en ze koesterde grote wrok.

'Op zich wel,' zei ze uiteindelijk. Opgelucht draaide ze zich om toen Hals moeder de keuken binnen kwam.

Prue Chadwick, die drieëntachtig was maar zeventig leek, beoordeelde de situatie ('er zat wat kou in de lucht') en kuste eerst Fliss en daarna Hal, zoals ze dat elke ochtend en avond deed. 'Op mijn leeftijd weet je het maar nooit,' zei ze dan. 'Wie weet leg ik opeens volkomen onverwacht het loodje. Niets is zo erg als geen afscheid kunnen nemen.'

Ze namen de lichte, droge aanraking van haar lippen in ontvangst en voelden zich al beter. Fliss glimlachte naar haar.

'Ik zal brood voor je roosteren.' Ze schonk koffie in Prues grote Royal Worcester-kopje met sierlijke bloemkransen. 'Heb je de brieven gisteravond nog afgekregen?'

'Ach, lieverd, het lijkt wel alsof ik nooit helemaal klaar ben. Telkens schiet me weer iets te binnen wat ik ook nog moet doorgeven. Ken je dat?'

'Nee,' zei Hal, die zijn beker koffie pakte, 'maar ik mis dan ook die vrouwelijke drang tot communiceren.'

'Hier zul je toch op moeten reageren.' Fliss raakte even de hoek van de envelop aan. 'Een brief van Maria,' zei ze tegen Prue. 'Ze wil hierheen komen voor Jolyons verjaardag.'

Prue nipte van haar koffie. Vandaar de kille sfeer. Onrust en schuldgevoelens overspoelden haar. Ze was er deels verantwoordelijk voor geweest dat de relatie tussen Hal en Fliss was verbroken toen die nog jong waren. Wat leek het nu dwaas om te willen verhinderen dat een neef en nicht met elkaar zouden trouwen. Ze was in de wolken geweest toen Hal met Maria trouwde. Ze had toch niet kunnen weten dat het huwelijk in een scheiding zou eindigen en dat Jolyon zou worden achtergesteld bij zijn jongere broer Ed? Jolyon was bij Hal in The Keep komen wonen en leek zijn draai te hebben gevonden. Zou hij in de war raken nu zijn moeder weer opdook? Prues hand trilde een beetje toen ze haar kopje op het schoteltje zette.

'Het komt doordat ze eenzaam is,' zei ze. Het was niet haar bedoeling Maria te verdedigen, maar ze hoopte op Fliss' medeleven. 'Ze is nog maar net weduwe.'

Ze deed er het zwijgen toe. Prue had begrip voor de eventuele gevoelens van Fliss, maar wist ook dat haar zoon gul was en gastvrijheid zou willen bieden. Hij weigerde te geloven dat ze iets te vrezen hadden van deze arme, diepbedroefde, eenzame vrouw die troost zocht bij oude vrienden en familie. Prue vermoedde dat het Fliss vooral dwarszat dat Maria erg op de mensen in haar directe omgeving leunde. Het kon zijn dat Maria's plotselinge verandering van inzicht ten opzichte van Jolyon hem rancuneus zou maken. Toen ze haar ogen opsloeg, zag ze Fliss naar haar kijken. Ze glimlachte naar haar, liet zwijgend merken dat ze haar angst snapte.

'In zulke omstandigheden ben je toch het liefst bij oude vrienden,' zei Hal.

'Waren we vrienden van haar dan?' vroeg Fliss ijzig, die het geroosterd brood in het toastrekje zette en de pot honing naar Prue toe schoof. 'Jij was met haar getrouwd en Jo is haar zoon. Als ik het me goed herinner, was de rest gewoon jouw familie. Maria was toch met geen van ons echt goed bevriend?' De vraag was eerder voor Prue dan voor Hal bedoeld. Prue schudde haar hoofd.

'Nee, maar ik denk dat ik wel weet wat Hal bedoelt. Nee, nee,' voegde ze er vlug aan toe bij het zien van de uitdrukking op het gezicht van Fliss. 'Ik trek geen partij voor hem. Heus niet, maar in zulke omstandigheden is een gedeeld verleden belangrijk. Ik weet dat Maria en Adam vijftien jaar samen zijn geweest en dat haar huwelijk met Hal de nodige hobbels heeft gekend. Dat neemt niet weg dat ze ons al van jongs af aan kent. Waarschijnlijk zoekt ze troost bij ons, vooral nu Ed in Amerika zit. Je moet niet vergeten dat haar eigen ouders niet meer leven en dat ze geen broers of zussen heeft. Het kan dus best zo zijn dat ze zich nauwer met ons verbonden voelt dan met sommigen van haar vrienden.' Ze keek machteloos van de een naar de ander. 'We hoeven ons niet verantwoordelijk voor haar te voelen. Ik probeer alleen duidelijk te maken hoe Maria zich waarschijnlijk voelt.'

'Precies,' riep Hal met een soort triomfantelijke opluchting. 'Dat bedoelde ik ook.'

'Toch,' zei Prue scherp, 'vind ik niet dat ze zomaar op Jolyons verjaardag kan komen, tenzij hij dat zelf goedvindt. Dat is een andere zaak.'

'Uiteraard.' Hal slikte de laatste slok koffie door. 'Ik ga op kantoor kijken of Jolyon er is.'

Hij ging de keuken uit en er viel een korte stilte.

'Weet je,' zei Prue vriendelijk, 'Hal is met jou zo gelukkig dat hij haar al het verdriet dat ze hem heeft aangedaan heeft vergeven. Dat is toch mooi?'

'Ja, dat is mooi,' antwoordde Fliss vlak, 'maar daardoor voel ik me nog schuldiger dat ik zo… hardvochtig ben. Ik wil niet dat ze telkens als ze zich eenzaam voelt hier op de stoep staat.'

'Dat is begrijpelijk en volkomen logisch. Zullen we kijken wat Jolyon ervan vindt? Hij is genereus en aardig, maar Maria heeft hem veel verdriet gedaan, dus wie weet hoe hij reageert.'

Fliss stond op en ruimde de vaatwasser in. 'Ik ga later vandaag naar Totnes,' zei ze. 'Heb je zin om mee te gaan?'

'Ja, graag.' Prue sloeg een uitstapje nooit af. 'Maak je geen zorgen, Fliss.' Ze zag de rimpel op het voorhoofd van haar schoondochter en glimlachte bij de herinnering. Weet je dat je sprekend op je grootmoeder lijkt? Dat was een echte tobber.'

Fliss glimlachte aarzelend terug. 'Ik probeer niet te piekeren,' zei ze. 'Maar ik voel me… machteloos.'

'Maria kan je nu geen pijn meer doen.'

Fliss stond stil, haar handen vol borden. 'Ik heb een voorgevoel. Raar, hè? Ik heb het idee dat er iets gedenkwaardigs staat te gebeuren. Dat klinkt zweverig, maar het is echt zo.'

Prue keek haar bedaard aan. Ze was niet geneigd om luchtig te doen over de voorspelling van Fliss. 'Zou kunnen, maar je weet toch niet zeker of het om iets vervelends gaat?'

Fliss zweeg even. 'Jolyon was gisteravond in een rare bui,' zei ze uiteindelijk. 'Het was net alsof er vanbinnen een lamp was aangegaan. Je kent Jo. Hij is vriendelijk en zachtaardig, maar ook gereserveerd. Toen we hem voor het eerst op tv zagen waren we toch allemaal verbaasd? Dat was de Jo van vroeger, onze lieve jongen, blakend van zelf-vertrouwen en zeer kundig. We zaten aan de buis gekluisterd. Jij zei toen: "Hij heeft eindelijk zijn draai gevonden. Nu zien we de echte Jolyon en dat werd tijd", of woorden van die strekking. Weet je dat nog? Maar als hij hier is, is hij de rustige, in zichzelf gekeerde en betrouwbare Jo die controleert of Lizzie haar werk goed doet om er zeker van te zijn dat het bedrijf nog goed loopt en die met de honden gaat wandelen. Gisteravond was hij hetzelfde als op televisie. Hij kwam binnen en straalde een soort magie uit. Hij was grappig en hartelijk en zeer aantrekkelijk. Je snapt waarom hij veel e-mails en brieven van fans krijgt. Toen had ik dus een voorgevoel dat er iets stond te gebeuren en op de een of andere manier heeft Maria's brief dat gevoel versterkt.'

'Heb je het hem gevraagd?'

'Wat had ik hem moeten vragen? Op de terugweg vanuit Bristol is hij bij Maggie langs geweest om wat boeken op te halen die hij van Roger mag lenen, maar daar zei hij verder weinig over. Hij reageerde ontwijkend, op een zeer vermakelijke manier, alsof hij had gedronken, maar dat was niet zo. Ik moest opeens denken aan toen hij een stuk jonger was en hij zomaar dwaze spelletjes met de honden ging doen alsof hij opeens zo gelukkig was dat hij dat gevoel niet kon temperen. Vanmorgen was hij nog steeds zo.'

'Misschien is dat het, is hij om de een of andere reden dolblij.'

'Hoezo? En waarom maak ik me zorgen?'

Prue schudde haar hoofd. 'Ik zou het niet weten. Misschien komt het door het vooruitzicht op verandering. Dat kan mensen heel onzeker maken.'

Hal kwam binnen en de beide vrouwen keken hem verwachtingsvol aan. Hal haalde zijn schouders op.

'Hij zal erover nadenken,' zei hij als reactie op hun onuitgesproken vraag. 'Eerlijk gezegd was hij nogal verbaasd. Dat is logisch. Hij zegt dat hij niet weet waar hij aan toe is. Hij heeft me overigens in vertrouwen verteld dat Maggie en Roger met Susan en de kinderen naar

Nieuw-Zeeland zijn vertrokken. Je zult het niet geloven, Fliss. Iain heeft Susan in de steek gelaten voor een ander. Hij had al heel lang een verhouding, maar niemand had dat door.'

'Wat vreselijk.' Fliss reageerde geschokt. 'Ze leken zo goed bij elkaar te passen en ze hebben twee kinderen. Arme Maggie en Roger. Ze zullen er ondersteboven van zijn.'

'Het blijft onder ons, hoor,' waarschuwde Hal.

'Uiteraard, maar hoe weet Jolyon dat als Maggie en Roger niet thuis waren?'

'Die vrouw was er.'

'Welke vrouw?' vroeg Fliss vlug. Onwillekeurig keken de twee vrouwen elkaar aan.

'Susans kindermeisje past op de honden nu iedereen weg is. Ze heeft Jolyon verteld wat er is gebeurd. Fliss, je raadt nooit wie die vrouw is. De dochter van Cordelia. Ik herinner me dat Cordelia wel eens heeft verteld dat ze in Londen werkte en er was ook iets met Susan, maar ik heb daar nooit een verband tussen gelegd.'

'Wat leuk dat Jolyon haar heeft ontmoet,' zei Prue vriendelijk. 'Ook fijn voor haar. Ze zal wel van streek zijn door wat er allemaal is gebeurd.'

'Dat lijkt me wel. Jo heeft er niets over gezegd. Hij is haastig naar Watchet vertrokken voor die nieuwe serie van hem over oude havens.'

'Watchet,' mijmerde Prue. 'Dat ligt toch in Somerset?'

'Rogers boot ligt in Watchet,' zei Fliss. 'Slechts twintig minuten bij hun huis vandaan.'

'Jo zei dat we bij de lunch niet op hem hoeven te rekenen,' zei Hal, die het onderonsje niet had gevolgd. 'Hij zei dat hij andere plannen had.'

'Dat geloof ik graag,' zei Prue.

5

Toen hij naar de Quantock Hills reed, was Jolyon zich amper bewust van het bekende traject: via wat binnenwegen naar Buckfast om daar de A38 op te draaien, langs Exeter en Tiverton Parkway en dan bij Taunton eraf. Hij had dit stuk vaak met zijn vader gereden als ze een weekend met Rogers boot gingen zeilen, maar wat hij vanochtend voelde, was nieuw voor hem. Sinds hij haar met de honden om zich heen in de deuropening had zien staan, had hij alleen maar aan Henrietta kunnen denken. Hij herinnerde zich elk detail: de rustige half-duistere gang, zoals ze bij elkaar hadden gestaan, haar bleke profiel dat afstak tegen de donkerrode gordijnen. Haar haar golfde over haar schouders alsof het in een strakke vlecht had gezeten en ze het had losgeschud. De verschillende kleuren van haar glanzende lokken fascineerden hem: topaas, goud, bruin, geelbruin en zelfs zwart.

'Lapjeskat,' had hij willen zeggen. Hij had haar haar willen aanraken. 'Je haar heeft de kleuren van een lapjeskat.' Toen ze hem had aangeke ken, had hij gezien dat haar ogen diezelfde vreemde kleuren hadden. Misschien bedoelden de mensen dat als ze het over hazelnootkleurige ogen hadden.

Hij vond het prettig dat ze terughoudend was, dat ze niet over Susan en Iain wilde roddelen. Hij voelde aan dat ze op het gebied van relaties voorzichtig was, dat ze door de echtscheiding van haar ouders op haar hoede was. Daar kon hij over meepraten. Toch was hij er zeker van geweest dat ze niet wilde dat hij wegging. Hoewel hij niet had durven opperen langer te blijven, had hij vanochtend zijn hart gevolgd en had hij haar gebeld. Nadat de telefoon twee keer was overgegaan nam ze op. Daar was hij ontzettend blij om. Ze reageerde enthousiast toen hij zei dat hij wilde langskomen. Uiteraard had hij uitgelegd dat hij naar Watchet ging, want hij wilde haar niet afschrikken door al te gretig te klinken. Hij had voorgesteld om in een pub te gaan lunchen en met de honden te gaan wandelen. Ze had direct ingestemd.

Tot zijn grote opluchting had niemand in The Keep gevraagd waarom hij opeens bij de haven moest gaan kijken. Zelfs zijn vader had niet opgemerkt dat hij, na jaren vanuit Watchet te hebben gezeild, de haven moest kennen als zijn broekzak. Hij had iets gemompeld over scheepsbouw en andere aspecten van de nieuwe serie en was haastig vertrokken. Zelfs het verontrustende nieuws dat zijn moeder op zijn verjaardag wilde komen, had hem niet opgehouden.

'Het arme mens is eenzaam,' had zijn vader met zijn gebruikelijke, tolerante opgewektheid gezegd. Jo wist maar al te goed dat hem werd gevraagd zich te schikken: hij moest het zijn onlangs weduwe geworden moeder vergeven dat ze hem in het verleden pijn had gedaan en had verraden en moest aardig tegen haar zijn. Dat was typerend. Zijn vader was grootmoedig, maar bij Jo stak verontwaardiging de kop op. Hij wist heus wel waarom zijn moeder opeens de band met de Chadwicks wilde aanhalen en dat kwam niet alleen doordat ze eenzaam was, hoewel dat wel een grote rol speelde. Sinds het gedenkwaardige interview tijdens de Chelsea Flower Show, twee jaar geleden, had ze hernieuwde belangstelling voor hem. Opeens vond ze het de moeite waard om hem te kennen. Eindelijk kon ze trots op hem zijn.

Jo kreeg een woedeaanval en klemde zijn handen om het stuur. Twaalf jaar geleden had ze geen enkele poging gedaan om haar teleurstelling te verbergen toen hij zijn toekomstvisie van The Keep gaf. Haar minachting was overduidelijk geweest.

'Tuinman?' had ze smalend gevraagd. 'Als je ambities niet verder reiken dan dat...'

Ze had geen belangstelling gehad voor zijn idee om van de portierswoning een eigen optrekje te maken, of voor zijn plannen om organische groenten te telen.

Niet één keer in die twaalf jaar had ze naar zijn werk geïnformeerd en ze had hem nooit uitgenodigd om in Salisbury te komen logeren. Papa en hij vormden een eenheid en Adam, Ed en zij vormden een andere eenheid. Ook nu nog dreigde het verdriet over haar afwijzing hem te verlammen. Hij ging op een parkeerhaven staan en zette de motor uit.

'Waanzin,' zei hij kwaad tegen zichzelf. 'Het slaat nergens op om daar nog steeds door van streek te raken.'

Hij draaide het raampje aan de passagierskant open. Achter de heg stond het vee bij elkaar in de beschutte schaduw van neerhangende wilgentakken. De beesten zwiepten met hun staart naar de lastige vliegen en het zonlicht wierp een gevlekte schaduw op hun brede, roomzachte ruggen. Geleidelijk zakte de pijn en hij dwong zichzelf om weer aan leuke dingen te denken. Hij zag Henrietta's gezicht voor zich: de smalle geëpileerde wenkbrauwen, de hoge brede jukbeenderen en de manier waarop haar lippen zich krulden tot een glimlach. Ze hadden herkenning bij elkaar gevonden, er had een soort uitwisseling plaatsgehad. Hij vermoedde dat ze dezelfde emotionele bagage met zich meedroeg als hij: angst voor een vaste relatie en de wetenschap dat het vreselijke gevolgen voor jezelf en anderen kon hebben als het misging.

Toch kwam hij voor het eerst in de verleiding om de gok te wagen. Geen enkele andere vrouw had zulke gevoelens bij hem opgeroepen en dat al na een korte kennismaking. Hij schudde verbijsterd zijn hoofd en draaide het contactsleuteltje om.

Maria stond bij het raam en keek de tuin in van haar dierbare vriendin Penelope. De aanblik van zo veel schoonheid deprimeerde haar: de volmaakte bloembedden, de doordachte gebogen en kromme lijnen van bomen en struiken – 'Ze voeren je ogen als het ware mee, zie je dat?' riep Penelope telkens – de symmetrie van kleuren en vormen.

Ze zag de tuinman van Penelope bezig, die goeie oude Ted – 'Maria, hij is loyaal en echt geweldig' – die vlak bij de wildtuin fanatiek een boom aan het omhakken was. Zelfs de wildtuin mocht niet echt wild zijn. Nee, zeg. Penelope had een duidelijk beeld van een wildtuin, moest niets hebben van uitspraken als 'onkruid is een plant die op de verkeerde plek staat'. In haar wildtuin stonden vooral vreemde en exotische – en dus heel dure – planten. Wee de boterbloem die zich daar durfde te vertonen. Daar maakte die loyale oude Ted korte metten mee.

Maria trok een lelijk gezicht. Ze had nooit van tuinieren gehouden, al had ze tegenover haar vrienden gedaan alsof dat wel zo was. Ze had Adam al het zware werk laten doen. Adam had het nog leuk gevonden ook. Nu ze aan hem dacht, barstte ze opeens in tranen uit. Die onverwachte aanvallen van verdriet kon ze niet in bedwang houden, juist omdat ze haar overvielen. De gekste dingen maakten haar emotioneel. Met haar zakdoek veegde ze haar tranen weg. Eigenlijk was ze blij dat ze niet meer in het grote huis woonde, dat zonder Adam erg leeg en eenzaam was geweest. Maar hij had nooit kunnen raden om welke reden ze was verhuisd.

Hij had haar, uiteraard zeer tactvol, gewaarschuwd. In de wetenschap dat ze geen kwaad woord over Ed wilde horen, koos hij zijn woorden altijd zorgvuldig als hij het over Eds 'wispelturigheid' had. Hij had tegen haar gezegd dat ze Eds wilde plannen niet moest aanmoedigen, had zich zorgen gemaakt of ze het financieel wel zou redden als hij als eerste kwam te overlijden en had haar aangeraden haar hand op de knip te houden. En hij was overleden, van het ene op het andere moment, was in elkaar gezakt toen hij de auto aan het wassen was. De ambulance was met loeiende sirene naar het ziekenhuis gereden, terwijl zij er bevend en bang in de auto achteraan was gereden. Ze had het afschuwelijk gevonden in het ziekenhuis: de weergalmende geluiden, de haastige voetstappen, de slangetjes en wijzers, de verpleegkundigen die het druk hadden en kortaf reageerden. De vreselijke wachtruimte van de eerstehulpafdeling zat vol lompe, gevoelloze mensen met overgewicht die naar een aan de muur bevestigd tv-scherm keken en achter elkaar zaten te eten; een gewond kind had aldoor gekrijst en werd door een bange moeder vastgehouden; onder de stoelen lagen plassen stinkende vloeistof. Toen had een onheilspellende verpleegkundige met een lang gezicht haar naam geroepen.

Ze had het uiteraard meteen geweten, maar alles leek zo onwerkelijk, onmogelijk gewoon, dat ze het niet allemaal kon bevatten. Die vaardige, vriendelijke Penelope en die lieve Philip waren gekomen. Ze hadden hun armen om haar heen geslagen en hadden haar naar huis gebracht. Ze gaven haar iets warms te drinken, waren lief en tactvol, hadden dingen voor haar geregeld en hadden gezegd dat ze hen altijd mocht bellen als er iets was. Maria moest niet eenzaam zijn. Penelope had Ed gebeld, had zacht gesproken, was een en al medeleven geweest. Ze had tegen Ed gezegd dat er iets was gebeurd en dat zijn moeder hem wilde spreken.

Ze had de hoorn gepakt en had – nogal nadrukkelijk – gewacht tot Penelope en Philip de kamer uit waren. Toen was ze opeens in tranen uitgebarsten. Die arme Ed schrok zich wezenloos. Adam was dan wel niet Eds vader, maar hij had wel sinds Ed twaalf was bij hen gewoond. Maria was geschokt door Eds oprechte verdriet. Ze had er eigenlijk niet over nagedacht hoe Ed zich zou voelen, had troost van hem willen krijgen. Die lieve Ed was meteen uit Londen gekomen…

Maria ging met haar rug naar het raam toe staan en keek om zich heen in de charmante, smaakvol ingerichte woonkamer van Penelope's volmaakte, kleine bijgebouw. Het kwam door die lieve Ed dat ze hier was. Ed had een geweldig plan bedacht waar hij financiële steun voor nodig had. 'Maak je geen zorgen, mama,' had hij gezegd. 'Het is puur een formaliteit. Heus.' Ze had het benodigde document ondertekend, had het volste vertrouwen in hem en zijn slimme vriend gehad, die op de geldmarkt werkte en haar had verzekerd dat er niets kon misgaan. Ze waren zo gewiekst en opgewonden: 'Over een week kunnen we allemaal miljonair zijn!' Maar het plan was mislukt.

O, dat afschuwelijke moment waarop Ed haar belde om te vertellen dat het helemaal mis was gegaan, dat hij haar waarschuwde dat het huis moest worden verkocht. De misselijkmakende angst die haar had verlamd en waar ze 's nachts wakker van had gelegen. Het ontstelde ongeloof dat dit kon gebeuren en de absolute noodzaak dat niemand – en vooral die lieve Penelope en slimme Philip niet – de waarheid zou weten.

Ze had hun verteld dat ze het huis ging verkopen, dat ze er niet meer tegen kon om alleen in dat grote huis te zijn. Ze zou iets huren tot ze had besloten wat ze wilde doen en waar ze wilde wonen. Penelope had gezegd dat ze in het bijgebouw mocht wonen tot ze het huis of appartement van haar dromen had gevonden. In haar enthousiasme om het aanbod aan te nemen had ze Penelope's arm bijna fijn geknepen. Wat een opluchting om naar een fatsoenlijke plek toe te kunnen, met oude vrienden bij de hand, terwijl ze de draad weer probeerde op te pakken. Daarom was ze hier. Ze pareerde hun suggesties als ze begonnen over een mooi huis hier of een fraai penthouse daar dat nog maar net te koop stond. Dan aarzelde ze en ze vond altijd wel een minpunt aan de woning in kwestie. Twee keer was ze bij een huis wezen kijken, alleen maar om de schijn op te houden. Wat hadden ze gelachen. Ze zeiden dat Maria inmiddels wel miljonair moest zijn en zich een luxeappartement kon veroorloven. Philip wipte vaak onverwacht binnen om haar te vertellen dat hij zojuist een huis op internet had gezien. Doordat ze zeer gevat was, slaagde ze erin de waarheid verborgen te houden. Ze moesten eens weten dat ze zich het bijgebouw van Penelope amper kon veroorloven, laat staan een fraai huis in de Cathedral Close!

Maria ging in een van de leunstoelen zitten en sloeg haar armen om zich heen, wiegde zacht heen en weer. Ze had hun aan het verstand weten te brengen dat ze zeker geen groot huis wilde. Ze zocht juist een knus huisje. Penelope had geprotesteerd toen ze doorhad dat er veel meubels werden verkocht, maar ze had ook begrip getoond en had meelevend gereageerd toen Maria had uitgelegd dat de dood van Adam zulke veranderingen noodzakelijk maakte. Maria sloot haar ogen nu ze dacht aan Penelope's vernederende medeleven en hoopte maar dat niemand ooit de waarheid zou ontdekken.

Gelukkig had ze de Chadwicks nog. De mogelijkheid bestond dat die haar zouden redden. Als ze haar kaarten goed speelde, zou ze misschien een tijdje bij hen kunnen logeren. Er was ruimte genoeg in dat geweldige huis met al die aanbouwen. Wie weet zou ze zich een huisje vlak bij The Keep kunnen veroorloven. Dan zag ze Jolyon en Hal ook nog eens. Hal was zo lief voor haar geweest toen Ed had besloten om samen met zijn vriendin Rebecca naar de Verenigde Staten te emigreren. Maria wapende zich tegen de pijn in haar hart. Ze had het gevoel dat ze Ed kwijt was. Rebecca had hem van haar afgepakt en de daardoor ontstane breuk tussen hen was groter dan de verhuizing naar Amerika ooit had kunnen bewerkstelligen. Ze zag Rebecca voor zich: klein, petieterig, volmaakt, sterke gespierde beentjes, zwart haar, dat zo glad was dat het op haar schedel geverfd leek te zijn, altijd met haar klauwachtige vingertjes op een laptop. Maria's hart trok samen van verdriet en angst. Hoe kon haar lieve Ed gelukkig zijn met zo'n gevoelloze carrièrevrouw?

'Het gaat prima, mama,' had hij ooit ongeduldig gezegd, toen ze vroeg of hij wel gelukkig was. 'Prima.'

Ze werd op een afstand gehouden. Als Ed haar tegenwoordig omhelsde, zag ze over zijn schouder Rebecca's kille blik, wat de blijdschap over zijn genegenheid vergalde. Ze was volkomen overstuur geweest toen Ed, vier weken na de gedwongen verkoop van haar huis, had aangekondigd dat Rebecca en hij in New York gingen wonen. Rebecca had een baan aangeboden gekregen die ze echt niet kon afslaan.

'En jij dan?' had ze gevraagd, waarmee ze in feite ook bedoelde: en ik dan? Hoe kun je me uitgerekend nu in de steek laten? 'O, ik vind wel iets,' had hij gezegd. 'Je kent me. Dit is te belangrijk voor Rebecca om deze kans te laten schieten. Je weet dat ze briljant is, en dit is een droombaan.' Hij had beschaamd gekeken, net zoals toen hij een kind was. 'Mama, het punt is dat ze erachter is gekomen van dat laatste bedrijfje. Dit is min of meer mijn laatste kans. Graag of niet. Ze heeft daar enkele zeer goede contacten en ze denkt dat ik daar een baan op mijn niveau kan krijgen. Ik vind het echt heel rot dat ons plan is mislukt. Maar jij redt het toch wel? Er zijn toch nog veel beleggingen en er is toch geld overgebleven van de verkoop van het huis? Het spijt me echt heel erg, mama. Beschouw het maar als mijn deel van de erfenis. Ik beloof je dat ik nooit meer om geld zal vragen.' Hij had zo zielig en mismoedig gekeken dat ze hem alles had vergeven. Hij had haar omhelsd en daarmee was de kous af geweest.

Daarna was ze voor het eerst sinds jaren naar The Keep gegaan. Hal had haar geschreven. O, wat was ze blij geweest met zijn brief. Hij schreef dat Ed en Rebecca in The Keep waren geweest om afscheid te nemen en dat zij, Maria, het wel moeilijk zou hebben. Ze zouden hen allemaal missen, had hij geschreven, maar het leek een geweldige kans en zo ver was New York nou ook weer niet. Ze zou eens zien hoe leuk ze het vond om bij hen op bezoek te gaan en Manhattan te verkennen...

Het was een opgewekte en bemoedigende brief geweest, een balsem voor haar zere hart. Ze had gebeld, met bonzend hart voor het geval Fliss zou opnemen, maar ze had geluk, want Hal nam zelf op. Het gesprek was opvallend soepel verlopen. Hij was meelevend en vriendelijk geweest en had die magische woorden gezegd: 'Als je ooit zin hebt om naar The Keep te komen...'

Vermoedelijk had hij er niet op gerekend dat ze al op korte termijn zou willen komen – dat wist ze heus wel – maar ze had de verleiding van zijn aangeboden warmte en vriendelijkheid niet kunnen weerstaan. Ze had eigen vrienden, maar Hal was Eds vader en hij wist hoe ze zich voelde. Ze hadden een band, een heel bijzondere band. Je kon niet twintig jaar met een man getrouwd zijn en zijn kinderen op de wereld hebben gezet en dan helemaal onverschillig tegenover hem staan. Zelfs Fliss moest dat inzien. Ze had zelfs overwogen hem over Eds rampzalige zakelijke transactie te vertellen. Dan zou Hal zeker meer medelijden met haar hebben gehad, maar iets weerhield haar daarvan, een stemmetje waarschuwde haar het voor zich te houden. Grotendeels was dat uit loyaliteit ten opzichte van Ed. Ze wist maar al te goed wat Hal zou zeggen over de tekortkomingen van die lieve Ed. Net zoals Adam maakte Hal zich geen enkele illusie over zijn jongere zoon en hij sprak onomwonden over diens zwakheden. Hij was dol op Ed, maar nam het haar en haar ouders kwalijk dat ze hem hadden verwend en ze kon er gewoon niet tegen als iemand iets negatiefs over hem zei. Ook moest ze er niet aan denken dat Fliss zou weten dat Ed de boel in het honderd had laten lopen. Nee. Ze huiverde bij de gedachte aan zo'n vernedering. Dat kon ze echt niet aan. Maar er speelde meer mee dan alleen loyaliteit aan Ed. Als ze hun over de ramp zou vertellen, zouden ze misschien denken dat haar behoefte om de banden aan te halen uit financiële nood voortkwam. En dat was niet zo, echt niet.

Ze had dus alleen tegen Hal gezegd dat ze hen graag allemaal weer eens wilde zien en ze was naar de West Country gereisd. Verbazingwekkend genoeg was het heerlijk geweest om terug te zijn in The Keep. Hal was gelukkig niets veranderd en Prue was even hartelijk en meelevend als altijd. Zelfs Fliss was aardig geweest, al was het een schok geweest om te zien dat ze inmiddels veel op haar grootmoeder leek, dat geduchte oude vrouwelijke hoofd van de familie: Freddy Chadwick. Op dezelfde manier als haar grootmoeder rechtte Fliss haar schouders en stak ze haar kin in de lucht als ze je aankeek. Dat was best verontrustend. Als ze volkomen eerlijk was, moest ze bekennen dat Jolyon wat onbeholpen had gedaan. Hij voelde zich ongemakkelijk toen ze hem vertelde dat ze trots op hem was, maar hij was druk bezig geweest met het filmen van het een of ander en ze had hem weinig gezien. Maar goed, ze had opnieuw een brief geschreven, waarin ze voorstelde om op Jolyons verjaardag te komen en ze had geschreven dat het tijd was om de banden aan te halen. Nu wachtte ze vol spanning op een reactie van Hal. Ze kon immers niet bij Penelope in het bijgebouw blijven wonen…

Er werd op de deur geklopt. Penelope was altijd zeer tactvol, kwam nooit onaangekondigd binnen. Maria keek op haar horloge. Het was te vroeg voor een borrel. Misschien zou ze haar op de koffie uitnodigen of zou ze vragen of ze meeging naar Salisbury om te winkelen. Soms meende ze dat Penelope heel blij was dat Maria haar op elk moment kon afleiden van Philips gezelschap nu die gepensioneerd was.

'Binnen,' riep ze, terwijl ze haar gezicht in de plooi trok. Ze keek vrolijk en straalde dappere vastberadenheid uit. 'Goedemorgen, Penelope. Ik stond net naar je prachtige tuin te kijken. Hoe je het voor elkaar krijgt, is me een raadsel. Ik kan echt uren uit het raam kijken.'

6

Weer alleen zette Cordelia haar strijd met de *soke* voort. Ze kreeg de opbouw van het artikel niet goed en haar woorden weigerden een acceptabel, samenhangend geheel te vormen. Gefrustreerd stapte ze het balkon op. Ze leunde op de warme stenen en keek naar beneden, naar het heldere groene water, waar dikke, donkere slierten zeewier in dreven die in de rotswand wortelden. Ze wist waarom ze zich niet kon concentreren. Schuldgevoelens en nieuwsgierigheid vroegen om aandacht en leidden haar danig af van haar werk. Ze pakte haar mobiele telefoon uit haar zak en drukte op wat toetsen.

'Hoi, mama.' Klonk er ongeduld in Henrietta's stem door?

'Lieverd,' zei Cordelia vlug. 'Sorry van gisteravond. We belden elkaar op een slecht moment, hè? Eerst zat jij met Jolyon en later zat ik met... mijn vrienden. Stom van me dat ik niet meteen aan Jolyon had gedacht. Ik zat te denken aan Joe met een "e" en...' Ze hoorde zichzelf ratelen. 'Maar goed, ik ben blij dat het raadsel is opgelost.'

'Ja.' Een aarzeling. 'Hij komt vandaag weer. Sterker nog, hij kan elk moment arriveren.'

'O.' Cordelia deed haar best om niet te verbaasd of te nieuwsgierig te klinken. 'Leuk.'

'Hij moet naar Watchet.' Een verdedigende klank; een waarschuwing er niet te veel achter te zoeken. 'Dat heeft te maken met zijn nieuwe tv-serie. We gaan lunchen in een pub.'

'Leuk. Nou...' Ze aarzelde of ze zou zeggen dat Henrietta hem de groeten moest doen, maar besloot haar mond te houden. Ze wilde zich er niet mee bemoeien. 'Nou, dan ga ik maar weer aan de slag. Dag, lieverd.'

Dat was dat. Gerustgesteld en hoopvol zette Cordelia haar ellebogen op de muur, maar de onrust bleef. Onder haar deinde de zee rusteloos, sloeg minachtend koude ladingen water tegen de klifwand en gromde in de diepe ondergrondse grotten. Een koel briesje streek over haar wangen en trok aan haar haar. Ze huiverde, was blij dat de zon scheen.

Zijn wij de eerste generatie die per se vrienden willen zijn met onze kinderen?

'Zou het niet geweldig zijn als Henrietta en Jolyon verliefd op elkaar zouden worden?' had ze gisteravond gezegd.

'Misschien,' had Angus voorzichtig geantwoord. 'Misschien ook niet.'

'Hoezo niet?' Ze was op één elleboog overeind gekomen en had hem min of meer verontwaardigd aangekeken.

'Dat ligt eraan wat er daarna gebeurt,' had hij redelijkerwijs geantwoord. 'Verliefd worden is geen doel op zich. Dat zou jij toch moeten weten.'

Ze had zich weer op het kussen laten zakken en had naar het plafond gekeken. 'Dat weet ik wel, maar toch…'

'Je hoopt dat die ervaring Henrietta zodanig zal veranderen dat ze je begrijpt en vergeeft.'

Daar had hij volkomen gelijk in.

Ze hoorde een auto op het pad. McGregor blafte en Cordelia draaide al luisterend haar hoofd. De auto stopte, maar de motor bleef draaien. Er ging een portier open en ze hoorde druk gepraat op de radio. Even later klepperde de brievenbus. De vaste postbode was op vakantie. Cordelia wachtte tot de bestelbus was gekeerd en het pad af was gereden voordat ze in beweging kwam. Ze maakte altijd graag een praatje met oude Jimmie, maar zijn zwijgzame vervanger was een saaie jongeman die weinig te vertellen had. Vanmorgen was ze niet in de stemming voor een poging een gesprek te voeren.

Ze draaide zich om, steunde op haar ellebogen in de zon en dacht na over het artikel. Ze moest de discipline opbrengen om terug te gaan naar haar werkkamer en aan de slag te gaan. McGregor blafte opnieuw en gromde diep in zijn keel. De schittering van licht op het klifpad trok haar aandacht. Er liep iemand en er glinsterde zonlicht op de glazen van de verrekijker toen die niet meer op de kust maar op haar huis werd gericht. Even had Cordelia het akelige gevoel dat ze werd begluurd. Ze rechtte zich en keek naar de stilstaande gestalte, die zich na een tijdje omdraaide en uit het zicht verdween. Zich verzettend tegen haar irritatie vroeg ze zich af of een wandeling zou helpen om het creatieve proces op gang te brengen. Of was dat gewoon een excuus om het werk uit te stellen? De telefoon ging. Opgelucht liep ze ernaartoe om op te nemen.

'Fliss,' zei ze blij. 'Wat leuk dat je belt... Ja, dat heb ik gehoord. Dat werd tijd ook, vind je niet? Het is raar dat ze elkaar nooit hebben ontmoet. Vreselijk van Susan en Iain, hè? Arme Maggie en Roger... Heb je zin om bij me te komen lunchen?... Dan kom je toch op de thee? Leuk... Gezellig. Tot vanmiddag.'

Ze voelde zich meteen beter. Dat was iets om naar uit te kijken en het zou fijn zijn om met Fliss over Jo en Henrietta te praten. In de tussentijd moest ze echt gaan werken. Neuriënd liep ze haar werkkamer binnen. 'Charteris Soke in Frampton Parva is het enige gebouw in zijn soort...'

Boven in haar slaapkamer bleef Fliss even staan, verbaasd als ze was dat ze in een opwelling Cordelia had gebeld. Het was niets voor haar om zo gespannen te zijn, alleen maar omdat Maria een brief aan Hal had geschreven waarin ze vroeg of ze nog een keer mocht komen logeren. Misschien kwam het doordat Maria alleen aan Hal had geschreven, niet aan hen allebei. Er zat een bezitterige, geheimzinnige trek in Maria's karakter die weigerde Fliss en Hal als een eenheid te zien. Tot Adams dood was dat niet van belang geweest. Bovendien stuurde Maria toen zelden brieven. Dat was nu anders. Het afgelopen half jaar was er verschillende keren post uit Salisbury gekomen en Fliss vond het vervelend dat Hal brieven van zijn ex-vrouw kreeg, terwijl zij volledig werd buitengesloten.

Het was dom om zich daar wat van aan te trekken, hield Fliss zichzelf voor. Ze hoefde immers maar aan Hal te vragen of ze de brieven mocht lezen en dan liet hij ze zien, al had hij dat nooit uit eigen beweging gedaan. Ze vroeg zich af of Hal al die brieven had beantwoord en wat hij dan had geschreven.

'Misschien bel ik haar wel,' had hij terloops opgemerkt, als hij de brief of kaart opzijschoof. Ze had hem er nooit over uitgehoord en later waren de envelop en de brief dan nergens te vinden. Ze herinnerde zich dat hij op een keer bij het lezen van zo'n brief hard had gelachen en dat had haar gestoord. Het ging te ver om het jaloezie te noemen, stelde ze zichzelf gerust, maar ze was duidelijk behoorlijk geïrriteerd geweest. Het sloeg nergens op Hal ervan te verdenken zijn ex-vrouw aan te moedigen en waarom maakte ze zich daar na al die tijd druk om? Ze waren al acht jaar gelukkig getrouwd, al was ze nog steeds teleurgesteld en verontwaardigd als ze dacht aan al die verloren jaren waarin ze van elkaar gescheiden waren geweest.

Destijds had ze niet geweten wat Hals moeder en grootmoeder precies tegen hem hadden gezegd waardoor hij ervan overtuigd was geraakt dat hij niet met haar moest trouwen, maar ze hadden hem bang gemaakt.

'Ze beschuldigden me zo'n beetje van incest,' had hij haar jaren later verteld, nadat Maria hem had verlaten en Miles was overleden. 'Ze kwamen aanzetten met dat we als broer en zus waren opgegroeid en dat onze vaders een eeneiige tweeling waren. Van een ander soort relatie tussen ons kon dan ook geen sprake zijn. Ze wezen erop hoe jong we waren en vonden dat ik misbruik van je maakte. Ik kreeg echt het gevoel dat ik een verderfelijk, losbandig leven leidde.'

Hij was tweeëntwintig, dacht Fliss, en ik negentien. Het kwam niet in ons op om in verzet te komen. Wat waren we jong en onervaren. En dus trouwde hij met Maria en ik met Miles.

Ze schrok toen er op de deur werd geklopt. 'Binnen,' riep ze, terwijl ze zich bij het raam vandaan draaide.

Vanuit de deuropening keek Prue haar glimlachend aan. Ze was al helemaal klaar voor haar uitje en straalde bij het vooruitzicht. Ze zag er jong en mooi uit.

'Ik wilde je niet laten wachten,' zei ze vrolijk. 'Wat denk je, hebben we op de terugweg tijd om bij Dartington Hall te stoppen en door de tuinen te wandelen?' Ze kwam een eindje de kamer in. 'Waar stond je aan te denken, lieverd? Je kijkt zo ernstig, wat triest.'

'Ik dacht aan Miles,' antwoordde Fliss, 'en aan de rest van ons. Aan Maria en Hal en mij. Aan mijn grootmoeder en aan jou. En aan al die verspilde tijd en de fouten die we hebben gemaakt.'

'Ach, lieverd,' zei Prue berouwvol. 'Wat zul je een hekel aan ons hebben gehad, aan Freddy en aan mij, toen we Hal en jou uit elkaar haalden. Je kunt je nu niet voorstellen hoeveel weerstand we voelden omdat jullie volle neef en nicht zijn. Later beseften we dat we een fout hadden gemaakt, maar we wisten niet dat jullie zo veel van elkaar hielden. Jullie waren nog heel jong. Oom Theo was ontzettend boos op ons.'

'Oom Theo?' Fliss' gelaatsuitdrukking verzachtte en ze voelde genegenheid en verdriet toen ze aan die bedeesde priester dacht die altijd haar kant had gekozen. 'O ja?'

'Nou en of. Het werd bijna ruzie tussen Freddy en hem. Hij vond dat de familie jullie zeer slecht behandelde door te concluderen dat jullie te jong waren om er echt onder te lijden. Maar, Fliss, er zijn ook veel goede dingen uit voortgekomen. Je lieve kinderen Bess en Jamie bijvoorbeeld, en die schat van een Miles. Aan het eind hielden we allemaal van hem. Wat was hij dapper na die afschuwelijke beroerte.'

'Dat weet ik. Let maar niet op mij. Ik heb al eerder tegen je gezegd dat ik onrustig ben. Ik mis de kinderen. Bess en Matt en de kleinkinderen zitten zo ver weg in Amerika en nu wordt Jamie overgeplaatst naar Caïro. Ik mis het dat ik ze niet om me heen heb. Kom, dan gaan we naar Totnes en als we klaar zijn met winkelen gaan we op de terugweg bij Dartington Hall koffiedrinken.' Fliss pakte haar jas van een stoel. 'Ik ga vanmiddag trouwens op theevisite bij Cordelia.'

'O!' Prue keek Fliss scherp en goedkeurend aan. 'Wat een goed idee.'

'Laten we het hopen,' zei Fliss, terwijl ze samen de trap af liepen. 'Ik weet niet of ik achterbaks ben. Op zulke momenten mis ik oom Theo het meest. Die wist altijd door de verwarring heen te kijken en de kern van de zaak te zien.'

'Oom Theo was mijn allerbeste vriend. Hij heeft me zo vaak voor een ramp behoed dat ik de tel kwijt ben geraakt.' Toen ze door de hal liepen, keek Prue op haar horloge. 'Waar zou Jolyon nu zijn?'

Fliss grinnikte. Haar onrust was wat afgenomen en ze verheugde zich erop bij Cordelia op bezoek te gaan. 'Waar hij ook is, hij doet vast geen onderzoek in de haven van Watchet.'

Jolyon zat in de zon, met zijn ellebogen op de ruwe planken van de tafel voor de pub, en keek met geamuseerd medelijden naar Henrietta.

'Buitenstaanders moeten altijd even aan onze familie wennen. Dat is waarschijnlijk de reden dat de tv-ploeg zo geïnteresseerd in ons was. Er wonen drie generaties in een huis dat een kruising is tussen een kasteel en een fort. We zijn een anachronisme, dat is het hele punt.'

'Ik kan het allemaal niet meer volgen.' Henrietta schudde haar hoofd en nam een slok bier. Ze was heel gelukkig nu ze hier in de zon tegenover hem aan tafel zat te wachten tot hun boerenlunch zou worden gebracht. 'Het is veel te ingewikkeld.'

'Welnee, ik zal het nog een keer uitleggen.' Hij boog zich naar voren en tikte de namen op zijn vingers af. 'Je hebt oma, papa, Fliss, ik...'

'Wacht even,' viel ze hem in de rede. 'Je zei dat Fliss je stiefmoeder en je nicht is.'

'Achternicht, ja. Papa en Fliss zijn volle neef en nicht van elkaar. Een kalverliefde, maar de familie was ertegen dat ze met elkaar zouden trouwen. Dus trouwde papa met mijn moeder en Fliss met Miles. Papa kreeg Ed en mij. Fliss kreeg een tweeling, Jamie en Bess. Mijn ouders zijn gescheiden toen ik vijftien was en daarna heb ik alle vakanties in The Keep doorgebracht. Papa was daar ook als hij verlof had. Papa en Fliss zijn acht jaar geleden getrouwd, nadat Miles was overleden.'

Ze keek hem aan, zich bewust van de turbulente onderstromen onder het gladde oppervlak van dit verhaal, maar besefte dat hij daar nog niet over wilde praten.

Hou het luchtig, hield ze zichzelf voor. Probeer het leuk te houden.

'Oké,' zei ze. 'Dat snap ik. Je oma is dus de moeder van je vader én de tante van Fliss. En dan heb je ook nog Sam, weer een andere neef. Zijn ouders zijn overleden en hij is in The Keep opgegroeid. En daar komt Lizzie dan in beeld.'

Ze besefte dat Jolyon niet wilde uitweiden over de tragische dood van Sams ouders, maar ze wilde meer over Lizzie weten. Als hij het over Lizzie had, was duidelijk aan Jolyons gelaatsuitdrukking te zien dat hij een zwak voor haar had.

'Lizzie was Sams kindermeisje,' zei hij. 'Dat hebben jullie gemeen. Papa en Fliss zagen er nogal tegen op om voor een kind van drie te zorgen en daarom werd Lizzie met open armen verwelkomd. Ze kende Sam al zijn hele leven, want Sams moeder was haar beste vriendin geweest en ze vond het prima om bij de familie te horen. Voor mij was het fijn om iemand van mijn eigen leeftijd in de buurt te hebben. Toen Sam twee jaar geleden naar kostschool is gegaan, was het de vraag of ze zou weggaan, maar ze hielp al mee op kantoor en wist veel over Keep Organics. Het leek dan ook verstandig dat ze zou blijven, vooral omdat mijn werk voor de televisie steeds meer tijd in beslag ging nemen. We zouden haar allemaal ontzettend hebben gemist als ze was weggegaan. Ze hoort bij de familie.'

Henrietta bestudeerde hem. Hij keek openhartig, argeloos. Hij had het net zo goed over een zus of een nicht kunnen hebben.

'Is dat alles of zijn er nog meer nichten en tantes?'

'De anderen wonen niet in The Keep...' Hij aarzelde en leunde achterover om de serveerster de gelegenheid te geven hun borden op tafel te zetten. Iedereen in de pub had Jolyon herkend en er was even opgewonden gefluisterd, maar Jolyon was kalm en vriendelijk gebleven. Henrietta vond het vermakelijk dat, hoewel de serveerster lief naar hem lachte, hij haar amper opmerkte, behalve dan dat hij haar bedankte voor het eten. Henrietta bedankte haar ook en zei dat ze verder op dit moment niets hoefde. Ze trok zogenaamd een wanhopig gezicht toen Jolyon aarzelde.

'Vertel het me maar niet,' zei ze. 'Mijn hersens kunnen al die informatie nu al niet verwerken.'

'Dan zit er niets anders op dan dat je naar The Keep komt om iedereen te ontmoeten,' zei hij luchtig, terwijl hij zijn mes en vork uit het papieren servetje haalde. 'Namen onthouden gaat toch veel gemakkelijker als je de gezichten erbij weet? Bovendien wordt het tijd dat je hen leert kennen. Cordelia kennen ze al. Ze zullen het geweldig vinden om kennis met je te maken.'

'Het klinkt eng.' Ze brak het knapperige broodje open, smeerde er boter op en sneed een stuk kaas af.

'Wat een onzin. Bovendien wil ik je The Keep laten zien. Dat is nog eens een anachronisme. Het huis lijkt op een klein kasteel met kantelen op het dak en hoge muren rondom de binnenplaats. Ik woon in de portierswoning.'

'Dat klinkt als iets uit een sprookje van Hans Andersen. Goed, dat geeft de doorslag.' Ze was te gelukkig om op haar hoede te zijn of een slag om de arm te houden. 'Dat moet ik zien.'

'Mooi.' Hij was opgetogen. 'Geweldig.'

'Maar ik zit met de honden,' waarschuwde ze hem. 'Die kan ik niet te lang alleen laten.'

'Dan neem je de honden toch mee? Geen punt.'

'Maar ik kan toch niet met drie honden komen aanzetten? Nee, dat kan echt niet...'

'Onzin. Honden zijn altijd welkom in The Keep. We hebben momenteel twee teefjes. Zussen, nakomelingen van de honden die we jaren geleden hebben gehad en ze hebben ook hun namen geërfd. Pooter en Perks. Ze zullen blij zijn als jouw honden komen.'

'Pooter en Perks.' Ze lachte. 'Leuke namen. Is er een speciale reden dat ze zo heten?'

Hij schudde zijn hoofd. 'De eerste Pooter en Perks zijn van voor mijn tijd. Die maken deel uit van de familiefolklore. Mijn tante Kit was altijd degene die de honden namen gaf. Je had Mrs. Pooter en later ook Polly Perkins. En dan had je nog Mugwump, Rex en Rufus.'

'Rex klinkt wel heel gewoontjes na Mugwump.'

Jo fronste zijn wenkbrauwen. 'Rex was eigenlijk onze hond, maar mijn moeder kon hem niet aan. Ze had vaak fikse ruzie met papa over dat beest. Op zekere dag heeft papa Rex in de auto gezet en is met hem naar The Keep gereden, zodat hij daar kon gaan wonen. Ik miste de hond vreselijk, maar de ruzies hielden in elk geval op, die over de hond althans.'

'Ik denk,' zei ze voorzichtig zonder hem aan te kijken, 'dat ruzies in elk geval een teken zijn dat er iets mis is. Mijn ouders hadden nooit ruzie. Daarom was het ook zo'n schok toen ze uit elkaar gingen. Datzelfde geldt voor Iain en Susan. Ze hadden het er zelfs over om een puppy te nemen. Ik heb me wel eens afgevraagd of Maggie Tacker naar Londen had willen brengen als hij eenmaal zindelijk was. Over dat soort zaken gesproken, we moeten ze zo meteen uitlaten. Nou ja, ik dus.'

'Dat doen we samen. We zullen met hen naar de top van Robin Upright's Hill gaan.'

Ze trok haar wenkbrauwen op. 'Hoe laat moet je ook alweer in Watchet zijn?'

Hij dronk zijn bier op. 'Dat weet ik niet meer. Jammer dan. Hopelijk kunnen de honden het ophouden tot we het nagerecht ophebben.'

7

Cordelia keek op haar horloge, herlas de laatste zinnen op het scherm en drukte op een knop om het document op te slaan. Al met al geen slecht resultaat voor een werkdag, maar het was een strijd geweest om ervoor te zorgen dat haar gedachten niet afdwaalden en om die vreselijke, sluipende wanhoop op een afstand te houden die het creatieve proces verdoofde. Ze had ontzettend vaak gecontroleerd hoeveel woorden ze had. Dat was altijd een slecht teken. Een paar keer had ze zich moeten beheersen om niet op te staan om nog een kop koffie te zetten of op zoek te gaan naar chocolade of koekjes. Gek was dat, dat de drang om te communiceren via het geschreven woord om zeep werd geholpen door deze geestelijke verlamming en het gebrek aan zelfvertrouwen. Ze had het daar ooit eens over gehad met een gerespecteerd en bekend journalist.

'Hoe komt het toch,' had ze op klaaglijke toon gevraagd, 'dat men zich gedreven voelt iets te doen wat zo'n geestelijke kwelling is? Je krijgt een fantastisch idee en je wordt dolenthousiast, maar als puntje bij paaltje komt doe je ongeveer van alles – vrienden bellen, strijken, de hond uitlaten – behalve schrijven.'

'Dat ken ik,' had hij meelevend gezegd. 'Het lege scherm, briljante zinnen die op papier waardeloos lijken, je afbrokkelende zelfvertrouwen. Toch is het essentieel dat je je vingers op de toetsen houdt en iets schrijft, ook al is het van slechte kwaliteit, want dan kun je verder en krijg je nieuwe ideeën. De troep kun je later weggooien, maar niets is zo funest als toegeven en weglopen. Dan is het een volgende keer alleen maar lastiger.'

Ze had zijn raad opgevolgd en had gemerkt dat het werkte. Toch waren er nog steeds dagen dat ze uit pure wilskracht zinnen schreef die voortkwamen uit wanhoop en een piepklein beetje inspiratie. Vandaag was zo'n dag, maar ze had toch wat bereikt…

McGregor gromde. Ze zag iets bewegen bij het raam, registreerde in een oogwenk wat kleuren. Cordelia keek om zich heen. Was Fliss er al? Ze stond op, maar er werd niet op de deur geklopt en er stond geen auto op de parkeerplek bij de garage. Ze zag alleen een groep wandelaars op het klifpad. Een bleef wat achter bij de rest, stond stil en keek om zich heen. Cordelia haalde haar schouders op. Het zou wel een vogel bij het raam zijn geweest of misschien was een van de wandelaars naar het huis toe gelopen om het van dichtbij te bekijken. Wel vaker liep een brutale wandelaar naar de huisjes toe om naar binnen te gluren. Het was zelfs een paar keer gebeurd dat wandelaars op de deur hadden geklopt en vragen over de kustwacht hadden gesteld.

Soms wilde ze dat haar werkkamer aan de voorkant van het huis zat en uitkeek op de zee, maar toen haar ouders het huis in de jaren zeventig van de vorige eeuw hadden gekocht, hadden ze de twee kleine kamers behouden die op het binnenland uitkeken en door een smalle gang van elkaar waren gescheiden. Die deden respectievelijk dienst als werkkamer en salon. Van de kamers aan de zeekant hadden ze één grote ruimte gemaakt, met aan de ene kant de keuken en aan de andere kant het zitgedeelte. Af en toe werkte ze aan de keukentafel op haar laptop, maar het uitzicht en het zonlicht en het ontbreken van de benodigde naslagwerken bleek meestal te veel af te leiden. Ze hield van haar kleine werkkamer, waar nog steeds de boeken van haar ouders op de planken stonden en enkele fraaie aquarellen van haar moeder aan de muur hingen.

Aha, daar was de auto. Fliss stapte uit en keek om zich heen, stond even volkomen stil in de zon om naar de zee te kijken. Cordelia liep op haar af om haar te begroeten, was nog steeds verbaasd over het telefoontje van Fliss. Ze had gedacht dat Fliss iemand was die haar mening voor zich hield en niet de neiging had om onder het genot van een kopje thee te speculeren.

'Het schijnt dat onze jongelui elkaar eindelijk hebben ontmoet,' had ze eerder aan de telefoon gezegd. Cordelia had echter ook iets anders dan geamuseerde blijdschap bespeurd en had haar in een opwelling uitgenodigd om te komen lunchen of thee te komen drinken. Tot haar verbazing had Fliss haar uitnodiging direct geaccepteerd.

'Wat leuk dat je er bent,' zei ze, terwijl ze de deur openhield en hartelijk naar haar glimlachte. Ze ging haar voor door de gang naar de keuken.

'Ik was vergeten hoe fantastisch het hier is,' zei Fliss, die van het ene raam naar het andere liep. 'Hal en ik zijn hier ooit geweest toen je aan dat artikel bezig was. Weet je dat nog?'

'En of ik dat nog weet. We hebben toen op het strand gebarbecued.'

'Je zei dat dat alleen bij eb kon en je daagde Hal uit om te gaan zwemmen.'

'Maar daar wilde hij me niet aan houden. Ik vind het heerlijk om te zwemmen als het eb is en de zee zich terugtrekt. Dat is betoverend. Bij vloed is het hele strand ondergelopen.'

'Ik herinner me nog goed dat we die lange trap tegen het klif op moesten nadat we te veel hadden gegeten!'

De twee vrouwen lachten. Het eerste, wat ongemakkelijke moment was voorbij. Cordelia liep naar het fornuis en zette de ketel op de warmhoudplaat.

'Deze vriend herinner ik me nog. Hij is bijna net zo groot als ik.' Fliss stak haar handen uit om McGregor te begroeten en aaide zijn oren.

'De ideale metgezel. Groot en beschermend, maar zonder daar drukte over te maken,' zei Cordelia. 'Leuk, hè, dat Henrietta en Jo elkaar eindelijk hebben ontmoet? Raar dat het zo lang heeft geduurd.'

'Dat heb je bij de marine.' Fliss had zich weer omgedraaid om uit het raam te kijken. 'Je komt telkens dezelfde gezinnen tegen en andere mensen zie je nooit.'

'Ik heb me natuurlijk vrij gauw uit dat wereldje teruggetrokken. Nadat Simon ons had verlaten, ben ik naar Londen gegaan, al zat Henrietta nog wel op de Royal Naval School in Haslemere. Daar heeft ze Susan leren kennen en zijn ze dikke vriendinnen geworden. Niet te geloven dat Susan en Iain uit elkaar zijn. Henrietta is helemaal uit haar doen. Ik hoop dat Jo haar zal opvrolijken. Toen ik haar vanmorgen belde, kon hij elk moment arriveren.' Ze zette thee en wierp een blik op Fliss. Ze zag de omhooggestoken kin en de lichte frons tussen haar wenkbrauwen. 'Praat ik mijn mond voorbij?'

Fliss schudde haar hoofd. 'Nee hoor, dat dachten we al toen hij zei dat hij naar Watchet ging. Dat dachten Prue en ik althans, zoiets zou bij Hal nooit opkomen.'

'Heel slim van jullie.' Cordelia lachte even. 'Het komt door van die kleine dingen, hè? Gisteravond klonk Henrietta's stem een tikkeltje hees. Van opwinding, snap je?'

'Jolyon was geestdriftig, alsof hij te veel had gedronken.' Fliss keek Cordelia recht aan. 'Zou je er blij mee zijn?'

Cordelia trok een gek gezicht. 'Of ik er blij mee zou zijn? Ik zou in de wolken zijn. Jo is een schat en het zou goed zijn als Henrietta eens smoorverliefd zou worden. Wat vind jij ervan?'

Fliss liep achter haar aan het balkon op en keek toe hoe Cordelia de kop-en-schotels neerzette en een grote plak karamelcake in stukjes sneed.

'Ik zou het geweldig vinden, maar ik ben natuurlijk niet zijn moeder… Mijn eigen twee kinderen wonen ver weg. Jamie is vorige maand naar Caïro overgeplaatst – hij werkt voor Buitenlandse Zaken – en Bess en Matt en de kinderen wonen in Boston. Matt speelt hoorn bij het Boston Philarmonic Orchestra en Bess geeft pianoles. Ik mis hen ontzettend. Jo vult dat gat een beetje. Het heeft altijd al gevoeld alsof hij een van mijn eigen kinderen was.'

Cordelia keek naar haar op. 'Ik vergeet steeds dat hij niet jouw zoon is. Hij lijkt zo bij Hal en jou te horen.' Er viel een korte stilte. 'Wat is zijn moeder voor iemand? Volgens mij heb ik haar nooit ontmoet.'

'Maria.' Ditmaal duurde de stilte veel langer. Fliss leunde met haar ellebogen op de muur. 'Beeldschoon, erg onzeker, vraagt veel aandacht.'

Achter Fliss' rug trok Cordelia nu een ander gezicht. 'Juist,' zei ze. 'Dat is nogal wat. Wil je suiker in de thee?'

Fliss schudde haar hoofd, draaide zich om en pakte de kop-en-schotel aan. 'Dank je. Maria is iemand die tegenstrijdige gevoelens oproept. Ik heb met haar te doen, maar ze irriteert me mateloos. En ik vind dat ze zich ten opzichte van Jolyon schandelijk heeft gedragen. Als kind was hij dol op haar, maar sinds hij een jaar of twaalf was, heeft ze hem praktisch genegeerd, al kreeg ze wel meer belangstelling voor hem vanaf het moment dat hij regelmatig op televisie te zien was. Dat stoort hem. Daar kan ik in komen. Het maakt mij ook boos. En dan zit ik nog met mijn eigen schuldgevoelens, met als gevolg dat ik niet al te streng tegen haar probeer te zijn.'

Cordelia zweeg. Dit was zo'n moment dat ze het jammer vond dat ze met roken was gestopt. Vermoedelijk was deze ontboezeming helemaal niets voor Fliss en ze schonk de blonde, slanke vrouw die tegen de muur aan leunde en van haar thee nipte haar volle aandacht. Ze dronk wat thee en wachtte.

'Maria's man is eerder dit jaar overleden,' zei Fliss uiteindelijk, 'en nu wil ze opeens weer bij de familie horen. Hal vindt dat goed – hij heeft medelijden met haar – maar ik vermoed dat Jolyon na een tijdje gedwongen zal worden om in zijn moeders behoeften te voorzien.' Met gefronste wenkbrauwen keek ze Cordelia aan. 'Ik ben er nog niet uit hoe het komt dat ik daar… zo boos over ben.'

Cordelia probeerde de achterliggende boodschap van Fliss' woorden te ontcijferen, zocht naar een aanwijzing.

'Wie weet laat Jo zich niet dwingen,' zei Cordelia. 'Misschien kent hij Maria beter dan jij denkt. Hadden ze vroeger een hechte band?'

Fliss schudde haar hoofd. 'Nee. Jolyon had dat wel gewild, maar Ed werd altijd voorgetrokken. Hij is twee jaar jonger dan Jolyon en wordt echt als de jongste van de familie behandeld. Hij kreeg een studiebeurs voor de Cathedral Choir School in Salisbury en daar moest alles voor wijken, ook Jolyon. Jo werd naar kostschool gestuurd, werd aangemoedigd de vakanties toch vooral in The Keep door te brengen en niet in Salisbury. Toen het huwelijk wankelde, kon Maria er niet tegen dat Jo loyaal was aan Hal. Daardoor ontstond er een heel nare situatie voor die arme Jolyon. Hij hield ontzettend veel van haar. Hij...' Weer een stilte. 'Jaren later verweet hij me – nou ja, in feite Hal en mij – dat het mijn schuld was dat het huwelijk was stukgelopen.'

Er lag een rimpel op Cordelia's voorhoofd, die haar best deed het te snappen. 'Hoezo?' vroeg ze uiteindelijk. 'Waren Hal en jij dan minnaars?'

'Nee, maar Maria had dat wel aan Ed verteld. Die geloofde dat en vertelde het aan Jo. Ze beweerde dat we, ook nadat Hal met haar was getrouwd, minnaars waren gebleven en zei dat dit haar zelfvertrouwen had ondermijnd. Dat was niet waar, ook al hielden we inderdaad nog steeds van elkaar. Waarschijnlijk was dat het probleem en daarom heb ik dus tegenstrijdige gevoelens over Maria. Hal en ik zijn Maria en Miles altijd trouw gebleven, maar in het verborgene bleef onze liefde bestaan. Vermoedelijk voelde ze dat aan. Toen ze uit elkaar gingen en Maria er met Adam vandoor ging, woonde ik met Miles in The Keep. Miles had een beroerte gehad en ik had hem mee naar huis genomen, zodat de hele familie voor hem kon zorgen. Op zekere dag kwam Hal opeens opdagen. Ik was totaal overrompeld. Het was een periode vol stress en zorgen en toen ik Hal zag, stortte ik me in zijn armen. Het was zo'n opluchting om normaal tegen hem te kunnen doen. Jo zag ons, maar pas veel later, nadat Ed hem had verteld wat Maria had gezegd, confronteerde hij me daarmee. Hij beschuldigde Hal en mij ervan dat we Maria misleidden en haar ongelukkig maakten. Hij was toen een jaar of zeventien, was heel verdrietig en ontzettend boos.'

'Tjonge. Dat zal wel... eng zijn geweest. Hoe reageerde je?'

Fliss glimlachte. Ze dronk van haar thee en zette grote ogen op toen ze eraan terugdacht. 'Ik heb hem de gemberpot gegeven,' zei ze.

'Een symbolisch gebaar?' vroeg Cordelia op de gok. 'Ik kan het niet helemaal meer volgen. Wat was er met die gemberpot?'

'Die had ik van de min van mijn kinderen gekregen toen we Hongkong verlieten om naar Engeland terug te keren. Die pot symboliseerde onze vriendschap en het vertrouwen en geluk dat we hadden gedeeld. Hoewel de gemberpot later beschadigd is geraakt, is hij ondanks wat barsten nog steeds mooi. Zoiets heb ik ook ongeveer tegen Jolyon gezegd met betrekking tot vriendschap...' Fliss schudde haar hoofd. 'Het zou te lang duren om het hele verhaal te vertellen.'

'Maar ik wil graag weten wat je tegen hem hebt gezegd,' drong Cordelia aan. 'Toe nou, je kunt niet midden in een verhaal stoppen. Ik heb de hele avond de tijd, hoor.'

'Jo overviel me,' zei Fliss, terwijl ze aan het voorval terugdacht. 'Ed was in The Keep op bezoek geweest en we kwamen erachter dat Maria Adam in de steek had gelaten en er met een andere man vandoor was gegaan. Die relatie hield geen stand en Adam nam haar terug, maar Ed was overstuur. Toen vertelde hij dus aan Jolyon dat Maria had gezegd dat Hal en ik ook na hun trouwen minnaars waren gebleven en dat dit haar zelfvertrouwen had geschaad en haar leven had verwoest. Nadat Ed was vertrokken, confronteerde Jolyon me met dit verhaal.'

'Waarom begon hij er tegen jou over? Waarom ging hij niet naar Hal? Dat is immers zijn vader.'

'Hal zat op zee en ik was in zekere zin de buitenstaander, niet dan? Het was voor Jo gemakkelijker om mij de schuld te geven dan zijn ouders. Maar goed, daar stond hij dus met al zijn angst en verdriet. Hij kon zich niet meer beheersen en beschuldigde mij ervan dat ik zijn moeders leven had verwoest. Ik probeerde hem duidelijk te maken hoe de vork in de steel zat, maar de waarheid was erg pijnlijk. Ik zei dat hij moest accepteren dat leeftijd of ouderschap feilbare mensen niet automatisch wijs of volmaakt maakt. Het was een zeer moeilijk en emotioneel moment en we kregen bijna ruzie, maar na afloop heb ik hem de gemberpot gegeven als symbool van het vernieuwen van onze vriendschap en ons vertrouwen in elkaar.'

'Wat mooi. En toen?'

Fliss lachte omdat Cordelia zo aandrong. 'Toen leefden we nog lang en gelukkig.'

'Sorry,' zei Cordelia met een berouwvolle blik. 'Dat vraag ik alleen omdat ik het echt wil weten. Ik ben en blijf journalist. Het fascineert me hoe mensen in elkaar zitten, wat ze denken. En dit is belangrijk. Als Jolyon en Henrietta een stel worden, wil ik hem begrijpen en wil ik weten hoe de relatie met zijn moeder is. En met jou. Neem nog een kopje thee en begin bij het begin.'

8

Later, nadat Fliss was vertrokken, ging Cordelia terug naar haar werkkamer om haar e-mail te checken en te lezen wat ze eerder had geschreven. Ze drukte op een toets om de screensaver weg te krijgen en ging zitten om het resultaat van haar werkdag door te nemen. Het duurde even voordat ze tot haar grote schrik bemerkte dat de tekst weg was. De eerste zinnen stonden nog op het scherm, maar de rest was verdwenen. Ze liet haar ogen nogmaals over de tekst glijden, herkende bepaalde stukken, maar wist dat het grootste deel ontbrak. Ondertussen probeerde ze zich te herinneren wat ze fout gedaan kon hebben. Ze had het document opgeslagen, dat wist ze zeker. Die handeling stond haar nog helder voor de geest: ze had geluid bij het raam gehoord, had gedacht dat Fliss er al was, en had het document opgeslagen voordat ze opstond. Misschien had ze toen ze ging staan de deletetoets aangeraakt. Maar hoe kon het dan dat maar een deel van haar werk weg was?

Zacht vloekend keek ze nog steeds naar het scherm. Ze snapte er niets van en was boos op zichzelf, maar ze wist dat er een mogelijkheid bestond om het document te herstellen, maar dan moest ze nu geen domme dingen doen.

'Afsluiten,' mompelde ze, en ze drukte op de juiste toetsen.

Op het scherm verscheen de tekst: 'Wilt u de wijzigingen in "Soke" opslaan?' Ze klikte op 'Nee', opende de map 'Artikelen' en scrolde naar beneden, naar het bestand 'Soke'. Zenuwachtig klikte ze op 'Openen'. Toen verscheen haar werk op het scherm, het hele stuk. Ze lette goed op en gaf opdracht het document af te drukken.

Slap en misselijk van opluchting keek ze gretig naar de printer terwijl die pagina's uitspuwde. Ze haalde de pagina's eruit en vouwde ze dubbel. Daarna nam ze ze mee naar de keuken en schonk zich een glas wijn in uit de fles die Fliss en zij eerder hadden gedeeld. De schrik dat ze haar werk bijna kwijt was geweest, had het gesprek met Fliss uit haar hoofd verdreven, maar nu ze een grote slok Sharpham doorslikte, dacht ze weer aan Fliss' verhaal. Ze zag weer voor zich hoe Fliss haar had aangekeken nadat ze het hele verhaal had verteld, dat Hal en zij uit elkaar waren gehaald en dat ze met Miles was getrouwd. Ze had nogal bedeesd gekeken, stond versteld van zichzelf, en hoopte dat zij, Cordelia, begrip zou hebben.

Ze had het eerste gezegd wat in haar opkwam: 'Ik hield ook niet van mijn man. Niet echt. Ik was verliefd op een ander, net zoals jij verliefd was op Hal, maar hij aarzelde en ging voor een periode van twee jaar weg. Daar had ik veel verdriet van en toen hij weg was, ben ik in een vlaag van verstandsverbijstering met Simon getrouwd. Het zou wel goed komen, dacht ik. Ik raakte zwanger en alles ging ook goed, tot hij weer in mijn leven kwam.'

'En toen?' had Fliss in de daaropvolgende stilte gevraagd.

'Ik deed weer iets stoms,' had ze mismoedig geantwoord. 'Het gebeurde maar één keer, maar op de een of andere manier kwam Simon erachter en een jaar later heeft hij me verlaten. Henrietta was er kapot van – ze aanbad hem – maar hij hield contact met haar. Toen ze vijftien was, liet hij zich overplaatsen naar de Australische marine. Hij schreef Henrietta een brief waarin hij in detail uitlegde waarom hij bij ons was weggegaan. Verder schreef hij dat hij een nieuw leven ging beginnen met zijn nieuwe gezin en dat hij geen contact meer wilde.'

'Jemig!'

Cordelia glimlachte spottend toen ze bedacht hoe ze op de ontoereikende opmerking van Fliss had gereageerd. Ze hadden samen gelachen, hadden met elkaar te doen gehad en er was een gevoel van ware vriendschap geweest.

'Ik weet alles over schuldgevoel,' had ze gezegd. 'Hal en jij hebben je nog keurig gedragen. Henrietta heeft het me nooit helemaal vergeven.'

Fliss had even geaarzeld. 'En die andere man?'

'Simon pakte het heel handig aan,' had ze gezegd 'Hij wachtte tot die andere man was getrouwd en kondigde toen aan dat hij bij ons wegging. Toen was het voor mij te laat.'

Op dat moment hadden ze besloten dat ze toe waren aan iets sterkers en daarna was Fliss teruggegaan naar The Keep.

In de hoeken werd het schemerig en onder een opkomende maan keerde het tij. Het water werd bij het land vandaan getrokken, sleurde de ankers over de kiezelstranden. Cordelia huiverde. Ze liep de gang in en deed de schuif op de voordeur. Daarna deed ze boven en in de kamers aan de landkant de gordijnen dicht. Nu scheen er alleen maanlicht in het grote vertrek aan de zeekant. Ze stak kaarsen aan en toen haar mobiele telefoon ging en ze zag dat het Angus was, slaakte ze een diepe zucht van verlichting.

'Het is maar goed dat je niet bent gebleven,' zei ze tegen hem. 'Fliss Chadwick kwam op bezoek.'

'Daar had je vast wel een draai aan weten te geven,' antwoordde hij droog. 'Dan was ik een vriend van een vriend of een dierbare verre achterneef geweest. Bovendien kun je altijd zeggen dat we elkaar via de marine kennen. Je had wel iets verzonnen. Nu ik ben verhuisd, worden we geheid een keer betrapt. De kans is groot dat Hal en ik elkaar binnenkort tegen het lijf lopen.'

'Dat weet ik. Moet je horen, Henrietta en Jo hebben elkaar vandaag weer gezien. Dat is toch goed nieuws?'

'Zeker. Kwam Fliss daarom naar je toe?'

'Dat denk ik. Ze vreest dat ze last van Jo's moeder zullen krijgen nu die weduwe is geworden. Maria heeft Jo jarenlang genegeerd en nu wil ze hem opeens weer zien. Daar is Fliss nogal boos over. Afgezien daarvan vindt geen enkele vrouw het leuk als er een alleenstaande ex-vrouw rondhangt.'

'Ik vind Fliss helemaal geen type om jaloers te zijn.'

'Ach, schat, we zijn allemaal jaloers. Sommigen van ons zijn er alleen handiger in om dat te verbergen dan anderen.'

In de wat ongemakkelijke, daaropvolgende stilte bedacht Cordelia dat een eventuele luchtige opmerking die hij had kunnen maken opeens ongepast leek als hij zich herinnerde dat zij van een afstand had toegekeken hoe Anne en hij hun drie zoons binnen een liefdevolle, stabiele relatie hadden opgevoed.

'Maar goed,' zei ze opgewekt – te opgewekt – 'zo is het leven nu eenmaal. De show voor de buitenwereld en zo. Zolang iedereen maar gelukkig is, zal het me worst wezen. Ik wil niet dat er iemand wordt gekwetst. We hebben al genoeg mensen pijn gedaan.'

'En Henrietta?' vroeg hij. 'Heeft ze gebeld om te vertellen hoe het is gegaan?'

'Nu je het zegt, nee. Maar daar hoefde ik ook niet op te rekenen. Ik weet niet of ze niet met mij over zulke zaken wil praten of dat ze denkt dat het me niet interesseert. Wil jij per se een vriend van je zoons zijn, Angus, of laat je hen hun gang gaan?'

Hij aarzelde. 'Ik wil wel weten waar ze mee bezig zijn. Toen Anne nog leefde, werd er volgens mij meer gecommuniceerd, maar dat komt doordat zij een veel beter contact met hen had dan ik nu heb. Ik mag al blij zijn dat ze af en toe willen komen logeren. Dat ik in Dartmouth woon en een boot in de rivier heb liggen, is natuurlijk een pluspunt. Maar dat weet je allemaal. Waarom vraag je dat?'

'O, zomaar. Het komt door iets wat ik op de radio heb gehoord. Zijn wij de eerste generatie die per se vrienden willen zijn met onze kinderen? Ik vroeg me af of daar een artikel in zit. Dan zou ik onze generatie met die van onze ouders kunnen vergelijken. Laat maar, het is niet belangrijk.'

'Dat is een interessante kwestie,' zei hij. 'Met mobiele telefoons en e-mail is het ontzettend gemakkelijk om contact te houden. Heel verleidelijk.' Hij grinnikte. 'Ik zie mijn oude vader al sms'en! Volgens mij heeft hij me nog nooit gebeld.'

'Kijk, daar heb je het al. Ik zal er eens in duiken. Ga je vanavond weg?'

'Ja, dat had ik verteld. Ik ga bij Tasha en Neil eten. Eigenlijk had ik al weg moeten zijn.'

'Bel me morgenochtend, dan spreken we iets af,' zei ze vrolijk. 'Veel plezier.'

Toen ze een tijdje later voor de tv een pizza zat te eten en naar *Coronation Street* keek, vroeg Cordelia zich af of hun ontmoetingen riskanter waren nu Henrietta in Somerset was in plaats van in Londen en op het punt stond nauwer bevriend te raken met de Chadwicks. Ze wilde graag weten hoe het vandaag was gegaan, maar weerstond de verleiding om Henrietta te bellen of te sms'en. Ze moest zich er niet mee bemoeien.

Om half tien belde Fliss. 'Ik dacht dat je wel zou willen weten dat Jolyon terug is en met zijn hoofd in de wolken loopt, hoewel hij zijn best doet dat niet te laten merken.' Ze klonk op haar hoede. 'Henrietta komt zondag lunchen.'

'Toe maar!'

'Precies. Heb je zin om ook te komen of...' Haar stem stierf weg.

'Nee,' zei Cordelia vlug. 'Dat zou Henrietta vreselijk vinden, maar bedankt voor de uitnodiging en voor het bellen. Je moest eens weten hoe nieuwsgierig ik was.'

'Dat kan ik me voorstellen. Jo kan zich nauwelijks inhouden.' Een stilte. 'Hij heeft het zelfs goedgevonden dat Maria het weekend dat hij jarig is komt logeren. Niet dat hij stond te juichen, maar hij is gewoon te gelukkig om te kunnen weigeren. Hal heeft het hem in een zwak moment gevraagd.'

'Nee toch!'

'Ja zeker! Ach, het gaat waarschijnlijk wel goed, maar zou je een keer op bezoek willen komen als ze hier is? Als morele steun voor mij.'

'Met alle plezier. Ik wil haar graag ontmoeten.'

'Bedankt. Ik moet nu ophangen. Jo kan elk moment binnenkomen, maar ik dacht ik laat het je even weten.'

'Bedankt voor het bellen, Fliss. Ik ben dolblij.'

'Ik ook. Zo te horen is Henrietta heel bijzonder. Prue zit hem uit te horen zoals alleen een grootmoeder dat kan. We spreken elkaar gauw. Dag.'

9

Toen Fliss weer de salon binnenglipte, zag ze dat Prue niet meer de moeite nam om te doen alsof ze tv-keek. Ze had zich omgedraaid op de bank om Jolyon beter te kunnen zien. Hij zat onderuitgezakt en keek naar de flikkerende tv. De honden lagen aan zijn voeten. Lizzie had zich in een leunstoel genesteld, met een opengeslagen tijdschrift op haar schoot, hoewel ze af en toe opkeek om te volgen wat er op tv gebeurde. Hal ging volledig op in zijn krant.

'Heel attent van je dat je weer bij Henrietta bent geweest,' zei Prue. 'In zulke omstandigheden is het voor de achterblijvers vreselijk om niets te doen te hebben, alleen maar te kunnen nadenken. Ze was vast blij met je komst.'

Jolyon zei voorzichtig dat hij inderdaad dacht dat ze het prettig had gevonden dat ze gezelschap had.

'Ze zal de kinderen wel missen,' zei Prue peinzend.

'Dat klopt.' Jo was zo verbaasd over het inzicht van zijn grootmoeder dat hij zijn voorzichtigheid liet varen. 'Ze zegt dat dat nog het ergste is.'

'Kleine kinderen houden je bezig. Dan heb je geen tijd om over jezelf te piekeren. Kinderen houden er geen rekening mee in wat voor stemming je bent. Die denken namelijk alleen aan zichzelf. Het is fijn om niet aan jezelf te hoeven denken, hè? Het kan heel deprimerend zijn om te veel tijd te hebben om na te denken, tenzij je een zeer hoge dunk van jezelf hebt.'

Jo zei dat hij er niet echt over had nagedacht en keek opgelucht toen Hal de *Daily Telegraph* liet zakken en voorstelde een slaapmutsje te nemen. Lizzie schudde haar hoofd en zei dat ze naar bed ging, maar Prue keek hem stralend aan en zei dat een bodempje whisky er wel in zou gaan. Hal stond op en knipoogde naar Fliss. Fliss was nog steeds boos omdat hij het zo gemakkelijk voor elkaar had gekregen dat Maria mocht komen, maar onwillekeurig glimlachte ze naar hem terug. Ze voelde zich zekerder nu ze wist dat Cordelia aan haar kant stond, maar de knagende onrust bleef. Ze wilde niet dat Maria weer in hun leven kwam nu Jolyon succes had als tv-presentator en Henrietta had ontmoet. Waarom moest Maria, die hem zo veel verdriet had gedaan en zijn zelfvertrouwen had vernietigd, opeens terugkeren, net op tijd om de oogst binnen te halen van het harde werk dat door alle anderen was verzet? Stel dat ze nog meer schade zou aanrichten?

Afwezig gaf ze Lizzie een kus toen die naar bed ging en ze glimlachte naar Jolyon toen die opstond om de honden die dag een laatste maal uit te laten. Pooter en Perks stonden met tegenzin op, rekten zich uit, kwispelden en liepen achter hem aan de salon uit.

'Een zeer bevredigende dag,' zei Prue blij, toen Hal tevreden zijn whisky doorslikte. Opeens was Fliss zeer geïrriteerd.

'Ik betwijfel of het verstandig is om het goed te vinden dat Maria op Jo's verjaardag komt,' hoorde ze zichzelf zeggen. Ze zag de vermoeide blik in Prues ogen en op Hals gezicht verscheen een uitdrukking van daar-gaan-we-weer. 'Ik ga naar boven; ik ga in bad.'

Ze bukte zich om Prues vaag naar whisky smakende kus in ontvangst te nemen en voelde zich schuldig, wetend dat ze Prues pret bedierf. Boven deed ze de gordijnen van de slaapkamer dicht, liep de badkamer in, draaide de kranen open en trok haar trui en spijkerbroek uit. Wellicht had ze zichzelf niet de luxe moeten gunnen Cordelia over de gemberpot te vertellen. Misschien was dat genotzuchtig geweest. Het had in elk geval oude herinneringen en ook wrok opgeroepen en het was niets voor haar om uit de school te klappen. Ze wist nog steeds niet wat haar ertoe had bewogen Cordelia in vertrouwen te nemen. Ze hield dingen liever voor zichzelf in plaats van haar ziel en zaligheid bloot te leggen bij een vriend of vriendin, en gewoonlijk kon ze bijna alles met Hal bespreken.

Fliss trok haar kamerjas aan. Dat was de kern van het probleem, dat ze het voor het eerst niet eens waren over Maria. Ze hadden altijd hetzelfde standpunt ingenomen, Hal en zij, zelfs toen Miles, zonder met haar te overleggen, een baan in Hongkong had aangenomen en Maria had besloten naar Salisbury te verhuizen, wat een gezinsleven voor Hal en Jolyon bijna onmogelijk maakte. Hal en zij waren het er- over eens geweest dat ze het moesten volhouden, dat ze aan hun eigen huwelijk moesten blijven werken. Maar al die tijd hadden ze steun ge- put uit hun geheime liefde voor elkaar.

'Waar zijn we mee bezig, Fliss?' had hij haar ooit wanhopig ge- vraagd. 'Waarom verspillen we ons leven? In godsnaam, zijn we gék?'

'Nee,' had ze snel geantwoord, 'niet gek. Hoewel…'

'We houden van elkaar,' had hij dringend gezegd. 'Niets anders doet ertoe.'

'Het gaat niet alleen om ons. Andere mensen spelen ook mee,' had ze gezegd. 'We leven niet in een vacuüm.'

'Die anderen kunnen me niets schelen,' had hij boos gezegd. 'Het is onze beurt…'

'Ze kunnen je wél schelen,' had ze gezegd. 'Je houdt van Jo en Ed. En je hebt Jo beloofd dat je zou volhouden. Je zou het afschuwelijk vinden om een weekendvader te zijn, Hal; om naar Salisbury te rijden en ze mee uit te nemen; je af te moeten vragen waar je met ze naartoe moet als het plenst; ze aan het eind van de dag weer bij de voordeur af te leveren of ze mee te nemen naar een hotel waar je een treurige, doelloze avond hebt; die afschuwelijke onbestendige verhouding met Maria aan het begin en eind van ieder bezoek en het verdriet van de jongens. O, Hal, je zou het afschuwelijk vinden en zij ook.'

'Maar wat doet het er op de lange termijn toe?' had hij bitter ge- vraagd. 'We hebben onze jeugd opgeofferd, Fliss. We hebben het allemaal opgegeven. Verspild. En waarvoor? Maria veracht me en ze leert Ed hetzelfde te doen. Stel nou dat zij bij mij weggaat. Hoe moet het dan met Jo? Dan is alles voor niets geweest.'

Zeg dat wel, dacht Fliss, die voelde of het water lekker van temperatuur was en de kranen dichtdraaide. We hadden een hekel aan hun gedrag, maar desondanks steunden Hal en ik elkaar. Dat bracht ons in feite dichter bij elkaar en hielp ons om de situatie het hoofd te bieden. Bovendien kon ik toen nog met oom Theo praten als het echt moeilijk werd.

Ze herinnerde zich dat ze ooit met hem over wrok had gesproken. 'Telkens als ik dat gevoel overwonnen denk te hebben, komt het in alle hevigheid terug,' had ze gezegd. 'Kon ik maar vergeven en vergeten. Het is vreselijk dat dingen van vroeger je blijven achtervolgen.'

'Ik heb me wel eens afgevraagd,' had hij geantwoord, 'of Christus dat bedoelde toen Hij zei dat we onze naaste zeventig maal zeven maal moeten vergeven. Dat dat eerder slaat op iemand telkens dezelfde fout vergeven als wij daarmee zitten, in plaats van vergeving schenken voor verschillende zonden. Piekeren over het verleden belemmert onze groei. We moeten leren dingen los te laten. We moeten ze niet wegstoppen maar echt loslaten en we moeten ons, ruimhartig en doelbewust, openstellen voor de toekomst.'

'Maar hoe dan?' had ze bijna wanhopig gevraagd. 'Hoe is dat mogelijk?'

Hij had lang gezwegen. 'Ik ben ervan overtuigd dat alleen God een verandering echt mogelijk kan maken,' had hij uiteindelijk bijna met tegenzin gezegd. 'En dan alleen als we dat zelf willen. God zal ons op de drempel van onze angst ontmoeten, maar wij denken dat Hij het niet redt zonder ons geklungel en onze bemoeienis, en daarom vertrouwen we niet volledig op Hem. We kunnen die ultieme verbintenis niet aangaan die het mogelijk maakt om te sterven en eindelijk onze zekerheid van Hem te ontvangen.'

Fliss pakte handdoeken van de verwarmde stang, legde die op een stapel naast het bad en stapte in het warme, geurende water.

Het was raar dat Theo, aalmoezenier en priester, zo schoorvoetend over zijn eigen geloof had gesproken. Hij had vanuit zijn geloof gelééfd en dat had een veel groter effect gehad dan hij met preken ooit had kunnen bereiken. Wat zou hij haar nu aanraden?

Ze neuriede een stukje uit 'Wie weet er wat we moeten met Maria?' en probeerde op te vrolijken, concentreerde zich op het vooruitzicht Henrietta te ontmoeten. Het sloeg nergens op om te denken dat Maria invloed op Jolyon kon uitoefenen nu die zijn leven op de rails had en veel zelfverzekerder was. Een stemmetje in haar hoofd opperde dat Hal en zij misschien wel meer gevaar liepen dan Jolyon, maar dat was te dwaas om serieus in overweging te nemen. Ze reikte naar de zeep en dacht in plaats daarvan aan Cordelia.

Hal zat alleen beneden met zijn glas whisky. Zijn moeder was naar bed gegaan, was toen ze de kamer uit ging even bij hem blijven staan om hem luchtig een kus te geven en had gezegd: 'Alles komt goed. Er kan nu niets meer tussen Fliss en jou komen. Jullie houden je hele leven al van elkaar.'

Dat was een rare opmerking, al klopte het wel dat hij een beetje een verdedigende houding aannam nu Maria wilde komen logeren, maar dat was veel meer vanwege Jo dan vanwege Fliss. Fliss was inderdaad prikkelbaar, maar het was onzin om te denken dat er iets was om zich zorgen over te maken. Het was waar wat zijn moeder zojuist had gezegd, dat ze altijd al van elkaar hadden gehouden. Hij kon zich de tijd dat Fliss er niet was geweest amper heugen. Zelfs in hun kindertijd was er al een speciale band tussen hen geweest. Natuurlijk was het een moeilijke periode geweest, die eerste paar maanden nadat de drie kinderen – Fliss, een jonge Mol en een nog jongere Susanna – uit Kenia in The Keep waren gearriveerd nadat hun ouders en oudere broer door de Mau Mau waren vermoord. Er was hem verteld dat hij heel aardig tegen hen moest zijn en veel geduld moest hebben, en hij had erg zijn best gedaan om op hen te letten.

Hal slikte een slok whisky door en dacht aan de vakanties in The Keep. Dan kwam hij met zijn moeder en zijn zus Kit met de trein uit Bristol. De uitstapjes naar het strand en de heidevelden. En jaren later de triomf nadat hij zijn rijbewijs had gehaald en de jongere kinderen kon meenemen in de auto van zijn grootmoeder. Hal gniffelde bij de herinnering, dronk zijn glas whisky leeg en ging gemakkelijker op zijn stoel zitten. Ze hadden leuke dingen beleefd. Ietwat loom, met zijn lege glas in zijn hand, kwam hij in een fase tussen dromen en waken. Hij dacht aan het eerste uitstapje van de vijf neven en nichten zonder een volwassene erbij. Zijn grootmoeder was bezorgd geweest – al haar dierbare kleinkinderen waren aan zijn zorg toevertrouwd – maar hij was zelfverzekerd geweest. Fliss had naast hem op de passagiersstoel gezeten. Mrs. Pooter lag opgekruld bij haar voeten en de andere drie kinderen en Mugwump zaten klem op de achterbank. De picknickmand, de kleden, de slagbalbat en de tennisballen lagen in de kofferbak...

Herfst 1961
Het picknickgezelschap arriveert veilig en wel bij Haytor Rocks met maar één angstig moment. Doordat er een auto veel te snel over een van de smalle weggetjes aan komt rijden, schrikt Hal waardoor hij een ruk aan het stuur geeft en zachtjes vloekt.

'Stomme idioot!' mompelt hij, en hij werpt een beschaamde blik op Fliss, die bijna net zo geschrokken is van Hals vloeken als van het bijna-ongeluk.

Ze glimlacht naar hem, verbergt haar schok om niet zo truttig te lijken. 'Hij reed veel te hard,' stelt ze hem gerust, om zijn zelfvertrouwen op te krikken. 'Dat was een snelle reactie van je.'

De drie achterin doen hun best weer recht te gaan zitten en Mugwump steekt zijn kop uit het open raampje.

'Rustig aan,' roept Kit uit. 'Die arme Sooz belandde zomaar op de grond.'

Fliss werpt een bezorgde blik naar achteren, maar Susanna is alweer op de achterbank geklauterd en stelt de bekende vraag: 'Zijn we er bijna?'

'Bijna,' zegt Fliss als ze over een wildrooster hobbelen. 'Het duurt niet lang meer. Hou je goed vast.'

Kit kijkt vol plezier over Mols hoofd naar buiten als ze eindelijk bij het open heideveld aankomen. De verlaten weg slingert tussen heuvelachtige met varens bedekte heidevelden die glimmen in de felle middagzon en die tot aan de voet van de hoge granieten rotspunten strekken. Stekelige bremstruiken schitteren met gele bloesem die een zoete, nootachtige geur door de warme lucht verspreidt. Door de wind gebogen meidoorns, die paars zien van de vruchten, bieden vlekkige schaduw voor de grazende pony's, die steigeren en weggalopperen als de auto nadert. Plotseling steekt een schaap de weg over zonder op of om te kijken. Hal moet vol op de rem staan en als de motor minder toeren maakt en stilvalt, hoort Kit ergens hoog in de lucht een leeuwerik zingen.

'Konijntjes!' fluistert ze in Mugwumps oor. Hij staat tot het uiterste gespannen bij het open raam en jankt zachtjes.

Hal parkeert de auto bij Haytor Rocks en gezamenlijk leggen ze de kleden en de picknickmand op het verende, door schapen aangevreten gras en kijken om zich heen, lachen, rekken zich uit, een beetje onwennig nu geen van de oudere familieleden bij hen is.

'Eerst eten?' vraagt Fliss, die vindt dat iemand de catering moet regelen. 'Of klimmen? Wat doen we?'

'Klimmen,' zegt Kit direct. 'Straks zitten we veel te vol om nog dingen te beklimmen.'

Ze kijken omhoog naar de grijze, grillige rotsen, hoog opgestapeld in vreemde vormen, die stenige vuisten en vingers in de lichtblauwe lucht steken; granieten eilanden in een zee van brandende varens.

'Kom op,' roepen Susanna en Mol. 'Kom op, nou.'

Ze huppen tussen de varens, springen de kleinere rotsen die her en der verspreid liggen op en af en roepen de honden, die met hun neus aan de grond en met kwispelende staart heen en weer draven.

'Zal ik bij de picknickmand blijven?' stelt Fliss onzeker voor. 'Wat denk je?'

'Niet nodig,' zegt Hal ongeduldig. 'Het is heel veilig. Er zijn geen pony's in de buurt. Rol anders de kleden op als je bezorgd bent. Kom.'

'Ik blijf wel,' zegt Kit plotseling. 'Nee, echt. Dat wil ik. Ik ben afge-
peigerd om je de waarheid te zeggen en die arme Mrs. Ooter-Pooter
redt het toch niet naar de top. Die blijft wel bij mij, nietwaar, oude
dame? Braaf beest. Echt, Fliss. Kijk niet zo bezorgd. Ik ga lekker in de
zon liggen. Ga maar gauw. Wedden dat jullie de top niet in tien minuten halen? Ik zal de tijd bijhouden.'

En weg zijn ze, de twee kleintjes voorop, Mugwump op hun hielen.
Kit kijkt hen even na en gaat liggen. Met de warme zon op haar oogle-
den luistert ze naar de veldleeuweriken en met haar vingers speelt ze
met het oor van Mrs. Pooter. Ze vergeet op haar horloge te kijken en
valt in slaap.

Hal neemt grote passen, wordt overweldigd door een gevoel van
welzijn en succes en ademt met volle teugen de frisse lucht in. Het was
bijna raak geweest toen die stomme chauffeur hen de heg in duwde,
maar al met al had hij het goed opgelost. Even denkt hij tevreden aan
een paar momenten van de heenreis. Dan kijkt hij naar Fliss, die bijna moet rennen om hem met zijn lange passen bij te houden. Hij
voelt een nieuwe tederheid voor haar vanbinnen. Hij is altijd op zijn
kleine neefje en nichtjes gesteld geweest, maar de trouwe toewijding
en bewondering van Fliss hebben haar een bijzonder plaatsje in zijn
hart gegeven. Toen ze afgelopen zaterdagavond verlegen maar opgewonden de salon binnen liep in haar nieuwe jurk, had hij een bijna
pijnlijke sensatie in zijn hart gevoeld. Ze had er zo lief, zo kwetsbaar
uitgezien, en zo anders, met haar haar op de een of andere manier boven op haar hoofd, waardoor de slanke nek werd geaccentueerd, en
de ronde vormen van haar kleine borsten net zichtbaar…

Hij fronst zijn wenkbrauwen als de helling steiler wordt en onder
zijn voeten losse kiezels rollen. Het lijkt onmogelijk dat die kleine
Fliss een vrouw is. Ze is zo kort en tenger, zo lief en vertrouwd. Maar
die avond was ze een vreemde voor hem; ze straalde met een soort in-
nerlijk mysterie dat alleen zij kende, een mysterie dat haar veranderde. Hij was merkwaardig verlegen geweest en nogal onhandig, blij
dat hij Kit van kind tot vrouw had zien opgroeien en daarom wat er-

varing had met met zo'n plotselinge verandering. Kit lijkt zich met gemak te kunnen bewegen tussen de twee werelden van kind- en vrouwzijn, waardoor hij in de war raakt, maar toen hij Fliss zag, wilde hij haar beschermen en wilde hij nog iets anders. Hij weet niet zeker of het verkeerd is om opgewonden te raken bij het zien van je eigen nichtje en hij voelt zich schuldig, en verward, door dit oncontroleerbare verlangen, omdat hij het merkwaardige idee heeft dat Fliss wil dat hij zich zo voelt. Maar hoe kan ze? Ze is zo jong, zo onschuldig. En ze is zijn nichtje.

'Hoi!' roept Mol ergens boven hem en Hal leunt achterover, kijkt omhoog naar de rotsen waar Mol en Susanna staan te dansen en te zwaaien. Fliss loopt hijgend achter hem aan en hij steekt zijn hand uit om haar omhoog te trekken. Ze lacht. Haar gezicht is rood en de glanzende blonde lokken wapperen losjes om haar gezicht. Ze draagt een oude blouse van Kit en het vale blauw weerspiegelt de kleur van haar ogen en accentueert de warme kleur van haar huid. Hal voelt diep vanbinnen iets trekken als hij naar haar kijkt en zich voorstelt hoe de borsten tegen de binnenkant van de blouse drukken. Hij ziet haar gezicht veranderen, hoewel ze zich nog steeds aan hem vasthoudt, en plotseling wil hij haar kussen, weet hij dat ze wil dat hij haar kust, en hij trekt haar dichter tegen zich aan. Zijn hart gaat als een razende tekeer, bonst in zijn oren...

In een steentjesregen glijdt Susanna gillend van pret en ongeduld op haar billen naar beneden en komt naast hen staan. 'Kom op. O, toe, kom nou,' roept ze. 'Kit houdt de tijd bij, weet je nog? Mol is al boven.'

Ze kijken elkaar nog een adembenemende seconde aan, voordat ze Susanna volgen en het laatste steile stukje omhoogklimmen waar Mol hoog in de herfstzon al op hen staat te wachten.

'Kijk,' zegt hij. 'Je kunt wel kilometers ver kijken. Net als toen de d-duivel Jezus in de woestijn lokte en Hem de koninkrijken van de wereld aanbood als Hij hem aanbad. Zo moet het eruit hebben gezien, denk je niet?'

'Ja,' zegt Hal, na een ogenblik. 'Net zo.'

Hij heeft wat moeite met ademhalen, wat niet zo gek is na al dat klauteren, en hij kijkt niet naar Fliss, die stil is.

'Kit ligt te slapen,' zegt Susanna teleurgesteld. 'Ik sta al een hele tijd te zwaaien. Nu heeft ze ons niet geklokt.'

'Geeft niet,' zegt Hal troostend. 'Binnenkort doen we het nog wel een keer.'

'Na het eten?' vraagt Mol hoopvol.

'Misschien niet na het eten,' zegt Hal dubbelzinnig. Hij wil dat Fliss iets zegt. Ze staat gespannen en stil, en kijkt over de heidevlakte in de richting van Teignmouth, in de blauwe, wazige verte waar de zilveren zee glinstert en schittert. 'Maar jij en Sooz kunnen wel, als je wilt, en dan klok ik jullie. Ik kan de hele weg naar jullie kijken.'

Ze juichen luid en beginnen vallend, glijdend en joelend aan de afdaling. Mugwump schiet uit de dode varens tevoorschijn, waar hij allerlei interessante geurtjes heeft gevolgd, en rent ze achterna. Hal schraapt zijn keel.

'Ze zijn helemaal gestoord wat dat klokken betreft,' zegt hij onhandig. 'Alles moet tegenwoordig geklokt worden. Is je dat ook opgevallen? Fox is ermee begonnen met het rondje om het bosje, maar nu is het bij vrijwel alles.'

Fliss knikt, kijkt nog steeds een andere kant op en hij vraagt zich af of hij de signalen verkeerd heeft ingeschat en of ze geschokt is. Misschien heeft hij haar bang gemaakt.

'Fliss,' zegt hij smekend. 'Fliss…'

Ze kijkt hem aan met een blik die zó vol liefde is dat hij ervan schrikt. Hij heeft het dus niet verkeerd… Ze vindt… Vindt wat?

'Fliss,' begint hij opnieuw, maar ze schudt haar hoofd.

'Kom,' zegt ze. Haar stem is licht en levendig, borrelend als stromend water. 'Kijk. Kit is wakker. Ze is de picknickmand aan het uitpakken. Mol en Susanna zijn er bijna. Wie het eerst terug is.'

En weg is ze, over de rotsen klauterend, de helling af. Lachend kijkt ze achterom, met haar vlecht over haar schouder. Hij volgt haar, verward, alsof hij op de een of andere manier de controle over de situatie niet langer in de hand heeft, maar Fliss wel. Er is iets gebeurd, en hij heeft geen flauw idee wat. Hij begrijpt het niet en dat irriteert hem. Hij ziet het tafereel beneden: zijn zus zit op haar knieën op het kleed, de twee kleinere kinderen komen aangerend, de honden zitten zoals altijd weer in de weg, met de auto op de achtergrond. Het zien van de auto hernieuwt zijn zelfvertrouwen zoals niets anders dat zou kunnen, evenals zijn gevoel van superioriteit en overwicht binnen deze groep. Hij is de oudste, heeft de leiding over hen allemaal.

Hij slentert naar hen toe, handen in zijn zakken. Had hij maar een sigaret om zijn verfijnde imago compleet te maken. Hij glimlacht vaderlijk naar hen allen, hoewel hij de blik van Fliss ontwijkt.

'Is het eten klaar?' vraagt hij. 'Wat gaan we straks doen? Slagbal? Of gaan jullie tweeën de Mount Everest weer beklimmen?'

Hij strekt zich op het kleed uit, legt zijn handen nonchalant en ongedwongen onder zijn hoofd, terwijl de meisjes bezig zijn het eten klaar te zetten. Susanna laat zich boven op zijn middenrif vallen, legt haar hoofd op zijn borst en zingt in zichzelf. Goedmoedig kietelt hij haar, maar hij duwt haar opzij als Kit hem een boterham geeft, rolt op zijn zij en steunt op één elleboog. Fliss zit op haar hurken en er verschijnt een rimpel op haar voorhoofd als ze thee uit de thermosfles inschenkt. Hij heeft opeens het gevoel dat het goed is om jong en sterk te zijn en aan het begin te staan. Het lijkt hem afschuwelijk om echt oud te zijn, zoals grootmoeder en oom Theo, die alles al gehad hebben, oud en der dagen zat zijn. Die uitdrukking had hij een keer gehoord en hij was erdoor getroffen omdat het zo triest was. Wat afschuwelijk om niet langer passie te voelen, niet alleen voor mooie jonge vrouwen, maar passie voor autorijden, zeilen, rennen, dansen...

Fliss geeft hem een kop thee en hij grijnst naar haar, knipoogt medeplichtig, trekt haar in hun eigen wereldje. Tot zijn vreugde ziet hij dat ze bloost en ze perst haar lippen op elkaar alsof ze vreselijk moet lachen met diezelfde uitbundige vreugde die hij voelt.

'Dus,' zegt hij weer vol zelfvertrouwen, 'eerst slagbal, en als er dan nog tijd is, mogen jullie de rots nog een keer beklimmen. Mooi. Dat is geregeld. Waar zijn die boterhammen?'

Hals lege glas rolde tussen zijn vingers vandaan en hij schrok wakker. Hij keek op zijn horloge en kwam overeind. Fliss zou inmiddels in bed liggen, maar zou nog niet slapen. Zijn droom bleef hangen. De ruim veertig jaar oude herinneringen waren helder en scherp. Hij wilde zijn armen om haar heen slaan en haar herinneren aan die picknick van lang geleden. Hal zette het haardscherm voor de open haard en ging naar boven.

10

Henrietta leunde uit het slaapkamerraam om naar de zonsopkomst te kijken: dikke gouden zonnestralen die vlug over de steile kloven gleden en de dichte groene schaduwen die voor hen wegvluchtten doordrongen en achternazaten. Aan de andere kant van de vallei fladderden wegduikende en klapwiekende vleugels van vogels – die ze nu eens zag en dan weer niet – tussen ondoordringbare duisternis en banen schitterend licht. Plotseling, toen de zon boven de zwarte rand van de heuvel uitsteeg, vlamden de bovenste bladeren van de berken op in een schitterende, glanzende kleur. De lucht was koel en fris, en overal om haar heen stak de wilde wingerd vuurrood af tegen de zandstenen muren.

'Ik kom je zondag ophalen,' had Jo gezegd toen hij gisteravond belde. 'Het is een behoorlijk eind rijden. Je moet de honden gewoon meenemen. Je kunt ze niet een hele dag alleen laten.'

'Dat rijden gaat wel lukken, hoor,' had ze geantwoord. 'Maar is het wel zo'n goed idee om de honden mee te nemen?'

'Iedereen verheugt zich op hun komst,' had hij geprotesteerd. 'Dat heb ik je toch gezegd? We kunnen ze samen met onze honden meenemen de heuvel op. Hou op met piekeren.'

'Hoeveel mensen zijn er eigenlijk?' had ze opeens met een bang vermoeden gevraagd.

'O, de vaste ploeg,' had hij haar verzekerd. 'Papa, Fliss en oma. En Lizzie. Waarschijnlijk komen Susanna, de zus van Fliss, en haar man Gus op theevisite. Ze wonen vlak bij Totnes en hebben daar een grafische ontwerpstudio. Ze zijn heel leuk. Meer niet. Dat is toch niet te afschrikwekkend?'

Er lag een plagerige klank in zijn stem en ze had opeens gelachen. 'Natuurlijk niet. Ik zit veel meer over mijn honden in dan over jouw familie.'

'Ik ben rond half tien bij je,' had hij resoluut gezegd. 'Dan kunnen we langer bij elkaar zijn doordat de reistijd erbij komt.'

Ze had zich graag gewonnen gegeven, want ze had er niet naar uitgekeken om twee keer anderhalf uur in Rogers grote stationcar te moeten rijden, maar ze was nog steeds voorzichtig voor het geval Jolyon te veel dingen te gauw vanzelfsprekend zou vinden.

'Je bent zo kieskeurig,' had Susan ooit tegen haar gezegd. 'De een is te opdringerig, de ander te gereserveerd. Het heeft geen zin om de volmaakte man te zoeken.'

Henrietta herinnerde zich dat ze het kwetsend had gevonden dat uitgerekend Susan niet snapte dat het haar niet om de ideale man ging, maar dat ze uit angst om een fout te maken voorzichtig was. Een inschattingsfout kon later tot problemen leiden.

'Het is een kwestie van geven en nemen,' had Susan haar toevertrouwd. 'Daar draait het bij Iain en mij om. Sommige dingen zijn een zaak van vertrouwen.'

Ze was vaak jaloers geweest op hun relatie, op Susans vermogen haar gezin en haar postorderbedrijf voor vintagekleding op rolletjes te laten lopen, terwijl Iain naar New York, Parijs en Brussel vloog. Het leek alsof ze alles onder controle hadden, maar moest je zien wat er met hen was gebeurd.

Henrietta huiverde opeens, wreef over haar blote armen en ging de kamer weer in. Ze was bij Susan en Iain en de kinderen heel gelukkig geweest. Haar leven was toen veilig en leuk. Nu lag het aan diggelen en niets zou ooit nog hetzelfde zijn. Toch was ze niet volkomen radeloos: een ongewild opduikende, scherpe herinnering zorgde ervoor dat ze opfleurde. Na de lunch in de pub waren ze met de honden de heuvel op gelopen en Jolyon had zijn arm om haar schouder geslagen. Ze hadden gelachen om Tacker, waren vrolijk geweest en hadden zich op hun gemak gevoeld. Jo's gebaar had heel natuurlijk geleken, had troost geboden en was ook opwindend geweest. Na een paar tellen had ze haar arm om zijn middel geslagen – niet krampachtig of aanhankelijk maar nonchalant – en ze waren verder gelopen, met hun armen om elkaar heen, tot Pan hijgend met een stok naar hen toe kwam en Jolyon zich had gebukt om de stok voor hem weg te gooien. Het was dan wel geen groots gebaar, een arm om je schouder, maar de herinnering verwarmde haar. Henrietta reikte naar haar kamerjas, knoopte de ceintuur stevig vast en ging naar beneden om thee te zetten.

Cordelia reed Kingsbridge binnen, vond een plek op het parkeerterrein boven aan Fore Street, kocht een ticket en sloot de auto af. Op vrijdag ging ze meestal naar het dorp. Ze hield van de drukte op een marktdag en sprak vaak met een vriendin af om te gaan lunchen. Dit was haar shot, zei ze tegen haar vriendinnen, haar manier om na dagen van eenzaamheid weer in contact te komen met de buitenwereld. Het was moeilijk om sommigen van hen aan het verstand te brengen dat ze volkomen tevreden was met alleen de zee als wispelturige buur, die grote, temperamentvolle aanwezigheid die tekeerging of mokte of zich koesterde op haar stoep.

Waar zou ik anders zo goed anoniem kunnen blijven of zo'n teruggetrokken leven kunnen leiden? dacht ze. Ik had mijn relatie met Angus nooit geheim kunnen houden als ik in een gemeenschap had gewoond.

Net toen ze aan hem dacht, zag ze hem op het trottoir aan de overkant met een ouder stel praten, dat met hun rug naar haar toe stond. Ze keken elkaar aan en ze liet haar blik afdwalen toen ze verder liep. Voor de delicatessenzaak bleef ze staan om naar hun reflectie in de ruit te kijken. Ze lachten. Cordelia vroeg zich af wat hij in Kingsbridge deed en wenste dat hij hierheen was gekomen in de hoop dat hij haar tegen het lijf zou lopen.

'We kunnen toch ook ergens afspreken,' had hij onlangs tegen haar gezegd, voor één keer uit zijn onverstoorbaarheid gehaald. 'Het is waanzin. Als we elkaar toevallig in het dorp tegenkomen, gaan we toch ook samen koffiedrinken? Wat is het verschil?'

'Ik weet dat ik gek ben,' had ze verzoeningsgezind gezegd. 'Als we elkaar toevallig tegenkomen, voel ik me minder schuldig. Vermoedelijk is mijn verbazing dan oprecht en kan ik mijn rol overtuigender spelen.'

Hij had wanhopig zijn hoofd geschud. 'Moet je horen, we zijn allebei vrij. Mijn jongens zouden je graag vaker zien. Ze weten dat je van Anne hield en ik ben ervan overtuigd dat ze het prima zouden vinden als ze wisten dat we met elkaar optrokken. Het zou waarschijnlijk een opluchting voor hen zijn te weten dat ik niet al te vaak alleen ben.'

'Het is Henrietta,' had ze mismoedig gezegd. 'Dat weet je. Hoe moet ik het tegen haar zeggen? "O, dat is waar ook, ik heb een relatie met de man over wie je vader het had. Ja, met Angus Radcliff, de man die ons huwelijk heeft verwoest." Telkens als ik haar zie, neem ik me voor het te vertellen, maar elke keer zakt de moed me in de schoenen. Het is gewoon zielig. Ik ben bang dat ze zal denken dat we al die jaren een verhouding hebben gehad. En jouw jongens zouden hetzelfde kunnen denken. Het is te vroeg.'

'Dat weet ik,' had hij gelaten gezegd. 'Goed, het geschikte moment zal heus wel komen.'

Ze wist dat hij een hekel aan uitvluchten had. Daar moest hij niets van hebben. Ze keek naar zijn reflectie toen hij zijn hoofd boog om iets tegen de oudere vrouw te zeggen. De vrouw lachte en legde hartelijk een hand op zijn arm. Toen kwam er iemand achter haar staan en kon ze hem niet meer zien.

Cordelia ging Mangetout binnen, glimlachte naar de meisjes achter de kassa en liep door naar de smalle tearoom. Ze negeerde de krukken bij de bar en ging aan een tafeltje achterin zitten, hoopte maar dat niemand dat met haar zou willen delen. Er kwam een lange vrouw binnen. Ze keek om zich heen en ging op een kruk zitten. Twee jonge vrouwen met kinderen gingen met z'n allen aan een andere tafel zitten en in de hoek zat een man die opging in zijn krant en er half achter verdween. Toen kwam Angus binnen. Hij keek rond en stak verbaasd zijn hand naar haar op. 'Hoi. Hoe gaat het met je? Mag ik erbij komen zitten?' Ze glimlachten naar elkaar. Angus ging met zijn rug naar het vertrek toe zitten en creëerde zo een kleine privéruimte voor hen. Toch voelde ze zich gek genoeg slecht op haar gemak, alsof ze in de gaten werd gehouden, hoewel er niemand op hen lette. Het was bijna een opluchting toen Angus opstond om te vertrekken en ze weer alleen was.

Toen Cordelia, nadat hij was weggegaan, in de rij bij de kassa stond om kaas en andere spullen af te rekenen, tikte er iemand hard op haar schouder. Ze keek vlug om maar zag niemand, behalve een man in een marineblauwe trui die haastig de winkel uit liep en tussen de mensen in Fore Street verdween. Ze draaide zich weer om naar de kassa en pakte verbluft haar wisselgeld aan, schonk de verkoopster en de lange vrouw naast haar die geduldig stond te wachten om af te rekenen een verontschuldigende glimlach. Cordelia liep naar buiten, zocht de man met de blauwe trui, maar die was nergens te bekennen en ze liep de heuvel af naar de drogist.

Pas toen ze naar huis was gereden en haar boodschappen uitpakte, ontdekte ze de kleine koalabeer onder in haar mand. Ze haalde het knuffelbeest eruit en bekeek het. Met zijn zwarte kraaloogjes keek hij haar aan. Hij was duidelijk nieuw. De grijze vacht was schoon en zacht, en de zwartleren pootjes krulden zich alsof die om een onzichtbare tak heen waren geslagen. Het knuffelbeest verontrustte haar.

Een kind moest het in haar mand hebben gestopt, een peuter wellicht, die een spelletje speelde. Maar zou hij of zij dan niet zijn gaan huilen als duidelijk werd dat het knuffelbeest werd meegenomen? Het kon zijn dat de moeder het kind vlug had meegenomen, zonder te weten waarom het huilde, of dat het kind was afgeleid en niet meer aan de knuffel had gedacht. Cordelia zette de koalabeer op tafel. Waarom had ze het knuffelbeest niet gezien toen ze haar boodschappen erbovenop legde? Het lag helemaal onderin, op de bodem van haar mand, goed verstopt onder de kaas. Ze wist zeker dat de koalabeer er niet had gelegen toen ze haar boodschappen erin deed bij de delicatessenwinkel.

Cordelia haalde haar schouders op en ruimde de boodschappen op. Het onrustige gevoel bleef.

Ze belde Angus.

'Moet je horen,' zei ze. 'Ik weet dat het raar klinkt, maar heb jij toevallig vandaag iets in mijn mand gestopt?'

'Nee.' Hij klonk verbaasd. 'Wat dan?'

'Nou, bij thuiskomst vond ik een knuffelbeest, een koalabeer, op de bodem van mijn mand, onder alle boodschappen. Hij is gloednieuw.'

'Daar weet ik niets van. Misschien heb je hem met je mand van een plank af gestoten en is hij er gewoon in gevallen.'

'Dat zou kunnen.' Ze probeerde het te geloven. 'Misschien heb ik dat gedaan.'

'Niet vergeten dat je woensdag bij me komt eten, hè, Dilly? Je krabbelt niet op het laatste moment terug, hoor.'

'Ach, schat, ik weet het niet. Het zal zo raar zijn.'

'Je moet komen,' drong hij aan. 'Dat heb je beloofd. Het is maar een housewarmingparty. Er komen wat oude vrienden en op deze manier is het vanzelfsprekend om samen in het openbaar te worden gezien. Dan lijkt het alsof we elkaar na lange tijd weer ontmoeten. Dilly, je hebt het beloofd.'

Ze zuchtte. 'Dat weet ik. Ik kom heus wel.'

'Dat is je geraden,' zei hij nors.

'Waarom zijn Hal en Fliss niet uitgenodigd?' vroeg ze.

Hij aarzelde. 'Hal en ik zijn nooit dikke vrienden geweest,' zei hij. 'Je moet niet vergeten dat hij eerder bij de marine is gegaan dan ik en hij heeft flink carrière gemaakt. Fliss ken ik helemaal niet goed. Ik laat ze aan jou over. Dan geef jij ook een feestje en dan gaan we allemaal naar jouw huis. Echt, Dilly, dit is de juiste manier om opnieuw te beginnen. Dit is veel beter dan dat Henrietta het van iemand anders hoort. Dat is vragen om moeilijkheden. Toen ik in Hampshire woonde lag het anders, maar nu ik maar een paar kilometer bij je vandaan zit, is het veel gevaarlijker.'

'Dat weet ik. Je hebt vast gelijk, maar ik zie ertegen op.'

Ze hoorde hem lachen. 'Dat geldt voor ons allebei.'

Het was net alsof de koalabeer naar haar keek en ze huiverde even. 'Was je maar hier.'

'Dat zou ik ook willen.' Hij klonk verbaasd. 'Je zei dat je dat artikel moest afmaken en dat je vanavond een borrel ging drinken bij de mensen die in het huisje naast je op vakantie zijn.'

'Dat is ook zo,' zei ze vlug. 'Ze zijn heel aardig en morgen gaan ze naar huis. Ik mis je. Trouwens, een van je jongens komt dit weekend. Het gaat wel. Heus. Het komt door die ellendige koalabeer. Ik snap niet waar die vandaan komt. Maar goed, fijn weekend. Tot maandag?'

'Zeker. Hou me op de hoogte over Henrietta en Jo.'

'Dat zal ik doen. Als ze me belt.'

'Fliss zal zeker bellen.'

'Dat denk ik ook. Dag, schat.'

De zwarte kraaloogjes van de koalabeer leken haar te volgen. Cordelia pakte het knuffelbeest en legde het in een la. Ze dwong zichzelf om aan haar werk te denken: het artikel afmaken – dat bijna af was – en aantekeningen maken over het idee dat in haar hoofd zat. Zijn wij de eerste generatie die per se vrienden willen zijn met onze kinderen? Ze vroeg zich af hoe het met Henrietta ging en of het opdringerig zou zijn om haar te sms'en of te bellen. Cordelia schonk zich een glas water in, ging met McGregor haar werkkamer binnen en deed de deur achter hen dicht.

Jolyon was met Pooter en Perks op de heuvel. Hij volgde de uitgesleten schapenpaden, die steil afliepen naar de rivier en het bosje. De honden waren een eind vooruitgerend. Ze hadden een fazant opgejaagd en hij hoorde het dier verontwaardigd krijsen toen het omhoogschoot om zich te verschuilen in de sleedoorn. Het was een warme middag. Het zonlicht glinsterde in lage, schuine banen op de gebleekte stoppelakkers aan de overkant van de rivier. Een zwerm zwaluwen scheerde over zijn hoofd en kwetterde melodieus terwijl ze naar het zuiden trokken.

Hij kon haast niet wachten om Henrietta The Keep te laten zien, haar mee te nemen naar deze plek op de heuvel. Dit was zijn plek, dit oude fort op de heuvel, waar zijn voorouders met stenen van het oude fort The Keep hadden gebouwd. Hier voelde hij zich thuis en dat wilde hij met haar delen. Een deel van hem had sterk het gevoel dat het goed was, was ervan overtuigd dat hij de enige persoon had gevonden bij wie hij zich veilig kon voelen in een relatie, maar een ander deel waarschuwde hem dat hij een zeer groot risico nam.

'Je hebt het hoofd en het hart,' had Fliss ooit tegen hem gezegd toen het over iets anders ging. 'Je hart zegt: "Doen!" en je hoofd zegt: "Wacht even! Weet je het zeker?" Het is zo moeilijk om te weten wat de juiste beslissing is.'

Dat zijn moeder weer op het toneel was verschenen, had hem danig van zijn stuk gebracht. Hij was ontstemd doordat ze op zijn verjaardag zou komen terwijl hij bij Henrietta wilde zijn. En het zat hem niet lekker dat hij te gemakkelijk had toegegeven. Hij kon het papa niet kwalijk nemen – die probeerde alleen maar aardig te zijn – maar hij was boos omdat ze het idee had dat ze zo weer zijn leven binnen kon wandelen nu ze alleen was. Was ze echt vergeten hoe ze hem had behandeld?

Elke emotionele uitbarsting, met zijn moeder in het oog van de storm, stond als een wegwijzer op de kaart van zijn jeugd aangegeven. Die wegwijzers wezen allemaal naar de definitieve breuk, al waren sommige voorvallen crucialer dan andere. Sinds hij Henrietta had ontmoet, waren de herinneringen aan die gebeurtenissen scherper dan ooit. Jarenlang was hij erin geslaagd ze te verdringen, maar om de een of andere reden kwamen ze nu boven. Zoals die keer dat ze zijn plannen voor The Keep naar de prullenbak had verwezen. En die vreselijke ruzie over Rex. Het gekke was dat de herinneringen zo helder waren. Hij had gedacht dat hij alles had verwerkt, dat hij eroverheen was gegroeid. Het was verontrustend dat hij de taferelen zo levendig voor zich zag.

De honden waren bij het bosje aangekomen. Pooters opgewonden geblaf verbrak de slaperige stilte van de herfstmiddag en haalde Jolyon uit het verleden vandaan. Vermoedelijk had Pooter een eekhoorn gezien en wilde ze die nu in de boom achternagaan. Het wilde er bij de ontembare Pooter niet in dat ze niet kon klimmen of vliegen. Hij zette zijn verontrustende herinneringen van zich af en begon te rennen, sprong over de laatste meters van het pad en ging achter de honden aan het bosje in.

11

Vlak na de lunch stak Fliss voor het eerst dat jaar de open haard in de hal aan. Ze had opeens besloten dat de hal morgen een warme en uitnodigende indruk op Henrietta moest maken. Ze knielde op de granieten haardsteen neer, legde het aanmaakhout op een stapel in de grote, lege haard en stak de aanmaakblokjes onder de stellage van twijgjes aan. Er stond een grote mand met haardhout in een kleine nis in de diepe alkoof waar de haard in was gebouwd. Jolyon zorgde ervoor dat daar altijd droge houtblokken in lagen. Terwijl ze wachtte tot de vlammen zouden oplaaien, zat ze op het krukje dat in de andere nis, tegenover de mand met haardhout, stond.

Fliss keek om zich heen en kon niet beslissen wanneer ze de hal het mooist vond: hartje zomer, als de hal koel, in schaduw gehuld en vreedzaam was, en de deur naar de binnenplaats openstond, of midden in de winter, als de gordijnen dicht waren om een natte middag buiten te sluiten en de vlammen in de granieten open haard dansten.

Het was een kamer in een kamer: twee hoge banken vol met kussens stonden tegenover elkaar. Daartussen stond de lange, lage tafel. Aan het eind van deze tafel, tegenover de haard, stond een diepe comfortabele leunstoel. Het was een knus gedeelte in de grotere, tochtige ruimte van de hal en ze herinnerde zich veel blijde gebeurtenissen die hier hadden plaatsgevonden, evenals eenvoudigere, alledaagse voorvallen. Vroeger had het theeritueel altijd in de hal plaatsgevonden. Fliss zag het zo voor zich: haar grootmoeder, met *The Times* opengeslagen op de bank naast haar, die thee inschonk voor oom Theo en een heerlijke plak cake afsneed.

Niet te geloven dat Fliss nu zelf oma was. Wat zou het heerlijk zijn als de deur nu openging en de achtjarige Paula naar binnen kwam rennen, gevolgd door Bess met de kleine Timmy waggelend naast haar. Of dat die lieve Jamie de deur opengooide en riep: 'Is er iemand thuis?' O, wat miste ze hen.

Misschien zou ze Susanna bellen om een praatje te maken, een troostend, zusterlijk babbeltje over hun kinderen en kleinkinderen, die allemaal zo ver weg woonden. Gelukkig woonden Susanna en Gus maar een paar kilometer verderop en hoorden ze nog steeds tot de kern van de familie. Toen ze van het krukje af kwam, ging de telefoon. Fliss wachtte even of iemand anders het zou horen en zou opnemen. Het gerinkel hield op en ze hoorde Hal praten. Kwam het door de toon waarop hij sprak of had ze een zesde zintuig? In elk geval wist ze zeker dat het Maria was die belde. De deur die van de hal naar het achterste gedeelte van het huis leidde, stond open en Fliss hoorde Hal lachen, al kon ze niet verstaan wat hij zei.

Rustig liep ze op zijn stemgeluid af – hij moest in de keuken zijn – en stond vanuit de deuropening naar hem te kijken. Hij grinnikte nog steeds en zo te zien was hij in gedachten verzonken. Een bekend bang voorgevoel kreeg weer vat op Fliss. Toen hij zich omdraaide, zag hij haar in de deuropening staan. Zijn gelaatsuitdrukking veranderde zo plotseling dat ze, als ze in een andere bui was geweest, misschien had gelachen. Ze trok haar wenkbrauwen op om te vragen wie hij aan de lijn had, maar in plaats van het antwoord met zijn lippen te vormen – wat hij gewoonlijk deed – haalde hij onbeholpen zijn schouders op. Fliss, die nu vastbesloten was om de keuken niet te verlaten, liep naar het fornuis en zette de ketel op.

'Goed,' zei Hal vrolijk. 'Ik zal erover nadenken. Als me iets te binnen schiet laat ik het weten. Doe de groeten aan Ed als je hem aan de telefoon hebt. Goed nieuws van zijn nieuwe baan, hè? … Ja, doe ik. Dag.' Hij verbrak de verbinding en legde de telefoon op tafel. 'Dat was Maria,' zei hij, 'ze vroeg wat Jo voor zijn verjaardag wilde hebben. Je moet de groeten hebben.'

'Ik kan me voorstellen dat ze geen idee heeft wat ze voor hem moet kopen,' zei Fliss bits. Ze haatte zichzelf om haar bittere toon, maar kon zich niet inhouden. 'Het is lang geleden dat ze het de moeite waard vond om over zoiets na te denken.'

Ze stond nog steeds met haar rug naar hem toe en verwachtte dat hij scherp zou reageren, maar hij zei even helemaal niets. Opeens voelde ze zijn arm om haar schouder.

'Toe nou, schat,' zei hij bedaard. 'Kunnen we dit niet samen doen? We waren het er toch allemaal mee eens dat ze een weekend zou komen...'

'Is dat zo? Ja, dat zal wel, al zit Jo er flink mee in zijn maag. Je hebt het hem op een zwak moment gevraagd, dat weet je zelf ook.'

Hal haalde zijn arm abrupt weg, maar nog voordat hij iets kon zeggen, kwam Prue de keuken binnen.

'Iemand heeft de open haard in de hal aangestoken. Heerlijk. Heb jij dat gedaan, Hal? O, en Fliss is thee aan het zetten. Ik zag Jo met de honden op de heuvel lopen, dus die zal ook wel een kopje lusten. Ik vind het altijd zo'n feest, het eerste vuur van het jaar, jullie niet? Moeten er niet meer houtblokken op? Hal, kom eens mee om te kijken.'

Ze liepen samen de keuken uit. Fliss zette de spullen voor de thee op een dienblad. Enerzijds vond ze de onderbreking irritant, anderzijds was ze opgelucht. Sinds Hal en zij waren getrouwd, hadden ze altijd andere mensen om zich heen gehad: Prue, de kleine Sam, Jolyon, Lizzie. Hal en zij waren nooit alleen geweest, hoewel het huis groot genoeg was om iedereen voldoende privacy te bieden. Soms ergerde ze zich aan de familie, maar ze was ervan overtuigd dat de doorlopende aanwezigheid van familieleden vaak dwaze emoties in bedwang had weten te houden en dat domme kleine ruzies voldoende tijd kregen om over te waaien, voordat die in een serieus conflict konden ontaarden. Het was moeilijk om lang te zwijgen of te mokken of hatelijke opmerkingen te maken als Prue of Lizzie of Jo in de buurt waren. Sommige vrienden beweerden dat het onnatuurlijk, ja, zelfs ongezond was om je zo te beheersen. Fliss was ervan overtuigd dat het een beschavend effect had en dat er veel voordelen aan kleefden. Prues excentrieke levensvisie was zeer wijs en de energie en het jeugdige optimisme van Lizzie, Jo en Sam vrolijkten haar op.

Terwijl ze wachtte tot de ketel zou fluiten, liep Fliss naar de vensternis en trok één knie op het oude patchworkkussen. Voorbij de twee hoge ramen liep de heuvel zo steil naar beneden dat de keuken in de lucht leek te zweven. Ze zag de wegtrekkende zwaluwen onder haar, die rondjes vlogen boven de kleine, keurige, veelkleurige velden. Verderop zag ze de hoge, bleke contouren van de heidevelden. Wat had ze als kind vaak hier op haar knietjes gezeten, zich bewust van het huis om zich heen, dat even sterk en veilig was als een vesting. The Keep was van oudsher een toevluchtsoord geweest en ze had zich binnen de muren altijd veilig gevoeld. Waarom had ze dan nu het gevoel dat ze gevaar liep?

De ketel floot. Pooter en Perks kwamen nog voor Jolyon, die in de bijkeuken zijn laarzen uitdeed, onstuimig de keuken binnen om te zien of ze een koekje kregen.

'Even wachten,' zei ze tegen hen. 'Zo meteen, als ik klaar ben met de thee. Geduld.'

Jolyon kwam binnen. Hij leek in gedachten verzonken en ze glimlachte naar hem. 'Ik heb zojuist de open haard in de hal aangestoken. Het is meer proefdraaien, zodat het er morgen, als Henrietta komt, warm is. Een brandende haard is zo verwelkomend, vind je niet?'

Zijn peinzende uitdrukking verdween en hij glimlachte naar haar. 'Volgens mij is ze zenuwachtig. Ik kan het haar niet kwalijk nemen.'

'Met Pooter en Perks erbij kan niemand zenuwachtig zijn,' zei Fliss. 'We zullen ons inhouden en ons goed gedragen.'

Hij fronste zijn wenkbrauwen, alsof hij opeens bang was dat hij zich te veel had vastgelegd, dat hij er te veel drukte over maakte. 'Ze komt alleen maar lunchen, hoor,' zei hij verdedigend.

'Uiteraard,' zei Fliss neutraal. 'Ik hoop wel dat ze thee blijft drinken. Ik heb een cake gebakken. Susanna en Gus zullen zoals gewoonlijk ook wel komen. Henrietta zal zeker met hen kunnen opschieten.

Geef die honden alsjeblieft een koekje en kom gezellig met ons thee-drinken.'

Ze droeg het dienblad door de gang naar de hal. Het vuur brandde goed. Er lag een flinke stapel houtblokken in de open haard. Prue ruimde de kranten en boeken op die over de tafel verspreid lagen om plaats te maken voor het dienblad. Fliss zag dat Hal vrolijk keek. Als hij haar eerdere opmerkingen vervelend had gevonden, liet hij daar in elk geval niets van merken.

'We hebben een paar grote houtblokken nodig,' zei hij. 'Deze zijn zo droog dat ze in een mum van tijd zijn opgebrand. Ik zal vanavond, vlak voordat ik naar bed ga, wat natte blokken gaan halen, zodat het vuur de hele nacht blijft branden.'

Fliss wist dat hij vermoedde waarom ze de haard had aangestoken, dat het bedoeld was om Henrietta welkom te heten, om er voor haar iets speciaals van te maken. Zijn inzicht ontwapende haar. Ze keek hem echter niet meer aan. Ze zette het dienblad neer, hurkte bij de ta-fel en schonk thee in.

'Waar is Lizzie?' vroeg ze. 'Ik mag toch hopen dat ze niet nog steeds op kantoor zit. O, daar is ze.'

Lizzie en Jolyon kwamen tegelijk binnen, samen met Pooter en Perks. Fliss voelde zich opeens enorm opgelucht, alsof de aanwezig-heid van Lizzie die hardnekkige, verpestende onrust verdreef. Haar directheid en natuurlijke opgewektheid sneden door de schimmen van het verleden en lieten de helderdere frisse lucht van gezond ver-stand binnen en stelden Fliss in staat om vrijer adem te halen.

Wat heb ik toch? dacht ze. Toen ze meer thee inschonk, zag ze tot haar afschuw dat haar hand trilde.

'Ik heb een brief van Sam gekregen,' zei Lizzie, die naast Prue ging zitten. 'Het gaat goed met hem. Jullie moeten allemaal de groeten hebben en hij vraagt of Jolyon hem kan ophalen als hij een weekend verlof heeft. Hij wil graag met zijn beroemde neef pronken.' Ze wuif-de de brief heen en weer. 'Zal ik hem voorlezen?'

Fliss ging op het krukje zitten, zette haar beker naast zich op de vloer en vouwde haar handen ineen om haar knieën. Ze keek naar de gezichten van de anderen die – geamuseerd, geïnteresseerd – luisterden en voelde zich getroost.

Lizzie bleef in de hal nadat de anderen waren verdwenen. Ze zat opgekruld op de bank naar de vlammen te kijken met Pooter en Perks aan haar voeten. Na acht jaar bij de Chadwicks was ze er zeer bedreven in om haar vinger op de familiepols te houden en momenteel vond ze dat die iets te snel klopte. Het was haar opgevallen dat de schouders en handen van Fliss gespannen waren toen ze op het krukje zat en van haar thee nipte. Ze was zich bewust geweest van Hals vastberaden opgewektheid en van Prues waakzaamheid. Ze kon de golven van gespannen opwinding die Jo uitzond bijna voelen.

Dat was logisch. Lizzie glimlachte. Sinds hij Henrietta had ontmoet, was hij zichzelf niet meer, en dat kon vervelend zijn. Het betekende dat je uit je gewone doen was. Je had een helderder beeld van jezelf en je woorden en daden kregen een nieuwe, intense kwaliteit. Maar er speelde meer. Zo was er het raadsel waarom zijn moeder plotseling in zijn leven – in al hun levens – terug was en dat begon problemen te veroorzaken. Ze herinnerde zich dat toen ze net in The Keep woonde Jo niet over Maria had willen praten. Toen Jo en zij vrienden waren geworden, had ze stukje bij beetje de geschiedenis van Jo en zijn moeder en van de hele Chadwick-familie kunnen reconstrueren.

Het was een tragisch verhaal. Lizzie ging verzitten, glimlachte niet meer. De aanwezigheid van het gezinshoofd, Freddy Chadwick, was nog steeds voelbaar, misschien doordat de familie nog steeds met veel genegenheid en respect over haar sprak. Op haar tweeëntwintigste had ze haar man verloren bij de Slag om Jutland. Ze bleef met een tweeling, Peter en John, van een paar maanden oud achter. Bij de volgende oorlog was Peter gedood, bij het begeleiden van een konvooi in 1945. Prue bleef met een drie jaar oude tweeling achter. Twaalf jaar later werden John, zijn vrouw Alison en hun oudste zoon Jamie door de Mau Mau vermoord. Lizzie vroeg zich af hoe iemand zo'n vreselijk verlies te boven kon komen. Ze had zich vaak voorgesteld hoe het was geweest toen de drie overgebleven kinderen – Fliss, Mol en Susanna – terugkeerden uit Kenia en bij hun grootmoeder in The Keep gingen wonen, hoe Freddy Chadwick met haar eigen afschuwelijke verdriet was omgegaan terwijl ze voor hen zorgde. In die tijd had Prue Freddy voorgesteld aan haar vriendin Caroline, die naar The Keep was gekomen om het kindermeisje te worden.

Misschien, dacht Lizzie, kwam het doordat het patroon zich had herhaald dat ze het gevoel had een eigen plek in The Keep te hebben. Ze had een belangrijke rol gespeeld toen de geschiedenis zich dertig jaar later min of meer herhaalde: Mol werd door de IRA gedood voordat zijn kind werd geboren en Sams jonge moeder, Lizzies beste vriendin, weigerde de Chadwicks te vertellen dat ze een relatie met Mol had gehad en een kind van hem verwachtte.

'Ze weten helemaal niets over me,' had ze tegen Lizzie gezegd. 'Ze zullen denken dat ik hen erin wil luizen. Als Mol dat had gewild, had hij me zelf wel meegenomen naar The Keep om me aan hen voor te stellen, maar hij vond zichzelf te oud voor me. Hij kon niet geloven dat ik echt van hem hield. Maar hij hield van me, dat weet ik. De baby was bedoeld om hem te helpen zich te binden, een besluit te nemen…'

Mol had natuurlijk niet geweten dat ze zwanger was van zijn kind. Ze hadden hun relatie geheimgehouden. En toen was zij ook overleden, bij een skiongeluk, tijdens haar eerste vakantie sinds drie jaar, de eerste vakantie na de geboorte van Sam. Sam logeerde bij Lizzie. Toen had ze voor het eerst de familie Chadwick ontmoet. Fliss had haar overgehaald om in The Keep te komen wonen om voor Sam te zorgen.

'Jij bent de brug,' had Fliss gezegd, 'tussen Sams verleden en zijn toekomst, en ik heb zo'n gevoel dat we zonder jou allemaal zullen instorten.'

Lizzie bukte zich om nog een houtblok op het vuur te gooien en dacht terug aan die tijd. Er was weinig overredingskracht voor nodig geweest om ervoor te zorgen dat ze met uitzendwerk stopte en de huur van haar kleine appartement opzegde, dat ze zich toch niet meer kon veroorloven. Het aanbod had een wonder geleken. De Chadwicks hadden uiteraard niet gehoopt of verwacht dat ze zou blijven nadat Sam op achtjarige leeftijd naar kostschool de Reigerpoort was gestuurd, maar ze had willen blijven. Ze was dol op de familie Chadwick. En ze werkte al met Jolyon aan zijn nieuwe project. Zij was degene geweest die het project draaiende had gehouden toen hij tv-presentator werd. Geleidelijk was Keep Organics een andere richting ingeslagen. Ze waren nu eerder leveranciers dan telers: voorzagen hotels en restaurants in de West Country van biologische groenten en biologisch vlees. Daar was ze trots op. Ze vond het leuk om met nieuwe klanten te praten, om lokale boerderijen te vinden die een afnemer zochten voor hun biologische producten. Haar vrienden en vriendinnen waren best jaloers op haar kamers bij de kinderkamers en op het feit dat ze over het stalerf naar haar werk kon lopen. Nee, ze wilde nog niet bij de Chadwicks weg. Bovendien zou ze Sam dan ontzettend missen.

'Jo en jij zijn de link tussen onze generatie en Sam,' had Fliss tegen haar gezegd, 'zoals Prue en Caroline dat waren tussen onze grootmoeder en ons. We hebben je allemaal nodig.'

Het was leuk om met Jolyon mee naar Hampshire te rijden om te gaan kijken als Sam een rugbywedstrijd had of om ergens met hem thee te gaan drinken. Het was ook leuk om iemand van haar eigen leeftijd te hebben om mee naar de pub te gaan, of naar de film in Dartington, of naar het theater in Plymouth. Hoewel dat nog steeds kon, zou daar misschien verandering in komen nu hij Henrietta had. Lizzie probeerde zich voor te stellen hoe die verandering zou uitpakken en of zij er gevolgen van zou ondervinden, maar voordat ze daar verder over kon nadenken stond Prue opeens weer in de hal. Ze zocht haar bril. Lizzie stond op en ging haar helpen zoeken.

12

Met een grote zucht van verlichting legde Maria de telefoon neer: tjonge, ze had een borrel nodig. Het was zo'n opluchting geweest Hals stem te horen, hem een grap te vertellen en naar zijn aanstekelijke lach te luisteren. Misschien was het niet zo'n gek idee om te overwegen naar Devon te verhuizen. Ze had nooit gedacht dat ze zo eenzaam zou kunnen zijn. Ze zette nog steeds thee voor twee, kookte te veel groente, werd 's nachts om drie uur wakker – altijd om drie uur – en werd dan opnieuw door pijnlijke verlatenheid overvallen. O, die lange, vreselijke, door demonen gevulde uren voor zonsopgang en de koude leegte van het grote bed. Dan stond ze op en zette ze thee, maar dat bood geen troost: de stilte herinnerde haar eveneens aan haar eenzaamheid. Ook overdag, zelfs met Penelope en Philip in de buurt, waren er woestijnen van verdriet die ze moest doorkruisen. Het leven was kleurloos en zinloos. De uren strekten zich leeg voor haar uit.

Eindelijk zag ze de voordelen in van in een gemeenschap wonen, van familie en vrienden om je heen hebben. Daarom waren de Chadwicks zo vrolijk. Die vreemde groep mensen van allerlei leeftijden onder één groot dak betekende dat je nooit eenzaam of gedeprimeerd hoefde te zijn. Het was wel raar dat uitgerekend zij opeens een manier van leven kon waarderen die ze ooit had veracht. Ze herinnerde zich de wrede, grievende opmerkingen die ze tegen Hal over zijn familie had gemaakt en wist nog goed dat ze stiekem plannen had gemaakt om The Keep over te nemen en de oude Chadwicks eruit te zetten. Ze vroeg zich af of Hal zich dat ook herinnerde, en onverwacht kreeg ze het warm van schaamte.

'Vind je het niet een beetje egoïstisch van je grootmoeder om in dat grote huis te blijven wonen?' had ze jaren geleden, vlak na de geboorte van Ed, aan Hal gevraagd. 'Vind je niet dat het tijd wordt dat ze er afstand van doet ten gunste van jou? Wij hebben een gezin en we hebben de ruimte nodig...'

'Wacht even,' had hij haar onderbroken. 'The Keep is grootmoeders thuis. Het is van oom Theo en van haar. Ik zou nooit proberen hen eruit te zetten. Zelfs als ik dat zou kunnen, zou ik het niet doen. En ook als wij er op een dag gaan wonen zal het niet alleen van ons zijn. Het is van ons allemaal. Dat is de afspraak...'

'Het is belachelijk,' had ze boos gezegd. 'Waarom zouden wij verplicht zijn om als een hotel te fungeren voor de rest van jouw familie? Het is idioot.'

'Het is ongewoon, dat is waar,' had hij gezegd, 'en misschien werkt het niet als de ouderen er niet meer zijn. Het idee is dat we met z'n allen een eenheid kunnen vormen, het huis kunnen delen en een hechte familie kunnen blijven.'

'Het lijkt wel iets uit een film van Walt Disney,' had ze spottend geantwoord. Toen was Ed wakker geworden. Hij begon te huilen en ze was de kamer uit gebeend. Ze was zo overstuur dat ze haar moeder had overgehaald om met Hal te gaan praten, maar die was onverzettelijk gebleven.

'Zou je daar dan echt willen wonen?' had haar moeder later aan haar gevraagd. 'Als The Keep onder die voorwaarden wordt nagelaten, dan moeten we er misschien opnieuw over nadenken. Volgens Hal hebben jullie er geen van beiden iets aan als hij de trust verandert. Kennelijk was de vader van Fliss de oudste en zou zij in dat geval alles erven.'

'Nou, ik kan je één ding vertellen,' had ze boos gezegd. 'Ik ben niet van plan om hotelhoudster te spelen. Als Hal denkt dat ik daar ga wonen en de onbetaalde huishoudster van zijn familie word, dan heeft hij het mooi mis.'

'We willen niet dat je erfenis in de gemeenschappelijke pot ten bate van de Chadwicks verdwijnt, of wel soms?' had haar moeder peinzend gezegd. 'Waarom zou je een familiehotel houden?'

Ze had nog meer gezegd, zei dat ze tot haar spijt had moeten constateren dat Hal was veranderd. Toen was ze over Adam begonnen. Ze had verteld dat hij het zo goed deed en dat hij geen gelukkig huwelijk had...

Zo werd er een wig in haar eigen huwelijk gedreven.

Maria zette die herinneringen van zich af: het was te naar om eraan terug te denken hoe gretig ze de draden van haar oude relatie met Adam weer had opgepikt en hem bij zijn saaie vrouw vandaan had gelokt. Nee, het was veel verstandiger om zich te concentreren op haar bezoek aan The Keep. Ze kon beter aan de toekomst denken dan aan het verleden. Ze keek op haar horloge: bijna vijf uur. Het was nog wat vroeg voor een borrel maar ze had er een nodig, een klein glaasje om haar volgende reis naar Devon te vieren.

Op zondagochtend, toen er al drie kledingcombinaties op haar bed lagen en haar haar door de war zat, pakte Henrietta haar mobiele telefoon, drukte wat toetsten in en wachtte. Het duurde even voordat haar moeder opnam en ze klonk wat afwezig.

'Hallo, lieverd. Wat bel je vroeg.'

Henrietta voelde zich meteen schuldig. 'Heb ik je uit bed gebeld? Is alles in orde?'

'Natuurlijk is alles in orde en nee, ik ben al op en zit aan het ontbijt.'

Henrietta zette het vermoeden dat er iets mis was van zich af. Ze miste de gebruikelijke opgewektheid in de stem van haar moeder, het enthousiasme waarmee ze gewoonlijk op haar telefoontjes reageerde.

'Ik loop te dubben of ik nette kleren of vrijetijdskleding zal aantrekken voor de lunch. Wat denk jij?'

'Vrijetijdskleding is prima. Geen sjofele kleding, maar je moet ook niet overdrijven. The Keep is geen statig landhuis, hoor. Het is een in verval geraakt, gezellig huis en Hal en Fliss zijn heel relaxed.'

'Maar het gaat wel om een zondagse lunch. Dat hoor je tegenwoordig toch niet vaak meer?'

'Volgens mij lunchen er nog heel veel mensen op zondag, maar dat betekent niet dat ze zich daarvoor opdoffen. Wie zullen er allemaal bij zijn? Toch alleen de familie en jij? Verder toch niemand? Weet je wat, kijk wat Jo aanheeft als hij je komt ophalen. Je kunt je altijd nog omkleden als je uit de pas denkt te lopen. Dat snapt hij wel.'

'Oké. Bedankt... Zeker weten dat alles in orde is?'

'Zeker weten. Ik ben aan het piekeren over een nieuw artikel en mijn agent heeft voorgesteld dat ik nog een kort verhaal voor *Mail on Sunday* schrijf. Ze waren enthousiast over mijn vorige verhaal, dus dat is heel goed nieuws.'

'Gefeliciteerd. Ik laat je nog wel weten hoe het is gegaan.'

'Doe dat. Dag, lieverd.'

Henrietta keek naar de kleren op haar bed. Misschien de moleskin broek met de mooie linnen blouse en haar geliefde kasjmieren vest nonchalant om haar schouders geslagen? Ze keek op haar horloge, vloekte binnensmonds en kleedde zich aan.

Jolyon arriveerde tien minuten later. Hij droeg een ribbroek en een polohemd en zag er zeer ontspannen uit. Ze deed vlug de deur open en zag tot haar opluchting dat hij waarderend keek. Hij sloeg het aanbod van een kop koffie af en vroeg of ze klaar was.

'Zijn we er dan niet een beetje vroeg?' Van de zenuwen klonk haar stem scherp. 'Voor de lunch, bedoel ik?'

'Dan kan ik je rondleiden voordat iedereen terug is uit de kerk,' zei hij. 'Alleen wij twee. Is dat wat? Het leek mij wel leuk.'

'Ja,' zei ze dankbaar, terwijl ze kalm probeerde te klinken. 'Dat is een goed idee.'

Jo verzamelde de honden en spoorde de oude Juno aan om overeind te komen. 'Ga eens staan, dame. Kom, Pan. Brave hond. We zullen Tacker als laatste in de auto zetten. Ik weet een goede plek om onderweg te stoppen en de honden uit te laten.'

'Mooi.' Henrietta pakte kleden en speeltjes. 'Ik ben bang dat Tacker zich zal misdragen, dus ik neem veel spullen mee waar hij op kan kauwen.'

'Hij is bij ons in de keuken. Maak je geen zorgen.'

Ze bleef staan en keek hem aan. 'In de keuken?'

Jo haalde zijn schouders op. 'Ja, de eetzaal is dicht in verband met reparaties en in het hout in de balzaal zit bruinrot. We hebben zelfs de minstreels moeten ontslaan.'

Ze lachte aarzelend. 'Een naam als The Keep doet denken aan een statig huis en je vader is Sir Henry Chadwick en…'

'Doe niet zo paniekerig en wacht tot je het huis hebt gezien. We eten alleen niet in de keuken als er een formeel diner wordt gegeven.'

'Wat een opluchting. Ik voel me al een stuk prettiger.'

Hij sloeg zijn arm om haar schouder en trok haar even tegen zich aan. 'Sufferd.'

Ze keek toe hoe hij de honden in de achterbak van de stationcar liet springen en Tacker optilde en erin zette. Hij had gelijk, ze was een sufferd. Ze gingen bij vrienden op bezoek en zouden daar lunchen, hield ze zichzelf voor. Maar toen Jo zich rechtte en haar glimlachend aankeek, wist ze dat het veel meer was dan zomaar een lunch.

Ze reden de binnenplaats op, om het vierkante gazon in het midden heen, en parkeerden de auto bij de garage die in de oude muren van de portierswoning was gebouwd. Henrietta keek op naar het huis van grijze stenen. De eenvoudige gekanteelde toren was indrukwekkend, vreemd, opvallend.

'Tjonge!' zei ze. 'Wauw!'

Jo keek blij. 'Ik wil je het huis eerst vanbinnen laten zien en dan drinken we koffie. Daarna gaan we met de honden de heuvel op, zodat ze aan elkaar kunnen wennen.'

Ze lieten de honden, die zenuwachtig uit het raam keken, in de auto achter. Henrietta liep achter Jolyon aan de trap op en kwam in de hal.

'Fliss heeft de open haard gisteren aangestoken,' zei Jolyon. 'Ze wilde dat de hal een gastvrije indruk zou maken. In de winter zitten we hier vaak.'

'Dat snap ik.' Henrietta keek om zich heen. 'Het is een prachtige hal. Ik vind hem mooi. Maar als dit de hal is, hoe zal de rest dan wel niet zijn?'

'Kom maar mee,' zei hij. 'Een korte rondleiding om een algemene indruk van het huis te krijgen.'

Ze liep met hem mee, keek vanuit deuropeningen en probeerde alles in zich op te nemen. Een elegante, maar wat kale salon; een nogal formele eetzaal; een tuinkamer waar het lekker rommelig was; een studeerkamer, een nogal donker vertrek vol boeken met in een hoek op een tafel een computer; en een grote, warme keuken met plavuizen en hoge ramen. Twee grote roestkleurige honden kwamen uit hun mand bij het fornuis vandaan om haar te begroeten. Met één knie op de vloer aaide ze hun kop en zachte vacht.

'Wat zijn ze mooi, hè?' zei ze. 'Wat is het voor ras?'

Jo haalde zijn schouders op terwijl hij koffiezette. 'Dat weten we niet precies. Waarschijnlijk een kruising tussen een bordercollie en een spaniël. Pooter is de oudste van de twee, maar laat je niet om de tuin leiden, het is een sluw, hebzuchtig, oud teefje. Perks is veel beschaafder. Zo is het toch, Perks? Kom, dan nemen we de koffie mee naar de hal.'

Ze gingen samen op een van de lange banken zitten. De honden lagen tevreden voor het haardvuur. Henrietta leunde tegen Jolyons schouder aan en hield haar mok koffie vast.

'Het is een verbazingwekkend huis,' zei ze zacht. 'Ik wil je portierswoning ook zien.'

'Later,' zei hij bemoedigend, 'nadat je de familie hebt ontmoet. Ze zullen zo wel terugkomen uit de kerk. En laat je door mijn oma ook niet misleiden. Ze is net zo sluw als Pooter, alleen wat subtieler.'

Henrietta nipte van haar koffie. Ze voelde zich ontspannen, op haar gemak met zichzelf en met Jo. Het was raar hoe vrijmoedig ze zich voelde als ze bij hem was, dat ze zo zeker van haar zaak was, maar als ze alleen was, staken al haar angsten en twijfels weer de kop op. Toen ze een auto de binnenplaats op hoorde rijden, gevolgd door het geluid van dichtslaande portieren, werd ze weer nerveus. Pooter en Perks waren al opgestaan en liepen kwispelstaartend naar de deur. Henrietta zette haar mok op de salontafel en wachtte.

Prue kwam als eerste al pratend binnen en bleef even staan om de honden te begroeten, waarna ze op Henrietta af liep, die vlug ging staan.

'Ik heb door de autoruit naar je honden staan kijken,' zei Prue tegen haar. 'Heel even maar, hoor. Toen ik de puppy zag, was ik meteen verkocht. Wat een schatje.'

Henrietta glimlachte, mompelde dat ze straks met de honden zouden gaan wandelen en was meteen gesteld op deze vrouw met haar vriendelijke gezicht en haar mooie, vederachtige, askleurige haar, haar warmte en haar hartelijkheid.

'Oma, dit is Henrietta,' zei Jolyon.

Prue stak haar hand uit. 'Ik ben Prue,' zei ze eenvoudig. 'En dit zijn Hal en Fliss.'

Henrietta schudde Prue dankbaar de hand. Het probleem hoe ze admiraal Sir Henry en Lady Chadwick moest aanspreken was in één klap opgelost.

'Wat leuk je eindelijk te ontmoeten,' zei Hal. 'Raar toch dat we Cordelia al zo lang kennen maar jou nooit hebben gezien.'

Fliss zei: 'Het belangrijkste is dat we je nu hebben ontmoet. Ik ga me omkleden en dan ga ik de lunch verzorgen. Breng die honden toch binnen, Jo. Het zal heus wel goed gaan.'

'We waren van plan om eerst met alle honden de heuvel op te gaan, zodat ze op neutraal terrein kunnen kennismaken. Henrietta, dit is Lizzie.'

Een mooie vrouw met blond haar kwam de hal binnen. Ze zag er sterk, vaardig en goedgehumeurd uit. Henrietta vermoedde dat ze begin dertig was.

'Ik heb de auto weggezet,' zei ze. 'Hallo, Henrietta. Word je altijd

Henrietta genoemd? Nooit Hetty of Hattie of Henry?'

Henrietta lachte om deze onverwachte openingsvraag. 'Soms, maar doorgaans niet. Er zat nog een Henrietta bij mij in de klas en die werd altijd Hetty genoemd, dus bleef ik Henrietta. Doordat ik bij Susan in de klas zat, raakte ze aan die naam gewend en daardoor is er ook op mijn werk nooit sprake van geweest mijn naam in te korten.'

Er viel een korte, wat ongemakkelijke stilte, waarin iedereen zich afvroeg of er iets over Susan gezegd moest worden. De stilte werd doorbroken door Hal, die aankondigde dat hij voor zichzelf een borrel ging inschenken en vroeg of er meer mensen iets wilden drinken. Prue zei dat ze wel trek had in een glaasje sherry.

'Voor mij graag wijn,' zei Fliss. 'Ik ga me nu omkleden.' Jo zei dat Henrietta en hij eerst de honden uit de auto gingen halen. Henrietta vroeg zich af of het niet raar was dat Jo en zij weggingen terwijl iedereen er net was, maar Fliss liep al haastig de trap op en Lizzie was naar de keuken verdwenen nadat ze 'tot straks' had geroepen.

Prue ging vlak bij het haardvuur zitten en keek hen stralend aan. 'Veel plezier,' zei ze. 'Vooruit, Pooter. Je gaat een paar leuke nieuwe vrienden ontmoeten. Hup, Perks.'

Ze gingen met z'n vieren naar buiten. Henrietta greep Jo bij de arm en liet toen vlug los voor het geval er iemand keek.

'Ze zijn aardig,' zei ze.

'Natuurlijk zijn ze aardig,' reageerde hij, terwijl hij de achterklep van de stationcar opendeed. 'Dat had ik toch gezegd? Laat de strijd maar losbarsten.'

Pan sprong er vlug uit, terwijl Juno veel voorzichtiger te werk ging en, Pooter en Perks negerend, de binnenplaats begon te verkennen. De puppy zat volkomen stil en keek verbaasd naar de twee roestkleurige dieren die aan hem wilden snuffelen.

'Arme stakker, hij weet niet wat hem overkomt,' zei Henrietta meelevend, die zich naar hem toe boog om hem te troosten. 'Het is in orde, Tacker. Ze doen niks. Kom er maar uit.'

Jolyon leidde de honden naar een groene houten deur in de hoge muur, terwijl Henrietta wat langzamer volgde met Tacker. Toen ze de deur door waren en op de heuvel stonden, stokte haar adem van verrukking. Warme windvlagen zorgden ervoor dat de schaduwen van de wolken in rap tempo over het groen-met-goud geblokte land trokken dat voorbij de rivier lag. Een langzaam rijdende tractor ploegde de rijke karmozijnrode aarde om, had een glinsterende zwerm zilverwitte meeuwen in zijn kielzog. Naar het westen gingen de heuvels geleidelijk omhoog, met her en der stukjes lila en geelbruin, klommen naar de hooggelegen woeste grond, waarvan de zwarte oneffen contouren scherp afgetekend stonden tegen de bleke lucht.

Op het pad onder haar stond Jo naar haar te kijken. Hij deelde haar verrukking. Opeens begon ze te rennen, en ze sprong en gleed over de smalle schapenpaden naar beneden. Tacker klauterde wild achter haar aan tot ze bij Jo kwam, die haar in zijn armen ving en haar stevig vasthield.

13

Vanavond was de zee wispelturig. Door de toenemende wind tot pieken en schuimkoppen opgestuwd en door de ondergaande zon goudgeel gekleurd, beukte de vloed tegen de kliffen onder het huis. Cordelia keek naar beneden, naar de meeuwen met hun gele ogen die vol minachting op de golven dreven, zonder angst op en neer dobberden, nat werden van het schuim en het stuivende water.

'Ik bel even om je te laten weten dat het vandaag goed is gegaan,' had Fliss eerder gezegd. 'Voor het geval je je dat afvroeg. Henrietta is een schat en we houden allemaal onze adem in en duimen dat Jolyon het niet verknoeit.'

'Arme Jo. Waarom zou hij? De kans dat Henrietta door angst overvallen wordt, is net zo groot. Dat gebeurt meestal.'

'Ik kan alleen maar zeggen dat ik het idee kreeg dat ze ons aardig vindt en dat niemand een pijnlijke opmerking heeft gemaakt, al heb ik Prue wel verschillende keren op haar tong zien bijten. Gelukkig leek Henrietta daar niets van te merken. Ze heeft zich zeer goed gedragen. Prue dus. Hal had haar van tevoren gewaarschuwd dat ze Jo niet onder druk mocht zetten door een ondoordachte of tactloze opmerking te maken. Het was gezellig, het was jammer dat je er niet bij kon zijn.'

'Ik ben blij dat jullie haar aardig vonden. Leken ze gelukkig?'

'Ze lijken voor elkaar geschapen. Wat een mooie vrouw! Lizzie en Henrietta worden vast dikke vriendinnen. Laten we hopen dat Maria er geen stokje voor steekt.'

'Kan dat dan? Zou ze het kunnen verpesten?'

'Geen idee. Jo was de afgelopen dagen wat stil. Ik hoop maar dat het vooruitzicht van Maria's logeerpartij het verleden niet te veel oprakelt. Dat is alles. Wonderlijk hoe het geheugen werkt, hè?'

'Zeg dat wel. Maar Maria heeft toch geen invloed? Je zei dat Jo en jullie haar de afgelopen vijftien jaar amper hadden gezien.'

'Dat klopt. Het klinkt idioot, maar ik wil haar gewoon niet in de buurt hebben. Niet nu het net zo goed gaat met Jo.'

'Misschien is dat juist wel een geschikt moment. Dat hij in een sterke positie verkeert en zelfvertrouwen heeft, betekent dat ze geen zeggenschap over hem zal hebben.'

'Hopelijk heb je gelijk. Kom gauw weer eens langs.'

'Graag.'

Ze was weer naar buiten gelopen om naar de zee te kijken. De hoogste vloed van het jaar en er was storm voorspeld. Het telefoontje van Fliss had haar opgebeurd. Fliss maakte zich ook zorgen, wilde Jolyon gelukkig zien. Wat zou het heerlijk zijn als Henrietta haar nu belde om haar alles over vandaag te vertellen en echt met haar te praten, zoals ze met Susan of met een andere vriendin zou praten…

Cordelia riep zichzelf vlug tot de orde. Daar was het weer: die behoefte om een vriendin van je kind te zijn. Ze vroeg zich af of haar eigen moeder – die rustige, afstandelijke vrouw – er diep vanbinnen ook naar had verlangd om Cordelia's leven te delen. Misschien had ze ook graag willen weten wat haar dochter dacht en voelde, had het haar gekwetst dat ze werd buitengesloten van vertrouwelijke mededelingen en niet mocht delen in de meest persoonlijke zaken.

Cordelia dacht: maar hoe had ik haar kunnen vertellen wat ik werkelijk voor Angus voelde? Of voor Simon?

Hoe dan ook, haar moeder had afstand bewaard, had klaargestaan om Cordelia advies te geven als het om koken of kinderen ging, maar had laten doorschemeren dat ze nu volwassen was en het zelf moest zien te rooien. Ze had zich langzaam maar beslist teruggetrokken. Er was een zekere waardigheid geweest die in haar relatie met Henrietta ontbrak. Maar haar moeder had geen last gehad van schuldgevoelens, was niet gebukt gegaan onder het feit dat ze door één domme daad haar huwelijk en haar dochters zelfvertrouwen had vernietigd. Het was moeilijk om je waardigheid te bewaren als je je doorlopend schuldig voelde.

Misschien had Angus gelijk en wilde ze inderdaad dat Henrietta smoorverliefd zou worden, zodat ze eindelijk milder over haar, Cordelia, zou oordelen. Henrietta zou gelukkig zijn, haar vertrouwen in de liefde was hersteld en – en dat zou een extra pluspunt zijn – ze zou misschien kunnen begrijpen waarom haar moeder zich zo had gedragen.

'Dat we na al die jaren weer bij elkaar zijn, zegt in elk geval iets over standvastigheid,' had Angus gezegd.

'Zo eenvoudig ligt het niet,' had ze gezegd. 'Ze zou willen weten wat je al die jaren voor Anne hebt gevoeld. Ze snapte niet waarom ik met Simon was getrouwd terwijl ik verliefd was op jou en ze vroeg ook altijd waarom jij met Anne was getrouwd als je van mij hield. Ik weet dat je haar nooit ontrouw bent geweest, maar dat dit onze relatie in Henrietta's ogen ingewikkeld maakt, moet je toch snappen.'

'Als het in een toneelstuk van Shakespeare of in een roman van Jane Austen zou staan, zou ze het ontzettend romantisch vinden,' had hij gezegd.

'Als het om je ouders gaat, ligt het anders,' had ze geantwoord.

Dat was het hele punt, had ze geconcludeerd. Misschien was het onmogelijk om echt een vriendin van je kind te zijn. Er waren te veel taboes.

Het werd donker. De gloed van de zonsondergang verbleekte en haar eerdere vertwijfeling keerde terug. Ze was wakker geworden met een gevoel van afzondering. Het vooruitzicht dat er in The Keep mensen bij elkaar zouden komen, had haar sterk het gevoel gegeven een buitenstaander te zijn en toen Henrietta belde om te vragen wat ze moest aantrekken, had ze er ook graag heen gewild. Ze had zichzelf eraan herinnerd dat Henrietta niet door Fliss of Hal was uitgenodigd om te komen lunchen, maar door Jo. Er was geen reden om haar moeder ook uit te nodigen. Toch had ze dat kinderlijke gevoel van buitengesloten zijn niet kunnen overwinnen. De wetenschap dat Angus een afspraak had met zijn zoon en diens gezin had haar eenzaamheid verder versterkt.

Ze had zich afgevraagd of ze iemand kon uitnodigen om te komen lunchen, maar al haar vriendinnen zouden bij hun man of familie zijn. Dat herinnerde haar aan die begintijd als zeemansvrouw, toen Simon op zee zat en Henrietta nog klein was. Wat had ze een hekel aan het weekend gehad. Dat was de ergste tijd geweest, als overal om haar heen normale gezinslevens plaatsvonden en Henrietta jaloers naar andere kinderen keek die met hun vader in het park of op het strand waren.

'Waarom is papa er niet?' had ze gevraagd, en dan had Cordelia nogmaals uitgelegd hoe het zat als je bij de marine werkte.

Ze had nog steeds een hekel aan het weekend en zorgde er gewoonlijk voor dat ze, los van haar werk, dingen had om naar uit te kijken. Vandaag was dat niet gelukt. Uiteindelijk had ze uren met McGregor over de kliffen gelopen, genietend van de pracht van het vroege najaar, en was ze uitgeput thuisgekomen. Tijdens het wandelen had ze gek genoeg het idee dat er iemand naar haar keek, net zoals ze bij Mangetout ogen in haar nek had gevoeld. Er waren nog meer wandelaars op de kliffen en het was dwaas om te denken dat ze werd gevolgd. Toch had ze dat gevoel niet van zich af kunnen zetten.

Het was inmiddels behoorlijk koud. De wind was hard, schuurde over de top van het klif en gierde om haar stenen balkon. Ze ging naar binnen, stak de kaarsen aan en trok de gordijnen dicht om de duisternis buiten te sluiten.

Later die avond lag Fliss wakker. Ze staarde in het donker voor zich uit en luisterde naar de wind. Hal was diep in slaap, lag met zijn rug naar haar toe, en ze werd getroost door zijn lijf, was zich bewust van zijn warmte. Ze kon de slaap gewoon niet vatten. De dag werd als een film voor haar ogen afgespeeld: de eerste aanblik van Henrietta, de uitdrukking op Jolyons gezicht als hij naar haar keek, zoals ze na de thee samen waren weggereden.

Hal had een arm om haar heen geslagen toen ze hen uitzwaaiden. 'Jo boft maar,' had hij vrolijk gezegd. 'Wat een adembenemende vrouw.'

Dat had ze beaamd, want ze was ook blij voor Jo. Nu ze Henrietta had ontmoet en haar erg graag mocht, was ze nog onrustiger. Maar waarom? Cordelia had gelijk toen ze zei dat dit juist een geschikt moment voor Jolyon was om te laten zien hoe sterk hij was geworden. De hele dag was hij kalm en vol zelfvertrouwen geweest, ondanks de aanwezigheid van zijn familie en Henrietta's nervositeit. Ze had erop gelet haar gevoelens voor Jo niet te laten blijken, maar een paar keer had Fliss gezien dat ze elkaar even aankeken, en haar hart was naar hen uitgegaan.

Verspil geen tijd, had ze tegen hen willen zeggen. Wees gelukkig.

Misschien kwam deze ongerustheid voort uit haar eigen ervaring. Hal en zij hadden de kans om samen gelukkig te worden niet gegrepen, maar hadden toegestaan dat de familie hen uit elkaar haalde. Ze waren natuurlijk veel jonger geweest. Te jong en onervaren om de eendrachtige afkeur van Prue en grootmoeder te weerstaan. Fliss glimlachte bedroefd in het donker. Wat waren ze onschuldig en dom geweest. Toch kon ze zich amper een tijd herinneren dat ze niet van Hal had gehouden. Jaren geleden had ze op een teken van hem gewacht, op iets wat verder ging dan de korte heimelijke uitingen van liefde die anders waren dan tussen neef en nicht gebruikelijk was. Ze had bewijs willen zien dat hij net zo serieus was als zij. Ze had gefantaseerd over de toekomst, had talloze scènes bedacht waarin Hal haar eindelijk zijn liefde verklaarde. O, de kwelling van jonge geliefden… Fliss sloot haar ogen, ging dicht tegen Hals rug aan liggen en viel eindelijk in slaap.

Op maandag, vlak na de lunch, belde Cordelia Henrietta. Ze had de hele ochtend lopen dubben, was met zichzelf in discussie gegaan en had het bellen uitgesteld, omdat Jolyon misschien nog bij Henrietta was en ze hen niet wilde storen.

'Maar wat dan nog?' had ze boos en gespannen aan zichzelf gevraagd. 'Als ze in bed liggen nemen ze niet op en anders...'

Het antwoord was duidelijk: ze wilde niet de indruk wekken een nieuwsgierige moeder te zijn die in bedekte termen vragen stelde. In plaats daarvan liep ze doelloos rond: ze sorteerde papieren, sloeg naslagwerken dicht en zette die terug op de plank en maakte de kruiswoordpuzzel af, terwijl McGregor af en toe een meelevende blik in haar richting wierp. Ondertussen werd haar voornemen sterker: vandaag zou ze Henrietta bellen om haar over het feest van Angus te vertellen.

Ze besloot de boodschap luchtig te brengen: 'Raad eens wie er weer in Dartmouth is komen wonen?'

Nee, nee, zei het stemmetje in haar hoofd, dat is te berekenend, bijna alsof je verwacht dat Henrietta er blij om zal zijn.

Het moest nonchalanter, zoiets als: 'Ik ben woensdag trouwens uitgenodigd voor een feest, door Angus Radcliff. Weet je nog wie dat is?'

Nee, dat was helemaal niets: veel te tactloos. Hoe kon Henrietta hem zijn vergeten? Nee, ze moest het vastberaden, direct en bijna onverschillig zeggen.

'Ik ga woensdagavond trouwens naar een feest. Angus Radcliff is naar Dartmouth verhuisd en geeft een housewarmingparty. Er komen veel oude vrienden. Het wordt vast leuk.'

Het stemmetje vanbinnen zweeg en Cordelia oefende deze tekst een paar keer. Dit leek de juiste toon. Ze vroeg immers niet aan Henrietta of die het goedvond dat ze ging of het juist afkeurde, het was als het ware een terloopse opmerking. Het moest tijdens het gesprek vanzelf ter sprake komen, wat weer een ander probleem was. Momenteel wist ze niets te zeggen wat niet met Jo te maken had. En dat bracht haar terug bij de vraag wat een goed moment zou zijn om te bellen. Als ze haar reactie op de uitnodiging overtuigend wilde brengen, moest ze haar vandaag bellen: niet te vlug nadat ze de uitnodiging had ontvangen, want dan leek het alsof die uitnodiging heel belangrijk voor haar was, maar ook weer niet op het laatste moment, omdat het dan leek alsof ze er niet over durfde te beginnen.

Het stemmetje in haar hoofd zei dat dat helemaal niets uitmaakte, omdat Henrietta niet wist wanneer ze de uitnodiging had gekregen.

Misschien vraagt ze ernaar, antwoordde Cordelia in gedachten, en dan kan ik naar waarheid antwoorden.

Het stemmetje lachte hol.

Ik spreek de waarheid, zei Cordelia verontwaardigd tegen zichzelf, al vertel ik soms niet alles.

Prikkelbaar vanwege het feit dat ze tegen zichzelf sprak, liep ze terug naar haar bureau. Ze zou om twee uur bellen, nu moest ze gaan werken. Haar mobiele telefoon liet zijn dwaze deuntje horen en ze nam op.

'Hallo, Dilly,' zei Angus.

'Hoi,' zei ze. 'Wat fijn om een menselijke stem te horen.'

'Zijn er ook andere stemmen dan?' vroeg hij.

'Er zit er een in mijn hoofd,' antwoordde ze onverbiddelijk. 'En daar is niets menselijks aan. Volgens mij word ik gek.'

Hij gniffelde. 'Zielenpiet. En wat zegt dat stemmetje vanmorgen?'

'Het drijft de spot met me en maakt me belachelijk, zegt dat ik lieg en de schone schijn ophoud.'

'Dat klinkt ernstig.'

'Het is in elk geval vervelend. Het komt naar mijn zin wat te dicht bij de waarheid. Ik ga Henrietta bellen om te zeggen dat ik naar je feest ga.'

Er viel een korte, verbaasde stilte. 'Dat is geweldig nieuws, Dilly.'

'Ja, ik voel me heel dapper en deugdzaam, en ik probeer nu te bepalen wanneer ik haar zal bellen.'

'Wanneer?'

'Ja, voor het geval Jo er nog is. Ik wil geen nieuwsgierige, wellustig denkende moeder lijken die erachter probeert te komen of ze de nacht samen hebben doorgebracht.'

Hij brulde van het lachen. 'Maar dat ben je toch?'

'Natuurlijk wil ik dat weten, want ik zou graag zien dat ze het samen goed kunnen vinden en ik wil dat ze gelukkig zijn. Bovendien wil ik ervan overtuigd zijn dat Henrietta niet weer in paniek raakt. "Papa en jij zullen ook wel hebben gedacht dat jullie van elkaar hielden en kijk hoe dat is afgelopen." Dat heeft ze ooit eens tegen me gezegd. Ze is bang om haar hart te volgen.'

'Ik denk dat je wat overgevoelig bent over dat bellen.'

'Dat weet ik zelf ook wel,' riep ze geïrriteerd, 'maar dit is de ochtend na een belangrijke dag. Ze is naar The Keep geweest om zijn familie te ontmoeten. Dat kan ik moeilijk negeren.' Ze haalde diep adem om te kalmeren. 'Fliss heeft gisteravond gebeld. Ze zei dat het heel goed was gegaan.'

'Dat is fijn.'

'Je hoeft niet zo'n sussend toontje aan te slaan, hoor. Het gaat wel weer.'

'Mooi.'

Ze hoorde aan zijn stem dat hij grinnikte, en grinnikte zelf ook. 'Ik ga haar om twee uur bellen en daarna bel ik jou. Zorg dat je thuis bent.'

'Doe ik. Zit je te werken?'

Cordelia snoof. 'Dat is toch zeker een geintje? Ik heb twee komma's gezet en die heb ik weer weggehaald. Dat is zo'n beetje alles wat ik vanochtend heb gedaan.'

'Wanneer zie ik je weer?'

'Woensdag, op dat vermaledijde feest van je.'

'Prima.'

Het sloeg nergens op, maar ze was beledigd dat hij haar bitse antwoord zonder slag of stoot had geaccepteerd, dat hij niet had aangeboden later naar haar toe te komen. Ze fronste haar wenkbrauwen. 'Ik moet nu echt aan het werk.'

'Bel me als je Henrietta hebt gesproken. Dag, Dilly.'

Boos richtte ze haar aandacht op het computerscherm en keek naar het klokje rechtsonder: 12.43 uur. Ze kon stoppen en gaan lunchen, of ze kon zichzelf dwingen om een zin te tikken. Uit ervaring wist ze dat ze zich beter zou voelen als ze een zin schreef, hoe kort die ook was. Ze concentreerde zich.

Zijn wij de eerste generatie die per se vrienden willen zijn met onze kinderen?

Een uur later keek ze op het klokje en pakte in een opwelling haar mobieltje. Een stem liet haar weten dat Henrietta's telefoon uitstond. Cordelia vloekte zacht maar langdurig en ging voor zichzelf wat te eten klaarmaken.

14

De dorpsstraat lag er verlaten en warm bij in de middagzon. Henrietta liep langzaam, met haar handen in haar zakken, en genoot van de warmte van de zon. Aan weerszijden van de straat leken de rijtjeshuizen tegen elkaar aan te zakken, dommelend onder hun rieten dak. Aan de rozige zandstenen muren waren lattenframes bevestigd, waartegen clematis en kamperfoelie groeiden. Het was zo stil dat ze een vol honing zittende bij hoorde zoemen die aan het werk was tussen de prachtig gekleurde Japanse anemonen. Oost-Indische kers in de kleuren goud, geel en oranje kroop over stoepen en keienstraatjes, klom tegen zanderige schuintes omhoog en viel als een waterval langs muren naar beneden. In een kleine moestuin groeiden chrysanten en dahlia's te midden van hoge pronkbonen, die hun laatbloeiende karmozijnrode bloemen op de bleke bamboestokken lieten hangen.

Aan het eind van de straat splitste de weg zich. De hoofdweg maakte een bocht naar links, langs de kerk, en liep het dorp uit. Ze wandelde verder over de smallere weg, die naar de boerderij toe leidde. Hier, overal langs de greppels, groeiden grote bossen wilgenroosjes. De uitgebloeide bloemen waren pluizig wit zaad geworden, de bladeren hadden een schitterende scharlakenrode glans. Een konijn schoot uit de greppel vandaan en dook onder de planken van het hek door het veld in. Ze zag zijn witte pluim op en neer gaan toen hij over de met gras begroeide helling naar beneden rende. Henrietta leunde op het hek, met haar armen over elkaar geslagen en haar kin op haar pols, en dacht aan Jolyon. Flarden van gesprekken, beelden van wat ze had gezien, korte scènes, al die dingen eisten haar aandacht op. Onder die gevoelens gaf een geheim, doorlopend, kalm geluksgevoel extra kleur aan alles om haar heen. Zelfs het altijd aanwezige, cynische stemmetje werd gedempt door dit uitzonderlijke gevoel van welzijn.

Leunend op het hek peilde ze haar gevoelens en bekeek Jolyon door de ogen van haar vriendinnen. Dat was lastig omdat die hem al goed kenden door zijn werk als tv-presentator. Al haar vriendinnen vonden hem leuk. Misschien was het maar goed dat ze niet in Londen was. Als je zag hoe hij met zijn familie omging – relaxed, geamuseerd en vriendelijk – kon je je afvragen of het niet te mooi was om waar te zijn, hoewel ze ook een andere kant van zijn karakter had gezien, die aantoonde dat hij tot boosheid en wrok in staat was.

'Mijn moeder komt op mijn verjaardag,' had hij gezegd, toen ze naar huis reden en het erover hadden wanneer ze elkaar weer zouden zien.

Toen ze opzij keek, had ze een verbitterde trek om zijn mond gezien. Ze had direct medelijden met hem gekregen.

'En dat was niet jouw idee?' had ze gevraagd, waarop hij wat meer over zijn jeugd had verteld. Ook had hij verteld dat hij het moeilijk kon accepteren dat zijn moeder verwachtte dat ze zomaar weer zijn leven binnen kon wandelen nu ze alleen was.

Toen ze met de auto door de schemering reden, leken ze het allebei gemakkelijker te vinden om over persoonlijke aspecten van hun leven te praten: ze hadden sommige angsten onthuld en hadden hun zorgen verwoord, wat lastiger was geweest als ze elkaar hadden aangekeken. Dat ze onderweg waren, leek symbolisch te zijn voor de reis die ze maakten nu ze meer over elkaar te weten kwamen. Terwijl de auto over het platteland en door dorpjes reed, deden ze nieuwe ontdekkingen.

Zodra ze thuis waren, stak hij de houtkachel aan.

'Die heb ik nog niet nodig gehad,' zei ze, en ze keek toe hoe hij het aanmaakhout opstapelde.

'Dat komt nog wel,' zei hij, op zijn hurken zittend. 'En een vuur maakt het gezellig.'

Hij bleef eten en daarna stapelde hij nog meer houtblokken op het vuur en zaten ze samen op de bank naar de vlammen te kijken. Ze hadden zo veel gespreksonderwerpen: films, boeken, vrienden. De tijd vloog, al hoopte ze aldoor dat hij niet zou merken hoe snel die voorbijging. Ze wilde niet dat hij zou weggaan. Nog niet.

'Ben je vaak in je eentje in de portierswoning?' vroeg ze. Ze legde haar benen op zijn knieën en leunde tegen hem aan. Zijn arm gleed automatisch om haar heen om haar dicht tegen zich aan te trekken. 'Eet je alleen?'

Het bleef even stil en ze wist dat hij over die vraag nadacht, zich af-vroeg of hij onbewust een verkeerde indruk van zichzelf had gewekt. Was hij een beetje een einzelgänger? Een onvolwassen man die zijn familie niet kon loslaten?

'Niet vaak,' antwoordde hij. 'Het lijkt onzin om in je eentje te zitten als alle anderen aan de andere kant van de binnenplaats zijn. Soms ben ik alleen thuis, als ik naar een film wil kijken of zo, maar ik ben het gewend om mensen om me heen te hebben, verschillende mensen. Bij de lunch bijvoorbeeld Fliss en papa, en Sam als die niet naar school hoeft. Of Lizzie en oma. Of een variatie op dat thema. Zo is het leven in The Keep en ik vind dat wel prettig.'

Ze wist dat hij naar waarheid had geantwoord en vroeg zich nu af of ze zich hierdoor zou laten afschrikken. Ze reageerde meteen om hem gerust te stellen.

'Ik weet precies wat je bedoelt. Zo is het in Londen ook. Zo was het dus. Er waren altijd mensen in de keuken, maar niet telkens dezelfde mensen. Soms was ik er met de kinderen en Iain, of Susan en wat mensen van haar bedrijf die thee kwamen zetten. Ik vond dat ook prettig.'

Ze voelde zijn arm strakker om zich heen en bemerkte zijn opluch-ting. 'Soms is het fijn om alleen te zijn, nu bijvoorbeeld, maar geluk-kig is The Keep zo groot dat iedereen voldoende privacy heeft.'

'Misschien is Iain daarom wel weggegaan,' zei Henrietta verdrie-tig. 'Wie weet vond hij het niet prettig, al heeft hij nooit die indruk ge-wekt.'

'Wat gaat Susan doen? Zal ze moeten verhuizen?'

Met haar wang tegen zijn trui schudde ze haar hoofd. 'Ik heb geen idee. Ze zal het zich niet kunnen veroorloven om hem uit te kopen en ik denk niet dat ze zonder zijn inkomen de hypotheek zal kunnen betalen.'

'Wat ga jij doen?'

'Dat weet ik niet. Ze zijn overhaast vertrokken. Er kunnen pas beslissingen worden genomen als ze weer thuis zijn.'

Daarna was er een stilte gevallen, alsof ze allebei hadden geweten dat ze naar een zeer serieus gespreksniveau gingen. Ze had gespannen vlug haar ogen naar hem opgeslagen en hij had zijn hoofd gebogen en haar gekust.

Op het hek leunend glimlachte Henrietta heimelijk nu ze daaraan terugdacht, en ze rekte zich genotzuchtig uit in het warme zonlicht.

Bij de derde poging had Cordelia wel geluk.

'Sorry, mama.' Henrietta's stem klonk verontschuldigend. 'Ik ging een eindje wandelen en had mijn mobiele telefoon thuis laten liggen. Ik wilde je nog bellen om te zeggen dat het gisteren prima is gegaan. Het zijn ontzettend aardige mensen.'

Cordelia slaakte stilletjes een zucht van verlichting en reageerde meteen. 'Daar ben ik heel blij om, lieverd. Ja, het zijn aardige mensen en het is geweldig dat je hen eindelijk hebt ontmoet. Fliss belde net om te zeggen dat ze het leuk hadden gevonden je te ontmoeten. Ik ben uitgenodigd om ergens volgend weekend naar The Keep te komen.'

'O.' Cordelia hoorde verbazing vermengd met een vleugje voorzichtigheid in de stem van haar dochter. 'Jolyon is dan jarig. Zijn moeder komt logeren.'

'Ja, dat weet ik.' Ze was vastbesloten niet weg te blijven. De Chadwicks waren vrienden van haar en ze mocht niet toelaten dat deze nieuwe relatie tussen Jo en Henrietta die vriendschap ondermijnde. 'Dat is een van de redenen dat Fliss me heeft uitgenodigd,' zei ze op bijna vertrouwelijke toon. 'Ze heeft wat moeite met Maria.'

Cordelia herkende de aard van de stilte die daarop volgde. Henrietta liet zich nooit overhalen tot roddelen. Met haar kille blik gaf ze dan te kennen dat Cordelia continu in een glazen huis leefde en dat zelfs het gooien van een piepklein steentje al moest worden betreurd. Om de een of andere reden gaf de korte, pedante stilte haar moed: ze werd boos.

'Maar goed,' zei ze luchtig. 'Ik ga dat weekend dus een keer naar The Keep. Ik laat je nog wel weten wanneer, nadat Fliss op een rij heeft wat er gaat gebeuren. Zal ik deze week een keer naar je toe komen? Dan kunnen we samen gaan lunchen. Ik trakteer. We zouden bij Pulhams Mill kunnen afspreken, alleen niet op woensdag. Ik ben uitgenodigd door Angus Radcliff voor zijn housewarmingparty die avond. Zijn vrouw is overleden, ruim een jaar geleden, en hij is naar Dartmouth verhuisd. Veel oude vrienden gaan ook, dus het zal wel leuk worden.' Er viel een stilte. Henrietta deed geen poging die te vullen. 'Om dan diezelfde dag naar jou toe te komen, dat wil ik niet, maar morgen kan ik wel, of donderdag. Zeg maar wat jou het best uitkomt.'

'Oké.' Zo te horen had Henrietta haar zelfbeheersing terug. 'Dat is goed. Zullen we donderdag afspreken? Dan kun je me alles over het feest vertellen.'

Cordelia's hart bonsde gespannen. Bespeurde ze een vleugje sarcasme?

'Leuk,' zei ze vlug. 'Ik probeer niet al te laat bij Pulhams Mill te zijn, zodat we vroeg kunnen lunchen. Ik laat je onderweg wel weten hoe laat ik er kan zijn. Pas goed op jezelf, lieverd. Ik moet weer aan het werk. Dag.'

Ze legde de telefoon neer en sloot even haar ogen. Wat fijn dat dit achter de rug was. Ze had het aan Henrietta verteld, had Angus' naam genoemd, en de hemel was niet uit de lucht komen vallen. Nog niet. Ze had geen commentaar gegeven, had niet geprotesteerd en ze hadden een lunchafspraak gemaakt. Cordelia voelde zich slap van bevrijding. Straks zou ze Angus bellen, maar nu nog niet. Ze wilde in haar eentje van dit moment genieten. Ze schonk een glas wijn in en nam het mee naar het balkon om in de warme najaarszon haar overwinning te vieren.

Maria glipte door de tussendeur van het bijgebouw, deed die achter zich dicht en bleef in de gang naar Penelope's keuken en bijkeuken staan om te luisteren. De geluiden van Penelope's borrel zweefden uit de salon vandaan: krassende stemmen, gelach, het bemoedigende geluid van klinkend kristal. Ze had al wat gedronken, een bodempje wodka, om haar de benodigde moed te geven om de volle kamer binnen te gaan. Het was eng om in de deuropening te verschijnen, te merken dat de ene na de andere gast haar in de gaten kreeg en meteen een meelevende uitdrukking op zijn of haar gezicht toverde en een andere gast waarschuwend aanstootte. De mensen wisten niet wat ze tegen haar moesten zeggen sinds Adam was overleden. Sommigen, die deden alsof er niets was veranderd, maakten enkele bruuske opmerkingen en liepen dan schuchter bij haar vandaan. Anderen namen de gelegenheid te baat om begrip te tonen. Ze sloegen een bepaalde toon aan, hielden haar arm troostend vast en glimlachten met een soort afschuwelijk medelijden.

Phil dook dan opeens naast haar op, vrolijk en geruststellend bekend, als een dierbare oude hond: het toonbeeld van loyaliteit. Penelope knikte dan – vastberaden en bemoedigend van een afstand – en hief haar glas alsof het een vlag was en ze haar oude vriendin aanmoedigde naar het beginpunt van de race te lopen. Sommige vrienden van Maria waren verbaasd geweest en hadden hun afkeuring uitgesproken over haar besluit haar huis te verkopen en haar intrek in het bijgebouw te nemen. Ze hadden clichés gemompeld, zoals dat ze geen overhaaste beslissingen moest nemen, niet wetend dat ze het huis wel móést verkopen en dat het bijgebouw een veilige haven was. Wat was ze bang dat het nieuws op de een of andere manier zou uitlekken. Dan zou er worden gefluisterd en zouden er meewarige blikken op haar worden geworpen. O, wat een afschuwelijk vooruitzicht.

Penelope en Philip zouden haar uiteraard blijven steunen, zouden misschien niet eens erg verbaasd zijn. Ze kenden Ed heel goed, wisten dat hij het in geen enkele baan lang uithield en weigerde werk aan te nemen dat hij alledaags of saai vond. Ed had altijd al spectaculaire – en zeer dure – ideeën gehad. Toch kromp ze van schaamte ineen bij de gedachte dat haar vrienden de waarheid zouden weten, dat er achter haar rug zou worden gekletst. Niet dat ze armlastig was... Adam had haar enkele zeer goede investeringen nagelaten en de verkoop van het huis had voldoende opgebracht om een klein appartement te kunnen kopen, zelfs hier in Salisbury. Maar ze kon geen feestjes meer geven, zoals Philip en Penelope en de rest. Nu was er momenteel ook niemand die dat van haar verwachtte...

Met voldoening keek ze naar haar mooie rok. Ze wist dat ze er goed uitzag en dat ze nog steeds de onwillige jaloezie van haar vriendinnen en de sluwe bewondering van hun mannen kon uitlokken. Ze rechtte haar schouders en trok haar gezicht in de plooi, voelde zich net een kind dat, hoopvol en innemend, op een feestje van oudere kinderen arriveert. Daar was die goeie Philip. Ze had geweten dat hij, met zijn hand onder zijn elleboog, in de gaten zou houden wanneer ze verscheen.

'Goed zo,' zei hij goedkeurend. 'Je ziet er geweldig uit. Wat zal het zijn, wodka of gin?'

15

Cordelia reed Dartmouth binnen, vond een parkeerplaats onder aan Jawbones Hill en bleef even in de auto zitten om moed te verzamelen. Ze wilde beslist niet een van de eerste gasten zijn, maar nu ze op haar horloge keek, raakte ze in paniek want het was al zo laat dat ze misschien toch de aandacht zou trekken, iets wat ze nu juist had willen voorkomen. Ze sloot de auto af, liep Crowthers Hill af en ging naar het huis in Above Town. Bibberend van de zenuwen liep ze naar de donkerblauwe deur toe, die met een zware deurstopper, een prachtig geverfde gietijzeren wilde eend, werd opengehouden.

Ze aarzelde, keek ernaar en herkende de deurstopper. Die had ze vaak bij het huis in Hampshire gezien als ze bij Anne op bezoek ging, bijna altijd als Angus op zee zat.

'Dat het nou net Anne moet zijn,' had ze jaren geleden wanhopig huilend gezegd. 'Ik kan na zeven jaar niet ophouden vriendinnen met haar te zijn, Angus. Hoe pak ik dit aan?'

'Ik had nooit gedacht dat Simon je zou verlaten,' had hij ongelukkig geantwoord. 'Wat een vreselijk slechte timing. Maar ik zit nu vast. Anne is in verwachting…'

Cordelia hoorde vrolijke geluiden de trap af komen, stemmen en muziek: Jacques Loussier die Bachs *Chromatic Fantasia* speelde. Angus en zij waren dol op Jacques Loussier, al moest ze daar niets over zeggen. Ze stond volkomen stil, was zenuwachtig.

En hier dacht ik mee weg te komen? schoot het door haar hoofd.

Ze passeerde de wilde eend en kwam in de grote kamer die als keuken en eetkamer dienstdeed, waar een buffet klaarstond. Sommige gasten hielden een bordje en een servet vast, en pakten heerlijke hapjes. Een mooie serveerster in een fraai uniform maakte in het keukengedeelte flessen open.

'Ik laat wel een cateringbedrijf komen als je me echt niet wilt helpen,' had Angus tegen haar gezegd.

'Dat doe ik echt niet,' had ze vastberaden geantwoord. 'Geen denken aan. Dat meen je toch niet? Dan kunnen we het net zo goed van de daken schreeuwen dat we een verhouding hebben...'

'Goed dan,' had hij effen gezegd. 'Zorg dat je er bent.'

En nu was ze hier. Ze glimlachte naar de serveerster, gaf stilzwijgend te kennen dat ze geen jas bij zich had en naar boven zou doorlopen, knikte vrolijk naar de mensen bij de tafel en ging de smalle trap op naar de zitkamer op de eerste verdieping. Daar was Angus. Hij zag haar binnenkomen en stak zijn hand op als welkom, met als gevolg dat verschillende mensen zich omdraaiden om te zien wie de nieuwkomer was.

'Cordelia,' riep hij. 'Noem me nooit Dilly in het openbaar,' had ze dreigend tegen hem gezegd. Ze zwaaide terug en riep: 'Tjonge, wat een uitzicht! Bijna net zo mooi als dat van mij.' Toen stond hij naast haar, omhelsde haar vriendschappelijk en vroeg direct wat ze wilde drinken.

'Wijn of zo,' mompelde ze, terwijl ze nog steeds om zich heen keek en vrolijk naar de andere mensen zwaaide. Het waren bijna allemaal marinestellen. 'Hallo, Neil, Tasha. Hoe gaat het met jullie? Mike, leuk je te zien.' Toen zag ze tot haar opluchting dat een dierbare vriendin die ze vertrouwde zich uit de menigte losmaakte en op haar afkwam. Voor het eerst had ze het gevoel dat ze deze vreselijke beproeving kon doorstaan.

'Julia,' zei ze opgelucht. 'Hoe gaat het me je? Je ziet er geweldig uit. Is Pete er ook? Ah, daar is hij. Wat fijn jullie te zien.'

'We waren heel blij toen Angus zei dat je misschien ook zou komen,' zei Julia Bodrugan, terwijl ze haar omhelsde. 'Ik wilde je nog bellen, maar er kwam iets tussen. Tjonge, dat is lang geleden.'

Cordelia omhelsde haar stevig. 'Veel te lang,' zei ze. 'We hebben het tegenwoordig allemaal zo druk. Wat goed van jullie om helemaal vanuit St.-Breward hierheen te komen.'

'Goed van mij,' reageerde Julia, 'want ik heb beloofd niet te drinken. Pete is niet zo nobel. Hij houdt er een zeer eenvoudige regel op na als het om feestjes gaat: als hij niet kan drinken gaat hij niet.'

Cordelia lachte en werd door Pete omhelsd. 'Wat zegt ze over mij?' wilde hij weten. 'Wat het ook is, ik ontken alles. Heb je het uitzicht gezien, Cordelia? Hij kan zo naar de rivier kijken, kan zijn ankerplaats voorbij Noss bijna zien liggen. Hij zegt dat hij het huis heeft gekocht omdat de particuliere ankerplaatsen erbij horen. Zelfs in Bayard's Cove heeft hij een ankerplaats in de rivier voor zijn kleine boot. Geluksvogel. Maar jij bent natuurlijk niet onder de indruk van uitzicht op de rivier de Dart, want jij hebt het Kanaal voor je deur.'

Cordelia kneep even in zijn arm. 'Het uitzicht vanuit Trescairn is ook geweldig,' bracht ze hem in herinnering. 'Maar dit is prachtig, anders dan mijn uitzicht, maar ook mooi. Leuk al die bootjes.'

Tussen Julia en Pete in staand voelde ze zich veilig, al moest ze opletten dat ze zichzelf niet in opspraak bracht. Angus overhandigde haar een drankje en ze glimlachte dankbaar naar hem, zonder hem recht aan te kijken, wees naar de rivier en maakte beleefde geluiden.

'Wie weet ga ik nog zeilen voor ik de boot uit het water haal om in de winterstalling te zetten,' zei hij. 'Heb je zin om mee te gaan, Cordelia, om een keer op een fraaie middag naar Salcombe te varen?'

Ze had door dat zijn schertsende uitnodiging haar de gelegenheid bood hun zogenaamd oppervlakkige relatie openbaar te maken. 'Dan ken je me slecht,' antwoordde ze. 'Ik word al zeeziek op de Lower Ferry. Nee, dank je.'

Iemand riep hem, eiste zijn aandacht op en hij liep weg.

'Fijn hè, dat Angus zo veel vrienden heeft die hem helpen zich hier thuis te voelen,' zei Julia. 'Hopelijk zullen de jongens de moeite nemen hem hier op te zoeken.'

Het lag op het puntje van Cordelia's tong om te zeggen dat een van de jongens afgelopen weekend was geweest, maar ze kon zich nog net inhouden en kreeg opnieuw een paniekaanval. Een fout was zo gemaakt. Lynne Talbot kwam op haar af met haar fletse, zure glimlach en haar kille, indringende blik.

'Zeg, Cordelia,' zei ze, terwijl ze haar wang aanbood. 'Jeff en ik zeiden laatst nog tegen elkaar dat we je zo weinig zien. Nog steeds druk aan het schrijven?'

'Dat is mijn werk,' reageerde Cordelia beminnelijk. Ze hield haar drankje opzij en legde haar wang lichtjes tegen Lynnes wang aan. 'Voor mij geen dankbare regering die me een geweldig pensioen betaalt, zoals bij Jeff en jou, en ik ben nooit een type voor de zeilclub geweest. Dat is niets voor mij. Ik zei zojuist nog tegen Angus dat ik al zeeziek word op de Lower Ferry. En de fijne kneepjes van het bridgen krijg ik ook maar niet onder de knie. Ik ben een ramp op sociaal gebied. Alles goed met jullie?'

'Heel goed. Julia en ik hadden het daarnet over kleinkinderen. Hoe gaat het met Henrietta?'

'Die heeft nog geen kinderen,' zei Cordelia prompt. 'Maar dat is prima. De laatste keer dat ik je zag, had je twee kleinkinderen. Heb ik iets gemist?'

'Nee, het zijn er nog steeds twee. Iemand – wie ook alweer? – vertelde me dat ze je een paar weken geleden in het noorden had gezien, in Oxford meen ik. Kan dat kloppen dat je samen met een man uit The Randolph kwam? Niet? O, dan heeft ze zich vergist. Leuk dat Angus nu in de buurt woont, hè? Hij komt volgende week bij ons lunchen. Heb je zin om ook te komen?'

Angus was terug. Ze merkte dat hij vlak achter haar stond, rook de geur van zijn aftershave. Lynne keek haar met die bekende, bekrompen blik aan en om haar lippen lag een veelbetekenend lachje. Cordelia besefte dat ze door zich stijf te gedragen tegenover Angus veel meer opviel dan als ze normaal deed.

Ze draaide zich om, pakte zijn arm vast en keek hem met grote ogen aan. 'Moet je horen,' zei ze, 'Lynne is ons nu al aan het koppelen.

We gaan volgende week bij haar lunchen. Kun je dat aan?'

Hij grijnsde komisch en wendde vriendelijke bezorgdheid voor.
'Dan moet ik oppassen. Anne zei altijd dat je een gevaarlijke vrouw bent.'

Het werkte goed. Toen ze om zich heen keek, zag ze dat er her en der verbanden werden gelegd. 'Natuurlijk, Anne en Cordelia waren vriendinnen.' Er werd goedkeurend geglimlacht. 'Fijn hè, om Angus weer gelukkig te zien?' Julia lachte en Angus verzocht iedereen om naar beneden te gaan om wat te eten te halen. Cordelia liet zijn arm heel vanzelfsprekend los en liep met Pete en Julia mee naar het buffet. Haar zelfvertrouwen was terug. Het ergste was voorbij.

Ze vertrok vroeg, dat had ze van tevoren bedacht.

'Je kunt doen alsof je weggaat,' had hij voorgesteld, toen ze het over het feest hadden. 'En dan kom je terug als iedereen weg is.'

'Hoe weet ik dat dan?' had ze gevraagd. 'Moet ik me in de auto onder een kleed verstoppen en in de gaten houden of iedereen is vertrokken? Dat is toch zeker een grap?'

Ze had gewacht tot er drie à vier mensen waren vertrokken, had op haar horloge gekeken en had gezegd dat ze moest gaan. Uiteraard werd er beleefd geprotesteerd en het was vanzelfsprekend geweest dat ze Angus had omhelsd. Pete en Julia waren met haar meegelopen naar beneden om haar uit te zwaaien en haar eraan te herinneren dat ze een afspraak zouden maken dat Cordelia een keer een dag naar Trescairn zou komen.

'Ik bel jullie morgen als ik mijn agenda bij de hand heb,' beloofde ze. 'Ik verheug me er nu al op.'

Licht in haar hoofd van opluchting stapte ze in de auto en reed naar huis: via Stoke Fleming en Strete, langs Torcross Line, door Kingsbridge, en toen dook ze de smalle, kronkelende weggetjes in die naar de kliffen voerden.

Ze liet zichzelf binnen in het huis en begroette McGregor. Nog opgepept van de adrenaline gooide ze haar jas en tas op tafel. Ze had net kamillethee voor zichzelf gezet toen de telefoon ging.

'Alles in orde?' vroeg Angus. 'Je hebt het geweldig gedaan, Dilly. Fijn dat je bent gekomen. Ik dacht echt dat je op het laatste moment zou terugkrabbelen.'

Ze ging in haar schommelstoel zitten, met een klein patchwork-kussen tegen zich aan, verlangde naar hem.

'Dat had ik ook bijna gedaan. De angst sloeg me om het hart, maar ik ben blij dat ik toch ben gekomen. Het ging... goed. En het was fijn om Pete en Julia weer te zien. Hoe komt het dat ik Lynne niet mag?'

'Dat is een onruststoker,' zei hij kortaf. 'Altijd al geweest. Bedekte toespelingen en zorgvuldig verwoorde opmerkingen die roddels de wereld in helpen. Ze kan ons niet kwetsen. Niet meer.'

'Nee,' beaamde Cordelia voorzichtig. 'Je had gelijk dat ik het zo gauw mogelijk aan Henrietta moest vertellen. Toen ik Lynne zag, bedacht ik hoe het zou zijn als Henrietta het van een ander zou horen. Ik werd er misselijk van. Het was een geweldig feest, Angus, maar er zaten enge momenten tussen. Zoals toen ik moest doen alsof ik nog nooit in je huis was geweest.'

'Je leek heel kalm,' stelde hij haar gerust. 'Heel zelfverzekerd. De professionele journalist.'

Ze gniffelde. 'Lynne vond het nodig om over mijn werk te beginnen. Gaan we echt volgende week bij hen lunchen?'

'Als je het aankunt, is het een geweldige zet. Precies wat we willen toch? Dan lijkt het alsof we een oude vriendschapsband nauwer aanhalen. Het is toch volkomen logisch dat we dat zouden doen?'

Opeens werd ze overvallen door irrationele verbittering.

'Bedoel je de band met Anne of met jou? Zou Anne het volkomen logisch vinden?'

Er viel een stilte. 'Het is te laat op de avond om het daar nu over te hebben,' zei hij gelijkmoedig. 'En het is ook geen onderwerp om telefonisch te bespreken.'

'Je hebt gelijk,' zei ze vermoeid. 'We spreken elkaar morgen. Sorry, schat. Ik ben opeens hondsmoe. Dat zal de terugslag wel zijn. Het was een geweldig feest. Welterusten, Angus.'

In de stilte bleef ze zitten, met McGregor languit naast haar, en werd verteerd door de oude, bekende gevoelens van wrok en verdriet.

'Jíj bent weggegaan,' had ze opeens tegen hem willen schreeuwen. 'Na dat geweldige jaar van liefde en geluk dat we hadden gekend, ging je zomaar twee jaar weg. Je vond jezelf te jong om je al te binden, had tijd nodig om de wereld te zien. Toen je terugkwam, hielp je mijn huwelijk om zeep en de daaropvolgende vijfentwintig jaar deelde je je leven met een vriendin van me. Nu ze is overleden, ben ik weer aan de beurt. Ik word uit de kast gehaald, afgestoft en weer in je hart gestopt.'

Cordelia wiegde heen en weer, hield het kussen stevig vast. Ze was ontzet door de kracht van deze emotie, want ze had gedacht dat ze die had overwonnen. Ze vroeg zich af of ze door Angus op een afstandje te houden hem onbewust strafte voor het feit dat hij haar jaren geleden in de steek had gelaten. Misschien was de angst dat Henrietta erachter zou komen wel gewoon een handige smoes om controle over de relatie te houden. Wat nu: nu er geen excuus meer was?

Morgen zou ze Henrietta zien. Ze zou het feest beschrijven en daarmee de fundering van haar toekomst leggen. Ze dacht aan wat Lynne had gezegd, dat ze in Oxford was gezien, en plotseling dacht ze weer aan het papiertje onder de ruitenwisser. Kon het een foto van Angus en haar bij The Randolph zijn? Maar wie had die dan genomen? En waarom? Ze kwam weer in de greep van angst. Wat er ook gebeurde, de ontluikende liefde tussen Henrietta en Jolyon mocht niet in gevaar komen. Peinzend dronk Cordelia haar thee op, legde het kussen weg en ging de trap op om naar bed te gaan.

16

Jolyon rommelde wat in zijn kleine woonkamer in de portierswoning. Hij luisterde maar met een half oor naar de stem van Lea Delaria die 'Losing My Mind' zong. In zijn ene hand hield hij zijn mobiele telefoon om Henrietta te sms'en. Met zijn andere hand bewoog hij het haardscherm voor het dovende vuur in de open haard heen en weer. Naarmate het weekend naderde, was hij er steeds minder zeker van hoe hij de ontmoeting tussen zijn moeder en Henrietta moest aanpakken. Wrok lag op de loer, herinnerde hem eraan dat hij Henrietta niet hoefde te laten inspecteren door de vrouw die hem diep ongelukkig had gemaakt.

Jolyon verstuurde het sms'je, legde zijn mobieltje neer en pakte Rogers boeken, die op de bank en op de vloer lagen. Hij zette ze op de plank en bleef even staan toen zijn aandacht werd getrokken door het zachtrose en lichtblauwe glazuur van de gemberpot. Jolyon stak zijn hand uit en raakte de pot aan, volgde met zijn vinger de barsten en dacht aan de keer dat Fliss hem de pot had gegeven.

Ze had gezegd dat elk mens in zijn leven op kruispunten kwam te staan: keuzes had, beslissingen moest nemen…

Dit was voor hem zo'n beslissend moment en hij zou de knoop nu doorhakken. Hij weigerde Henrietta bloot te stellen aan de vernederingen die hij zelf had ondervonden. Daar liet hij zich niet toe dwingen. Het nummer was afgelopen en hij draaide zich om. Hij zette de radio uit, deed het licht uit, pakte zijn mobiele telefoon en ging naar boven om naar bed te gaan.

Aan de andere kant van de binnenplaats zat Fliss in de vensternis in de kleine kamer naast de slaapkamer van Hal en haar. Ooit was dit de zitkamer van haar grootmoeder geweest, een privétoevluchtsoord, en er was zeer weinig veranderd. Hier stonden het niervormige bureau met kleine laatjes, de hoge boekenkast met glazen deurtjes, vol met lievelingsboeken, en het ingelegde tafeltje met daarop de kom met bloemen. Aan de licht geschilderde muren hingen schilderijen van Widgery.

Fliss zag het licht beneden in de portierswoning uitgaan en zag het boven aangaan.

'Ik ben er nog niet uit,' had Jolyon eerder tegen haar gezegd, 'of ik wil dat mijn moeder Henrietta nu al ontmoet.'

Hij had een zijdelingse blik op haar geworpen, verdedigend, beschaamd omdat hij het nodig had gevonden er tegen haar over te beginnen, maar om de een of andere reden had hij haar steun nodig. Tot haar verbazing had ze een scherp gevoel van triomf ervaren; hij deed een beroep op haar alsof hij en zij aan dezelfde kant stonden, tegenover Maria.

'Je moet doen wat voor Henrietta en jou het beste is,' had ze tegen hem gezegd. 'Dat is het lastige met nieuwe relaties, hè? Ze moeten worden gevoed.'

Hij had haar opgelucht aangekeken. 'Precies. Het is nog vroeg... Maar het leek papa leuk om Henrietta uit te nodigen voor de lunch of zo.'

Zijn stem was weggestorven en ze had bemoedigend zijn schouder aangeraakt. 'Als ik jou was, zou ik mijn hart volgen,' had ze geadviseerd. 'Maak nog geen plannen. Kijk hoe het gaat als Maria er eenmaal is.'

Hij had geknikt en haar een onbeholpen, dankbare glimlach geschonken. Toen was hij vertrokken.

Nu ze in de vensternis zat, vermoedde Fliss dat ze op de een of andere manier met Jo samenspande tegen Maria en Hal, dat ze partij koos. Ze wist heel goed dat Hals suggesties uit zijn aangeboren gulheid en zelfvertrouwen waren voortgekomen, maar over haar eigen reactie was ze minder zeker. Oude tegenstand en angst waren weer bovengekomen sinds Maria enkele maanden geleden op bezoek was geweest. Ze keek naar het licht bij Jolyon en probeerde vat te krijgen op haar gevoelens. Ze was boos op Hal, omdat die Jolyon in een lastige positie had gebracht, maar wat aan haar gemoedsrust knaagde was iets wat dieper zat dan partij trekken voor Jo. Wellicht kwam het doordat het onmogelijk was om onverschillig tegenover Maria te staan. Maria was immers Hals ex-vrouw. Ze waren twintig jaar getrouwd geweest en ze had hem twee zoons geschonken.

Dat is de kern van het probleem, dacht Fliss, dat Maria en Hal twintig jaar bij elkaar zijn geweest. Wij zijn nog maar acht jaar samen.

Terugkijkend was het nauwelijks te geloven dat Hal en zij er zo gemakkelijk mee hadden ingestemd dat ze uit elkaar werden gehaald, dat ze zich zonder slag of stoot gewonnen hadden gegeven. Er dook een bittere gedachte op: maar ze hadden ook nooit de kans gekregen om zich te verzetten. Het was een voldongen feit geweest, iets wat Hal, zijn moeder en zijn grootmoeder hadden besloten. Opeens zag ze het tafereel weer voor zich, kon ze zich precies herinneren wat hij als reden had gegeven dat ze nooit met elkaar konden trouwen.

Voorjaar 1965

Het is een koude dag in het vroege voorjaar en het is heel stil in huis. Er is niemand in de buurt en Fliss loopt de salon in en gaat achter de piano zitten. Ze speelt graag en ze kiest een sonate van Beethoven uit de muziek van haar grootmoeder. Daar zit ze als Hal haar vindt.

Ze draait zich om om hem te begroeten, haar ogen glimmen van plezier als ze hem ziet. Hij ziet er koud en bijna grimmig uit zoals hij naast haar staat en zich in de handen wrijft om op te warmen. Zoals altijd vindt ze het moeilijk iets te zeggen als ze alleen zijn en daarom glimlacht ze alleen maar en wacht ze totdat hij iets zegt. Maar als hij begint te praten, kan ze het niet bevatten. Ze fronst haar wenkbrauwen, kijkt hem aan en is plotseling bang. Zijn woorden klinken houterig, alsof hij ze geoefend heeft, en hij blijft gereserveerd kijken. Op een gegeven moment steekt ze een hand naar hem uit om hem het zwijgen op te leggen, zodat hij haar aankijkt. Hij houdt haar hand even stevig vast, maar laat hem vrijwel direct weer los.

'Ik doe het voor jou, Fliss,' zegt hij. 'Je bent nog zo jong en je hebt je opleiding nog…'

Hij klinkt heel wanhopig en diep ongelukkig. Ze schudt vertwijfeld haar hoofd, wil hem troosten. Hij weet toch dat ze altijd op hem zal blijven wachten? Nu heeft hij het erover dat ze neef en nicht zijn, de problemen, kinderen…

'Dat risico kunnen we niet nemen, begrijp je wel? Je bent dol op kinderen. Stel… dat we een kind zouden krijgen dat niet normaal is. Dat zou je hart breken. We mogen dat risico niet nemen. Het is al erg genoeg voor een gewone neef en nicht, maar onze vaders waren een eeneiige tweeling. Het was dom van ons om ons zo te laten gaan, maar we blijven toch wel beste vrienden?'

Het blijft stil. Zijn stem stokt en ze hoort de staande klok gewichtig tikken, het hout zakt tot as in elkaar in de haard. Hij staat heel stil naast haar en ze ziet dat hij zijn oude blauwe Shetlandtrui draagt, die een beetje te klein is. Ze kijkt naar hem op. Zijn gezicht is gekweld van zorgen en verwrongen van verdriet.

'Maar ik hou van je.' Ze spreekt de woorden heel eenvoudig uit, alsof daarmee alles opgelost is.

Ze kijkt hoe hij zijn ogen sluit en met zijn hand over zijn gezicht wrijft. Ze ziet hoe zijn borst met een diepe zucht omhooggaat. Hij legt de rug van zijn hand tegen haar wang, raakt haar haar aan.

'Het heeft geen zin, Fliss,' zegt hij teder en diepbedroefd, en hij kijkt haar eindelijk aan. 'We moeten accepteren dat het niet zal lukken. Alles is tegen ons. Ik hou ook van jou. Maar van nu af aan moet het een andere liefde zijn.'

'Maar hoe? Hoe moeten we zomaar ophouden?' vraagt ze mat. Zijn verdriet begint tot haar door te dringen, vult haar totdat ze amper kan ademhalen.

'We moeten.' Hij gaat op zijn hurken naast haar zitten, kijkt haar gespannen aan. 'Kijk niet zo, Fliss. Alsjeblieft. Daar kan ik niet tegen. Luister. Je hebt nog nooit een vriendje gehad. Je weet gewoon nog niet wat je wilt. Alsjebliéft, Fliss.' Het is zijn laatste wanhopige smeekbede die haar meer dan wat ook vermant. Ze ziet dat hij ook lijdt en instinctief wil ze hem daarvoor behoeden, beseft dat zij nu de sterkste moet zijn. Ze slikt, knikt, aanvaardt. Opgelucht en dankbaar pakt hij haar schouders stevig beet.

'Alsjeblieft,' zegt hij smekend. 'Alsjeblieft, laat het onze relatie niet veranderen, Fliss. We kunnen nog altijd beste vrienden zijn. Laat het hierdoor niet verpesten.' Ze schudt haar hoofd, is het met hem eens, schenkt hem een vertrokken, verdrietige glimlach. 'Nee… Nee, dat gebeurt ook niet.' Verblind door tranen wendt ze zich van hem af. 'Ga, Hal. Laat me alleen. Ik red me wel, maar ga nu alsjeblieft weg.'

Ongemakkelijk staat hij op, blijft even staan om een kus op haar keurige blonde haar te drukken, waarna hij de kamer uit stormt…

Wat vreemd dat de herinnering zo scherp en vers was. Fliss herinnerde zich dat het haar nicht Kit was geweest die haar had getroost nadat Hal was weggegaan, die thee voor haar had gezet en haar had geholpen zijn woorden te snappen. De frustratie en de pijn die ze toen had gevoeld, bestookten haar hart opeens opnieuw en ze werd boos. Hal en zij hadden toch tegen die beslissing in kunnen gaan? Hij had zich tegen hen moeten verzetten in plaats van terug te krabbelen. Al bij de eerste aanval van matriarchale manipulatie had hij toegegeven.

Fliss fronste haar wenkbrauwen. Was ze boos op Hal? Was het mogelijk dat haar angst voor Maria een diepe wrok maskeerde, omdat Hal jaren geleden niet genoeg van haar had gehouden om voor haar te vechten. Er dook een andere grief uit haar onbewustzijn op. Waarom had het, toen ze eindelijk allebei vrij waren, bijna een jaar geduurd voordat hij haar zijn liefde had verklaard?

Met haar armen om haar knieën geslagen voelde Fliss zich bang en eenzaam. Ze keek naar de schemering buiten en zag dat er aan de andere kant van de binnenplaats licht uit de ramen stroomde. Ze kreeg een déjà vu. Toen was het Hal geweest die de lampen had aangedaan, die had rondgekeken in de lege portierswoning, die had gekeken of het gebouw bewoonbaar te maken was voor Jolyon. Ze had hier in de vensternis gezeten en had aan oom Theo gedacht. Ze had gewenst dat hij nog leefde, zodat ze met hem kon praten over hoe moeilijk het was haar liefde voor Hal te beteugelen omdat ze Miles trouw wilde blijven. Kon ze Theo dit nieuwe dilemma maar voorleggen. Was haar zelfingenomen verdediging en loyaliteit ten opzichte van Jolyon het gevolg van een onbewust verlangen om wraak te nemen vanwege lang begraven wrok en was het een vermomming voor haar angst voor Hals ex-vrouw?

Theo zou het hebben begrepen. Niets had hem ooit geschokt, hij had nooit een preek afgestoken of tegenwerpingen gemaakt. Toch was ze altijd bang geweest dat ze hem zou teleurstellen. Miles had ooit eens iets over oom Theo gezegd dat zo waar was dat ze die opmerking nooit was vergeten.

'Als je hem teleurstelt,' had Miles gezegd, 'breng je veel meer in gevaar dan alleen je lijf of je trots. Dan weet je zelfs zeker dat je juist niet hem, maar dat wezenlijke deel van jezélf teleurstelt en dat hij naast je in de goot je hand vasthoudt terwijl jij huilt van verdriet en pijn.'

Theo had geweten dat ze met Miles was getrouwd als schild tegen de pijn die werd veroorzaakt doordat Hal zich met Maria had verloofd, had geweten dat haar liefde voor Hal niet was veranderd in de jaren dat ze met Miles was getrouwd. Toch had hij altijd aan haar kant gestaan.

Nu ze haar hoofd op haar knieën liet rusten, verlangde ze naar Theo's glimlach, naar zijn hand op haar schouder, wilde ze voelen dat zijn kracht haar lichaam in stroomde... Terwijl ze daar zat en herinneringen ophaalde, dacht ze opeens aan de woorden van een gebed. Dat gebed stond op een los velletje papier in Theo's getijdenboek. Hij had het haar een keer voorgelezen en na zijn dood had ze het nog vaak herlezen.

Wie zal zich kunnen losmaken van zijn armzalig doen en laten,
als Gij hem niet opheft tot U in zuivere liefde, mijn God?
Hoe zal een mens,
voortgebracht en geschapen in laagheden, zich tot U verheffen,
als Gij hem niet opheft met de hand waarmede Gij hem hebt gemaakt?

Inderdaad, hoe? Fliss hief haar hoofd op en tuurde in de duisternis.
De lichten in de portierswoning waren uit, maar ze voelde zich niet
alleen. Ze kon zich de laatste woorden van het gebed herinneren, zag
in gedachten Theo's kleine, duidelijke handschrift:

Daarom verheug ik mij erover
dat Gij niet zult talmen, als ik mijn hoop stel op U.

Daarin lag een belofte besloten. Toen, in die crisisperiode, had ze zich
eraan vastgeklampt. Wie weet zou ze dat in de toekomst weer doen.

Deel twee

17

De trein zat vol. Maria worstelde met de deurkruk van een wagon van de eerste klasse en keek hoopvol om zich heen of ze een sterke man zag die haar wilde helpen haar koffer in de trein te zetten. Philip en Penelope waren vroeg vertrokken om bij vrienden in Hampshire te gaan lunchen, zodat ze gedwongen was geweest een taxi naar het station te nemen. Een jonge vrouw haalde haar ongeduldig in, stapte in de trein en verdween. Maria zette haar koffer met een plof op de treeplank neer en slaagde er met moeite in de wieltjes te draaien. Vanaf het perron werd ze onverschillig gadegeslagen door twee mannen in pak, die een laptop bij zich hadden en diep in gesprek waren.

'Gaat het?' vroeg een van hen vrolijk toen zij en haar koffer eenmaal in de trein waren beland.

Ze liep de wagon binnen, trok haar koffer achter zich aan, en betreurde het dat je tegenwoordig geen kruiers en jongemannen met goede manieren meer had. Ze keek op haar kaartje en controleerde de stoelnummers. De moed zonk haar in de schoenen: op haar gereserveerde plaats zat een grote jongeman. Ze keek nog een keer nadrukkelijk op haar treinkaartje en glimlachte verzoenend.

'Het spijt me' – maar waarom zou het haar spijten? – 'maar volgens mij zit u op mijn plek.'

Hij keek haar strijdlustig aan. Het was duidelijk dat hij verwachtte dat ze zou inbinden – er waren immers nog lege stoelen, waaronder de stoel naast hem – maar ze keek hem aan, denkend aan Peggy Ashcroft in de film *Caught on a Train*, en was vastbesloten voet bij stuk te houden.

Ze duwde hem het kaartje onder de neus. 'Ziet u wel?' Ze glimlachte naar hem, genoot bijna van de krachtmeting – ze kon altijd de conducteur erbij halen als hij onverzettelijk bleef – en herhaalde luid en duidelijk, maar o zo vriendelijk, het stoelnummer. Andere passagiers volgden het voorval belangstellend. Er kwam een norse uitdrukking op zijn gezicht te liggen en hij keek nadrukkelijk, zonder iets te zeggen, naar de lege stoel naast hem. Ze reageerde direct.

'Als dat mogelijk is, boek ik altijd een stoel bij het raam. Ik word misselijk als ik niet naar buiten kan kijken. Hebt u dat ook? Misschien bent u daarom wel daar gaan zitten.'

Hij gaf zich gewonnen, stond zeer onbeholpen op en haalde zijn aktetas uit het bagagevak, terwijl ze nog steeds glimlachend stond te wachten.

'Hartelijk dank.' Ze borg haar kaartje op en rolde haar koffer naar de ruimte bij de deur. Toen ze terugkwam bij haar stoel was hij gelukkig verdwenen. Ze zou zich misschien ongemakkelijk hebben gevoeld als ze het hele eind naar Totnes naast hem had moeten zitten. Maria trok het plankje uit de stoel voor haar naar zich toe en zette haar tas erop. Ze verbaasde zich er nog steeds over dat ze, onzeker als ze was, zich niet door een ander liet koeioneren. Adam had altijd plagend tegen haar gezegd dat ze een taaie was. Hij was de enige die haar echt had gekend en ondanks haar zwakheden van haar had gehouden.

Opeens sprongen er tranen in Maria's ogen. Ze beet op haar lip en zocht haar zakdoek. De trein verliet het station en ze keek naar de wazige gebouwen en schuurtjes, terwijl ze haar tranen wegknipperde. Ze kon het zichzelf niet vergeven dat ze zo veel jaar had vergooid. Adam en zij hadden nooit uit elkaar moeten gaan. Ze was te buigzaam geweest, had haar ouders te graag een plezier willen doen. Al die jaren dat ze met Hal getrouwd was geweest, had ze bij de man kunnen zijn die echt van haar hield. Het gekke was dat ze nu in haar verdriet bij de Chadwicks aanklopte. Wat een opluchting dat ze nu naar The Keep toe ging, waar ze Hal en Jolyon en die lieve oude Prue zou zien.

Hals moeder was altijd aardig tegen haar geweest.

Het enige minpunt was Fliss. Fliss was altijd al het struikelblok geweest. Vanaf het begin was het Fliss geweest die haar zelfvertrouwen deed wankelen en haar het gevoel gaf niet goed genoeg te zijn. Uit het raam kijkend dacht Maria aan voorgaande reizen naar The Keep, toen zij en Hal net waren getrouwd.

Zomer 1972

Tijdens de rit van Portsmouth naar Devon zit Maria in gedachten verzonken, terwijl Hal praat over zijn stationering op het fregat HMS Falmouth, over hoe leuk het is om weer terug te gaan naar Devon en over de mogelijkheden van de accommodatie voor getrouwde stellen in Compton Road, vlak bij de HMS Manadon in Plymouth. Ze mompelt zo nu en dan, probeert haar stem enthousiast te laten klinken, maar in gedachten is ze ergens anders. Het vooruitzicht van de verlofdagen wordt vergald door de wetenschap dat Fliss in The Keep is. Maria was heel enthousiast toen Hal voorstelde om te kijken hoe de accommodaties eruitzagen en om een paar nachten bij zijn grootmoeder te logeren. Ze vindt het heerlijk als Prue haar betuttelt, dat ze de goedkeuring kan wegdragen van de oude mevrouw Chadwick en oom Theo, en dat ze door Caroline wordt verwend. Dan voelt ze zich net een geliefd kind dat thuiskomt en Hal is zo'n lieveling binnen zijn familie. Hoewel ze recht voor zich uit kijkt, stelt ze zich zijn gezicht voor: vastberaden, zelfverzekerd, knap, oprecht. Mensen vinden hem aardig, reageren op zijn vriendelijke glimlach en hartelijke lach. Hij heeft voor iedereen een handdruk en een goed woord over; ze zijn allemaal dol op hem.

En daar ligt de oorzaak van het probleem. Maria wil niet dat iedereen dol is op Hal, althans, ze wil dat hij niet met iedereen zomaar vriendschap sluit. Als ze het reëel bekijkt, weet ze dat Hal net zo gemakkelijk vriendschap sluit met mannen als met vrouwen, maar sinds wanneer is jaloezie reëel? Ze komt altijd onverwacht, overweldigt haar, ondermijnt haar tere zelfvertrouwen en doet haar twijfelen aan zijn liefde voor haar. Dan wordt ze kattig en gemeen; houdt haar 's nachts wakker als hij er niet is; dan wil ze de roddels van de andere vrouwen niet horen omdat ze niet wil weten dat hij zich prima vermaakt op een manier waar mogelijk andere vrouwen bij betrokken zijn. Als het schip ergens aanmeert, worden de officieren uitgenodigd voor feesten en diners, ze worden vorstelijk onthaald als ze onder vaandel varen, worden gefêteerd als ze buitenlandse havens aandoen, dat weet ze. Ze wacht gretig op zijn brieven, het incidentele telefoontje, iedere hernieuwde betuiging van zijn liefde.

Terwijl de weg razendsnel vervaagt op deze zonnige ochtend in juni vraagt ze zich af of de situatie hetzelfde zou zijn als Hal haar nooit iets had verteld over Fliss. Komt het door Hals 'bekentenis' – dat hij en zijn nichtje een romantische relatie met elkaar hebben gehad – dat ze zo onzeker is? Het is niet eerlijk. Als een echte man is hij vastbesloten geweest zijn hart te luchten, zonder in de gaten te hebben wat het met haar deed. Hij had uitgelegd dat de romance puberaal en heel onschuldig was, maar de hele zaak heeft een afschuwelijke Romeo en Julia-achtige bijsmaak en Maria heeft het idee dat als zijn familie het niet had verboden, Fliss en hij waarschijnlijk van elkaar waren blijven houden. Ze heeft nooit echt een antwoord gekregen. Hals mening is: 'Ach, er is nooit iets gebeurd, dus waar maak je je druk om? Ik ben met jou getrouwd en daarmee uit.'

Maria denkt: maar er is nog altijd iets tussen hen, ik weet het zeker. Ik voel het gewoon als ze bij elkaar zijn. Ik ben tweede keus, dat is het probleem. Hoe kan ik tegen haar op? God, wat haat ik haar!

Wat écht irritant is, is dat Fliss altijd zo aardig voor haar is. Ze heeft zelfs tijdens een van Hals langere patrouilles op zee bij Fliss in haar huisje in Dartmouth gelogeerd. Eén helder moment beseft Maria dat ze de hele affaire kan neutraliseren door vriendschap met Fliss te sluiten; ze kunnen een verbond sluiten, zodat ze niets meer van haar te vrezen heeft.

Aanvankelijk lijkt het te werken. Zonder Hal om zich heen bouwen de twee vrouwen een heel vriendschappelijke relatie op en ze hebben een heerlijke week samen. Fliss laat Maria de stranden en de heidevelden zien, neemt haar mee naar de kleine marktstadjes; ze gaan zelfs na een heerlijk ochtendje winkelen in de stad 's middags naar een dienst in de kathedraal van Exeter. Hal komt nauwelijks ter sprake, behalve dan dat Maria zegt dat ze ontroostbaar is als hij weg is. Door zijn afwezigheid kan ze over hem praten alsof het over een andere Hal gaat, een die Fliss amper kent, maar die zíj heel goed kent. Ze doet wereldwijs, doet of zijn tekortkomingen haar niets doen en maakt luchtige grapjes over zijn gebrek aan inzicht in huishoudelijke aangelegenheden. Fliss doet geen enkele poging tot bezitterigheid, laat niet merken hoe goed ze Hal zelf kent. Ze is heel begripvol, heel aardig, en ze lachen samen om de problemen van een zeemansvrouw. Aan het eind van de week is Maria ervan overtuigd dat ze alle spoken heeft verjaagd. Dit gevoel van zekerheid verdwijnt alweer bij het volgende bezoek aan The Keep.

Ze zijn met oom Theo en Mol in de hal, omdat ze veel eerder zijn aangekomen dan ze hadden verwacht, als Fliss samen met Caroline de theespullen binnenbrengt. Ze lachen om iets, blijven in de deuropening staan om hun gesprek af te maken, hoofden gebogen, ernstig nu, voordat ze naar het groepje kijken dat bij de haard staat. Maria kent de uitdrukking dat gezichten kunnen 'oplichten' en op dat moment weet ze precies wat daarmee wordt bedoeld. Het fijne gezicht van Fliss verzacht, haar ogen worden groter en haar lippen krullen omhoog. Onwillekeurig werpt Maria een blik op Hal en ziet dat ook zijn gezicht glanst vol liefde. Het is alsof iets onzichtbaar maar bijna tastbaar tussen hen hangt. Haar hart bonst vol afschuw en ze zou het liefst met iets willen gooien, schreeuwen, íéts doen om de band te breken die haar man en zijn nichtje naar elkaar toe lijkt te trekken.

Ze had onnozel gereageerd, had tegen Mol aan gekletst; haar stem klonk te schril, haar gebaren waren overdreven, maar ze wist ook dat ze iets moest doen om de spanning tussen Hal en Fliss te doorbreken. Toen was Prue binnengekomen en de beladen sfeer was weggezakt, vervaagd tot de genegenheid van twee familieleden die elkaar heel natuurlijk en vriendelijk begroeten. Maria laat zich opgelucht en dankbaar in de armen van haar schoonmoeder zinken. Prue is zo moederlijk, zo lief, zo dolblij hen te zien...

De trein reed Honiton binnen en gleed langs de wachtende passagiers die in groepjes op het perron stonden. Maria keek hun kant op zonder hen te zien. Ze had het vreselijk gevonden in de accommodatie voor getrouwde stellen in Compton Road, was jaloers geweest toen ze hoorde dat Fliss zwanger was en was opgelucht geweest toen ze hoorde dat Fliss en Miles voor twee jaar naar Hongkong gingen. Nu, dertig jaar later, werkte Fliss nog steeds op haar zenuwen en zorgde ervoor dat haar hart onrustig klopte. Dat sloeg nergens op, want Fliss kon haar nu niet kwetsen. Ze waren nu allemaal vrienden, oude vrienden. Het was tijd om de banden aan te halen, vooral met Jolyon. Ze wilde het zo graag bijleggen met Jolyon. Dat kwam niet alleen doordat die lieve Ed in Amerika zat en ze hem erg miste. Nee, Adams dood had haar doen beseffen hoe kostbaar mensen waren, hoe kwetsbaar liefde was en sinds kort besefte ze hoeveel schade ze had berokkend bij haar eigen wanhopige zoektocht naar liefde.

Dit was een begin, het smalle eind van de wig. Nee, dat klonk als een geforceerde en berekenende poging om weer bij hem in de gunst te komen. Het was wel degelijk een nieuwe start. Ze moest erg haar best doen bij Jolyon, want ze wás trots op hem nu hij op fantastische wijze carrière had gemaakt. En hij leek sprekend op Hal. Het was griezelig en hartverscheurend dat hij zo veel op de jonge Hal leek, de man met wie ze ooit was getrouwd en van wie ze had gehouden, want ze had echt van Hal gehouden, hoewel ze zichzelf er nog steeds van probeerde te overtuigen dat ze, als haar ouders haar niet zo onder druk hadden gezet, bij Adam was gebleven. Maar ze waren ondersteboven geweest van de knappe, zelfverzekerde jonge officier. Zijzelf eigenlijk ook. Als ze volkomen eerlijk was, kon ze zich niet herinneren dat ze haar liefde voor Adam ooit had verdedigd. Ja, haar ouders hadden haar aangemoedigd en omgepraat, waren blij geweest dat ze zo meegaand was, maar haar verzet had weinig voorgesteld.

'Hij zal het ver schoppen,' had haar vader voorspeld. 'Let op mijn woorden.' En hij had gelijk gekregen. Het was een onaangename verrassing geweest toen ze ontdekte dat Fliss Lady Chadwick zou worden. Ze had het idee dat Fliss de vruchten plukte zonder dat ze daar ooit iets voor had hoeven doen. Het was immers Maria geweest, en niet Fliss, die in de beginjaren aan Hals zij had gestaan.

'Spijt?' had Adam gevraagd, terwijl hij over de tafel heen naar haar keek toen ze de aankondiging in de *Daily Telegraph* las. Ze had de altijd aanwezige steek van jaloezie ten opzichte van Fliss genegeerd en had geantwoord: 'Natuurlijk niet. Al die sociale verplichtingen? Dank je.'

Had hij haar geloofd? Het was nu te laat om die vraag te stellen. Ze voelde pijn in haar hart en beet op haar lip. De conducteur kwam eraan om de kaartjes te controleren. Maria toverde haar vriendelijkste glimlach tevoorschijn en reikte naar haar tas.

18

Het waren Hal en Prue die naar Totnes reden om Maria van de trein te halen.

'Moeten we met de lunch op haar wachten?' had Fliss aan Hal gevraagd, nadat die tijdens het ontbijt had verteld dat Maria om vijf voor half twee zou arriveren.

De vraag klonk wat kribbig en scherp, alsof ze er niets mee te maken had en dit Hals gast was, en dan ook nog eens een lastige gast. Lizzie sloeg even haar ogen op en keek toen weer naar haar pap. De spanning die ze eerder deze week had bemerkt hing er nog, vibreerde op deze rustige ochtend in de warmte van de keuken.

'Dat heb ik niet gevraagd,' antwoordde Hal. 'En ze is er zelf ook niet over begonnen. In de trein zal ze waarschijnlijk niet veel eten, dus ze zal wel honger hebben. We wachten wel op haar. Dat is toch geen probleem? Niemand zal het toch erg vinden om voor één keer later te lunchen?'

Fliss stond op om nog wat brood te roosteren. Haar lichaamstaal maakte duidelijk dat het wel degelijk een probleem was, maar haar stem klonk kalm, zij het wat afstandelijk.

'Dat lijkt me niet, als ik het maar weet.'

Lizzie zag Hal vlug opkijken, registreerde zijn uitdrukking van ingehouden irritatie en vroeg zich af of het tactvol zou zijn om haar pap vlug op te eten, geen geroosterd brood te nemen en hen alleen te laten. Alsof Fliss haar gedachten kon lezen zette ze het toastrekje vlak voor Lizzies bord neer en schonk haar kopje nog eens vol uit de cafetière.

'Wie gaat haar halen?' vroeg Hal onschuldig, waardoor hij nog verder het hol van de leeuw binnendrong. 'Ik ben waarschijnlijk de aangewezen persoon' – Fliss trok haar wenkbrauwen op – 'of Jo,' voegde hij er vlug aan toe, 'maar ik heb later vanochtend een afspraak met een van onze leveranciers en ik weet niet wat Jo's plannen zijn. Schat, zou jij haar kunnen ophalen als mijn bespreking uitloopt?'

Fliss zei boos dat het lastig was om én de lunch te verzorgen én naar Totnes te rijden, en dat reizen op een later tijdstip wellicht verstandiger zou zijn geweest. Ze voegde er nog net niet 'en attenter' aan toe, maar die woorden leken in de stilte te weergalmen nadat ze had gesproken.

'Volgens mij was er wel een latere trein,' zei Hal vrolijk, 'maar dan moest ze in Westbury of in Exeter overstappen. Je weet dat ze daar een hekel aan heeft. Maria is niet zo'n reiziger.'

Lizzie zag hoe de dunne hand van Fliss het botermes omklemde en nam vlug het woord.

'Ik wil haar wel ophalen,' bood ze aan. 'Dat is geen punt.' Ze keek van de een naar de ander in de hoop dat dit een tactvol voorstel was. Fliss keek naar haar geroosterde brood, Hal keek naar Fliss. 'Of ik kan de lunch verzorgen,' voegde Lizzie er nog voorzichtiger aan toe.

'Dat is misschien beter,' zei Hal, die Fliss nog steeds aankeek alsof hij haar mening wilde horen. 'Ze kent jou niet zo goed, hè, Lizzie?'

'Hoe goed moet je iemand kennen voordat die persoon geschikt is om je van het station te halen?' vroeg Fliss monter. 'Taxichauffeurs lijken daar geen moeite mee te hebben.' Hal smoorde een ongeduldige kreet en Fliss beet op haar lip, alsof ze spijt had van haar bitse opmerking.

Prue kwam binnen, proefde de sfeer ('onstabiel weer, storm op komst'), gaf iedereen een kus en ging zitten. Lizzie glimlachte naar haar. Soms kwam Prue precies op het juiste moment binnen. Lizzie vroeg zich dan ook af of ze aan de deur luisterde.

'Ik ben vanmorgen wat laat,' zei ze. 'Toen ik wakker werd, moest ik aan die lieve Theo en aan zijn favoriete formuliergebed denken. Ach, veel van die gebeden waren hem dierbaar. Dit is die over slechte gedachten die de ziel kunnen aanvallen en kunnen kwetsen. Dat vond hij erg belangrijk, hè? Ik wilde het opzoeken. Weet jij nog in welk gebedenboek dat staat, Fliss?'

Lizzie zag dat Fliss ontdaan was, alsof Prue haar een stoot onder de gordel had gegeven, maar ze antwoordde werktuiglijk: 'Volgens mij in het gebedenboek voor de vastentijd.' Daarna smeerde ze boter op haar geroosterde brood.

'Ach, natuurlijk,' zei Prue tevreden. 'Slim van je, Fliss. Wat missen we die lieve oude Theo. Dank je wel, Lizzie. Als er nog pap is, lust ik wel wat. Wat zijn de plannen voor vandaag?'

'Maria komt later vandaag. Het komt wat onhandig uit, want haar trein arriveert om half twee,' zei Hal, die zekerder van zichzelf klonk nu zijn moeder erbij was. 'We proberen te beslissen wie haar moet ophalen.'

'Jij natuurlijk, lieverd,' zei Prue meteen, die haar kom met pap aanpakte en er rijkelijk bruine suiker overheen strooide, zich blijkbaar niet bewust van Hals tevreden knikje. 'En ik ga met je mee. Dan kunnen we op de heenweg even in Totnes stoppen. Ik heb namelijk wat dingen nodig en het is vandaag nog marktdag ook. Komt dat even mooi uit?'

Zelfs Fliss kon een lachje niet inhouden toen ze Hals gelaatsuitdrukking zag veranderen, en Lizzie grijnsde openlijk naar Prue, die stralend naar haar terug lachte.

'Hal is zo handig in het vinden van een parkeerplek,' zei ze, 'en hij vindt het nooit erg om een paar minuten op een gele streep te moeten wachten als ik word opgehouden. Zo is het toch, lieverd?'

'Je kunt die afspraak beter afzeggen,' zei Fliss tegen Hal. 'Het ziet ernaar uit dat dit veel tijd gaat kosten.'

Hij keek berustend maar ook opgelucht en Lizzie merkte dat de spanning was vervlogen. Fliss was aan het bedenken wat ze bij de lunch zouden eten en Prue at haar pap en schreef een boodschappenbriefje. Lizzie at haar ontbijt op en glipte weg om Jolyon te zoeken.

Hij zat op kantoor zijn mail te lezen. De honden lagen naast zijn bureau.

'Hoi,' zei ze. 'Ben je vandaag hier? Hoef je niet naar Bristol of zo?'

Hij keek haar achterdochtig aan. 'Helaas niet,' antwoordde hij. 'Nee, ik ben hier. Ik moet een kleine achterstand wegwerken.'

'We hebben zojuist besloten wie Maria gaat ophalen,' zei ze terloops, toen ze achter haar eigen bureau zat. 'Uit een groot aantal gegadigden is Hal de gelukkige geworden en Prue heeft besloten met hem mee te gaan, maar eerst gaat ze in Totnes winkelen. Daar zit hij echt op te wachten op een marktdag terwijl hij op tijd bij het station moet zijn.'

Ondanks zijn sombere bui moest Jolyon onwillekeurig lachen. 'Die oma toch,' zei hij peinzend. 'Die brengt de boel altijd weer uit balans. Met haar weet je nooit waar je aan toe bent. De plannen kunnen van het ene op het andere moment wijzigen.'

'Volgens mij was hij niet echt blij,' beaamde Lizzie, 'maar dat leidde in elk geval ieders aandacht af van het geruzie over wie er voor taxichauffeur moest spelen.' Ze zette haar computer aan. 'Komt Henrietta dit weekend nog?'

Jolyon keek boos naar zijn monitor. 'Daar zijn we nog niet uit. Ik wil niet dat ze het gevoel krijgt dat ze... wordt gewogen.'

Lizzie haalde haar schouders op. 'Daar heb je niet bij stilgestaan toen ze afgelopen zondag kwam.'

'Daar had ik wel aan gedacht maar ik wist gewoon... dat niemand haar van streek zou maken.'

Ze keek hem nieuwsgierig aan. 'Denk je dat Maria dat wel zal doen?'

'Ik weet het niet. Dat is het hele punt. Het is niet gegarandeerd dat ze dat niet doet. Jullie kan ik allemaal vertrouwen, dat is het verschil.'

Lizzie zweeg even. 'Misschien is ze door het overlijden van haar man veranderd,' opperde ze.

Jolyon haalde zijn schouders op. 'Misschien, maar ik ga Henrietta niet aan gemene opmerkingen blootstellen. Ik kijk wel hoe het gaat.'

'Oké.' De telefoon rinkelde en ze trok een lelijk gezicht naar hem. 'Daar gaan we.' Ze nam op. 'Keep Organics. O, hallo, Dave. Heb je het werkrooster ontvangen? Je fax deed een beetje raar...'

Jo staarde naar zijn monitor en luisterde met een half oor naar Lizzie, die grapjes maakte met een van de chauffeurs. Hij maakte zich zorgen over de dag die voor hem lag. Hij keek op zijn horloge. Het ontbijt was voorbij en de keuken zou leeg zijn. Dit was het tijdstip waarop hij het liefst koffie voor zichzelf ging zetten en nadacht over het leven. Hij stond op, glimlachte naar Lizzie en liep, gevolgd door de honden, de binnenplaats op. Hoe hard hij ook zijn best deed om de oude, pijnlijke herinneringen van zich af te zetten, ze kwamen genadeloos op hem af en hij vroeg zich af waar hij de kracht vandaan moest halen om ertegen te vechten. Toen hij via de bijkeuken binnenkwam, leek een schim hem te vergezellen, een veel jongere Jolyon die de troost en stilte van de keuken zocht en probeerde te verwerken dat zijn moeder niet van hem hield...

Herfst 1990
Jolyon komt uit de bijkeuken en kijkt in de lege keuken. Hij is sinds vanochtend vroeg druk in de weer geweest. Hij heeft het restant van een eikenboom in blokken gehakt, die in de storm van de afgelopen lente was omgewaaid. De boom had deel uitgemaakt van de afscheiding met de boomgaard en had twee oude appelbomen in zijn val meegenomen, die door het grote gewicht spaanders waren geworden. Tijdens de zomervakantie had hij gaandeweg zakken met twijgjes en kleinere takken gevuld om als aanmaakhout te gebruiken, en de enorme stam was in hanteerbare stukken gezaagd, die hij nu in blokken hakt. Het werk geeft hem een geweldig gevoel van voldoening en trek. Ook al had hij een flink ontbijt gehad, hij krijgt nu alweer honger. Hij tilt het deksel op en schuift de ketel op de warmhoudplaat. Rex slaakt een diepe zucht en Jolyon bukt zich om hem te aaien, mompelt tegen hem, is blij dat het dier er is. Rex doet één oog open terwijl hij een paar keer op en neer slaat met zijn staart als teken van herkenning. Jolyon gaat op zijn hurken bij hem zitten, denkt aan de tijd dat Rex een donzige puppy was en altijd ondeugende streken uithaalde, en de tranen springen in zijn ogen, zoals zo vaak de laatste tijd. Hij ziet ertegen op om weer naar school te gaan, waar iedereen weet dat zijn ouders uit el-

kaar zijn en hij deze gevaarlijke emoties vaak niet de baas is. Met zijn hoofd omlaag voor het geval er iemand binnenkomt, aait Jolyon Rex' zachte oren en doet zijn best de bittere wetenschap te aanvaarden dat zijn moeder niet van hem houdt. Rex gaat tevreden liggen en geniet van de aandacht.

Gekalmeerd door het mechanische aaien en het ontspannen gezelschap van zijn oude vriend, houdt Jolyon zichzelf voor dat mama ook niet van Rex had gehouden. Ze had tegen hem geschreeuwd en had hem in de garage opgesloten, en hij, Jo, was machteloos geweest. Hij had papa en zichzelf ook niet kunnen verdedigen. Papa en hij hadden hun best gedaan, dat wist hij, maar het was niet genoeg geweest. De pijnlijke waarheid is dat mama gewoon niet van hen houdt. Niet zo veel als van Ed en Adam Wishart.

Hij gaat naast Rex zitten als hij dubbelklapt van de pijn in zijn hart. Het is dwaas en meisjesachtig om zich zo te gedragen, maar hij kan er niets aan doen. Hij houdt zo veel van haar, maar zij is gewoon niet in hem geïnteresseerd. Hoe hij ook zijn best doet, hij begrijpt niet waarom ze wel van Ed kan houden, maar niet van papa en hem. Papa is geweldig, veel, veel aardiger dan die saaie Adam Wishart, die eruitziet alsof zijn haar van zijn hoofd zakt, zoals een deken van een bed.

'Ik vind hem niet zo aardig als papa,' had Ed toegegeven toen hij met Pasen een paar dagen in The Keep was. 'Natuurlijk niet. Maar wat kan ik eraan doen?'

Hij weet ook niet wat Ed eraan kan doen, maar de manier waarop Ed zo lief is tegen mama en Adam is bijna ontrouw. Hij had zich tijdens de paasvakantie in The Keep heel ongemakkelijk gevoeld.

'Ik hoor hier niet thuis zoals jij,' had hij uiteindelijk gezegd. 'Mijn thuis is nu in Salisbury, bij mijn vrienden en op school. Ik voel me hier niet echt thuis.'

Jo weet dat papa het heel erg had gevonden dat Ed zich zo had gedragen, en toen hij hem weer naar Salisbury bracht, wilde Jo per se mee. Toen zag hij hoe aardig Ed tegen Adam was. Het was echt vreselijk toen mama, Adam en Ed erbij stonden als een echt gezin en naar papa keken alsof die een onwelkome vreemde was. Hij stond naast papa en had zijn hand vastgehouden. Papa had zijn hand heel stevig omklemd en Jo was vastbesloten geweest niet te laten merken dat het pijn deed. Hij vond Adams huis niet mooi en hij wist dat mama boos was omdat papa hun oude huis ging verkopen. Hij had ze horen praten toen hij met Pasen een deel van zijn spullen had ingepakt en zij had gezegd dat papa de zon niet in het water kon zien schijnen.

'Jij hebt dat grote huis in Devon,' had ze gezegd, 'en toch gun je me dit niet.'

'Ik heb je dit huis altijd gegund,' had papa geantwoord. 'Maar vind je heus dat ik moet toekijken hoe Adam Wishart mijn vrouw en mijn zoon inpikt, om hem vervolgens ook nog eens mijn huis aan te bieden? Hij hééft een huis. Jij bent bij hem ingetrokken, weet je nog?'

'Dat is veel kleiner dan dit,' had ze op klagerige toon gezegd. En papa had op een heel beangstigende toon geantwoord: 'Dat is dan verdomd jammer voor je!' Jo was snel de kamer binnengekomen, bang dat ze ruzie zouden krijgen.

Ze knuffelde hem, dat wilde hij ook, ook al voelde het heel oneerlijk tegenover papa. Ze deed alsof hij bij haar en Adam en Ed altijd een thuis had, ook al had hij er geen eigen slaapkamer. Ze zei dat ze in hun oude huis hadden kunnen blijven en dat hij dan zijn eigen slaapkamer had kunnen houden als papa het niet per se wilde verkopen. Zo leek het net alsof het papa's schuld was. Maar hij had het een afschuwelijke gedachte gevonden dat Adam in hun huis zou komen wonen en papa's plaats zou innemen, en dus zei hij dat hij het niet erg vond dat al zijn spullen naar The Keep gingen.

'Je kunt altijd in Eds kamer op een logeerbed slapen,' had ze gezegd. Hij kon zien dat papa zich nog net kon inhouden en dus had hij, om de vrede te bewaren, gezegd dat hij dat prima vond.

'Ik heb je teleurgesteld, Jo,' had papa later gezegd, toen ze naar Devon reden. 'Het spijt me, jongen. Het is niet dat mama van jou niet net zo veel houdt als van Ed, maar hij zit daar nu eenmaal op school…'

'Het geeft niet,' had hij snel gezegd. 'Ik woon toch liever in The

Keep. Daar is meer ruimte en straks ben jij er ook.'

'Natuurlijk ben ik er ook. Iedere vrije minuut die ik heb.'

En dat was ook zo. Uiteraard moest hij het grootste deel van de tijd op de Dryad zijn, omdat hij commandocentrale-officier was. Toen hij tijdens de vakantie bij hem op de Dryad had gelogeerd, had papa hem de hut laten zien waar D-day was gepland en de kaarten van de landing in Normandië en het was super geweest. Papa had paardrijlessen voor hem geregeld in de stallen in Southwick en naderhand hadden ze in een pub, The Chairmakers, geluncht, ook al was hij nog niet oud genoeg om bier te drinken. Papa had hem in Salisbury afgezet, waar hij twee dagen zou logeren en het was heel fijn geweest Ed weer te zien, ook al moest hij op een logeerbed slapen. Maar mama had niet van Adam kunnen afblijven, alsof ze er zeker van wilde zijn dat hij, Jo, precies wist hoe gelukkig ze waren. Het was alsof ze de hele tijd opschepte, en Adam schonk ook overdreven veel aandacht aan Ed, alsof hij wilde bewijzen dat mama en Ed bij hem gelukkiger waren dan bij papa. Hém hadden ze in ieder geval niet nodig. De ochtend dat hij wegging, had hij zijn moeder stevig omhelsd.

'Doe niet zo mal,' had ze lachend, maar ook ongeduldig gezegd. 'En je moet niet jaloers zijn op Ed. Die is nog maar klein, vergeet dat niet. Je lijkt wel een baby…'

Het water kookt. Met zijn polsen boent Jolyon over zijn wangen, waarna hij overeind komt en een beker pakt. Plotseling gaat de deur open en komt Caroline binnengestoven. 'Ik ben mijn portemonnee kwijt,' zegt ze. 'Nee, hij ligt hier op de buffetkast. We gaan naar Totnes, Jolyon. Red jij je hier of wil je mee?'

'Nee, ik ga weer verder in de boomgaard,' zegt hij. Hij speelt met zijn beker en met de pot oploskoffie en blijft met zijn rug naar haar toe staan. 'Tot straks.'

De deur gaat achter haar dicht en hij slaakt een zucht van verlichting. Hij is er inmiddels erg goed in om opgewekt en vrolijk te klinken, ook al krimpt hij vanbinnen ineen van pijn. Hij had de dwaze hoop gehad dat mama misschien tot de ontdekking zou komen dat ze Adam toch niet zo leuk vond en dat het deze zomer tussen haar en papa weer goed zou zijn gekomen, maar hij ziet nu in dat het ijdele hoop is geweest. Hij roert zijn koffie, gaat aan de keukentafel zitten en kijkt om zich heen naar het vertrouwde tafereel: het glanzende porselein op de planken van de buffetkast, de patchworkgordijnen met de bijpassende kussens in de vensternis, kleurige kleden op de versleten tegels, de geraniums op de brede vensterbank. Hij is hier graag alleen en luistert naar het gesnurk van Rex. Dan doet hij net alsof Ellen en Fox ieder ogenblik kunnen binnenkomen. Fox heeft in de boomgaard hout gehakt, net als hij daarstraks, en Ellen zou zeggen: 'Hier op dit tijdstip een beetje zitten koffiedrinken, nou vraag ik je.' Ellen was overleden voordat hij was geboren, maar Fox kon hij zich nog net herinneren. Toch heeft hij het gevoel dat hij hen goed kent. Dat komt door alle verhalen die Fliss over hen heeft verteld. Fox had The Keep onderhouden, ervoor gezorgd dat alles in goede staat was en dat alles het deed. Het had hem vast een goed gevoel gegeven om zich heen te kijken en te weten dat alles soepel liep omdat hij zo hard werkte. Ellen had dat gevoel vast ook gehad, door te zorgen voor alle mensen die in The Keep woonden, heerlijke maaltijden voor hen te bereiden en hen gelukkig te maken.

Even heeft hij het gevoel dat ze bij hem zijn, in de stille keuken – Ellen die wat karweitjes doet, Fox die ontspannen in de schommelstoel bij het fornuis zit – en hij is een deel van hen, deel van een lange menselijke keten; weer een Chadwick die voor zijn huis zorgt en voor de mensen die er wonen…

De deur ging open en Fliss kwam binnen. 'Kom je even tot rust?' vroeg ze glimlachend aan hem.

'Ik zag geesten,' antwoordde hij. 'Mezelf toen ik jong was. Caroline. Ellen. Fox.'

'Ik zie ze ook.' Fliss pakte een grote schaal uit de buffetkast en legde de ingrediënten voor de lunch van straks op een snijplank. 'The Keep zit vol geesten, maar die zijn toch welwillend?'

'Ja zeker, al zijn ze soms wel zeer ontroerend.'

Fliss begon de groenten en kruiden te hakken, sneed het vlees in plakjes en haalde een kan bouillon uit de koelkast.

'Verwerken we ooit echt?' vroeg Jo opeens boos. 'Je denkt van wel en dan duiken ze uit het niets ineens weer op en dat is... frustrerend. En teleurstellend. Je voelt je zo beperkt, alsof je niet bent gegroeid.'

'"Wie zal zich kunnen losmaken van zijn armzalig doen en laten..."' mompelde Fliss, nog met haar rug naar hem toe, terwijl ze aan het hakken en snijden was.

'Hè, wat?' vroeg hij verbaasd en met opgetrokken wenkbrauwen.

'O, niets,' zei ze. 'Dat is een citaat. Het punt is dat het verleden ons onverwacht inhaalt en ons voor problemen stelt die we verwerkt dachten te hebben. Het overvalt ons.'

'Ik weet niet eens hoe ik haar moet noemen,' zei hij mismoedig.

Fliss deed niet alsof ze het niet snapte. 'Dat is het ergste,' beaamde ze. 'Uiteindelijk probeer je zo'n situatie dan te vermijden, maar dat is lastig. Ik ken iemand die jaren geleden zo'n zelfde probleem had. Haar schoonmoeder stond erop dat ze haar "moeder" zou noemen. Mijn vriendin kon dat niet. "Ze is mijn moeder niet," zei ze. "Ik heb al een moeder. Het is gewoon niet goed." Voor mij was het gemakkelijk: ik liet het woord "tante" achterwege en noemde haar gewoon Prue.'

'Het is zo moeilijk om te doen alsof er niets is gebeurd,' zei Jolyon. 'Toen ze hier een paar maanden geleden kwam ging het wel, want het was net alsof ze nog in shock was door het overlijden van Adam. Ze was heel zwijgzaam, erg rustig. Niemand zei veel. Maar zo te horen wil ze nu een nieuwe start maken en ik zie niet in hoe dat zou kunnen. Niet na alle schade die ze heeft aangericht.'

Fliss deed alle ingrediënten in de schaal, zette de schaal in de oven en draaide zich naar hem om.

'Ik heb precies hetzelfde,' zei ze. 'Ik ben net zo pessimistisch en boos als jij.'

Hij keek haar verbaasd maar getroost aan. 'Echt waar? Papa lijkt... het zo goed op te vatten. Dan schaam ik me gewoon. Hij heeft immers net zo veel geleden als de rest van ons.'

Fliss leunde tegen het handdoekenrek boven het fornuis aan en sloeg haar armen over elkaar.'Hal gaat gewoonlijk recht op de zaken af in het leven,' zei ze nadenkend. 'In dit geval lijkt hij het emotioneel verwerkt te hebben, van zich af te hebben gezet. Misschien kan hij daardoor gul zijn.'

'Hij had jou,' zei Jo verbitterd. 'Dat zal het verschil wel zijn. Denk jíj dat het kan werken?'

'Misschien. Dat hangt ervan af hoe graag Maria dat wil. Zelfs als er veel schade is aangericht, is het mogelijk dat er toch iets goeds kan worden teruggevonden.' Ze glimlachte naar hem. 'Weet je nog van de gemberpot?'

Hij glimlachte ook, zij het met tegenzin, en ze ging tegenover hem zitten.

'Ik heb een plan,' zei ze voorzichtig. 'Toen ik wist dat Maria zou komen, heb ik Cordelia uitgenodigd. We hebben nog niet afgesproken wanneer ze precies komt, maar het leek me een goed idee om de familie aan te lengen door er een buitenstaander bij te halen. Zullen we Cordelia en Henrietta samen laten komen? Dat lijkt volkomen logisch – het zijn immers oude vrienden van ons – en dan is het voor jullie in het begin wat minder spannend. We kunnen zeggen dat Henrietta en Lizzie ook oude vriendinnen zijn. Henrietta is een paar jaar jonger dan Lizzie, maar dat maakt niet uit. Is dat wat?'

Jolyon zweeg, keek naar zijn koffiemok en draaide die rond. Hij schudde zijn hoofd. 'Ik weet het echt niet,' zei hij uiteindelijk. 'Misschien maakt iemand een pijnlijke opmerking. Oma bijvoorbeeld. Volgens mij wil Henrietta niets overhaasten. En ik ook niet.'

'Het is inderdaad een risico,' gaf Fliss toe, 'maar oma weet hoe het zit en ze is niet dom. We staan aan jouw kant, Jo. Je kunt erop vertrouwen dat we tactvol zullen zijn. Afgelopen zondag ging het toch goed?'

Hij knikte. 'Ik zal het aan Henrietta vragen. Dan hoor ik wel wat ze ervan vindt.'

'Doe dat. Als Maria terugkomt in ons leven, kunnen we beter meteen beginnen zoals we willen doorgaan.'

19

Cordelia klom langzaam de trap vanaf het strand op en bleef even staan om over haar schouder te kijken. McGregor volgde haar op de voet. De horizon was verdwenen in een zachte, dampige wolk die boven het glanzende grijze oppervlak van de zee hing en de zon afzwakte tot een bleke zilveren schijf. Het sluipende briesje was klam en kil en ze huiverde, omklemde met één hand haar kleine gevonden schatten: een gave blauwzwarte mosselschep en een stukje glad groen glas. Haar andere hand had ze diep in haar zak gestoken om hem warm te houden. Boven aan de granieten trap bleef ze even staan om op adem te komen. Twee wandelaars liepen over het hogergelegen pad, een derde was wat achteropgeraakt en keek achterom om te zien waar ze vandaan waren gekomen. Ze maakte het hek naar het brede stenen balkon open en legde haar schatten op de verweerde teakhouten tafel. McGregor liep naar zijn kom en dronk gretig. In een hoek van het balkon stond een stenen trog, waarin ze haar verzameling op het strand gevonden voorwerpen bewaarde: stenen met merkwaardige tekens, volkomen gave schelpen, glazen flesjes.

Ze was goedgehumeurd door het klimmen en door een nieuw en heerlijk gevoel van opluchting. Gisteren had ze een heerlijke dag gehad met Henrietta: na een voortreffelijke lunch bij Pulhams Mill hadden ze bij de Barn Shop rondgeneusd. Cordelia had luchtig en nonchalant over Angus en het feest verteld. Henrietta had niet één keer een sarcastische, kille of negatieve opmerking gemaakt. Ze had geluisterd, had terloops wat vragen gesteld en had gezegd dat ze Julia en Pete graag weer eens zou zien. Het was duidelijk dat er een klein wonder was geschied en dat Henrietta's ontluikende liefde voor Jolyon haar milder maakte. Henrietta had zich drukker gemaakt over het feit dat Maria in The Keep zou logeren en hoe Jo dan zou reageren dan over de relatie tussen Cordelia en Angus. Cordelia had ervoor gewaakt zich op gevaarlijk terrein te begeven en had alle onderwerpen gemeden die associaties met ontrouw, verraad en echtscheiding konden oproepen: het onderwerp Susan – en in het verlengde daarvan Maggie en Roger – was zo'n mijnenveld waar ze voorzichtig omheen was gelopen.

Toch was het een begin. Die avond had ze Angus gesproken. Ze was zo blij dat ze zich er schuldig over voelde dat ze op de avond van het feest zo tegen hem was uitgevallen, maar hij zei er niets over, was zo te horen vooral blij dat Henrietta had geaccepteerd dat hij op het toneel was verschenen en dat Cordelia de eerste belangrijke stap in het herstellen van de relatie had gezet.

'Niet te vroeg gejuicht,' had ze hem gewaarschuwd, 'ik wil heel voorzichtig zijn, haar niet opjagen, maar het is een goed begin. Ik had gelijk. Verliefd worden op Jo heeft haar hart verzacht.'

Ze waren opgelucht en dolblij, hadden afgesproken dat Angus maandag bij haar zou komen eten. Toch mijmerde ze nog over die onverwachte gevoelens van verdriet en wrok die na het feest weer waren opgedoken. Deels was ze heimelijk blij dat er nog steeds een heel goede reden was om het nog een tijdje rustig aan te doen.

Cordelia deed de openslaande deur open en ging de keuken in. Ze had honger – ze had niet doorgehad dat het al zo laat was – en ze vroeg zich af wat ze als lunch zou nemen. Op de brede stenen vensterbank knipoogde het rode lampje van het antwoordapparaat naar haar. Ze trok haar jas uit en bukte zich om te kijken of er een bericht was ingesproken. Het schermpje knipperde. Ze drukte op wat toetsen en de stem van Fliss vulde het vertrek: 'Hallo, Cordelia, met Fliss. Zou je me even kunnen bellen als je tijd hebt? Alvast bedankt.'

Cordelia draaide zich om bij het raam en keek aarzelend en verbaasd om zich heen: er was iets mis. De oorzaak van haar onrust was niet meteen duidelijk, maar toen ze om zich heen keek, bemerkte ze enkele rare dingen. Zo waren een foto van Henrietta en een bloempot met een geranium van plaats verwisseld op de smalle plank, de zware Windsor-stoel stond zijwaarts ten opzichte van de tafel en op het brede zitgedeelte lag een verbleekt gingangkussen dat op een van de andere stoelen hoorde te liggen. Op de kleine houten lessenaar, die op tafel stond om tijdens het eten te kunnen lezen, stonden twee boeken die ze al jaren niet had gelezen. De boeken waren dicht en stonden naast elkaar. Het waren paperbacks van Georgette Heyer: *Simon the Coldheart* en *The Reluctant Widow*.

Met één arm nog in haar jas keek Cordelia ernaar. Paniek kronkelde langs haar wervelkolom omhoog en ze huiverde, haalde diep adem en dwong zichzelf om kalm te blijven. Het was mogelijk dat er iemand binnen was geweest – ze was zo dom geweest de achterdeur weer eens niet op slot te doen – maar waarom waren haar spullen anders neergezet? Het plotselinge besef dat de indringer nog in huis kon zijn, vervulde haar met angst. Ze riep McGregor en stond roerloos en met gespitste oren te luisteren, maar ze hoorde alleen de gebruikelijke geluiden van de zee. McGregor dribbelde naar binnen, snuffelde aan de Windsor-stoel, maar sloeg geen alarm. Rustig liep Cordelia naar de deur naar de gang en deed die open. Ze luisterde opnieuw, maar het was stil. Gevoelsmatig wist ze dat het huis leeg was en dat zij er de enige persoon was. Haar angst was opeens verdwenen. Ze ging haar werkkamer binnen en keek vlug om zich heen. Alles leek in orde. Het computerscherm was leeg en haar laptop stond nog zoals ze die had achtergelaten.

Ze liep vlug door de gang en ging de kleine zitkamer binnen. Hier stond niets op een verkeerde plek, aan de muur ontbraken geen schilderijen en er waren geen voorwerpen van de tafel met glasplaat af gehaald. Boven was alles zoals ze het had achtergelaten: er waren geen juwelen of snuisterijen weg en haar handtas lag op de kaptafel. Alles zat er nog in. Terug in de keuken liep ze naar het Wedgwood-schaaltje waarin ze kleingeld voor de parkeerautomaat bewaarde. Het lag voor meer dan de helft vol met munten van een en twee pond en van vijftig en twintig pence. Het biljet van tien pond dat ze altijd klaar had liggen voor de glazenwasser stak nog onder de hoek van de kaasstolp vandaan.

Verbijsterd en onrustig ging Cordelia aan de tafel zitten. Een gelegenheidsdief zou geen tijd verspillen aan het verplaatsen van meubels en boeken, zou een dure laptop en contant geld zeker niet laten liggen. Het was absurd. Bijna zonder te beseffen wat ze zag, had ze seconden lang naar de kunstige smeedijzeren kandelaar zitten kijken voordat ze de koalabeer zag. Die was zorgvuldig op een van de takken geplaatst, zodat het leek alsof hij tussen de mooie, geverfde metalen bloemen door kroop. Zijn zwartleren pootjes omklemden de fijne zwarte stam en zijn zwarte kraaloogjes gluurden vanuit de bladeren naar haar. Ze keek er angstig en vol ongeloof naar.

Ik had de koalabeer in de lade gelegd, hield ze zichzelf voor.

Ze stond op en liep vlug naar de ladekast, trok de middelste lade open en keek erin. Het grijze knuffelbeest lag op zijn zij en zijn zwartleren pootjes reikten opgekruld naar voren. Cordelia smeet de lade dicht. Nu werd ze pas echt bang. Dit was erger dan gewone diefstal, angstaanjagender dan het slachtoffer zijn van een insluiper.

Ze haalde haar mobiele telefoon uit haar jaszak, hief de blokkering van het toetsenbord op en aarzelde. Angus zou erop staan dat ze de politie zou bellen, maar wat kon ze hun vertellen? Dat er geen waardevolle spullen ontbraken, dat er meubels en voorwerpen waren verplaatst en dat iemand een speelgoedkoalabeer tussen de blaadjes van haar kandelaar had gezet. Cordelia schudde haar hoofd. Ze zouden denken dat ze niet goed snik was. Angus zou boos op haar zijn. Hij had al vaak op haar gefoeterd omdat ze slordig was en de keukendeur niet altijd afsloot.

'Ik ben maar tien minuten weg geweest,' zou ze zeggen. 'Ik ben alleen even met McGregor naar het strand gegaan. Kom op zeg, je hebt hier alleen wandelaars. Er mogen geen auto's komen, behalve die van aanwonenden. Het hek aan de achterkant is vanaf het pad niet eens te zien. Doe niet zo moeilijk.'

Toch wilde ze dat hij hier was, boos of niet. Als Angus er was, zou ze zich veilig voelen. Ze liep naar de tafel en keek naar de twee paper-backs. Ze had de voorkanten meteen herkend, maar waarom waren juist deze twee boeken uit haar uitgebreide bibliotheek gehaald? Er schoot haar iets te binnen en ze ging naar haar werkkamer. Haar boeken stonden op alfabetische volgorde en ze wist dan ook binnen een paar tellen dat haar eigen exemplaren van de boeken ontbraken.

Haar mobiele telefoon ging. Ze rende naar de keuken en nam op. Het was Henrietta.

'Hallo, lieverd.' Cordelia dwong zichzelf om opgewekt te klinken. Henrietta mocht niet merken dat er iets mis was. 'Hoe gaat het met je?'

'Prima. Moet je horen, Jo heeft zojuist gebeld. Zoals je weet, kan zijn moeder elk moment in The Keep aankomen. Je had toch gezegd dat je er dit weekend misschien heen ging?'

'Ja.' Het kostte Cordelia moeite zich te concentreren. 'Dat heb ik geloof ik wel gezegd, ja. Toen ik een paar minuten geleden binnen-kwam, stond er een bericht van Fliss op het antwoordapparaat. Ze wil waarschijnlijk iets afspreken.'

'Jo stelde voor dat jij en ik samen zouden komen. We willen niet dat zijn moeder zich meteen van alles in haar hoofd haalt en op deze manier kunnen we ongedwongen kennismaken, als oude vrienden van de familie. Wat vind je ervan?'

Wat vond ze ervan? Een uur geleden zou ze opgetogen zijn geweest, zou ze blij zijn geweest dat Henrietta het gevoel had dat ze haar iets kon toevertrouwen wat zo belangrijk voor haar was. Nu voelde ze zich verward, bang, niet in staat rationeel na te denken.

'Mama, ben je er nog? Is alles in orde?'

'Ja ja, natuurlijk ben ik er nog. Ik zat te denken. Het lijkt me een heel goed idee en volgens mij slaan we ons er wel doorheen. Zal ik Fliss bellen om te vragen wat een handig tijdstip is? Of heeft Jo het daar al met je over gehad?'

'Nee. We hebben het er alleen over gehad of het zou lukken onszelf niet ongewild te verraden.'

'Prima. Ik ga Fliss bellen en dan bel ik je terug. Is dat goed?'

'Geweldig. Bedankt, mama.'

Cordelia slaakte een diepe zucht en probeerde haar hartslag onder controle te krijgen. Ze kreeg amper lucht. Ze durfde de boeken niet te verplaatsen, durfde de koalabeer niet te verstoppen en durfde ook de foto en de geranium en de Windsor-stoel niet terug te zetten op hun oorspronkelijke plek. Deels kwam dat doordat ze de dingen die waren verplaatst niet wilde aanraken, maar ze vond eigenlijk ook dat ze dat niet moest doen, omdat ze dan bewijsmateriaal, zoals vingerafdrukken, onbruikbaar kon maken.

Ze bleef een paar tellen in de stilte staan. Toen hoorde ze een auto het pad op komen. Vlug glipte ze haar werkkamer binnen en ging een eind bij het raam vandaan staan. Ze zag de auto voor de verste van de drie garages stoppen en zag het jonge stel uitstappen dat het eerste huisje had gehuurd. Cordelia ontspande zich. Ze zag hoe ze tassen en de baby uit de auto haalden en samen naar hun hek toe liepen. Haar zelfvertrouwen keerde terug en gedachteloos ging ze de gang in, haalde handschoenen uit haar jaszak en liep de keuken in. Vlug zette ze alle spullen terug op de juiste plek: de stoel met het kussen, de foto en de bloempot met de geranium. Voorzichtig haalde ze de koalabeer van zijn verstopplek tussen de bladeren en de bloemen vandaan en legde hem in de lade bij de andere koalabeer.

Toen ze naar de twee romans op de lessenaar stond te kijken, ging haar mobiele telefoon. Het was Henrietta weer.

'Mama, Jo en ik hebben een ander plan. Hoe zou je het vinden als ik dit weekend bij je kom logeren? Dat maakt het allemaal wat gemakkelijker en... echter.'

Cordelia zweeg even, verscheurd tussen angst en blijdschap. 'Dat is een geweldig idee,' zei ze. 'Maar hoe doe je dat dan met de honden? Of breng je die mee? Dat is geen probleem, maar hoe moet het met de pony's? Die kan ik hier echt niet hebben.'

'In het dorp woont een jonge vrouw, Jackie, die ze in het weekend graag wil verzorgen. Ze springt wel vaker bij en Maggie had al aan haar gevraagd of ze dat wilde doen voor het geval ik er even tussenuit wilde. Ze vindt het prima om later vandaag hierheen te komen en dan tot zondagavond te blijven. Zeker weten dat het goed is?'

'Natuurlijk weet ik het zeker,' antwoordde Cordelia met bonzend hart. 'Ik heb Fliss nog niet gesproken. Die zitten nu waarschijnlijk te lunchen. Zal ik je ophalen?'

'Nee, ik kom wel naar jou toe. Ik ben verzekerd voor beide auto's dus ik kom met Maggies Volkwagen Polo. Dat vindt ze goed. Ik weet niet precies hoe laat ik bij je kan zijn, maar ik stuur onderweg wel een sms'je. Geweldig, mama. Bedankt. Tot straks.'

Cordelia nam afscheid en legde haar mobiele telefoon op tafel. Maar wat moet ik doen als die gek opduikt als Henrietta hier is? vroeg ze zich stilletjes af.

Ze keek opnieuw naar de titels van de twee paperbacks en in haar hoofd begon zich een idee te vormen. Ze dacht aan de lange gestalte met de verrekijker op de ochtend dat Fliss bij haar op de koffie was geweest. Later had ze ontdekt dat ze een deel van haar werk op haar computer kwijt was. Ze herinnerde zich de harde tik op haar schouder in de delicatessenzaak en de man die haastig de winkel uit liep toen ze omkeek. Ze dacht ook aan de foto onder de ruitenwisser.

De telefoon ging. Cordelia schrok. Het was Fliss.

'Ze zijn onderweg van het station hiernaartoe,' zei ze. 'Heeft Henrietta ons slimme plannetje al verteld?'

'Ik vind het een geweldig idee,' zei Cordelia. 'Henrietta komt vanmiddag hierheen. Wanneer zullen we naar jullie toe komen?'

'Morgen, aan het einde van de ochtend, zodat jullie voor de lunch hier zijn. Is dat wat?'

'Prima. Ik ben het met je eens dat het op deze manier veel natuurlijker lijkt.' Even vroeg Cordelia zich af of ze Fliss zou vertellen wat haar was overkomen, maar dat was niet fair. Maria kon elk moment arriveren. 'Tot morgen,' zei ze vrolijk. 'Succes.'

Ze controleerde of beide deuren op slot waren en of de ramen goed dichtzaten en ging naar boven om een bed voor Henrietta op te maken.

20

Maria zette haar tas op het bed en keek tevreden zuchtend om zich heen. Alles was in orde. Eerst was die lieve Hal over het perron naar haar toe gelopen. Het was een opluchting geweest zijn omhelzing onverdeeld te kunnen beantwoorden, zonder de spottende blik van Fliss die alles bedierf. Daarna had ze Prue gezien, die in de auto zat te wachten. Dat Prue was meegekomen, was een onaangename verrassing geweest, want ze had zich verheugd op de rit naar The Keep, alleen Hal en zij, verder niemand erbij. Die oude Prue had natuurlijk pontificaal op de passagiersstoel gezeten, wat praten een stuk lastiger maakte. Toch was het aardig van haar dat ze was meegekomen. Per slot van rekening was het vergeeflijk als Prue als schoonmoeder – en vooral als ex-schoonmoeder – een sterke wrok tegen haar zou koesteren.

Toen ze bij The Keep waren gearriveerd, was Fliss naar buiten gekomen om haar te begroeten. Maria was erin geslaagd dat minieme gevoel van onrust en tegenstand te onderdrukken en was vlug naar voren gelopen om Fliss te omhelzen. Het was geen echte omhelzing geweest, want Fliss was niet iemand die je goed kon omhelzen. Daar was ze te gereserveerd voor, en te mager, veel te mager. Het was altijd lastiger om hoekige mensen te omhelzen. Maar Fliss' ontvangst was hartelijk geweest, dat was het belangrijkste. Ze had een heerlijke lunch bereid die voor hen klaarstond en ze hoopte dat Maria honger had. Toen was Jolyon de hal in gelopen, toen ze net allemaal binnen waren, en hij had er zo knap en gezond en sterk uitgezien dat ze er ondersteboven van was. Hij leek sprekend op Hal op die leeftijd. Hij had heel vriendelijk tegen haar gedaan, al was hij wat koel en gereserveerd.

Maria liet haar hand over het mooie, witte, katoenen, geborduurde dekbedovertrek glijden, keek goedkeurend naar de stapel zachte witte handdoeken en klikte de sloten van haar koffer open. Een slaapkamer en suite hoefde je in The Keep niet te verwachten, maar ze had in elk geval warm water. Ze legde haar kleren in de laden van een oude gebogen ladekast en hing haar twee rokken en haar jas in de spelonkachtige, naar ceder ruikende mahoniehouten garderobekast. Inbouwkasten waren er ook niet. The Keep kende geen modern comfort, maar om de een of andere reden maakte dat niet uit. Wat was ze blij dat ze hier was en dat er zo weinig was veranderd.

Met een pijnlijke steek van eerlijkheid moest ze bekennen dat als het oude huis in haar handen was gekomen, er veel veranderingen zouden zijn doorgevoerd. De kenmerkende sfeer, die ze nu zo troostrijk vond, zou dan volledig zijn verdwenen. Raar dat je normen en waarden veranderden naarmate je ouder werd. Spullen werden minder belangrijk, maar mensen en vrienden… Ze ging plotseling op het bed zitten, haar handen vol ondergoed, en huilde. Het was vreselijk, deze vlagen van verdriet die uit het niets kwamen en die ze niet kon beheersen. Opeens leek het onmogelijk dat ze alleen hier in The Keep was en dat Adam… Ze klapte dubbel en verborg haar gezicht tussen het fris ruikende ondergoed, zodat haar kreten van verdriet werden gesmoord. Was ze na het overlijden van haar vader maar aardiger tegen haar moeder geweest, maar haar moeder was zeer beheerst geweest, had zich aldoor grootgehouden. Maria rechtte zich, had het gevoel dat ze tekortschoot en haalde haar schouders op. Dat was niet nieuw. Haar moeder had haar dat gevoel altijd al gegeven. Het was immers haar moeder geweest die erop had aangedrongen dat ze met Hal zou trouwen, net zoals ze hem bedreven van haar had losgewrikt toen het ernaar uitzag dat haar dochter toch geen kasteelvrouwe van The Keep zou worden. Haar ouders waren bang geweest dat hun geld in de schatkist van de Chadwicks zou verdwijnen. Ze hadden het een vreselijk idee gevonden dat ze de zeggenschap over hun onroerend goed, hun dochter en hun kleinzoons, en dan vooral Ed, konden verliezen. Wat waren ze trots op Ed geweest toen die een studiebeurs voor de koorschool had gewonnen. Jolyon had te veel op Hal geleken – en was toen het erop aankwam te loyaal aan hem geweest – om diezelfde toewijding uit te lokken. Ironisch genoeg was het juist Ed geweest die het huis had verloren dat haar ouders haar hadden nagelaten!

Maria veegde met een zachte katoenen onderbroek over haar wangen en stond op. Toen ze bijna klaar was met uitpakken werd er op de deur geklopt en stak Lizzie haar hoofd naar binnen. 'Alles in orde?'

'Het is geweldig, net zoals vroeger. Het is zo fijn om hier te zijn.' Ze wilde Lizzies goedkeuring, wilde dat ze aan haar kant stond. Ze had behoefte aan goedkeuring, want die verwarmde haar. 'Het is hier gezellig. De laatste tijd voel ik de kou vreselijk. Ik denk dat ik nog steeds in shock ben. Het was allemaal zo plotseling.'

Ze schonk de jongere vrouw een zielige glimlach en wachtte op de blijk van medeleven die haar zou troosten en opbeuren. Lizzie knikte begrijpend.

'In dat geval heb je misschien wel zin in een kopje thee. Fliss is thee aan het zetten. Ik zie je straks in de hal als je klaar bent.'

Ze verdween. Maria piekerde. Deels vond ze het leuk om als een speciale gast te worden behandeld, maar deels wilde ze als lid van de familie worden geaccepteerd, als iemand die kon komen en gaan wanneer het haar uitkwam. Ietwat geïrriteerd fronste ze haar wenkbrauwen. Ze hadden kunnen vermoeden dat ze nog wel wist dat het theeritueel in de hal plaatsvond. Als de wereld om half vijf 's middags zou vergaan, zou er geheid een Chadwick in de hal van The Keep thee zitten te drinken… Maria sprak zichzelf streng toe en toverde een glimlach op haar gezicht. Ze pakte haar kasjmieren vest, liep de kamer uit en ging naar beneden, naar de hal.

Jolyon liep achter zijn moeder aan de hal in, zag dat ze vlak bij de haard naast Prue ging zitten en zag de oudere vrouw lief naar haar glimlachen.

Hij vroeg zich af hoe ze er allemaal in slaagden blijheid uit te stralen. Zelfs Fliss gedroeg zich, ondanks wat ze eerder tegen hem had gezegd, alsof Maria een dierbare oude vriendin was. Als Maria hem een arm gaf of hem omhelsde of op zijn hand klopte in een moederlijke poging hun speciale band te onderstrepen, kon hij de woede die in hem opwelde nauwelijks inhouden. Het liefst zou hij haar van zich afschudden, wilde hij roepen dat het te laat was. Hij kon haar toegenegen blikken niet beantwoorden en kreeg het niet over zijn lippen om 'mama' tegen haar te zeggen. Dat kon hij gewoon niet.

Hij hoorde Fliss vanuit de keuken aankomen en draaide zich om, was blij dat hij het dienblad van haar kon aanpakken, zodat hij wat te doen had. Ze keken elkaar aan. Haar gezicht stond bloedserieus, bijna grimmig, en hij besefte dat ze niet zo blij was als ze deed voorkomen. Hij trok zijn wenkbrauwen op om aan te geven dat hij het snapte en ze glimlachte dankbaar. Ze liepen samen verder de hal in en toen hij het dienblad neerzette, slaagde hij erin aan de andere kant van de lage tafel te komen, zodat hij, als hij ging zitten, een eindje bij Maria vandaan zou zijn.

'We zeiden net tegen elkaar,' zei Maria tegen hem, 'dat je zo veel op je vader lijkt toen die zo oud was. Het is gewoon eng.'

In een dwaas theatraal gebaar legde ze haar hand op haar hart alsof die herinnering haar diep ontroerde, en hoewel hij erin slaagde vaag te glimlachen, kreeg hij geen woord uit zijn mond, omdat hij weer bevangen werd door woede.

Bedoel je dat je je herinnert dat papa zo oud was als ik nu? wilde hij roepen. Al die ruzies, dat geschreeuw en gepruil? Jij had toen een verhouding met die vreselijke Keith Graves en je sloeg Rex als die met vieze poten uit de tuin kwam en dan ging je tegen papa tekeer als hij terugkwam van de basis.

Hij schonk thee in en beet op zijn lip, zich ervan bewust dat Fliss naast hem de kopjes neerzette en hem afschermde voor Maria. Hij had door dat ze zijdelings een bezorgde blik op hem wierp.

'O, ik heb de melk vergeten,' mompelde ze, en ze ging haastig weg. Hij zag dat er een kannetje melk op het dienblad stond, maar het was al te laat om haar terug te roepen. Toen kwam Lizzie binnen.

'Jo,' zei ze, 'het spijt me dat ik de pret kom bederven, maar er is een belangrijk telefoontje. Kun je naar kantoor komen?'

Hij rechtte zich, moest zijn best doen om zijn opluchting niet te laten merken, en glimlachte even naar de twee vrouwen.

'Sorry,' zei hij, de teleurgestelde blik van Maria negerend. 'Ik ben waarschijnlijk zo terug.'

'Ziezo.' Fliss kwam terug met een kannetje melk. 'Lizzie en jij kunnen later wel theedrinken, Jo.'

Hij liep achter Lizzie aan de hal uit. Bij de keuken gekomen stak ze haar hand naar hem uit.

'Er is niet gebeld, Jo. Fliss dacht dat je er graag tussenuit wilde.'

Hij sloot even zijn ogen en schudde zijn hoofd. 'Was dat zo duidelijk? Ik weet niet wat ik heb. Ik ga toch maar naar kantoor. Hopelijk is Henrietta inmiddels onderweg. Misschien is ze zelfs al bij Cordelia. Ik ga haar zo bellen. Misschien kalmeer ik dan.'

'Doe dat en stuur Hal hierheen om Fliss te helpen. Ik ga met de honden de heuvel op. We proberen ze bij Maria uit de buurt te houden zolang ze hier is.'

Hij knikte. 'Het is geen hondenmens. Bedankt, Lizzie.'

Hij liep over de binnenplaats naar de verbouwde schuur. Zijn vader keek op van zijn bureau.

'Alles in orde?'

Jo haalde zijn schouders op. 'Weet ik veel,' antwoordde hij kil. 'Ik heb het idee dat ik de rol van de verloren zoon toebedeeld heb gekregen, maar ik heb niet om die rol gevraagd en die ligt me niet.'

Hal steunde met zijn ellebogen op het bureau, zijn kin in zijn hand. 'Het spijt me, jongen. Toen Maria na het overlijden van Adam vroeg of ze op bezoek mocht komen, dacht ik dat het een kans zou zijn om voor eens en voor altijd met het verleden af te rekenen. Wellicht had ik het mis. Ik heb een hekel aan bitterheid, kwaadsprekerij en verboden terrein, en ik hoopte dat het nu de tijd zou zijn om alle problemen op te lossen.'

Jo ging aan zijn bureau zitten en keek naar zijn computer. 'Ik ga me niet schuldig voelen,' zei hij boos.

Zijn vader keek verbaasd. 'Waarom zou jij je schuldig moeten voelen?' vroeg hij. 'Jou valt niets te verwijten. Jij was de zondebok. Jij kreeg de kritiek over je heen. Jemig, Jo! Waarom zou jíj je schuldig moeten voelen?'

'Omdat ik haar niet kan vergeven,' riep hij. 'Ik wil niet dat ze hier opeens de toegewijde moeder komt spelen. Ik dacht dat ik het had verwerkt. En nu komt door haar toedoen alles weer boven. Ik herinner me alle vreselijke pijn en daar zit ik momenteel zeker niet op te wachten.'

'Het spijt me.' Hal stond naast hem, zijn hand op Jolyons schouder. 'Het spijt me ontzettend, Jo. Fliss had gelijk. Ik heb dit volledig verkeerd ingeschat. Het klopt dat alles terugkomt. Toen ik Maria op het station zag, was het net alsof ik jaren geleden haar moeder zag. Heel merkwaardig.'

Jo keek Hal niet aan. Hij wilde geen ontboezemingen horen, had geen zin in openhartige gesprekken over het verleden. 'We zullen ermee moeten leren leven,' mompelde hij. 'Fliss heeft misschien hulp nodig. Ze zitten aan de thee en ik moet iemand bellen. Het kan even duren.'

Zijn vader ging weg. Jo wachtte even en pakte zijn mobiele telefoon. Nadat de telefoon een paar keer was overgegaan, nam Henrietta op.

'Hallo,' zei ze. Haar stem klonk liefdevol en hij voelde zijn hart opspringen in zijn borst. 'Hoe gaat het? Is ze er al?'

'Ja. We hebben de lunch gehad en ze heeft haar spullen uitgepakt. Nu zitten ze aan de thee. Jij bent een belangrijk telefoontje. Waar ben je?'

'Ik ben zojuist een parkeerplaats vlak bij de M5 op gedraaid.'

'Kon ik je maar zien,' zei hij. Opeens schoot hem iets te binnen en hij ging rechtop zitten. 'Moet je horen, ik heb een goed idee. Als ik zeg hoe je moet rijden, kunnen we elkaar over een half uur op de A38 ontmoeten. Wat vind je daarvan?'

'Dat is geweldig,' antwoordde ze kalm. 'Maar je moet wel heel duidelijk uitleggen hoe ik moet rijden, want ik ben nog maar één keer hiervandaan naar mijn moeder gegaan. Ik wil je dolgraag zien.'

Hij vrolijkte op. 'Moet je horen,' zei hij. 'Ik blijf de hele tijd aan de lijn en ik vertrek nu. Je moet als volgt rijden…'

Hal stak de binnenplaats over. Hij was geschrokken van Jo's uitbarsting en maakte zich zorgen. Hij vroeg zich af of hij de situatie volledig verkeerd had ingeschat en of Maria's bezoek in plaats van het begin van een helingsproces een ramp zou worden. Het was duidelijk dat hij de omvang van Jo's verdriet had onderschat. Hij snapte best dat Jo niet was vergeten dat Maria hem had afgewezen. Toch had hij de verbittering in Jo's stem schokkend gevonden en hij kon zichzelf wel voor zijn kop slaan dat hij Maria haar zin had gegeven. Fliss was er vanaf het begin op tegen geweest en hij had naar haar moeten luisteren. Het punt was dat hij zich schuldig voelde. Om te beginnen voelde hij zich bezwaard omdat hij niet tegen zijn moeder en grootmoeder in verzet was gekomen, er niet op had gestaan dat Fliss en hij bij elkaar zouden blijven. Ook voelde hij zich schuldig omdat hij Maria destijds over Fliss had verteld, wat haar kwetsbare eigenwaarde had ondermijnd. En het drukte zwaar op hem dat Jo het meest onder de mislukte relatie tussen Maria en hem had geleden.

Het was heel raar geweest dat de blik op Maria's gezicht hem aan haar moeder deed denken en aan een vervelend voorval waarin ze hem ervan had beschuldigd dat hij hen had misleid over zijn erfenis. Toen Maria zijn moeder op het parkeerterrein bij het station in de auto zag zitten, had de flits van geïrriteerde verontwaardiging op Maria's gezicht het verleden met een scherpe schok teruggebracht. Hij haalde zijn schouders op. Ze moesten nu doorzetten. Hij liep via de bijkeuken naar de keuken, haalde diep adem en zette zich schrap.

Fliss keek op toen hij de hal binnenkwam. Hij zag de spanning op haar gezicht, glimlachte naar haar en gaf haar vlug een knipoog.

'Het gaat een tijdje duren voordat Jo terugkomt,' zei hij. 'Dat heb je als je twee banen tegelijk hebt, maar hij is gelukkig. Dat is het voornaamste.'

'Zeg dat wel,' beaamde Prue gemoedelijk, die van haar plak cake at. 'Ik zei zojuist tegen Maria dat je nieuwe foto's hebt van Ed en van hun flat, of appartement, of hoe ze het ook noemen. Zo handig dat je via de computer foto's kunt versturen. Maria heeft zelf geen computer, dus ik heb gezegd dat jij die foto's wel aan haar zult laten zien.'

Fliss knikte enthousiast en wierp hem een vlugge blik toe die betekende: doe het alsjeblieft, dan is het volgende half uur tenminste gevuld!

'Die wil ik graag zien,' zei Maria. 'Ed en Rebecca zijn niet van die brievenschrijvers. En wat bellen betreft...'

Ze keek beklagenswaardig, keurde het ernstig af dat de jongelui niet met haar communiceerden en probeerde medeleven uit te lokken. Hal gniffelde.

'Ed lijkt helaas op mij,' zei hij vrolijk. 'Gelukkig maken e-mail en internet het voor drukbezette mensen een stuk gemakkelijker om contact te houden. Ik zal de foto's gaan halen.'

21

Jo slaagde erin Maria's rondleiding door de portierswoning uit te stellen tot na het ontbijt. Tegen de tijd dat hij de avond ervoor terug was van zijn afspraakje met Henrietta was het bijna donker geweest en hoewel zijn moeder zacht protesteerde dat ze zijn huis meteen wilde zien, had hij voet bij stuk gehouden. Het verbaasde hem dat hij in staat was geweest haar niet haar zin te geven en hij wist dat het door zijn ontmoeting met Henrietta kwam dat hij had durven weigeren.

'Ik weet niet wat ik heb,' had hij gezegd, toen hij in haar auto zat en haar handen vasthield. 'Ik ben heel boos. Gewoonlijk ben ik niet gauw kwaad te krijgen en ik snap het niet.'

Ze hadden zich naar elkaar toe gedraaid, zodat ze elkaar konden aankijken en hij had in die uitzonderlijke lichtbruine ogen gekeken en geweten dat ze hem volledig begreep.

'Ik wel,' had ze bedaard gezegd. 'Onbedoeld hebben onze ouders ons geloof in de liefde ondermijnd. Ons thuis en ons gezin werden verscheurd en dat zullen we hun nooit helemaal vergeven. We kunnen er nooit echt op vertrouwen dat ons niet hetzelfde zal overkomen. Stel dat er iets in ons zit, een of ander gen, dat het mogelijk maakt dat we hetzelfde zouden kunnen doen. We kunnen de liefde, hen en onszelf niet echt vertrouwen. Ook kunnen we hun dat verraad niet vergeven.'

Ze hadden elkaar aangekeken. Jo knikte. 'Dat is het precies,' had hij gezegd. 'Maar wat kunnen we daaraan doen? Totdat ik jou ontmoette, heb ik nooit het risico van een serieuze relatie willen nemen.'

Ze had zijn hand steviger vastgehouden. 'Dat geldt voor mij ook.

Daarom ben ik kindermeisje geworden. Ik had besloten nooit te trouwen en zelf geen kinderen te krijgen en dan was dit de beste optie.'

'En nu?'

'Nu denk ik – ik denk tenminste dat ik dat denk – dat ik de gok wel wil wagen.'

Hij had haar handen losgelaten en had zijn armen om haar heen geslagen. Zo hadden ze een tijdlang gezeten, elkaar vasthoudend, en ze had gezegd: 'Ik weet nog steeds niet hoe je met Maria omgaat. Voor mij is het gemakkelijker. Mama was er altijd en ik heb soms vreselijk tegen haar gedaan. Papa was degene die was vertrokken, maar ik heb altijd zijn kant gekozen. Raar, hè?'

Hij had geknikt. 'Fliss heeft ooit tegen me gezegd dat kinderen van hun ouders verwachten dat die volmaakt zijn, gewoon omdat ze volwassen zijn, maar dat is een onrealistisch verwachtingspatroon, want niemand is zonder fouten en zwakheden. Ik weet alleen dat ik van je hou. Ik zal altijd van je houden. Dat idee heb ik nu althans.'

'Ik hou ook van jou. Toch wil ik niets overhaasten.'

Hij had haar stevig vastgehouden. Zijn hart barstte bijna uit elkaar van blijdschap en hij had zijn gezicht in haar zachte, glanzende, veelkleurige haar begraven. 'Dat doen we ook niet. Als we elkaar morgen zien, doen we vriendelijk en nonchalant tegen elkaar. Net zoals ik tegen Lizzie doe. Al zal ik dat vreselijk vinden.'

Ze had hem een eindje van zich af gehouden en had hem onderzoekend aangekeken. 'Beloof me dat je niet vals speelt. Nog geen minuut.'

'Nog geen minuut,' had hij beloofd. 'Je kunt me vertrouwen.'

'Ja,' had ze met een diepe zucht gezegd. 'Ik denk dat ik je kan vertrouwen.'

Nu hij Maria om zich heen zag kijken in zijn kleine woonkamer, had hij opeens medelijden met haar.

'Het is niet erg groot, hè?' merkte hij op, haar kritiek voor lief nemend en zich ertegen wapenend. 'Ik vind het hier fijn. Dit huis maakt me onafhankelijk, al is het prettig om te weten dat ik alleen maar de binnenplaats hoef over te steken als ik gezelschap wil. Twee vliegen in één klap.'

'Goed geregeld,' beaamde ze met een peinzende blik. 'Ik besef nu pas dat ik slecht tegen het alleen-zijn kan. Ik vind het afschuwelijk.'

Jo verstijfde, verzette zich tegen de fnuikende verleiding om net als vroeger te reageren op haar pogingen hem emotioneel te chanteren.

'Het zal even duren voordat je eraan gewend bent,' zei hij kalm.

'Het is nog te vroeg om er iets zinnigs over te zeggen. Je hebt toch veel vrienden in Salisbury?'

Maria keek hem bijna verwijtend aan, maar hij sloeg zijn ogen niet neer: hij zou zich niet schuldig of verantwoordelijk voelen. Ze wendde haar blik af, keek naar zijn rek met cd's en naar zijn boekenplanken, keek ook naar de twee schilderijen, beide van David Stead, en liet haar blik toen op de gemberpot rusten.

'Wat mooi,' zei ze. 'Zo te zien is hij kostbaar. Klopt dat?'

Hij aarzelde. 'Voor mij wel,' zei hij uiteindelijk. 'Ik heb hem jaren geleden van Fliss gekregen.'

'Echt waar?' Haar belangstelling was gewekt. 'Hoe zou zij eraan zijn gekomen?'

'Ze heeft hem meegenomen uit Hongkong, had hem gekregen van de min van de tweeling als teken van de liefde en vriendschap die ze hadden gedeeld. Fliss had de gemberpot in het huisje in Dartmouth laten staan, toen Miles en zij weer eens verhuisden. Een van de huurders had hem gebroken. Hij was vakkundig gerepareerd, maar Fliss nam het zichzelf ontzettend kwalijk dat ze achteloos was omgesprongen met iets wat zo veel waarde voor haar had. Ze heeft de gemberpot aan mij gegeven als symbool.'

'Symbool waarvan?'

Hij aarzelde opnieuw, wilde niet te veel onthullen. 'Van trouw en vriendschap. Ze zei dat een relatie kon worden beschadigd, maar dat dat niet noodzakelijkerwijs betekende dat die niet kon worden hersteld. Soms werd zo'n relatie daardoor nog bijzonderder.' Hij schudde zijn hoofd, was boos op zichzelf omdat hij te veel had gezegd, omdat hij iets had doorverteld wat Fliss hem onder vier ogen had toevertrouwd. 'Iets in die geest.'

Hij vreesde dat Maria hem zou gaan uithoren, maar ze keek niet naar hem. Ze raakte de gemberpot voorzichtig aan. Met gebogen hoofd volgde ze met haar vinger de barsten.

'Hij is heel mooi,' zei ze uiteindelijk.

Ze draaide zich om en hij zag dat haar gezicht ernstig stond, dat ze voor één keer geen poging deed om indruk op hem te maken en opeens was haar leeftijd haar aan te zien, ondanks de make-up en het zorgvuldig geverfde haar. Een bekende verraderlijke scheut van medelijden schoot door hem heen, hoewel hij zich ertegen verzette.

'Wil je de bovenverdieping ook zien?' vroeg hij, terwijl hij probeerde niet al te afkerig te klinken.

Ze schudde haar hoofd. 'Alleen deze kamer,' zei ze. 'Ik weet genoeg. Dank je wel, Jolyon.'

Ze liep voor hem uit de binnenplaats op. Verbaasd en opgelucht volgde hij haar.

Toen Cordelia en Henrietta een uur later de binnenplaats op reden, was het Fliss die hen begroette.

'Red je het?' fluisterde Cordelia in haar oor toen ze elkaar omhelsden. Fliss snoof van ergernis en zei 'net', waarna ze haar losliet.

Ze zwaaide over het dak van de auto naar Henrietta, die er heel mooi en ietwat intimiderend uitzag. Fliss glimlachte bij zichzelf. Ze wist maar al te goed hoe ze er zelf uitzag als ze bang was. Miles had het ooit als volgt verwoord: 'Een heldere, koele blik die je een ongemakkelijk gevoel kan geven. Je voelt je net een schooljongen en je vraagt je af of je nodig naar de kapper moet en of je schoenen wel gepoetst zijn. Die blik zorgt ervoor dat je alert blijft, maar houdt je ook op armlengte en je weet dat je tekortschiet.'

Fliss wist dat – en betreurde het – maar alleen zij wist dat die blik een vorm van zelfbescherming was; weinig mensen vermoedden hoe verlegen en onzeker ze soms was. Haar kille blik was een prima verdedigingsmechanisme en Henrietta keek op dit moment precies zo.

'Fijn dat je er bent,' zei ze hartelijk. 'Wat een vies weer, hè? Ik haat die mist uit zee. Susanna en Gus komen later, rond theetijd. Kom, dan gaan we iets drinken.'

Jo was nergens te bekennen, maar Hal was druk doende bij het dienblad. Prue stond naast hem en Maria zat op een van de lange banken en keek peinzend voor zich uit. Fliss stelde hen aan elkaar voor. Cordelia gaf Maria een hand. Henrietta bleef achter de andere bank staan, zei 'hallo' tegen Maria en vroeg toen aan Hal of Lizzie er was.

Net op dat moment kwamen Lizzie en Jo samen binnen. Fliss zag Jo glimlachen en hoorde hem 'hoi' tegen Henrietta zeggen. Hij zwaaide naar Cordelia, die geluidloos 'gefeliciteerd' tegen hem zei, en liep toen naar zijn vader en grootmoeder toe. Cordelia en Maria waren al diep in gesprek. Fliss dankte Prue in stilte, want het was haar idee geweest om Maria het artikel te laten zien dat Cordelia over The Keep had geschreven. Een exemplaar van *Country Life* waar het in stond, lag in de gastenkamer. Prue had Maria's aandacht erop gevestigd, evenals op twee boeken van Cordelia.

Maria was onder de indruk geweest en had zich erop verheugd een auteur te ontmoeten. Nu ze naar haar keek, vermoedde Fliss dat het haar zeker had afgeleid van speculaties over een mogelijke relatie tussen Jo en Henrietta.

'Haar dochter komt ook mee,' had Fliss tegen Maria gezegd, toen ze het over Cordelia hadden. 'Henrietta logeert een paar dagen bij haar. Ze is goed bevriend met Lizzie, hoewel Henrietta in London woont en we haar niet vaak zien. We kennen hen natuurlijk al heel lang, al denk ik niet dat je Cordelia ooit hebt ontmoet. Of wel? Je zult hen vast aardig vinden.'

Het was duidelijk dat Maria het eerder goed zou vinden dat een bekende journalist en haar dochter kwamen lunchen op Jo's verjaardag dan dat er een oude marinevriend kwam. Fliss keek naar Prue om te zien of die doorhad hoe goed haar plannetje werkte. Prue glimlachte vriendelijk naar haar en hief haar glas. Fliss kon de lach die in haar opborrelde niet inhouden.

Lizzie en Henrietta zaten samen te kletsen – alsof ze echt oude vriendinnen waren – en Jo zat naast hen, mengde zich af en toe in hun gesprek, maar had het vooral met zijn vader over rugby. Alles ging goed. Fliss pakte een glas wijn aan van Hal en hij glimlachte naar haar. Het was zo'n opmerkelijke glimlach dat haar hart overstroomde van genegenheid voor hem. Ze stapte naar voren en hief haar glas.

'Zullen we toosten op Jo?' zei ze. 'Dan hebben we dat maar gehad en kan hij zich tot theetijd ontspannen, want dan krijgt hij zijn cadeaus.'

Hij grijnsde naar haar. Iedereen draaide zich naar hem toe, hief het glas en zei: 'Op je gezondheid.' Het pijnlijke moment was voorbij.

De mist was dicht en kil toen Henrietta en Cordelia na de thee naar huis reden. Cordelia voelde Henrietta's aanwezigheid naast zich. Henrietta was verstijfd van opgekropte emoties en Cordelia zocht naar de juiste woorden om haar te helpen ontspannen.

'We hebben het er goed afgebracht,' zei ze uiteindelijk. 'Vind je niet? Susanna en Gus zijn echt heel aardig en Jolyon was geweldig.'

Henrietta haalde diep adem en ontspande zichtbaar. Haar schouders zakten en ze maakte haar handen los.

'Hij speelde het zeer overtuigend,' bekende ze. Hij had haar moeten beloven niets te verklappen. Daarom was het ook zo gek dat het haar verbaasde dat hij zijn gevoelens voor haar zo goed verborgen had gehouden. Niemand had kunnen vermoeden dat ze meer waren dan oude vrienden, precies zoals ze hem had opgedragen. Het was raar – en ook dom – om zich bijna beledigd te voelen. Het was afschuwelijk geweest om hem achter te laten zonder een geruststellende opmerking of glimlach.

'Wat vond je van Maria?' vroeg Cordelia.

Henrietta dacht na. 'Ze viel wel mee,' zei ze na een tijdje. 'Eigenlijk was ze best aardig. Voor een deel is dat allemaal toneelspel, hè?'

'Deels wel, ja.' Cordelia nam gas terug en tuurde voor zich uit. 'Ik heb een hekel aan in de mist rijden. Gek toch dat alles er dan heel anders uitziet.'

'Jij hebt het ook goed gedaan,' zei Henrietta. 'Je hebt haar aandacht van ons afgeleid.'

'Ze was erg onder de indruk van mijn artikel over The Keep,' bekende Cordelia, die blij was met de goedkeuring van haar dochter. 'En van mijn boeken. Dat bood enigszins afleiding. Ze wil dat ik een artikel over haar ga schrijven.'

'Dat meen je niet! Woont ze ook in een geweldig huis?'

'Volgens mij niet. Ze is gewoon iemand die graag in de belangstelling staat. Ik heb haar een beetje om de tuin geleid, heb het met haar gehad over de verschillende aspecten van verlies, louter om haar aandacht vast te houden.'

Henrietta gniffelde en trok een lelijk gezicht. 'Jo speelde het zo goed. Volgens mij had je al die moeite niet hoeven doen,' zei ze ietwat verbitterd.

Cordelia verborg een glimlach. 'Dat wilde je toch?'

'Ja,' bekende Henrietta, 'maar ik vond het schokkend dat hij daar zo goed in was. Dom, hè?'

Ze lachten allebei en reden in gemoedelijke stilte verder.

Henrietta dacht: zodra we er zijn, stuur ik hem een sms'je. Hij had best mee naar buiten kunnen lopen om afscheid van ons te nemen in plaats van ons uit te zwaaien vanaf de trap. Maar mama heeft gelijk: ik heb het zelf zo gewild.

Cordelia dacht: gelukkig is Henrietta vannacht bij me. Die mist uit zee kan griezelig zijn. Ik hoop maar dat we bij thuiskomst niets raars aantreffen. Gelukkig heb ik McGregor. Die jaagt iedereen weg die het huis binnen probeert te komen.

Ze minderde vaart en verliet de snelweg, en de auto dook de smalle weggetjes in die naar de kust voerden.

'Ik ben blij dat het voorbij is,' zei Fliss later tegen Hal, toen ze zich klaarmaakten om naar bed te gaan. 'Jo deed het geweldig, hè?'

Hal trok zijn trui uit en knoopte zijn overhemd los. 'Als ik niet beter had geweten, zou ik gedacht hebben dat Henrietta en hij elkaar al van jongs af aan kennen en dat hij net zo veel belangstelling voor haar had als voor Lizzie. Ze speelden het verbazingwekkend goed. Het was bijna eng. Ik wist niet dat Jo zo goed toneel kon spelen. Het is heel moeilijk om vijf of zes uur lang te veinzen dat je niet verliefd op iemand bent.'

Er viel een korte stilte.

'Dat weet ik niet, hoor,' zei Fliss verbitterd, die ondertussen haar oorbellen uitdeed. 'Wij zijn daar anders vijfentwintig jaar behoorlijk goed in geslaagd.'

Hal bleef even roerloos staan. Er lag een geschokte uitdrukking op zijn gezicht. Toen liep hij naar haar toe en hij sloeg zijn armen om haar heen, terwijl ze bij de kaptafel zat. Hij trok haar overeind.

'O, Fliss,' zei hij vol wroeging. 'Dat is ons toch niet altijd gelukt?'

Ze schudde haar hoofd tegen zijn borst. 'Niet altijd.'

Met hun armen om elkaar heen dachten ze aan het verleden.

'Herinner jij je nog die avond dat ik Rex hier heb gebracht?' mompelde hij in haar haar.

'O, Hal,' zei ze bedroefd. 'Ik herinner me alles nog. Hoe zou ik dat kunnen vergeten? Ik had niet verwacht dat jij het nog zou weten.'

'De laatste tijd komen er bepaalde herinneringen naar boven,' zei hij, haar nog steeds stevig vasthoudend. 'Die gebeurtenis zal ik nooit vergeten.'

'Ik was hier met de tweeling en grootmoeder lag op sterven,' zei Fliss.

'Het begon te sneeuwen,' zei hij. 'Ik herinner me de sneeuwvlokken.'

Met zijn armen om Fliss heen en met zijn wang op haar haar werd Hal met droefheid vervuld.

'Ik had het niet goed moeten vinden dat Maria kwam,' mompelde hij. 'Ik heb daar niet goed over nagedacht. Dat was nogal eigenmachtig van me, hè?'

Ze maakte zich los en keek hem ernstig aan. 'Het is zoiets als het openen van de doos van Pandora. Je weet niet wat eruit zal komen. Het is een groot risico.'

'Is dat zo?' Hij keek haar aan. 'Vind je dat echt, Fliss?'

Ze draaide zich om en ging weer aan de kaptafel zitten. 'Dat kan het zijn. Vooral voor Jolyon, die is momenteel toch al emotioneel...'

'En voor ons?'

'Zoals je al zei, het roept herinneringen op en ik betwijfel of dat wel altijd goed is.'

'Op de bodem van de doos van Pandora lag toch iets?' vroeg Hal, die zijn overhemd uittrok. 'Wat ook alweer?'

Fliss keek hem even via de spiegel aan. 'Hoop,' antwoordde ze.

22

Het was Fliss die Maria maandagochtend naar het station bracht.

'Ik wil niet weg,' zei Maria, die zich omdraaide om onder de boog van de portierswoning door naar de trap te kijken, waar Prue stond te zwaaien. 'Dom van me, hè? Ik ben ook een domoor. Dat weet je.'

Ze draaide zich weer om en ging goed zitten, terwijl Fliss zich verward afvroeg hoe ze hierop moest reageren.

'Het is vreselijk voor je dat je nu alleen bent,' zei ze voorzichtig. 'Maar eerlijk gezegd vind ik je geen type voor leven in een gemeenschap.'

'O, nee,' beaamde Maria meteen. 'Daarom is het ook zo raar. In mijn jonge jaren vond ik de woonsituatie hier afschuwelijk, dat geef ik grif toe. Nu lijkt het zeer aantrekkelijk.'

Fliss verbaasde zich over zo veel oprechtheid, vond het ook wat eng. 'Het lijkt veilig. Alleen-zijn is angstaanjagend, hè?'

'Voor mij wel. De afgelopen tijd heb ik daar veel over nagedacht. Ik heb altijd iemand gehad die mijn leven beheerste. Eerst mijn ouders, toen Hal, daarna Adam. Ik was het gewend dat iemand tegen me zei wat ik moest doen en hoe ik dat moest doen. Als enig kind werd ik verwend en werd alles voor me geregeld. Nu nog wil ik dat iemand anders de leiding neemt. Het is zielig, maar ik kan er niets aan doen. Voor jou was het anders, omdat je al op jonge leeftijd wees werd.' Ze keek meelevend naar Fliss. 'Hoe heb je het in vredesnaam klaargespeeld?'

'Met moeite.' Fliss reed over de kronkelwegen naar Staverton en herinnerde zich hoe bang ze was geweest. 'Vanwege Mol en Susanna mocht ik niets laten merken. Ik herinner me een afschuwelijke vrouw die tegen me zei dat ik een klein moedertje voor hen moest zijn en ik weet nog hoe verontwaardigd en boos ik diep vanbinnen was, want ik wilde geen klein moedertje zijn. Het voelde alsof mijn recht om te rouwen me was ontnomen, alleen maar omdat ik ouder was dan zij. Het was zo'n opluchting om bij grootmoeder in The Keep te komen en een deel van de last over te dragen.'

'Je gaf me altijd het gevoel erg onvolwassen te zijn,' zei Maria peinzend. 'Dat was ik ook. De wetenschap dat Hal van je hield, maakte het nog erger.' Ze zag Fliss' automatische gebaar van verlegen ontkenning en glimlachte. 'Sorry, ik weet dat je een hekel hebt aan zo'n theatraal-emotioneel optreden, maar het is waar. Koester jij geen wrok vanwege de manier waarop de volwassenen in onze families ons leven hebben verknoeid? Ik had gewoon bij Adam moeten blijven, maar mijn ouders waren diep onder de indruk van Hal, en ik natuurlijk ook. Hij was zelfverzekerd en volwassen. Zonder druk van hen was ik waarschijnlijk bij Adam gebleven. Wat Hal en jou betreft... Het is toch te gek voor woorden. Dat gedoe over volle neef en nicht zijn. Ook al waren jullie vaders een eeneiige tweeling, dan nog snap ik niet waarom er zo moeilijk over werd gedaan.'

'Ik vind dat we te gemakkelijk hebben toegegeven,' zei Fliss. 'Maar we vergeten hoe het jaren geleden was. Het was moeilijk om tegen de wensen van onze oudere familieleden in te gaan en we waren nog erg jong.'

De auto passeerde Shinner's Bridge en reed langs de watermolen. Maria keek naar beneden, naar de glinsterende rivier.

'Het was een puinhoop,' zei ze verdrietig, 'en ik ben heel dom geweest. Je moest eens weten waar ik allemaal spijt van heb. Bedankt dat ik mocht komen. Dat was belangrijk voor me.'

'Je bent altijd welkom,' reageerde Fliss met moeite, overrompeld door zulke ongekunstelde, klare taal. Speelde Maria opnieuw toneel? De rol van de boetvaardige, verloren zoon misschien?

'Is dat zo?' Maria keek haar vorsend aan. 'Ik betwijfel of Jolyon er zo over denkt. Of jij. Hal maakt het niet uit. Waarom zou hij zich er druk om maken?'

'Bij Jo moet het vertrouwen helemaal opnieuw worden opgebouwd.' Fliss besloot dat ze net zo goed allebei konden zeggen waar het op stond. 'Dat lukt niet in één weekend.'

Maria beet op haar lip. 'Dat weet ik. Ik snap hoe het op hem overkomt. Op jullie allemaal. Adam is overleden, Ed is weg. Bij wie zal ik eens aankloppen? Ik zal het niet ontkennen. Je moet weten dat Adams dood een vreselijke klap is geweest en dat ik daardoor bepaalde zaken ben gaan beseffen. Misschien is het te laat om het goed te maken, maar ik moet het proberen, vooral met Jolyon. Is dat verkeerd?'

Ze reden het stationsterrein op. Fliss stopte vlak bij het hek en bleef even roerloos zitten, terwijl ze de motor stationair liet lopen.

'Nee, natuurlijk niet,' zei ze uiteindelijk. 'Maar je moet wel bedenken dat vergeven en vergeten niet op commando gaat. Jíj mag dan opeens het licht hebben gezien, híj niet.'

Maria keek Fliss aan. 'Jij ziet dingen altijd zo helder,' zei ze weemoedig. 'Ik heb je altijd benijd om je scherpe blik. Het lijkt erop dat ik mijn hele leven maar wat aanrommel. Bedankt voor de lift. Je hoeft niet mee te komen naar het perron, hoor. Ik red me wel.'

'Natuurlijk loop ik met je mee,' zei Fliss. 'Stel dat de trein niet komt of dat je heel lang moet wachten. Stap maar alvast uit, dan zet ik de auto dichter tegen het hek aan en dan halen we je koffer eruit.'

'En na dat alles,' zei Fliss later tegen Prue, 'heb ik haar uitgenodigd voor Hals verjaardag en toen ik naar huis reed, had ik daar spijt van en was ik behoorlijk boos op mezelf. Alsof ik was gemanipuleerd.'

'Nee, nee.' Prue legde haar boek opzij en schudde haar hoofd. 'Daar heb je goed aan gedaan. Arme Maria. Het is duidelijk dat de schok van Adams overlijden haar ogen voor veel dingen heeft geopend en dat kan pijnlijk zijn. Dat was aardig van je, Fliss.'

'Ik voelde me niet aardig. Ergens vind ik dat ze er te gemakkelijk mee wegkomt. Het doet denken aan de gelijkenis van de verloren zoon. Die jongen gedraagt zich schandelijk, komt na verloop van tijd binnenwandelen, zegt "sorry" en dan wordt iedereen geacht dolbij te zijn.'

Prue lachte. 'Weet je nog dat je dat eens tegen Theo hebt gezegd toen je klein was? Je vond het heel oneerlijk dat de oudere zoon ondergewaardeerd werd. Theo heeft toen geprobeerd je uit te leggen dat er aan beide kanten fouten waren gemaakt.'

'O ja?' Er verscheen een rimpel op Fliss' voorhoofd. 'Dat herinner ik me niet.'

'Je was er ook wat te jong voor. Als ik het me goed herinner, was de kern dat de jongere zoon dan wel een wild leven had geleid en onnadenkend was geweest, maar dat de oudere zoon haatdragend en boos was. Zijn zelfingenomenheid was zonder gulheid, en dat was net zo schadelijk als de losbandigheid van zijn jongere broer. Zo zag Theo dat tenminste.'

Fliss zweeg. Er lag nog steeds een denkrimpel op haar voorhoofd. Even later pakte Prue haar boek weer op en liet Fliss nadenken.

In trance van verbazing en verrukking zat Maria in de trein.

'Waarom kom je niet op Hals verjaardag?' had Fliss gevraagd, net op het moment dat de trein de bocht om kwam. 'Denk er rustig over na en laat het me weten.' Daarna had ze het druk gehad met het vinden van de juiste wagon en met afscheid nemen. Nu zat ze volkomen stil. Ze kon amper geloven dat ze zo veel geluk had gehad.

Ze hoefde er niet over na te denken – het antwoord was 'ja, graag' – maar ze was blij dat ze niet meteen zielig had toegehapt. Nu had ze iets om naar uit te kijken, om plannen voor te maken in de lege dagen die voor haar lagen. Bij het vooruitzicht aan het kleine bijgebouw, de eindeloze stilte en de zinloze maaltijden voor haar alleen viel Maria opeens ten prooi aan een wee gevoel van misselijkmakende ellende. Geen Adam die het over zijn plannen voor de tuin had, of over een visuitstapje of thuiskwam met kaartjes voor het theater. Geen Adam in het grote koude bed of zittend aan de keukentafel met de krant. Ze keek resoluut door haar tranen heen en dacht aan de warmte en kameraadschap in The Keep, iets wat ze ooit had verfoeid.

'Maar eerlijk gezegd vind ik je geen type voor leven in een gemeenschap,' had Fliss gezegd, en daar had ze volkomen gelijk in.

Het vooruitzicht van een gemeenschappelijk leven, dacht Maria, toen de trein in Exeter station St David's binnenreed, was het smalle uiteinde van de wig. Het was mijn eerste echte stap bij Hal vandaan, terug naar Adam. Ik heb geen spijt van mijn terugkeer naar Adam, maar ik wilde dat ik daarbij minder schade had aangericht. Wat was ik een zelfzuchtige idioot.

Ze voelde even een steek van pijn in haar hart toen ze aan Jolyon dacht. Hij was de zondebok geweest. Hal had Fliss en zij had Adam en Ed, maar die arme Jolyon had het meest te lijden gehad onder de breuk: hij had ruzies en scènes meegemaakt, was naar kostschool gestuurd, terwijl Ed, die gekoesterd en bemind werd, thuisbleef en dagelijks naar de koorschool ging. Toen ze uiteindelijk bij Adam was ingetrokken, was er in dat eerste kleine huis in Salisbury niet eens een kamer voor Jo geweest. Hij had een logeerbed in Eds kamer gehad en ze had hem aangemoedigd de vakanties toch vooral in The Keep door te brengen, of Hal nu verlof had en thuis was of niet. Jo's onwankelbare liefde voor haar – en het feit dat hij sprekend op Hal leek – hadden ervoor gezorgd dat ze zich schuldig voelde en haatdragend was. Nu ze daaraan terugdacht, gloeide Maria van schaamte. Ze vroeg zich af of Jo haar ooit zou kunnen vergeven. Het was haar opgevallen dat hij zich er niet toe kon brengen haar 'mama' te noemen en dat hij zich niet bij haar op zijn gemak voelde, maar als ze doorzette, zou het haar misschien lukken de barrière tussen hen in weg te nemen.

'Jíj mag dan opeens het licht hebben gezien, híj niet,' had Fliss gezegd.

Ze dacht aan Fliss, die zo sterk en rechtschapen was: die koele, heldere blik die als een genadeloze lichtstraal haar eigen tekortkomingen bescheen. Maria deinsde terug voor de schaamte van haar herinneringen, voor de puinhoop van het verleden. Opeens herinnerde ze zich wat Jolyon over de gemberpot had verteld, dat het een symbool van trouw en vriendschap was: '… dat een relatie beschadigd kon worden, maar dat dat niet noodzakelijkerwijs betekende dat die niet kon worden hersteld. Soms werd zo'n relatie daardoor nog bijzonderder.'

Dat waren woorden van Fliss geweest, had hij haar verteld, en Maria vroeg zich af waarom Fliss Jolyon die gemberpot eigenlijk had gegeven. Het zou een wonder zijn als die woorden, ergens in de toekomst, ook op de relatie tussen haar en haar zoon zouden slaan.

23

Ze hadden de auto op Robin Upright's Hill neergezet en liepen er nu gearmd bij vandaan. Juno en Pan renden tussen de roestkleurige varens door en Tacker plonsde vrolijk door de met rode aarde gevulde plassen op het pad met diepe geulen.

'Ik snap het niet,' zei Jolyon somber. 'Ik snap het echt niet. Het was een schok te beseffen hoeveel haat ik nog voor haar voel.'

Henrietta gaf meelevend een kneepje in zijn arm. 'Ik snap het wel. Je weet hoe ik over mijn moeder denk.'

'Maar dat ligt toch anders? Jij bent boos op Cordelia omdat ze een fout heeft gemaakt en jullie gezin uit elkaar heeft laten vallen. Maar in feite was je vader degene die ervandoor is gegaan. Hoe zou je het vinden als hij opeens weer in je leven wilde komen?'

Henrietta probeerde het zich voor te stellen. Momenteel kon ze alleen maar aan Jo denken. Ze hield zijn arm vast en voelde zijn nabijheid.

'Dat ligt eraan hoe hij zou doen,' zei ze uiteindelijk. 'Ik zou niet weten hoe hij al die afwijzingen zou kunnen goedpraten. Ik kan me voorstellen dat hij boos is op mama en haar zou willen kwetsen, maar om na tien jaar opeens alle communicatie met mij te verbreken...' Ze schudde haar hoofd. 'Hoe kom je daaroverheen?'

Ze liepen een tijdje zwijgend verder. De honden liepen een eind vooruit, maar Tacker was nog bij de rand van het pad aan het spetteren. Grote zwarte wolken met een goudkleurige rand bedekten de zon en tussen de gaten van de heuvels door zagen ze een heel eind verderop, voorbij de zonovergoten plekken van Somerset, de kust liggen. Het eiland Steep Holm rees als een bultrug die in het mistige zonlicht lag te dutten op uit de zilveren glinstering van de zee.

'Om te beginnen moeten we onszelf er waarschijnlijk van overtuigen dat het hún en niet óns probleem is,' opperde Jolyon nadenkend. 'We geven onszelf de schuld, hè? We houden onszelf voor dat er iets mis is met ons, omdat ze niet van ons konden houden. Zelfs als we durven te bekennen dat er misschien iets aan hen mankeert, dan nog kunnen we het niet geloven, hè? Ik zeg tegen mezelf dat omdat mijn moeder wel van Adam en van Ed hield, het mijn fout moet zijn dat ze niet van mij hield. Dat geeft me het gevoel dat ik tekortschiet. Fliss heeft jaren geleden een poging gedaan het me uit te leggen toen ze me de gemberpot gaf. Ze zei dat er veel mensen waren die wel van me hielden en me wel waardeerden, en dat het destructief was om stil te staan bij die ene persoon die dat niet deed. Ze probeerde me te doen inzien dat het misschien wel mijn moeders probleem was. Ik dacht dat ik het had verwerkt. Dat zit me nog het meest dwars: dat het lijkt alsof ik geen enkele vooruitgang heb geboekt.'

'Het verwerken als de persoon in kwestie geen deel van je leven uitmaakt, is iets anders dan het verzoek hen weer met open armen te ontvangen en te doen alsof er niets is gebeurd. Dat vergt een ander soort aanpassing, hè? Daar is tijd voor nodig. Soms denk ik dat ik mama te hard heb aangepakt. Ik had een hekel aan haar, omdat zij de breuk had veroorzaakt, maar ik denk ook dat ik haar er de schuld van heb gegeven dat papa is weggelopen, gewoon omdat ze er was. Ik heb mijn boosheid en verdriet op haar geprojecteerd in plaats van op hem.'

'Waarom heeft hij zo lang gewacht?' vroeg Jolyon. 'Het is vreemd om er pas tien jaar later mee aan te komen.'

'Het was ook raar,' beaamde ze. 'Mijn moeder en Angus Radcliff waren in hun jonge jaren verliefd op elkaar. Hij wilde zich niet binden en ging naar Australië voor een twee jaar durend uitwisselingsproject met de Australische marine. Mama trouwde met mijn vader. Vijf jaar later kwamen mama en Angus elkaar weer tegen toen papa en Angus op de Dolphin waren gestationeerd. In een moment van zwakte gaven mama en Angus aan hun gevoelens toe. Papa kwam erachter en vertrok. Hij schreef me toen ik een jaar of vijftien was en gaf me alle details. Blijkbaar had mama een telefoon in haar werkkamer. Angus belde haar de dag na hun slippertje. Papa was wantrouwig, vermoedde dat ze misschien weer met elkaar zouden aanpappen. Via een ander toestel luisterde hij hun gesprek af. Mama zei tegen Angus dat ze zoiets nooit meer mochten doen en dat ze papa en mij niet in de steek wilde laten. Woorden van die strekking.'

'Hij zal er wel niet tegen hebben gekund dat ze hem had bedrogen. Is hij daarom vertrokken?'

Henrietta haalde haar schouders op. 'Misschien. Het gekke is dat hij bijna een jaar heeft gewacht voordat hij haar ermee confronteerde. Angus was inmiddels getrouwd.'

'Een jáár?' vroeg Jolyon geschokt.

'Ja. Vermoedelijk wilde hij er zeker van zijn dat Angus en mama niet met elkaar konden trouwen.'

'Dat is... huiveringwekkend, hè? Heeft ze al die tijd niet geweten dat hij het wist?'

'Nee. Mama zei dat hij zich dingen heel erg aantrok. Hij was zeer gevoelig.'

'En berekenend, als je het mij vraagt. Wil je zeggen dat hij een jaar heeft gewacht voordat hij haar ermee confronteerde en dat het daarna nog eens tien jaar heeft geduurd voordat hij jou vertelde hoe het zat en hij voorgoed uit je leven verdween?'

'Hij zei dat hij in Australië iemand had ontmoet met wie hij een nieuw leven wilde opbouwen.'

Jolyon trok een lelijk gezicht. 'Eerlijk gezegd klinkt hij als een kouwe kikker.'

Henrietta knikte; er lag een ernstige uitdrukking op haar gezicht. Ze greep zijn arm steviger vast. 'Ik wil hem niet terug in mijn leven. Niet nu. Eigenlijk voel ik me schuldig omdat ik zo vervelend tegen mama heb gedaan.'

Hij beantwoordde de druk van haar arm. 'Ik snap het wel. Philip

Larkin sloeg de spijker op zijn kop, hè, met dat gedicht over ouders? Waarschijnlijk reageer ik ook overtrokken. Misschien moet ik de geesten eens goed bezweren. Ik weet alleen niet hoe dat moet.'

Ze stonden samen naar het gefluit van de stoomlocomotief te luisteren, dat over de heuvels van Stogumber weerklonk. 'Angus Radcliff is in Dartmouth komen wonen. Zijn vrouw is overleden en hij is weer alleen,' zei Henrietta. De zon verdween achter de grote wolkenbanken en ze rilde een beetje. 'Mama is vorige week naar zijn housewarmingparty geweest.'

Jo keek haar aan. 'Zit je daarmee?'

Ze trok even een lelijk gezicht. 'Geen idee. Ik probeer erachter te komen wat ik daarvan vind.'

'Maakt het uit na al die tijd?'

'Ik wil niet dat het iets uitmaakt,' zei ze bijna boos, 'maar ik kan me moeilijk voorstellen hoe ik zal reageren als ze weer bij elkaar zijn en ik hem moet ontmoeten. Het is bijna net zoiets als met Maria en jou. Hij komt terug in mijn leven en ik moet zien uit te vogelen hoe ik het voor elkaar krijg om niet rancuneus ten opzichte van hem te zijn.'

'Raar, hè?' zei Jolyon peinzend. 'Jouw moeder, mijn moeder, Fliss. Ze worden verliefd op de een en trouwen met de ander.'

'Dat is eng,' antwoordde Henrietta. 'Ik bedoel, hoe weet je het zeker? Echt zeker?'

Ze keken elkaar aan. Haar hand gleed in de zijne en hij verstevigde zijn greep. Er vielen zware regendruppels, die in de plassen spatten en op de zachte rode aarde neerploften. Met Tacker op hun hielen renden ze over het pad terug en ze riepen Pan en Juno, die uit de varens vandaan gerend kwamen. Ze maakten de achterklep open, zodat de honden in de kofferbak konden springen, en zetten Tacker erin. Toen ploften ze hijgend en buiten adem in de auto neer, lachten naar elkaar en veegden de regendruppels van hun wangen. Henrietta zette haar hoed af en schudde haar hoofd. Haar wilde, veelkleurige haar omlijstte haar koude gezicht. Jo stak zijn handen uit en greep haar lachend bij de schouders.

'Wil je met me trouwen?' vroeg hij. Tot zijn verbazing was hij vrij van angst en twijfel en kon hij met blijde zekerheid haar antwoord afwachten.

Ze keek hem stralend aan. 'Dolgraag,' zei ze, en ze kuste hem.

Lizzie trapte haar laarzen uit, gaf Pooter en Perks allebei een koekje en ging de keuken in. Prue stond in de soep te roeren.

'Is Fliss al terug van het station?' vroeg Lizzie. 'Ik rammel van de honger.'

'Ja, die is terug. Maria's trein was op tijd, wat een wonder is, en Fliss heeft Maria uitgenodigd voor Hals verjaardag, wat een nog groter wonder is.'

'Heeft ze dat echt gedaan?' Lizzie pakte een olijf van de schaal op tafel en kauwde er met smaak op. 'Dat verbaast me.'

'Zo is Fliss,' zei Prue vrolijk. 'Niets bevreemdt ons meer dan het maken van een oprecht barmhartig gebaar. Is je dat wel eens opgevallen? Die verbazing wordt gevolgd door grote verwarring. Aanvankelijk voelen we ons opgetogen vanwege onze edelmoedigheid, daarna zijn we boos op onszelf omdat we erin zijn getuind. Zo is het toch?'

Lizzie gniffelde. 'Daar heb ik nooit over nagedacht,' zei ze, 'maar u hebt vast gelijk. En hoe voelt Fliss zich momenteel?'

'Het gevoel van zelfbehagen was volgens mij al voorbij tegen de tijd dat ze thuiskwam. Nu ergert ze zich aan wat ze als haar zwakheid beschouwt. Ze zit in de salon piano te spelen. Van die treurige muziek van Brahms.'

'Vindt u het een teken van zwakte?' vroeg Lizzie geamuseerd.

'Welnee. Van een daad van ware gulheid moet je geen spijt hebben, maar die arme Fliss denkt dat ze gemanipuleerd is.'

'Dat is mogelijk. Maria is daar nogal goed in, hè?'

'Ja,' zei Prue met een zucht. 'Die arme Maria vindt het moeilijk om zich te ontspannen. Ze is bang omdat ze onzeker is en daarom heeft ze het idee dat ze alles aldoor onder controle moet hebben. Dat is heel triest.'

'Ik had verwacht dat ze vervelender zou zijn. Dat ze vinnige opmerkingen zou maken en de knuppel in het hoenderhok zou werpen. Ze was zeer ingetogen toen ze hier in het voorjaar was, maar dat weet ik aan haar recente verlies. Ditmaal had ik meer ruzies verwacht.'

Prue zette brood en kaas op tafel, en ook een schaal met salade. 'Ze is geschokt door Adams dood,' zei ze. 'Maria is altijd onvolwassen geweest, stelde haar eigen behoeften boven die van haar kinderen, verwachtte van Hal en later van Adam dat die de moeilijke beslissingen zouden nemen en voor haar zouden zorgen. Ze besefte niet dat we zelf verantwoordelijk zijn en nu is ze opeens helemaal alleen. Ik denk dat ze echt van Adam heeft gehouden en dat zijn dood haar de ogen heeft geopend. Het is laat om nu pas volwassen te worden, maar misschien is het nog niet te laat. Laten we het hopen.'

'En Jo?'

'Tja, Jo moest heel vlug volwassen worden. Daar heeft Maria hem toe gedwongen. Misschien vindt hij het heel moeilijk om medelijden met haar te hebben nu het haar beurt is.'

'Vindt u dat hij haar moet vergeven?' vroeg Lizzie bedeesd.

'Zeker,' zei Prue meteen. 'Al was het maar voor zijn eigen bestwil. Boosheid en wrok zijn slecht voor de ziel, zijn vernietigend. Wie weet kan hij het zich nu veroorloven om ruimhartig te zijn.'

'Hoezo "nu"?'

'Henrietta,' antwoordde Prue bondig. 'Het mooie van de liefde is dat die alomvattend is. Misschien komt hij erachter dat hij nog wat liefde voor Maria overheeft.'

Cordelia kwam de Harbour Bookshop uit en bleef even staan om haar pakje in haar mand te stoppen. Een lange vrouw met een bekend gezicht kwam uit de deur achter haar naar buiten. Cordelia deed een stap opzij om haar door te laten.

'Volgens mij hebt u dit in de boekwinkel laten vallen.' De vrouw glimlachte naar haar en stak haar een mooie zijden sjaal toe. 'Ze vroegen of ik hem aan u wilde geven. Hij is toch van u?'

'Ja, hartelijk dank.' Cordelia aarzelde en vroeg zich af of ze een vriendelijke opmerking moest maken, maar voordat ze iets wist te bedenken ging haar mobiele telefoon. Ze sloeg haar ogen ten hemel en haalde haar schouders op. De vrouw lachte en liep weg.

Het was Henrietta. Met de telefoon tegen haar oor stak Cordelia vlug de weg over naar het parkeerterrein op de kade.

'Hallo, lieverd,' zei ze. 'Hoe gaat het met je?'

'Goed. Heel goed zelfs. Ik heb een nieuwtje. Jolyon en ik hebben ons verloofd.'

Cordelia bleef roerloos staan en sloot haar ogen. 'O, lieverd,' zei ze zacht. 'Dat is fantastisch nieuws. Geweldig. Ik ben dolblij.'

'Dat wist ik wel.' Henrietta's stem klonk jubelend en Cordelia had het gevoel dat ze kon huilen van blijdschap. 'Jo is hier. Hij wil je even spreken.'

Jolyon praatte al voordat ze zich had hersteld. Ze hield de telefoon nog steviger vast en luisterde gretig naar zijn stem.

'Hallo, Cordelia. Henrietta zegt dat je blij bent. Fantastisch, hè? Ik weet dat ik je eerst om toestemming had moeten vragen, maar ik heb haar in een opwelling ten huwelijk gevraagd. Ik hoop dat je me dat niet kwalijk neemt...'

'Lieve Jo, dit is geweldig nieuws. Je moest eens weten hoe blij ik ben. Ik kan wel gillen van blijdschap, maar ik sta op het parkeerterrein in Kingsbridge. Waar ben jij?'

'Bij Henrietta, in het huisje. Ik heb het nog aan niemand in The Keep verteld, dus als je Fliss of papa mocht spreken voordat we het hebben kunnen vertellen, zou ik het fijn vinden als je niets zou zeggen.'

'Uiteraard. Ik snap het. Laat het me weten als je hen hebt gesproken.'

'Ik ga hen straks bellen, maar Henrietta wilde dat jij het als eerste zou weten. Hier komt ze weer.'

'Hoi, mama. We vertellen het alleen nog maar aan de naaste familie. Verder niet. Ik wil niet dat Susan het van een ander hoort. Ik bel je later nog wel. Jo wil nu zijn familie bellen. Goed?'

'Prima. Ik hou mijn mond… Natuurlijk niet. Lieverd, ik ben heel blij voor je.'

Ze bleef even naast haar auto staan, niet in staat om in te stappen en weg te rijden. Ze was zo gelukkig dat ze alleen maar van haar blijdschap kon genieten. 'Henrietta wilde dat jij het als eerste zou weten.' Wat een heerlijke woorden. Cordelia legde haar handen op haar hart en slikte haar tranen weg.

'Gaat het?'

Het was de lange vrouw weer, die in de rij ertegenover haar eigen portier ontgrendelde en haar met vriendelijke bezorgdheid aankeek.

'Ja.' Cordelia deed een poging zich normaal te gedragen. 'Niets aan de hand. Mijn dochter belde me zojuist met geweldig nieuws. Meer niet.'

'Dan is het goed.'

'Het is zeker goed. Ik ben dolblij.'

'Dat zie ik.' Glimlachend knikte de vrouw. 'Rijd voorzichtig.'

'Bedankt. Dat zal ik doen.' Even kwam Cordelia in de verleiding om haar nieuwtje met deze vriendelijke vrouw te delen, maar ze dacht aan Henrietta's uitdrukkelijke bevel en zweeg. Toen de vrouw wegreed, stak Cordelia groetend haar hand op. Ze ontgrendelde de auto en stapte in, wilde naar huis. Met een beetje geluk zou Fliss haar bellen en zou ze haar geluk kunnen delen. Toch bleef ze nog lang genoeg op het parkeerterrein staan om Angus te bellen.

'Het is bijna vier uur,' zei ze. 'Ik ben onderweg naar huis. Als je zin hebt kun je langskomen.'

'Prima,' antwoordde hij. 'Ik kan haast niet wachten om te horen hoe het weekend is verlopen en wat je van Maria vond. Binnen een uur ben ik bij je.'

24

Het was Hal die de telefoon aannam. Eerst sprak hij Jolyon, toen Henrietta en daarna Jolyon weer. Hij nam het toestel mee naar de kleine studeerkamer, vond Cordelia's nummer en toetste het in. 'Je hebt het grote nieuws zeker al gehoord?' vroeg hij. 'Geweldig, hè?... Natuurlijk ben ik blij... Die weet het nog niet. Moet je horen, Jo en ik hebben een plan bedacht. Jo blijft vanavond bij Henrietta slapen, want hij moet morgen voor zijn werk naar Appledore en Bideford voor research, en is dan morgen aan het eind van de middag weer hier. We gaan er een feestje van maken als hij terug is, maar tot die tijd willen we het nieuws geheimhouden. Voor Fliss, mijn moeder en Lizzie is het leuker als hij het zelf vertelt. Wat vind je ervan?... Dus je komt? Fantastisch! Kom lekker vroeg, dan drinken we eerst thee... Natuurlijk willen we jou erbij hebben. Je hoort nu bij de familie... Doe niet zo raar. We hebben je hier nodig. Het is jammer dat Henrietta er niet bij kan zijn, maar dat is logistiek gezien lastig. Ik heb het er met haar over gehad en we doen het zondag gewoon nog een keer over als Jo haar een hele dag kan halen. Je luncht zondag dus hier... Ja, goed plan. Ik zal tegen Fliss zeggen dat je hebt gebeld en dat ik heb gevraagd of je morgen op de thee komt. Goed?... Geweldig. Mondje dicht, hè? Tot morgen.'

Toen hij de studeerkamer uit kwam, stond hij oog in oog met Fliss. 'Ik dacht dat ik de telefoon hoorde,' zei ze. 'Ik vroeg me af...'

Haar stem stierf weg en ondanks zijn opwinding zag hij de tekenen van spanning op haar gezicht, de rimpeltjes op haar voorhoofd, en hij werd bezorgd.

'Wat is er, schat?' vroeg hij. Hij pakte haar dunne, koude handen en nam haar mee naar de warme keuken. 'Dat was Cordelia. Ze moet morgen hier in de buurt zijn en ik heb haar uitgenodigd om op de thee te komen. Dat is toch wel goed? Tjonge, wat ben je koud. Ik zal de open haard in de hal aanmaken en dan drinken we thee. Wat is er, Fliss? Pieker je nog steeds over Maria?'

'Nee.' Ze meed zijn blik. 'Al heb ik er nog steeds spijt van dat ik haar voor jouw verjaardag heb uitgenodigd. Wat zal Jo zeggen als hij er-achter komt?'

Hal draaide zich om en zette de ketel op de warmhoudplaat, wilde haar graag vertellen dat Jo zo blij was dat het hem waarschijnlijk niets kon schelen.

'Wat is er dan?' Er kwam een flard van een herinnering boven en hij kreeg een déjà vu, alsof ze deze situatie eerder hadden meegemaakt, en hij draaide zich naar haar om. 'Vind je nog steeds dat we een risico nemen? Dat ik de doos van Pandora heb geopend en dat we gekwetst zullen worden door wat eruit komt?'

Ze ging aan de tafel zitten. 'Ik weet het niet. We zeiden het al eerder, het roept herinneringen op.'

Hij ging ook zitten en draaide zijn stoel naar haar toe.

'Dat is waar. Ik besef opeens dat ik me over veel dingen schuldig voel, dingen die ik vergeten dacht te hebben. Bijvoorbeeld dat ik niet harder voor ons heb gevochten toen we jong waren. Ook had ik Maria niet moeten vertellen wat ik voor je voelde. Terugkijkend besef ik dat ze veel te onzeker was om met zoiets om te gaan. En ik voel me schul-dig tegenover Jo. Hij was de zondebok en nu heb ik hem in een on-houdbare positie gedwongen. Ik had naar je moeten luisteren, Fliss.'

Ze probeerde te glimlachen. 'Het ligt aan mij,' bekende ze. 'Nu we het op jouw manier doen, is er in elk geval een helingsproces moge-lijk. Het punt is dat ik verward ben. Er zijn allerlei gevoelens bovenge-komen waarvan ik niet wist dat ik die met me meedroeg. Verbolgen-heid omdat we jaren geleden te gemakkelijk hebben toegegeven. En ik ben boos op Maria, die denkt dat ze alleen maar sorry hoeft te zeggen en dat we haar dan zullen vergeven. Ook voel ik me schuldig omdat ik niet grootmoediger kan zijn.'

Ongewild moest Hal een beetje lachen. 'Schatje toch,' zei hij meelevend. 'Dat is nogal wat.'

Hij zag de automatische blik van ergernis plaatsmaken voor schoorvoetende pret.

'Oom Theo staat bij mijn schouder,' zei ze. 'Weet je nog wat hij altijd zei? "We zijn zo groots of zo nietig als het onderwerp van onze liefde." Ik voel me heel nietig. Het ligt ingewikkeld, hè? Kan ik Maria de schade vergeven die ze bij Jo heeft aangericht?' Ze haalde haar schouders op. 'Eerlijk gezegd gaat het niet alleen om Jo. Het gaat zelfs niet over Maria. Het gaat over mij. De terugkeer van Maria heeft me een helderder beeld van mezelf gegeven. Opeens besef ik dat het me inderdaad dwarszit dat je niet voor me hebt gevochten toen we jong waren en dat je er zo lang over hebt gedaan om me ten huwelijk te vragen nadat Miles was overleden. Stom, hè? Dat is acht jaar geleden, maar opeens komen die gevoelens vanuit het niets naar boven.'

'De doos van Pandora,' zei hij verbitterd. 'Wat moet ik zeggen? Ik kan de oude, afgezaagde zinnetjes herhalen, kan uitleggen hoe het zat: ten eerste was ik te jong om te weten wat ik wilde en waar ik mee bezig was. Ten tweede zaten we min of meer in een sleur. Maar dat klinkt als een smoes om het goed te praten, hè?'

'Let maar niet op mij,' zei ze. 'Ik weet hoe het was. Natuurlijk weet ik dat. Eigenlijk gaat het om veel dingen bij elkaar. We worden allemaal ouder en voelen ons kwetsbaar…'

'Er is meer aan de hand, hè?' Hij keek bezorgd naar haar sombere gezicht. 'Wat scheelt eraan, Fliss?'

Ze keek naar haar ineengeslagen handen en hij werd bang. Plotseling keek ze naar hem op.

'Ik mis de kinderen,' zei ze verdrietig. 'Ik mis Bess en Matt en Paula en kleine Timmy. Ik vond het al erg toen ze in Londen woonden, maar nu ze in Boston zitten, zijn ze helemaal ver weg. Mijn hart doet pijn en ik wil hen zien. Het is zwaar. Nu ga je natuurlijk zeggen dat het niet zo erg is en dat we zo op een vliegtuig kunnen stappen, maar dat is niet hetzelfde. En nu Jamie naar Caïro is overgeplaatst...'

Ze maakte haar zin niet af, beet op haar lip, keek naar haar handen. Hals hart kromp ineen van pijn voor haar. Hij legde zijn warme handen op haar koude handen.

'Ik mis het dat ze niet meer allemaal in het weekend en tijdens de feestdagen hierheen komen,' zei ze. 'Al het lawaai en de pret, de kleintjes zien opgroeien. Ik verman me en bedenk hoe grootmoeder zich moet hebben gevoeld toen mijn vader en moeder naar Kenia emigreerden toen ik klein was en reizen veel lastiger was. Ik maak me zorgen over Jamie...'

Hal zweeg. Het had geen zin om tegen haar te zeggen dat haar zoon dan wel voor de binnenlandse veiligheidsdienst werkte, maar dat hij geen gevaar liep. Ze wisten dat er risico's aan zijn functie kleefden.

De deur ging open en Prue kwam de keuken binnen. Over het gebogen hoofd van Fliss heen ontmoetten haar ogen die van Hal.

'Het water kookt. Zal ik theezetten?' vroeg Prue. 'Hal, steek jij de open haard in de hal eens aan.'

Hal knikte, gaf een kneepje in de handen van Fliss en liep naar de hal. Kon hij het nieuws over Jolyons verloving maar vertellen. Dan zou Fliss opvrolijken en weer blij zijn. Hij moest het nieuws echter tot morgen geheimhouden. Dat had hij Jo beloofd. Terwijl hij het vuur aanlegde en houtblokken ging halen, dacht hij aan die vlaag van een herinnering, het déjà vu, en opeens herinnerde hij zich een ander feestje, acht jaar geleden, dat in het geheim was voorbereid: de vijfenzeventigste verjaardag van zijn moeder. Dat was de dag waarop hij besloten had Fliss ten huwelijk te vragen. Zijn zus Kit was overgekomen uit Londen en had hem doen inzien hoe dom hij bezig was door de zaak op zijn beloop te laten.

Voorjaar 1998
Hal en Kit laten Fliss en Caroline in de keuken achter en slenteren samen de tuin in. De lucht is zoet en koud, en in de boomgaard zit een

lijster te zingen. De regen is eindelijk weggetrokken en heeft een zachte, blauwgroene lucht achtergelaten. De heuvels in het westen in een heldere, gouden gloed baden. Glinsterende regendruppels vallen op haar handen als Kit een takje van de gele ribes plukt en de geur van de gele bloemen opsnuift.

'Ma heeft geen idee wat er gaande is,' zegt ze. 'Ik heb een hele bende fresia's voor haar meegenomen en ze de badkamer van Fliss binnengesmokkeld. Ze ziet er wat gespannen uit, vind ik. Fliss, bedoel ik dan. Niet mama. Volgens mij, broertje van me, hebben jullie het nog steeds niet voor elkaar.'

Hal fronst zijn wenkbrauwen zonder haar aan te kijken en ze werpt hem een scherpe blik toe.

'Ga me niet vertellen dat jullie nog steeds doen alsof jullie goede vrienden zijn. O, dat is toch niet te gelóven! Werkelijk, Hal. Ik wil niet harteloos klinken, maar Miles is al bijna een jaar dood. Waar wachten jullie nog op? De tussenkomst van God? Toestemming van de paus?'

'O, hou op!' zegt hij boos. 'Het is niet grappig. En het is ook niet zo eenvoudig.'

Ze kijkt hem met opgetrokken wenkbrauwen aan en strijkt het ribestakje over haar lippen heen en weer.

'Sorry,' zegt hij even later. 'Maar... het is gewoon niet grappig.'

'Nee,' zegt ze. 'Nee, dat begrijp ik. Niet voor jullie, in ieder geval. Maar het wordt een beetje absurd, Hal. Fliss ziet eruit alsof ze aan het eind van haar Latijn is. Die frons is er weer en ze heeft haar kaken voortdurend op elkaar geklemd. En ze is te mager. Wat is er toch?'

'We schijnen de grote stap niet aan te durven,' zegt hij langzaam. 'Ik weet dat het gemakkelijk lijkt. We houden al ons hele leven van elkaar en we wonen al jaren onder hetzelfde dak, maar nu we allebei eindelijk vrij zijn, lijkt het of we ons niet los kunnen maken. Ik denk werkelijk niet dat de familie het iets zal interesseren. We willen per slot van rekening geen kinderen, dus de oude zorgen gelden niet meer, maar toch...'

'Het is de seks,' zegt Kit opgewekt. 'Verbazingwekkend dat het altijd toch weer op seks neerkomt, of niet? Daar loopt het op stuk. Maar er is nu niets meer wat jullie tegenhoudt, of wel? Doe het nou toch gewoon, in hemelsnaam.'

'Je doet of het zo gemakkelijk is,' zegt hij geïrriteerd. 'Denk eens na. De hele familie is aan onze situatie gewend. Ze vinden het normaal. Hoe hartstochtelijk zou jij zijn als je wist dat mama ieder moment rond middernacht je kamer kan binnenwandelen omdat ze niet kan slapen? Of dat Jolyon komt binnenvallen omdat hij een geweldig nieuw plan heeft voor die verdomde kwekerij van hem? En hoe zouden we ons de volgende ochtend moeten gedragen? Moeten we met liefdevolle gebaren subtiel suggereren dat we de Rubicon zijn overgetrokken en dat we nu min of meer een getrouwd stel zijn? Jij zou dat vast geweldig goed kunnen, maar Fliss en ik zijn heel conventioneel en we hebben niet zo veel tijd samen om het probleem glad te strijken. Bovendien is ze nooit helemaal hersteld van Mol. Ik dacht dat ze eroverheen kwam, maar de laatste tijd doet ze heel vreemd.'

'Ik weet dat het een afschuwelijke nachtmerrie voor haar is geweest.' Kit kijkt ernstig. 'Het waren haar ouders en Jamie weer helemaal overnieuw. Afschuwelijk, ontstellend, maar ik dacht dat ze het min of meer had verwerkt. Misschien dat dit nieuwe vredesverdrag het allemaal weer heeft bovengebracht. Het is een bittere gedachte dat zulke mensen over een paar maanden vrij rondlopen, nietwaar?'

'Ik geloof niet dat dat het is.' Hal schudt zijn hoofd. 'Ik kan het niet beschrijven, maar ze is… O, ik weet het niet. Afwezig. Niet helemaal bij me.'

Kit blijft opeens stilstaan, zodat Hal ook gedwongen is te stoppen. Hij kijkt haar aan, verbaast zich over de ernstige uitdrukking op haar gezicht.

'Je moet iets doen,' zegt ze nadrukkelijk. 'Dit heeft te lang geduurd, Hal, en voor je het weet, is het te laat. Je kunt niet van Fliss verwachten dat ze het voortouw neemt. Je zei het zelf al, ze is te conventioneel en ze is misschien bang voor de reactie van de familie, vooral die van mama en Jo. Doe het gewoon, Hal. Nee, ik bedoel niet de grote verleidingsscène. Ik ben het met je eens, jullie zijn allebei een beetje te oud om over de overloop te sluipen en weekendjes weg te gaan. Dat is absurd en onwaardig. Je moet het ze gewoon vertellen. Niet eens aan Fliss vragen. Gewoon doen. Er zijn momenten waarop een man het initiatief moet nemen, hoe geëmancipeerd wij vrouwen ook zijn en hoe sterk ons bewustzijn ook is gegroeid.'

Hij kijkt haar aan. 'Maar hoe kan ik het nu niet aan Fliss vertellen? Zal ze niet boos worden?'

'Natuurlijk niet,' zegt Kit ongeduldig. 'Misschien dat ze zich gegeneerd voelt, bezorgd, verrast, maar niet boos. Geloof me nou maar. Ze zal het een overweldigende opluchting vinden. Die arme Flissy heeft het zwaar gehad. Ze houdt al haar hele leven van je, Hal, maar als je niet uitkijkt, passeert die liefde zijn uiterste houdbaarheidsdatum en verpietert hij en eindigt ze misschien verbitterd en verdrietig. Vertrouw me nu en doe het. Zeg tegen de familie dat jullie gaan trouwen, prik een datum en ga naderhand gewoon een paar dagen samen weg. Kom dan terug en trek bij elkaar in. Het is zo eenvoudig, heus, maar je moet het gewoon doen. Jij was degene die het haar de eerste keer vertelde. Jij nam de verantwoordelijkheid en hakte de knoop door. Nu moet je dat opnieuw doen.'

'Je hebt gelijk.' Hij kijkt langs haar heen en ze weet dat hij aan een lente dertig jaar geleden denkt. 'Je hebt helemaal gelijk.'

'Nog één ding,' zegt Kit tegen hem. 'Je volgde mijn advies destijds op, broertje van me, doe dat dan nu ook. Het is hetzelfde advies, maar om andere redenen. Als je het ze hebt verteld, blijf dan niet hangen. Dat is gênant en sentimenteel en dat zullen jullie allebei moeilijk vinden. Zeg wat je te zeggen hebt en doe het luid en duidelijk. Noem de dag, zeg tegen Flissy dat je van haar houdt en maak dan dat je wegkomt. Mama en Caroline zullen verrukt zijn en Fliss heeft dan genoeg aan haar hoofd zonder dat jij als een verliefde tiener blijft plakken.'

'Ik ben zo dom geweest,' zegt hij. 'Je bent een schat, Kit. Je hebt helemaal gelijk en ik zag het gewoon niet.'

'Je staat er te dichtbij,' vertelt ze hem, 'en het duurt al zo lang. Ze heeft al die jaren voor Miles gezorgd en nu is hij dood en voor het eerst is ze vrij. Ze weet niet hoe ze ermee om moet gaan. Ze is de kluts kwijt en ik heb zo'n vermoeden dat ze diep vanbinnen doodsbang is. Het arme kind is uit het lood geslagen...'

'Heel nautisch.' Hij kijkt haar grijnzend aan, met opluchting en opwinding in zijn ogen. 'Laat ik mijn anker maar eens oppoetsen.'

'O, hou toch je mond.' Ze haalt naar hem uit en laat haar takje bloemen vallen.

'Wat zijn jullie aan het doen?' Fliss loopt over het gazon op hen af. 'Het eten is bijna klaar. Hebben jullie zin in een glaasje?'

'Een overbodige vraag, nichtje van me.' Kit vindt het ribestakje en raapt het op. 'Ga ons maar voor. Ik vertelde Hal net over mama's fresia's en hij probeerde me over te halen ze samen met hem te geven. Hij heeft natuurlijk weer vergeten iets voor haar te kopen.'

'Ik heb haar een cadeau op haar verjaardag gegeven,' zegt hij, niet verstoord door de lasterpraatjes van zijn zus. Hij slaat een arm om Fliss' schouders, knuffelt haar even en ze kijkt glimlachend naar hem op. Nu hij aan Kits woorden denkt, slaat de angst hem even om het hart. Wat afschuwelijk als hij haar zou kwijtraken omdat hij te lang aarzelt. 'Wil je wat voor ons spelen?' stelt hij voor. 'Tot het eten klaar is.' Met zijn drieën steken ze het gazon over en lopen door de openslaande deuren de salon binnen.

De laatste dagen van zijn verlof wacht hij op een goed moment om Kits advies op te volgen. Nu hij Fliss met nieuwe ogen bekijkt, ziet hij de gespannen lijnen rond haar mond en de kleine frons tussen haar donzige wenkbrauwen. Ze heeft een nerveuze blik, alsof ze op iets wacht, en ze is zo gespannen als een veer. Hij wordt overspoeld door bezorgdheid, waarna er angst achterblijft. Stel dat ze niet meer van hem houdt. Hij weet dat ze heel erg op hem gesteld is, dat lijdt geen twijfel, maar stel dat haar liefde voor hem is verlopen en dat ze opziet tegen de vraag die ze van hem verwacht. Dat zou haar aarzeling verklaren, haar onwil om de toekomst te bespreken.

Zodra hij zijn angst heeft herkend, onderneemt hij actie en neemt haar mee naar de heidevelden. Als hij door Buckfast in de richting van Holne rijdt, ziet hij hoe ze haar dunne handen op haar knieën in elkaar wringt en merkt hoe in zichzelf gekeerd ze is. Hij besluit haar te helpen ontspannen, praat over ditjes en datjes en attendeert haar op de kleine aankondigingen van de lente: een tjiftjaf die op een tak van een wilde appel in knop schommelt; een groepje vroege, paarse orchissen op een grassig talud; twee distelvlinders die boven een bosje viooltjes in een barst in een muurtje zitten. De heide toont zich van zijn rustigste, vrolijkste kant; heuvel na heuvel in de verte, gladde grijze rotsen, beboste valleien waar nieuw groen ontspringt. Het wateroppervlak van Venford Reservoir is een schitterende spiegel, blauw als de lucht daarboven; een mysterieus, glanzend juweel te midden van de inktzwarte pijnbomen eromheen.

Ze lopen naar Bench Tor en kijken samen uit over White Wood; ze zien het glanzende water ver onder de takken van de bomen die tegen de steile wanden van het ravijn groeien; ze luisteren naar de rivier die tussen de smalle, rotsachtige kloven dendert. Schapen die met zekere tred over de stapels graniet klauteren, volgen hen met kleine, gele ogen terwijl pony's onverstoorbaar op de lagere hellingen staan te grazen.

Aan de andere kant van de vallei roept een koekoek en opeens zien ze hem, onmiskenbaar met zijn puntige vleugels en zijn lange staart, als hij met een duikvlucht in de richting van Meltor Wood verdwijnt. Ze lachen verrukt en omhelzen elkaar.

'Gek, hè?' zegt Fliss. 'Hij is zo'n schurk en toch zijn we dol op hem.'

Hal kijkt op haar neer en ziet dat de gespannen trekken uit haar gezicht zijn verdwenen en dat ze er nu zo zorgeloos als een kind uitziet. Hij duwt de blonde lokken weg die rond haar gezicht dansen en bukt zich om haar te kussen. Haar armen klemmen zich om hem heen en haar reactie zegt hem alles wat hij wil weten. In zijn opluchting klampt hij zich aan haar vast, maar voordat hij iets kan zeggen, horen ze gekef en trappelende hoeven. Er komt een hond over de rotsen die de schapen uiteendrijft, en achter hem verschijnt een jongeman die dreigend roept en hijgend met een riem zwaait.

'Sorry,' roept hij, als hij hen ziet. 'Het is nog maar een puppy, eigenlijk, maar ik had hem aan de riem moeten houden. Er ontsnapte een schaap vlak voor hem…'

Ze erkennen zijn dilemma, leven met hem mee en beamen dat de puppy onder controle gehouden moet worden, maar tegen de tijd dat de drukte voorbij is, is het moment verdwenen. Een paar keer probeert Hal op de terugweg de juiste woorden te vinden om haar te waarschuwen wat hij de familie wil vertellen, maar iedere keer als hij zijn mond opendoet, zegt Fliss net iets en mislukt het weer. Toch twijfelt Hal er niet aan dat Kits advies het juiste is; het is eenvoudigweg een kwestie van timing. Hij moet het juiste moment vinden.

Dat komt op zondagmiddag, enkele uren voordat hij naar het station moet. Hij is samen met Jolyon op het stalerf geweest en als hij op de voet gevolgd door Jolyon de hal weer binnenkomt, zitten ze allemaal bij het vuur: Caroline en zijn moeder; Fliss en Susanna. Ze zitten thee te drinken en lachen. Fliss kijkt even om en hij ziet dat de oude blik weer terug is; een soort geduldige berusting die niet te vergelijken is met het blijde gezicht dat hem in het warme lentezonnetje bij Bench Tor lachend had aangekeken. Hij balt zijn vuisten, duwt ze in zijn zakken en loopt naar de kring van licht en warmte. Ze kijken hem nu allemaal aan en hij glimlacht naar ze, slikt een absurd gevoel van angst weg.

'Ik wil jullie iets zeggen,' zegt hij. 'Misschien komt het als een schok, al zou dat niet hoeven, na al deze tijd.' Iedereen zwijgt en kijkt hem aan. 'Fliss en ik gaan trouwen. Jullie weten allemaal dat we al van kinds af aan van elkaar houden en nu is er niets meer wat ons er nog van weerhoudt om echt samen te zijn. Het lijkt me het best als we zo gauw mogelijk voor de wet trouwen. Daarna gaan Fliss en ik een paar dagen weg. We willen er geen grote toestand van maken…'

De verbaasde stilte die weerkaatst, gaat over in een lawaaierig tumult van woorden en gelach. Prue is in tranen, Caroline omhelst Fliss en Susanna zit met open mond van verbazing. Hal staat heel stil. Hij voelt zich ietwat absurd, weet niet goed wat hij nu moet doen en probeert de reactie van Fliss te peilen. Het is Jolyon die hem erdoorheen sleept. Hal voelt dat zijn arm stevig wordt beetgepakt en dat zijn zoon hem omhelst, hem met zijn vrije vuist op de rug slaat en hem feliciteert. Hal heeft amper tijd om zijn dankbaarheid in zich op te nemen voordat Jo hem loslaat, zich tot Fliss wendt en zijn armen voor haar opent. Eindelijk ontmoet haar blik die van Hal, en in dat ene ogenblik, voordat ze wordt verzwolgen door Jolyons omhelzing, ziet hij dat haar ogen schitteren van pure vreugde en glimmen van onuitsprekelijke opluchting.

25

Toen Jolyon op maandagochtend naar Bristol reed, legde hij hele stukken van de bekende weg af zonder ze te zien. In gedachten zag hij nog steeds vrolijke beelden voor zich en hoewel hij zich er van tijd tot tijd aan herinnerde dat hij op de weg moest letten, was er dan toch weer een andere gelukkige herinnering die hem afleidde, en dan gaf hij zich over aan dat onbekende gevoel van blijheid. Zelfs de overgang van teler van organische groenten naar populaire tv-presentator had hem niet zo veel vreugde geschonken.

Hij werd bemind, was gewenst en gewild om wie hij was, niet als zoon, broer of neef, maar puur om zichzelf. En nog wel door zo'n prachtige, geweldige vrouw. Jolyon schudde zijn hoofd en ging behulpzaam op de linkerrijstrook rijden toen er een BMW met knipperende lichten te dicht achter hem reed. De bestuurder keek hem bij het passeren boos aan, had zijn middelvinger opgestoken. Jolyon lachte stralend naar de man en stak min of meer zegenend zijn hand op. De BMW scheurde langs. De bestuurder was van zijn stuk gebracht, beroofd van zijn overwinning. Jolyon had medelijden met alle stumpers die zo zielig waren dat zulke daden hun voldoening schonken. Die hadden duidelijk geen Henrietta in hun leven. Ze wisten niet – of waren vergeten – hoe het was om in vervoering te zijn van de liefde. Niet alleen hij was in de wolken, zijn hele familie.

Aan het begin van de avond was hij teruggekeerd op The Keep en had hen allemaal – Fliss, oma, Lizzie en Cordelia – bij de haard aangetroffen met de restanten van het theeritueel. Precies zoals papa en hij dat hadden gepland. Ze hadden hem begroet zoals ze dat altijd deden. Cordelia had hem amper durven aankijken uit angst het geheim te verklappen. Toen was papa verschenen en had zoiets gezegd als 'lang leve onze grote held'. Iedereen had geglimlacht en oma had hem thee aangeboden. Maar papa had gezegd: 'Wacht even, volgens mij wil Jolyon ons iets vertellen.' Iedereen had zich naar hem toe gedraaid en had hem, Cordelia en Hal uitgezonderd, verbaasd aangekeken.

Hij was zenuwachtig geweest en had zich een beetje dwaas gevoeld, maar hij was nog zo opgetogen dat hij naar het groepje toe was gelopen en met zijn rug naar de haard was gaan staan, zodat hij hen allemaal kon zien.

'Dat klopt,' had hij gezegd. 'Al zal het geen al te grote verrassing zijn. Ik heb Henrietta ten huwelijk gevraagd en ze heeft ja gezegd...' De rest van zijn korte toespraak ging verloren in het tumult van zijn familie. Cordelia keek hem met betraande ogen stralend aan. Lizzie riep: 'Wauw! Geweldig. Goed van je.' Zijn oma zat volkomen stil, haar handen ineengeslagen, en zei: 'Lieve Jo, wat geweldig.' Op miraculeuze wijze had papa een dienblad met glazen tevoorschijn gehaald en hij opende een fles champagne. Fliss stond op en kwam met open armen en ogen die straalden van blijdschap op hem af. Ze hadden elkaar heel stevig vastgehouden en ze legde haar wang tegen de zijne en fluisterde in zijn oor dat ze heel blij was. Toen stond papa bij hen, met in zijn ene hand een glas. Met zijn andere hand bewoog hij Jo's arm op en neer en feliciteerde hem.

Hij was nog nooit zo gelukkig geweest en had gewild dat Henrietta er ook bij was, maar het was ook heel bijzonder geweest, dat korte moment met de mensen die hem het dierbaarst waren en die hem al die jaren hadden gesteund en aangemoedigd. De zondag erop hadden ze het, in het bijzijn van Henrietta, nog eens overgedaan. Hij was haar en de honden gaan ophalen en ze hadden weer gefeest. 'Hier is The Keep het best in,' had papa tegen haar gezegd. 'We zijn dol op feesten.' Ze had er dolblij en ontspannen uitgezien en hij was erg trots geweest...

En nu had hij bijna de afslag gemist. Jo lachte hardop. Hij wierp een blik op zijn mobiele telefoon, die naast hem lag. Zodra dat kon, zou hij de auto langs de kant zetten en een sms'je naar Henrietta sturen, die had gevraagd het haar te laten weten als hij veilig in Bristol was aangekomen. Vreemd was dat, om iemand te hebben die op bericht van hem wachtte, die wilde weten waar hij was en wat hij dacht. Hij vroeg zich af wat ze nu aan het doen was.

Henrietta zat op haar knieën en veegde een grote plas braaksel op van de flagstones in de keuken.

'Dat krijg je er nou van,' zei ze streng tegen de deemoedige Tacker, 'als je vieze dingen eet. En ik heb nog zo tegen je gezegd dat dat niet mag.'

Tacker kwispelstaartte een beetje en zijn oren lagen plat tegen zijn kop terwijl hij naar haar keek. Ze verfrommelde de krant tot een prop, veegde met een ander stuk krant nogmaals over de vloer en stond toen op om een emmer en een zwabber te halen. Juno en Pan keken vanuit hun mand toe, hielden zich afzijdig van zulk gedrag.

'Doe nou maar niet zo schijnheilig,' zei Henrietta waarschuwend tegen hen, 'want jullie zijn net zo erg als hij.'

Ze spitsten hun oren en keken haar verwijtend aan, beledigd als ze waren door zo'n beschuldiging.

Henrietta dweilde fanatiek de vloer terwijl Tacker voorzichtig naar de bewegende zwabber toe liep en alweer vrolijk was. Ze deed alsof ze hem wegjoeg met de zwabber en hij liep opgewonden blaffend weg, maar rende toen terug om nog een keer naar de zwabber uit te halen. Henrietta lachte en liep met de emmer naar buiten om die leeg te gooien in een van de bloemperken. Op haar horloge kijkend vroeg ze zich af hoe lang het zou duren voordat ze iets van Jo zou horen. Het was te vroeg. Haar hart bonsde van dit opwindende nieuwe geluk en ze wilde dat ze niet alleen was, dat ze iemand had met wie ze het nieuws kon delen. Een van haar vriendinnen uit Londen zou een paar dagen komen. Dat was fantastisch, maar ze durfde het niet aan Jilly te vertellen, omdat ze het nog niet aan Susan had verteld.

'Susan moet het van mij horen,' had ze tegen Jo gezegd. 'Het zal een schok voor haar zijn en ik wil haar niet in de steek laten. Ik zal naar Londen terug moeten als ze weer thuis is en zal daar moeten blijven tot ze een nieuw kindermeisje heeft gevonden.'

Dat begreep hij, maar toch hadden ze besloten om met de kerst weg te gaan, met z'n tweetjes. Ze had er altijd al van gedroomd om kerst en oud en nieuw in Schotland door te brengen en Jo wist een hotel – een oud kasteel – waar het geen punt was dat ze niet getrouwd waren.

'Als we alles op tijd geregeld krijgen, zouden we met Pasen kunnen trouwen,' had ze gezegd. 'Waar zullen we trouwen?'

Beschroomd had hij The Keep en de plaatselijke kerk voorgesteld, in de hoop dat hij niet al te opdringerig was, en ze had het een geweldig idee gevonden: The Keep zou een ideale locatie zijn. Ze konden immers niet van haar moeder verwachten dat die alles vanuit haar huis zou regelen.

Ze hadden bij elkaar gezeten, opgekruld voor de haard, hadden gepraat, plannen gemaakt en de liefde bedreven…

'We zouden in Bristol kunnen gaan wonen,' had hij voorzichtig geopperd. 'Tot we weten hoe het gaat lopen.'

'Maar het is toch veel handiger voor jou om in The Keep te blijven?' had ze gevraagd. 'Voor je werk voor de tv moet je reizen, maar verder zit je toch vaak op kantoor?'

'Het zou wel gemakkelijker zijn,' had hij beaamd, 'en we zouden natuurlijk in de portierswoning kunnen wonen, maar ik weet niet hoe jij het vindt om daar te zijn en de hele familie om je heen te hebben. Bristol heeft zo zijn voordelen. Je vriendinnen kunnen dan gemakkelijker uit Londen overkomen. Ik zou heen en weer kunnen reizen naar The Keep.'

'Ik heb toch gezegd dat ik het leuk vind om mensen om me heen te hebben?' had ze geprotesteerd. 'En ik wil zo veel mogelijk samen zijn. We zouden het in elk geval kunnen proberen. Misschien kan ik bij Keep Organics helpen tot ik weet wat ik wil. Als we eenmaal getrouwd zijn, kan ik natuurlijk geen kindermeisje blijven. Ik denk tenminste niet dat ik dat wil. We willen toch zelf kinderen, Jo?'

Ze had hem aangekeken, had zijn arm strakker om haar schouders getrokken en had zijn hand vastgehouden, en ze had een vreemde uitdrukking over zijn gezicht zien trekken: schrik, verbazing en bijna ongeloof bij dat vooruitzicht.

'Ja,' had hij uiteindelijk gemompeld. 'Uiteraard.' Hij had haar aangekeken en had haar gekust...

De honden keken haar vol verwachting aan en ze slaakte een diepe zucht.

'Goed,' zei ze. 'Tijd om te gaan wandelen. Waar zullen we heen gaan? Ergens waar Tacker kan spelen en jullie lekker kunnen rennen. Kom mee.'

Haar mobiele telefoon ging en ze nam op. 'Hoi. Waar zit je?'

'Ik ben er bijna,' zei Jo, 'al had ik bijna mijn afslag gemist doordat ik aan jou zat te denken. Hoe gaat het?'

'Zijn gangetje,' zei ze. 'Ik ga met de honden wandelen. Daarna ga ik boodschappen doen, zodat ik alles in huis heb als Jilly komt. Het zal lastig zijn het niet tegen haar te zeggen. En ik ben er nog niet uit wat voor ring ik wil.'

Hij lachte. 'Gezien je haarkleur moet het een ring met een topaas worden. Ik ga ophangen, anders kom ik te laat. Ik hou van je.'

'Ik ook van jou,' zei ze verlegen.

De honden stonden bij de deur naar haar te kijken. Ze stopte het mobieltje in haar zak en pakte haar jas.

'Ik hou van hem,' zei ze blij tegen hen. 'Dat is toch geweldig?

Maria zat tv te kijken: *Big Cat Diary* met Simon King. Nog nooit van haar leven had ze zo veel tv-gekeken, maar ze had dan ook nooit beseft dat een dag erg lang kon duren als je niemand had om die mee te delen. Penelope en Philip waren in één woord geweldig, maar ze had haar trots en ze kon niet te zwaar op hen leunen voor gezelschap. Bovendien waren ze vanavond weg.

Ze nam nog een slokje gin-tonic. De leeuwin keek naar haar vier welpen die in het hoge gras aan het spelen waren. Wat waren ze lief. Het leken wel goldenretrieverpuppy's. Zo had Rex eruitgezien toen hij een paar maanden oud was. Maria fronste haar wenkbrauwen. De herinnering stond haar tegen. Het stomme beest had veel problemen veroorzaakt. Eerlijk is eerlijk – en dat was geen kritiek – ze was geen hondenmens. Modder op de vloer en overal haren, telkens weer dat beest uitlaten en te eten geven. Nou, daar paste ze voor. Ze had Hal de schuld gegeven van de misdragingen van Rex en uiteindelijk, na een enorme ruzie, had hij Rex afgevoerd naar The Keep. Jolyon was diepbedroefd geweest…

De moederleeuwin keek om zich heen, rook gevaar. Er kwam een groot mannetje aan en Simon – wat was dat toch een leuke man – legde uit dat het mannetje de welpen zou doden als hij dicht genoeg bij hen in de buurt kon komen. Maria huiverde en hield haar glas vast. Hij zou de welpen doden omdat ze niet van hem waren, zomaar. Kenmerkend. Soms vroeg ze zich af waarom ze naar zulke natuurprogramma's keek. Het was altijd hetzelfde liedje: dood en verderf, de ene soort die de andere opat, kleine kwetsbare wezens die in zijn geheel door grotere, meedogenloze beesten werden opgeslokt. Radeloze moeders die machteloos om zich heen sloegen. Wat deprimerend… Ze nam nog een slok gin.

Simon was aangedaan. Hij gaf werkelijk om die beesten. Jo had dezelfde aantrekkingskracht als Simon. Hij betrok je erbij, zorgde ervoor dat je wilde kijken. Jo's manier van presenteren had iets intiems. En het was natuurlijk een pluspunt dat hij er goed uitzag, net Hal. O nee, de leeuw kwam dichterbij. De welpen renden doodsbang alle kanten op. De leeuw brulde en stak zijn klauw uit. Opeens viel de leeuwin hem aan. Ze ging zo tekeer dat hij zich omdraaide en wegvluchtte. Ze rende hem achterna en verjoeg hem. Het was zo opwekkend dat Maria het beest aanmoedigde: 'Kom op, meid!' Haar glas ging heen en weer. Half lachend, half huilend zat ze te kijken.

Ze stond op om nog een glas in te schenken – werd dat haar tweede of derde glas? – en voelde zich wat onvast ter been. Ooit, lang geleden, had ze een klein drankprobleem gehad. Zo gek was dat niet. Hal zat weken achtereen op zee en ze was eenzaam geweest. Die lieve Jo had zich zorgen over haar gemaakt, had thee voor haar gezet en had het bad laten vollopen. Hij was hooguit zeven geweest. Op een keer toen hij theezette, had hij de suikerpot gebroken en ze had tegen hem geschreeuwd…

Bij het aanrecht hervond Maria haar evenwicht. Ze moest ophouden met dat nutteloze gepieker over het verleden. Daar schoot niemand iets mee op. Ze goot gin in het glas, schonk er tonic bovenop en ging terug naar haar stoel. Simon vertelde net dat maar één welp het had gered. Twee moesten er zijn gedood en de vierde was zo zwaar gewond dat hij ging liggen en weigerde te bewegen. De moeder stond over hem heen gebogen, likte hem en probeerde hem weer tot leven te wekken, terwijl de andere welp toekeek. Er stroomden tranen over Maria's wangen.

Ze herinnerde zichzelf eraan dat ze teerhartig en te gevoelig was. Dat was altijd al zo geweest. Die lieve Penelope, die zo flink en sociaal was, probeerde haar altijd over te halen om vrijwilligerswerk te gaan doen in het hospice of bij bejaarden. Penelope kon dat wel. Die was gehard, altijd al geweest. Penelope en zij hadden bij elkaar op school gezeten en vanaf de eerste schooldag waren ze dikke vriendinnen. Ze was toen ook al zo geweest: eerst had ze bij de kabouters gezeten en later was ze padvindster geworden; akela wij doen ons best, wij dip dip dip, wij dop dop dop, heimelijk goede daden verrichten. Penelope was een rots in de branding en had zich altijd om haar zachtaardige vriendin bekommerd, die veel verlegener was.

Maria stelpte een volgende tranenvloed en keek naar het tv-scherm. De leeuwin gaf het niet op, vertelde Simon aan de kijkers. Ze was met haar overgebleven welp naar het hol teruggekeerd en stond nu op het platgetrapte gras haar jongen te roepen. Logisch dat ze dat deed, ze was immers hun moeder. Maar hoe konden ze de dodelijke aanval hebben overleefd? Het was hartverscheurend en die grote verwaande leeuw kon elk moment terugkomen om hen allebei aan te vallen.

Ren weg! wilde Maria roepen. Ren toch weg!

Maar wacht eens… Het gras bewoog en één welp rende ongedeerd naar zijn moeder toe. De stem van die vriendelijke Simon trilde. Een andere welp – o, dit was fantastisch – een andere welp kwam van zijn verstopplek vandaan en de drie welpen en hun moeder waren herenigd. Maria slikte nog een slok gin door en huilde, evenals Simon – er stonden daadwerkelijk tranen in zijn ogen – en tegen de tijd dat ze haar eigen tranen had gedroogd en weer naar het tv-scherm keek, ging het over stokstaartjes. Ze had genoeg drama gehad voor één avond en ze wist zeker dat er nog meer ellende zou volgen. Een roofdier dat dol was op rauwe stokstaartjes, hing vast ergens in de buurt rond en dan zou alles opnieuw beginnen.

Maria zapte even en zette de tv uit. De leeuwin deed haar aan haar eigen familie, aan Jo denken. Familie was belangrijk, veel belangrijker dan al het andere. Toegegeven, ze had in het verleden fouten gemaakt, maar er was geen enkele reden dat die zaken niet konden worden rechtgezet. Ze kon in Staverton of in Totnes een huisje kopen, of een appartement, niet al te ver bij The Keep vandaan, maar ook weer niet vlak om de hoek, en dan kon ze een nieuwe start maken. Wie weet zou Hal vragen of ze in The Keep wilde logeren als ze op huizenjacht ging. Dat zou geweldig zijn, want dan had iedereen voldoende gelegenheid om de banden aan te halen.

Penelope zou uiteraard protesteren, had al gezegd dat Maria beter bij haar vrienden in Salisbury kon blijven, waar ze bijna haar hele leven had gewoond. Het was toch logisch dat Penelope dat zou zeggen? Ze vond het immers fijn dat haar oude vriendin vlakbij woonde, en ze konden het samen prima vinden, daar bestond geen enkele twijfel over. Maria had zich eerlijk gezegd zelfs wel eens afgevraagd of ze ooit een betere plek kon vinden dan dit zeer comfortabele bijgebouw met gebruik van de tuin, waar ze zelf niets aan hoefde te doen, en een paar goede vrienden op een steenworp afstand. Ze hadden tenslotte veel gezamenlijke vrienden en die lieve Philip was zo'n bazig type dat de boel graag regelde en problemen oploste. Ze hoefde maar een bepaald gezicht te trekken – een denkrimpel, op haar onderlip bijten – en dan sloeg Philip zijn arm om haar schouder om haar te troosten en te helpen. Nu iedereen het over gelijkheid tussen man en vrouw had, was zo'n ouderwetse man als Philip, die een hulpeloze vrouw kon verdedigen, een geschenk uit de hemel. Penelope moest niets hebben van die bevoogdende onzin, dus ze wist dat Philip blij was met haar tere hulpeloosheid. Adam was ook zo geweest en het was kinderspel geweest om hem uit haar hand te laten eten. Ze moest uiteraard voorzichtig zijn, want ze wilde die lieve Penelope niet van streek maken. De kip met de gouden eieren moest je niet slachten.

Maria dronk haar glas leeg. Maar ja, Penelope en Philip waren geen familie van haar. Dat zou ze hun zeer tactvol uitleggen en dan zou ze dit nieuwe plan presenteren. Penelope had toch gezegd dat ze binnenkort naar hun huisje in Salcombe gingen? Dat zou misschien een heel goede start zijn. Ze kon met hen meegaan, kijken welke huizen er te koop stonden, Hal en Jo opzoeken…

Ze vrolijkte op en voelde zich opgelaten, giechelig en blij. Neuriënd stond Maria op, hield zich even vast aan de armleuning om haar evenwicht te vinden en ging eten klaarmaken.

26

Cordelia zette de auto in de garage, pakte haar boodschappen en vond de sleutel van de voordeur. Grote vlagen zoute lucht werden over de landtong geblazen, waardoor haar haar rondom haar gezicht wapperde en er aan de papieren zakken in haar mand werd getrokken. De zee, glazig en transparant, weerspiegelde de majestueuze, vlug overtrekkende wolkenpartij: roomgeel, goud en wit. Ze bleef even staan, genietend van dit nieuwe geluksgevoel en dacht aan kleine, speciale momenten die de afgelopen week telkens weer hadden plaatsgevonden. Henrietta was heel lief geweest, zeer hartelijk. Het was net alsof er een nieuwe kant van haar dochter was onthuld.

Ze liet zichzelf binnen, raapte de brieven op die op de deurmat lagen en nam ze mee naar de keuken. McGregor kwam haar begroeten en een vlugge blik om zich heen verzekerde haar dat alles in orde was, maar de onrust bleef. Ze was bang dat ze nog een keer ongevraagd bezoek zou krijgen, vreesde voor een nieuwe ontwikkeling in het mysterie dat de gebeurtenissen van de afgelopen weken omhulde. Verschillende keren was ze in de verleiding geweest om Angus in vertrouwen te nemen, al wist ze al wat hij zou zeggen, namelijk dat ze de politie moest bellen. Dat was inderdaad verstandig, maar iets weerhield haar daarvan, al kon ze niet zeggen wat. Gevoelsmatig wist ze dat ze geen gevaar liep, eerder werd gedwongen om een onwillige speler te zijn in een toneelstuk dat moest worden opgevoerd. Angus zou zeggen dat ze dom was en een groot risico nam. Misschien was dat zo, maar wat kon ze tegen de politie zeggen waar rechercheurs iets mee konden? Ze had een fragmentarische volgorde van de gebeurtenissen samengesteld: er was een foto onder haar ruitenwisser gestopt; een lange gestalte had op het klif met een verrekijker naar haar staan kijken; ze was tekst kwijtgeraakt op haar computer terwijl ze met Fliss op het balkon stond; in de delicatessenzaak had ze een harde tik op haar schouder gevoeld en een man haastig de winkel uit zien lopen, waarna ze de koalabeer in haar mand had ontdekt; er was iemand in haar huis geweest die een andere koalabeer had achtergelaten en haar boeken had verplaatst terwijl ze op het strand was. Het had geen zin. De politie zou denken dat iemand een geintje met haar wilde uithalen. Ze was geneigd dat ook te denken, maar wie kon dat zijn? Daar had ze eindeloos over gepiekerd en er was eigenlijk maar één persoon die dat kon zijn. Haar verdenking leek zo absurd dat ze het aanvankelijk amper aan zichzelf durfde toe te geven en ze er zeker niet over kon praten, zelfs niet met Angus.

Cordelia nam de post door: twee rekeningen, drie catalogussen en twee enveloppen. De ene was handgeschreven, de andere getypt. Ze legde de rekeningen en de catalogussen op de keukentafel en maakte als eerste de handgeschreven envelop open. Het was een uitnodiging van een vriendin om naar Oxfordshire te komen om een huwelijksjubileum te vieren.

Dertig jaar! had Janey geschreven. *Niet te geloven! Het lijkt nog maar zo kort geleden dat we met z'n allen in Smuggler's Way in Faslane woonden. Herinner jij je nog het drooggedeelte en dat we hijgend met de luiers die trap op en af gingen?!*

Cordelia glimlachte bij de herinnering – *nog maar zo kort geleden* – en glimlachte nog steeds toen ze de tweede envelop openmaakte. Er viel een foto op haar hand en ze keek ernaar. Haar glimlach verdween, maakte plaats voor verbijstering. Een lachende jonge Cordelia met daarnaast Simon in zijn marinetrui, de strepen van luitenant-ter-zee eerste klasse op zijn schouders. Hij hield een kleine, lachende Henrietta vast: een gelukkig gezinnetje dat op een stuk gras zat.

Ze draaide de foto vlug om en zag drie zwartige vlekken. Waarschijnlijk was de foto uit een fotoalbum met zwarte bladzijden gescheurd. Meteen zag ze het album voor zich: een duur leren album met gouden sierdruk, waarin ze de mooiste foto's had geplakt die tussen Henrietta's eerste verjaardag en het vertrek van Simon waren genomen. Er waren ook andere foto's, maar die zaten in grote manilla enveloppen, daar waren fotocollages van gemaakt of ze waren in een fotolijstje gezet, maar in het album werden de foto's van bijzondere momenten bewaard.

Cordelia pakte de envelop en schudde, maar er zat verder niets in. Ze bestudeerde het getypte adres, maar dat leverde geen enkele aanwijzing op. De postzegel was niet door een frankeermachine afgestempeld, wel had de postbode er met pen een kruis doorheen gezet. Er stond dus geen datum of poststempel op. Opeens schoot haar iets te binnen en meteen was ze opgelucht: Janey had de foto opgestuurd. Waarschijnlijk had ze hem bij de brief willen stoppen, had dat vergeten en had hem toen in een andere envelop nagestuurd. De foto van het tafereel, met op de achtergrond een lelijke betonnen muur, kon heel goed in Smuggler's Way zijn genomen, waarschijnlijk door Janey. Die had hem uit haar eigen fotoalbum gehaald en mee willen sturen met haar brief. Cordelia zag het voor zich: Janey die terugkwam van de brievenbus en de foto op tafel zag liggen.

'O, Richard,' had ze misschien boos gezegd. 'Nou heb ik vergeten de foto erbij te doen.' En Richard had gezegd: 'Maak je niet druk. Ik zal het adres op een envelop printen.'

Cordelia probeerde troost te putten uit dit scenario, maar haar opluchting was van korte duur. Het was onwaarschijnlijk dat Janey zo tactloos zou zijn een foto te sturen waar Simon op stond. Ze wist hoe zwaar haar vriendin het had gehad en wist ook wat er sindsdien allemaal was gebeurd. Ze zou nooit zomaar zo'n geheugensteuntje opsturen. Natuurlijk hadden ze het wel eens over het verleden en bij zulke gelegenheden viel soms de naam Simon, maar een foto opsturen... Nee, het was toeval dat de foto tegelijk met haar brief was bezorgd.

Ze legde de foto op tafel en ging naar haar werkkamer. De grote rozenhouten ladekast had ze al jaren. Die was van haar grootmoeder geweest. Ze wist precies waar het album lag. In de onderste la, achterin, onder alle mappen en enveloppen met foto's die ze daar in de loop der jaren had verzameld. Jaren geleden, na Simons brief, had ze aan Henrietta gevraagd of die het album wilde hebben, maar die hoefde het niet.

'Dank je, ik heb mijn eigen album,' had ze ijzig en verwijtend gezegd. Dat was zo. Ze had een groot, onpraktisch album waar lukraak foto's in waren geplakt. Met gekleurde inkt stond er in een onregelmatig handschrift onder elke foto een omschrijving: *papa en ik in Salcombe* of *papa en ik bij de boten*. Demonstratief had ze Cordelia laten zien dat er bijzonder weinig foto's van haar en haar moeder waren. Later werden de bijschriften subtieler – werden alleen plaats en datum vermeld – maar nog steeds waren er zeer weinig foto's van Henrietta en haar moeder.

Waarom ook? dacht Cordelia, die een verdedigende houding aannam. Ik was immers altijd bij haar. Ze had geen foto's van mij nodig.

Ze ging op haar knieën zitten en trok de zware lade open. Behoedzaam haalde ze de mappen eruit, die hun inhoud op de vloer dreigden te laten vallen. Daar, achterin, lag het fotoalbum. Ze tilde het voorzichtig op en streek met haar vingers over het omslag voordat ze het album opensloeg. Er ging een schok door haar heen. Er ontbraken foto's. Vlug sloeg ze de dikke zwarte bladzijden om, die door de lijm en de foto's niet allemaal even zwaar waren, en waren volgepropt met herinneringen.

De foto's waren met zorg verwijderd: op de ene pagina ontbraken er twee, op de andere slechts een en van sommige pagina's was niets weggehaald. Cordelia ging op haar hurken zitten en vocht tegen een toenemend gevoel van onrust. Het meest voor de hand liggend was dat Henrietta de foto's eruit had gehaald, maar waarom zou ze? En waarom stiekem, zonder iets te zeggen? Wie weet had ze het niet stiekem gedaan, had ze op een dag gewoon besloten er een paar foto's uit te halen. Ze had geen toestemming hoeven vragen.

Er was nog iemand die ze kon hebben weggehaald, en dit bevestigde haar vermoeden: Simon, de koelbloedige. Zo had ze hem genoemd na de wrede brief aan Henrietta waarin hij had uitgelegd waarom hij hen had verlaten en haar liet weten dat er in zijn nieuwe leven in Australië geen plaats voor zijn dochter was. Cordelia had teruggeschreven, had hem 'Simon de koelbloedige' genoemd en had hem van onmenselijk gedrag beschuldigd. Het deed denken aan de titel van de roman die op haar lessenaar stond – *Simon the Coldheart* – hoewel de andere titel – *The Reluctant Widow* – minder passend was. Vermoedelijk omschreef dit het best zijn huidige staat: waarschijnlijk was zijn vrouw overleden en was hij naar Engeland teruggekeerd om wraak te nemen. Maar waarom? Wellicht was hij vervuld van verdriet. Simon was altijd zeer gevoelig geweest. Ze herinnerde zich dat hij resoluut achter haar aan had gelopen toen Angus naar Australië was vertrokken. Hij had haar grappige briefjes gestuurd, en bloemen met een symbolische betekenis, en af en toe ook bizarre cadeautjes. In haar verdriet over de afvalligheid van Angus, had ze Simons onwankelbare liefde ontroerend gevonden en ze had zich gevleid gevoeld door zijn volharding.

Angus had hen destijds aan elkaar voorgesteld en ze hadden de dwaze verliefdheid van de jongere man op Cordelia allebei vermakelijk gevonden. Ze namen hem soms mee, gaven hem zijn zin en plaagden hem alsof hij een kind of een huisdier was. Zeker als ze waren van hun eigen macht en geluk, gunden ze hem hoffelijk de kruimels van vriendschap die van hun overvloed aan liefde overbleven.

'Volgens mij zou hij me doden als hij daar de kans toe kreeg,' had Angus ooit lachend tegen haar gezegd. 'Hij is bezeten van je. Het is een grappige vent, die Simon. Zeer doelbewust.'

Cordelia huiverde. Ze vroeg zich af of Simon op het klif had gestaan en door zijn verrekijker had gekeken de keren dat Angus bij haar was geweest. Opeens dacht ze aan de foto onder de ruitenwisser. Was dat een foto van Angus en haar? 'Volgens mij zou hij me doden als hij daar de kans toe kreeg.' Ze deed de lade dicht, stond op en ging terug naar de keuken. Ze pakte haar mobiele telefoon, scrolde naar het nummer van Angus en wachtte.

'Dilly.' Zijn stem klonk hartelijk. 'Hoe gaat het met je?'

'Slecht,' zei ze kortaf. 'Ik moet je spreken. Kun je hierheen komen?'

'Ja, natuurlijk.' Hij klonk bezorgd en verbaasd. 'Over een half uur ben ik bij je.'

Het was kenmerkend dat hij geen vragen stelde. Daar was ze blij om, maar tijdens het wachten vroeg ze zich af of ze niet beter naar hem toe had kunnen gaan. Als Simon buiten rondliep en toekeek, zou de aanwezigheid van Angus hem misschien nog kwader maken. De vreemde voorvallen waren begonnen kort nadat Angus naar Dartmouth was verhuisd. Ze stelde zich voor dat Simon hen begluurde, haar volgde als ze boodschappen ging doen en zelfs als ze verder van huis ging, dat hij bijhield waar ze heen ging en wat ze op een doorsneedag deed. Misschien was hij in Mangetout geweest toen Angus en zij daar samen koffie hadden gedronken en had hij de koalabeer in haar mand gestopt terwijl ze op haar beurt wachtte.

Ze ruimde de boodschappen op en keek herhaaldelijk op haar horloge, luisterde of ze een auto hoorde. Toen ze er een hoorde, glipte ze haar werkkamer binnen en keek ze uit het raam, maar er was niemand op het klifpad te zien. Opgelucht maakte ze de voordeur open en ze trok Angus naar binnen.

'Wat is er?' vroeg hij, terwijl hij achter haar aan liep naar de keuken. 'Is er iets met Henrietta? Mankeert ze iets?'

'Nee,' antwoordde Cordelia, die zich naar hem omdraaide en haar armen over elkaar sloeg. 'Het gaat om mij. Angus, ik weet dat het absurd klinkt, maar volgens mij word ik gestalkt.'

27

'Niet te geloven dat je het me niet eerder hebt verteld,' zei Angus voor de derde keer. 'En dan te bedenken dat je hier helemaal alleen hebt gezeten. Er had van alles kunnen gebeuren. Jemig, Dilly!'

'Het leek zo dwaas,' zei ze vermoeid. 'Van die domme dingetjes. Bovendien heb ik McGregor. Ik dacht dat je zou willen dat ik naar de politie zou gaan en dat kan ik gewoon niet aan. Dat kan ik niet, Angus.'

'Wat wil je dan?' vroeg hij boos. 'Wachten tot er een steen door de ruit wordt gegooid? Tot hij op een donkere avond als je uit de auto stapt en McGregor er niet bij is boven op je springt? En stel dat hij achter Henrietta aan gaat?'

Ze keek hem angstig aan. 'Waarom zou hij? Hij is altijd dol op haar geweest.'

'Dilly, iemand die bij zijn volle verstand is doet zulke dingen niet. Als je echt denkt dat Simon hierachter zit, moet je voorzorgsmaatregelen treffen.'

'Denk jíj dat hij het is?'

Hij keek naar haar bleke gezicht en zijn gelaatsuitdrukking verzachtte. 'Lieverd, dat is zeer waarschijnlijk. Wie zou het anders moeten zijn? De koalabeer duidt op Australië en die boektitels lijken een duidelijke verwijzing naar zijn naam en burgerlijke staat. En dan die foto's…'

Hij zweeg en ze knikte. 'Zie je wel? Weinig bewijs, hè?'

'Maar wie zou zoiets anders doen? En waarom?'

'Hoe moet ik dat weten? Het is een zeer eigenaardige zaak.'

'Eén ding is zeker. Je moet hier niet alleen zijn. Dilly, als ik aan die laatste paar weken denk…'

'Dat weet ik, maar waar moet ik heen dan?'

'Je kunt bij mij logeren. Als je dat niet wilt, zou je Fliss kunnen bellen om te vragen of je in The Keep mag logeren.'

'Maar voor hoe lang? Ik moet ook werken. Bovendien wil ik mijn huis niet onbeheerd achterlaten. En hoe wordt zoiets opgelost?'

Angus haalde diep adem en trok zijn schouders op. 'Weet ik veel. Maar ik laat je niet alleen, Dilly, geen denken aan. Ik vind het ook een eng idee dat Henrietta in haar eentje is.'

Cordelia duwde haar vingers tegen haar lippen. 'Wat moeten we doen? Ik heb er nooit bij stilgestaan dat Henrietta gevaar kan lopen. Het leek bijna een dom spelletje.'

'Domme spelletjes kunnen uit de hand lopen,' zei Angus onverbiddelijk, 'en Simon is altijd al zeer gevoelig geweest. We moeten met de Chadwicks gaan praten. Zo nodig zal Jo een paar dagen bij Henrietta moeten intrekken tot we eruit zijn wat er moet gebeuren. Ik vind dat we naar de politie moeten, Dilly.'

'Op grond waarvan? Twee koalaberen en twee paperbacks?' Ze stak sussend haar hand op bij het zien van zijn gelaatsuitdrukking. 'Sorry, hoor. Maar het is zo dom. De politie zal zeggen dat het een poets is. En in Henrietta's ogen zal het een volgende smet op ons blazoen zijn. Zo is het toch?'

'Liever een smet op ons blazoen dan iets ergers. Het spijt me, Dilly. Ik weet dat je mijn reactie overtrokken vindt, maar dit staat me niet aan.'

'Mij ook niet,' zei ze mismoedig. 'Goed, laten we het met Fliss en Hal bespreken. Dan kijken we wat zij ervan vinden en dan gaan we verder. Er komt een paar dagen een vriendin uit Londen bij Henrietta logeren, maar misschien is het verstandig om Jo te waarschuwen.'

Hij keek haar nieuwsgierig aan. 'Het verbaast me dat je niet angstiger bent.'

'Er zijn momenten dat ik echt bang ben,' bekende ze, 'maar diep vanbinnen weet ik dat dit eerder een zenuwenoorlog is dan iets ernstigers.' Ze haalde haar schouders op. 'Ik weet dat het raar klinkt, maar zo voelt het.'

'Maar wat heeft het voor zin?' vroeg Angus verbijsterd. 'Wat hoopt Simon te bereiken?'

'Geen idee.' Ze schudde haar hoofd. 'Misschien hoopt hij dat dit ons uit elkaar drijft.'

'Als hij dat denkt, is hij inderdaad gek.'

Ze aarzelde. 'We zijn niet erg aardig tegen hem geweest, hè? In onze jonge jaren, bedoel ik. We waren behoorlijk arrogant, gunden hem slechts wat kruimels van de tafel van de rijke heer. Wie weet wil hij ons straffen omdat we hem toen minzaam hebben behandeld.'

Angus haalde zijn schouders op. 'Uiteindelijk heeft hij jou toch gekregen?'

'Jij wilde me niet,' zei ze in een opwelling. 'Jij was degene die wegging.'

Hij zweeg even. 'Ik was een groentje,' zei hij met tegenzin. 'Ik wist pas wat ik wilde toen het te laat was. Maar het was toch Simons besluit om weg te gaan? Jij hebt hem niet op straat gezet. Hij wist dat je bereid was je huwelijk voort te zetten.'

'Maar hij wist ook dat ik van jou hield,' antwoordde ze triest.

'Lieverd, het spijt me. Misschien heb je gelijk en is dit een of andere domme vergelding voor zijn verdriet en vernedering van jaren geleden. Laten we naar The Keep bellen om te vragen of we vandaag langs kunnen komen. Als je mij niet naar de politie laat bellen, kunnen we in elk geval iemand anders vragen wat die ervan vindt, al denk ik al te weten wat Hal zal zeggen.'

'Ik ook,' zei Cordelia mistroostig. 'Ik zal het onderspit delven.'

'Ik heb nog een idee,' zei Angus. 'We kunnen ook alleen tegen de politie zeggen dat er iemand binnen is geweest. Dan zeggen we niets over de koalaberen en de boeken, vertellen we net genoeg om hen hierheen te lokken. Wie weet schrikt Simon dan en gaat hij weg. Ervan uitgaande dat het Simon is.'

'Dat is een mogelijkheid.' Cordelia sloeg haar handen ineen van frustratie. 'Het punt is de timing, Angus. Ik wil Henrietta niet van streek maken. Het gaat nu juist zo goed en afgelopen weekend in The Keep was ze heel lief... Iedereen was heel blij.'

Angus schudde zijn hoofd. 'Het spijt me, lieverd,' zei hij. 'Maar we kunnen geen risico nemen. Dat is het niet waard. Dit heeft iets krankzinnigs wat me niet aanstaat. Ik snap het niet.'

Cordelia zuchtte. 'Ik ga Fliss bellen,' zei ze gelaten. 'Maar mijn verhaal zal heel ongeloofwaardig klinken.'

Er werd twee keer gebeld terwijl Hal en Fliss met vrienden bij The Sea Trout in Staverton aan het lunchen waren. Prue nam beide keren een boodschap aan en wachtte gespannen op hun terugkeer. Cordelia had kalm geklonken, al was duidelijk dat ze niet zomaar voor de gezelligheid belde.

'Nee, nee,' had ze gezegd. 'Het heeft niets met Henrietta en Jo te maken. Ik wil Fliss en Hal om raad vragen over een bepaalde kwestie.' Het was even stil geweest en toen had Prue op de achtergrond een andere stem gehoord, een mannenstem. 'Prue, wil je Fliss vragen of ze me terugbelt?' had Cordelia gevraagd. 'Geweldig. Is alles goed met je?... Ja, met mij gaat het prima. Tot ziens.'

Het tweede telefoontje was nog verontrustender geweest. Ditmaal was het Maria, die ook naar Hal of Fliss vroeg.

'Ik bel even,' had ze gezegd, nadat Prue en zij beleefdheden hadden uitgewisseld, 'om te zeggen dat ik misschien naar huizen in Devon ga kijken. Een vriendin van me vertrekt dit weekend voor een paar dagen naar haar vakantiehuisje in Salcombe en heeft gevraagd of ik meega. Ik zou het heerlijk vinden om jullie allemaal weer te zien, maar ik weet nog niet wanneer ik kom. Ik zal bellen als ik er ben en dan maken we een afspraak. Zou je dat aan Hal en Fliss willen doorgeven?... Bedankt. Tot gauw.'

Prue legde de hoorn neer en voelde zich onrustig: dit was de knuppel in het hoenderhok werpen. Ze sloeg haar handen ineen en keek uit het raam van de hal, wachtend op Hals terugkeer. Wellicht was het verstandig om het eerst tegen Hal te zeggen en dan te bedenken hoe ze het nieuws aan Fliss moesten brengen. Prue schudde zorgelijk haar hoofd. Fliss was zo gelukkig geweest sinds het nieuws van Jolyons verloving. Al die rimpeltjes van zorgen waren gladgestreken. Haar angsten waren bezworen.

'Het is geweldig, Prue,' had ze gezegd. 'Ik ben zo blij dat ik met mezelf geen raad weet. Diep vanbinnen was ik bang dat Jo de laatste stap niet zou durven zetten. Ik dacht dat wij – dat wil zeggen Hal, Maria en ik – ervoor hadden gezorgd dat hij zich emotioneel niet aan iemand kon binden. Hij is altijd bang geweest dat hij een relatie niet zou kunnen onderhouden en dan zou alle ellende opnieuw beginnen. Toen ik wist dat Maria zou komen, dacht ik dat ze al zijn zelfvertrouwen weer om zeep zou helpen. Het is toch een wonder? Het voelt alsof hij al zijn onzekerheden heeft overwonnen en nu veilig is.' Ze had er zelf om moeten lachen. 'Het slaat nergens op, maar die ochtend dat Maria's brief kwam – weet je dat nog, Prue? – was ik bang dat er iets ergs zou gebeuren.'

Prue ging bij de open haard zitten, die Hal had aangestoken voordat Fliss en hij waren vertrokken. Ze keek naar de vlammen, dacht aan de opluchting en blijdschap van Fliss en probeerde te verzinnen waar die haar aan deden denken. Zo trof Lizzie haar aan toen ze de hal binnenkwam, gevolgd door de honden, die voor het haardvuur gingen liggen.

'Ik ga theezetten,' zei Lizzie. 'Jo verdedigt het fort op kantoor en ik moest er even uit. Wil je ook een kopje?' Ze zweeg even, getroffen door de onbeweeglijkheid van Prue. 'Gaat het?'

'Maria heeft gebeld,' zei Prue zonder inleiding. 'Ze gaat dit weekend bij vrienden in Salcombe logeren en heeft besloten dat ze hier wil komen wonen.'

'Echt waar?' Lizzie kwam dichterbij en keek haar aan. 'Hier? Waar precies?'

Prue haalde machteloos haar schouders op. 'Geen idee. Dat heeft ze niet gezegd. Ik maakte eruit op dat ze opeens heeft besloten dat ze het fijn zou vinden om dichter bij ons te zijn.'

'Fijn voor wie?' vroeg Lizzie bot. 'Sorry dat ik het zo zeg, maar u weet wat ik bedoel. Heeft ze er wel goed over nagedacht?'

'Dat betwijfel ik,' antwoordde Prue. 'Ik geloof best dat ze door het overlijden van Adam het licht heeft gezien en volgens mij wil ze echt proberen om de door haar berokkende schade te herstellen. Maar Maria blijft Maria. Eerst doen en dan pas nadenken, en haar standpunt zal vooral worden bepaald door haar eigen behoeften. Volgens mij denkt ze dat omdat zij wil dat iets gebeurt, iets wat duidelijk goed is voor iedereen, dat ook zal gebeuren. Dat het een kwestie van willen is. Zo denkt premier Blair ook,' voegde ze er somber aan toe.

'Maar de banden geleidelijk en in de loop der tijd van een afstand aanhalen, is heel wat anders dan om de hoek komen wonen,' zei Lizzie, die de politieke toespeling negeerde. 'Fliss zal in alle staten zijn.'

'Vertel mij wat,' riep Prue. 'En het ging juist zo goed. Ze is veel meer ontspannen sinds Jo's verloving. Ik zat zojuist te bedenken wanneer ik haar voor het laatst zo gelukkig heb gezien en dat was toen Hal ons vertelde dat ze gingen trouwen. We zaten met z'n allen hier in de hal. Het was zo'n heerlijk moment.'

'Dat speelt ook mee,' zei Lizzie nadenkend. 'Maria zal het wel raar vinden dat Jo en Henrietta verloofd zijn. De laatste keer dat Maria hier was, gingen ze nog nonchalant met elkaar om. Jo heeft gezegd dat hij het haar stapsgewijs wil vertellen. Hij ging er namelijk van uit dat ze hier niet vaak zou zijn. Verdorie. Denkt u dat ze dit weekend op bezoek komt?'

'Dat leek wel het doel van het telefoontje.' Prue zuchtte mismoedig. 'En we waren allemaal zo blij.'

'Iemand moet haar de waarheid vertellen,' zei Lizzie krachtig. 'Ze moet weten dat ze in korte tijd geen wonderen moet verwachten en dat ze Jo de ruimte moet geven.'

Prue keek haar aan. 'En wie moet dat volgens jou dan zijn?' vroeg ze. 'Het moet heel tactisch worden gebracht. Hal? Of denk je dat Fliss … aardiger zou zijn?'

Lizzie schudde haar hoofd. 'Allebei niet,' zei ze. 'Ik vind dat Jo het zelf moet zeggen. Hij is volwassen en moet het zelf oplossen. Ik ga theezetten.'

Toen ze zich omdraaide, zag ze Jo aan het eind van de bank achter zich staan. Ze slaakte een kreet van verbazing. Prue draaide zich vlug om, om te zien wie er was binnengekomen.

'Wat moet ik zelf oplossen?' vroeg Jo. Hij had zijn handen in zijn zakken, was op zijn hoede en keek streng. 'Je hebt volkomen gelijk, Lizzie. Ik ben volwassen. Wat moet ik zelf oplossen?'

Beide vrouwen keken hem aan. Prues hart bonkte alarmerend. Jo leek sprekend op Hal en bij het zien van die kille, berekenende gelaatsuitdrukking was haar opeens duidelijk hoe het kwam dat haar zoon het ver had geschopt. Ze was bang. Lizzie leek daar geen last van te hebben.

'Maria heeft zojuist gebeld,' zei ze. 'Ze heeft het opeens in haar hoofd gehaald om naar Devon te verhuizen. Ze komt dit weekend hierheen. Prue en ik bedachten dat jouw verloving met Henrietta haar wel zal verbazen, gezien de manier waarop jullie je gedroegen toen ze hier was. We zeiden net tegen elkaar dat het fijn is dat ze de banden weer wil aanhalen en zo, maar dat het verstandiger zou zijn als ze jou wat ruimte geeft. Misschien moet iemand dat duidelijk tegen haar zeggen. Ik zei dat als dat moest gebeuren, jij de aangewezen persoon daarvoor zou zijn.'

Prue voelde zich slap van onrust. Ze meed confrontaties altijd en had bewondering voor mensen die een probleem voortvarend durfden aan te pakken. Ze keek Jolyon aan en hoopte dat hij begrip zou hebben voor Lizzies openhartigheid.

'Ik denk dat je gelijk hebt,' zei hij kalm. De behoedzaamheid was weg en hij keek ernstig. 'Nu Henrietta en ik verloofd zijn, heb ik er geen problemen mee. Ze kan ons nu niet schaden.'

Prue slaakte zacht een zucht van verlichting. 'Natuurlijk kan ze dat niet,' zei ze vriendelijk. 'Die macht heeft ze niet meer. Ze moet echter beseffen dat het aanhalen van de banden tijd kost en dat vlakbij wonen dingen erger kan maken, niet noodzakelijkerwijs een verbetering zal zijn. Maar hoe moet haar dat aan het verstand worden gebracht? Ik geloof echt dat ze haar gedrag uit het verleden wil goedmaken. Of denk jij van niet?'

Ze keek haar kleinzoon smekend aan en hij glimlachte naar haar. 'Geen zorgen, oma,' zei hij. 'Ik zal haar niet van haar goede bedoelingen beroven, maar het wordt tijd voor een stevig gesprek. Dat kan ik nu aan. Heb ik het nou goed gehoord dat ze dit weekend komt?'

'Ze logeert bij vrienden in Salcombe,' zei Prue vlug. 'Niet hier. Ze wil langskomen.'

Jolyon knikte. 'Prima. Eigenlijk komt dat wel goed uit. Henrietta heeft tot maandag een vriendin te logeren, dus ik zal haar weinig zien. Het is lastig om onze relatie geheim te houden, maar ze wil het zelf aan Susan vertellen en ze is er nog niet uit of ze haar moet schrijven of moet bellen. Het zal een schok voor Susan zijn en Henrietta is wat gevoelig op dat punt. Maar goed, ik heb dus tijd zat om hier dingen uit te zoeken. Ik kwam trouwens zeggen dat je naar kantoor moet komen, Lizzie.'

'Verdraaid,' zei Lizzie.

Ze liep de hal uit en Jo maakte aanstalten om wat houtblokken op het vuur te gooien, stapte over Pooter en Perks heen, die zacht kwispelden.

'Herinner jij je nog dat Hal en Fliss aankondigden dat ze gingen trouwen?' vroeg Prue. 'Door jouw verloving moest ik daar weer aan denken. Iedereen was dolblij.'

Hij rechtte zich en keek haar aan. 'Ja,' zei hij na een tijdje. 'Dat herinner ik me nog heel goed.'

'Fliss is zo blij dat je gelukkig bent,' zei ze. 'Dat betekent heel veel voor haar.'

'Dat weet ik.' Hij keek naar de vlammen. 'Ik heb veel aan Fliss te danken. Ze is ooit, jaren geleden, ontzettend eerlijk tegen me geweest. Dat was heel dapper van haar en dat zal ik nooit vergeten.'

'Ze mist Bess en Jamie veel meer dan wij beseffen,' zei Prue. 'Ze heeft jou altijd als een zoon gezien.'

Hij knikte. 'Ik ben tot de conclusie gekomen dat zoiets niet noodzakelijkerwijs te maken heeft met een bloedband. Het is niet belangrijk of je iemands zoon, vader of oom bent. Het is belangrijk dat je iemand hebt die aan jouw kant staat. Fliss heeft altijd aan mijn kant gestaan. Ze is bijzonder.'

Prue knikte instemmend, maar kon zich er niet toe brengen iets te zeggen. Jolyon raakte even haar schouder aan en ging toen weg. Prue bleef alleen achter.

28

Hal legde de krant neer toen Fliss de salon binnenkwam en naast hem op de bank ging zitten. Het werd donker en plassen lamplicht vielen op gepoetst mahoniehout, weerkaatsten van de donkere houten lambrisering en de koperen haardrand. Portretten van reeds lang overleden Chadwicks keken vanaf de wanden op hen neer.

'Wat is er?' vroeg hij. 'Heeft Cordelia een probleem?'

'Het is heel merkwaardig,' zei ze, terwijl ze haar benen onder zich trok en hem aankeek. 'Het relaas was moeilijk te volgen. Herinner jij je Cordelia's ex-man? Simon March? Hij was bemanningslid op een duikboot.'

Hal schudde zijn hoofd. 'Die naam zegt me niets.'

'En Angus Radcliff?'

'Ja, die ken ik wel. We zaten samen op de marineopleiding. Hoezo?'

Fliss zuchtte. 'Het is een lang verhaal. Cordelia heeft het me gedeeltelijk verteld, maar het is nogal ingewikkeld, dus je moet goed opletten.'

Hal luisterde belangstellend toen Fliss vertelde dat Angus en Cordelia lang geleden verliefd op elkaar waren geweest, dat Angus naar Australië was vertrokken, dat Cordelia met Simon was getrouwd, waarom hij haar in de steek had gelaten en dat hij een brief aan Henrietta had geschreven. Toen ze echter over de koalaberen en de boeken begon, maakte Hals belangstelling vlug plaats voor ongeloof en werd hij ongeduldig.

'Dit is waanzin,' zei hij. 'Echt, Fliss. Dit moet een poets zijn.'

'Maar dan nog. Je snapt toch wel dat het vreselijk voor haar is?'

protesteerde Fliss. 'Stel dat het inderdaad een poets is. Wie zit er dan achter? Vergeet niet dat die persoon in haar huis is geweest. Cordelia geeft toe dat ze slordig is met het afsluiten van haar huis, maar dan nog. Wie gaat er zomaar iemands huis binnen, zet een koalabeer in een kandelaar, haalt twee boeken uit de werkkamer en legt die in de keuken neer? En die foto dan?'

Hal weigerde nog steeds het serieus te nemen. 'Weet ze heel zeker dat ze die boeken niet zelf heeft verplaatst? Ik kan me voorstellen dat je zoiets doet en vergeet dat je dat hebt gedaan.'

'En die koalaberen dan? Twee nog wel. Ze weet zeker dat die niet van haar zijn.'

Hal haalde zijn schouders op. 'Fliss, eerlijk gezegd klinkt het bespottelijk.' Er schoot hem iets te binnen. 'Zou Henrietta grappen met haar uithalen?'

'Natuurlijk niet,' riep Fliss ongeduldig. 'Dat is niets voor Henrietta. En het is erg onwaarschijnlijk dat ze grappen zou uithalen over iets wat nog steeds erg gevoelig bij haar ligt.'

'Dus ze denken dat Simon is teruggekomen om hen te achtervolgen.'

'Het klinkt inderdaad raar,' bekende Fliss, 'maar die koalaberen duiden op Australië en ook de boektitels wijzen in zijn richting. En dan is er nog die per post verstuurde foto. Wie weet nou waar die foto te vinden is, laat staan dat die persoon het in zijn hoofd haalt die op te sturen?'

'Hij is gek,' zei Hal.

'Precies. Daarom maakt Angus zich zorgen over Cordelia, die daar helemaal in haar eentje zit. Hij wil dat ze de politie belt, maar na het horen van jouw reactie ben ik er niet van overtuigd dat de politie iets voor haar zal doen.'

'Kom op, schat. De politie zal denken dat ze niet goed snik is. Wat gaan ze doen?'

'Daar belde Cordelia dus voor. Volgens mij hoopt Angus dat je zijn kant zult kiezen en ervoor zult zorgen dat ze de zaak serieuzer neemt.

Hij vindt het eng haar alleen achter te laten.'

Hal keek haar met opgetrokken wenkbrauwen aan. 'Hebben ze een relatie?'

Fliss haalde haar schouders op. 'Vermoedelijk. Hij is weduwenaar en Cordelia is alleen, dus waarom niet?'

'Geen enkele reden. Misschien is Simon teruggekomen en zint het hem niet dat ze samen zijn.'

'Juist, dat is het hele punt. Maar wat kunnen ze doen?'

Hal staarde zwijgend voor zich uit, terwijl Fliss op haar lip beet en met een haarlok speelde.

'Geen idee,' zei hij uiteindelijk. 'Ik weet het echt niet. De politie zal het wel te druk hebben om zoiets serieus te nemen. Wie weet denken ze dat de melding nep is. Als Cordelia aangifte doet van de inbraak komt er uiteindelijk vast wel iemand kijken. Maar ja, als deze man gestoord is…'

Fliss sloeg haar armen over elkaar en huiverde. 'Het is afschuwelijk. En dan te bedenken dat Cordelia daar in haar eentje heeft gezeten terwijl dit speelde, al heeft ze natuurlijk McGregor.'

'Is ze niet bang?' vroeg Hal nieuwsgierig. 'Zo te horen is het vooral Angus die in paniek is geraakt.'

'Ze zegt dat ze momenten van grote angst kent, maar dat ze er diep vanbinnen van overtuigd is dat dit slechts een zenuwenoorlog is.'

Hal trok zijn wenkbrauwen op. 'Vrouwelijke intuïtie?'

Fliss trok een lelijk gezicht. 'Angus gaat daar in elk geval niet in mee. Maar wat kan hij doen?'

'Als ik in zijn schoenen stond, zou ik bij haar intrekken en afwachten wat er gebeurt. Volgens mij is er geen andere optie. Ze moeten in ieder geval aangifte doen van de inbraak, ook al levert dat niets op.'

'Is dat je advies?'

'Als mij om raad wordt gevraagd, ja. Heb jij een betere oplossing dan?'

Fliss schudde haar hoofd. 'Ze mag hier komen logeren, maar ze wil haar huis niet onbeheerd achterlaten en ze moet werken. Het is heel frustrerend.'

'Zeg maar tegen haar dat ze hier altijd welkom is. Wat vervelend dat dit is gebeurd, vooral nu, nu iedereen zo gelukkig is.'

'Dat is het volgende punt. Als Simon erachter zit, zal hij Henrietta misschien ook lastigvallen. Die is ook alleen.'

'Goeie genade!' Hal keek zorgelijk. 'Daar had ik nog niet aan gedacht. Weet Jo het al?'

'Nog niet, maar ik ga het hem vertellen en dan hoor ik wel hoe hij erover denkt. We willen Henrietta niet bang maken. Momenteel logeert er een vriendin bij haar en er zijn daar veel honden, maar dan nog…'

'Maar dan nog,' herhaalde Hal nadenkend. 'Laten we hopen dat Cordelia's gevoel klopt. Jo zal bij Henrietta moeten blijven tot dit is opgelost. Er zit niets anders op.'

'Maar dat is het 'm nou juist,' zei Fliss. 'Hoe wordt dit opgelost? Het kan maanden doorgaan. Als het Simon is, kan het ik weet niet hoe lang duren. Hadden we maar zekerheid.'

'Wacht,' zei Hal. 'Ik kan er, tot op zekere hoogte, vast wel achter komen wat er met hem is gebeurd. Als hij naar de Australische marine is overgeplaatst, moet er een manier zijn om hem na te trekken. Daar moet ik over nadenken.'

'Dat is alvast iets,' zei Fliss. 'Ik ga Cordelia bellen om dat tegen haar te zeggen. Wat had Maria eigenlijk?'

Hal kreunde. 'Dat wil je niet weten. Over rampen gesproken. Sorry, lieverd, ik ben hopeloos.'

Hij keek zo berouwvol dat Fliss zich naar voren boog en hem kuste. 'Volgens Prue gaat Jo een stevig gesprek met haar voeren. Ik heb het gevoel dat dat goed is en dat daar iets positiefs uit voort zal komen.'

Hij keek zogenaamd geschrokken. 'Zeker weer vrouwelijke intuïtie?'

Ze grinnikte. 'Misschien,' zei ze. 'Spaar me je kritiek.' Ze liep weg om Cordelia te bellen.

'En, wat zei hij?' vroeg Angus. Hij ijsbeerde, met zijn handen in zijn zakken. Cordelia ging in haar schommelstoel zitten en wilde dat hij rustig was.

'Hal had een goed idee,' zei ze. 'Hij denkt dat de politie het als een valse melding zal opvatten, maar hij gaat proberen of hij Simon via marinekanalen kan opsporen om erachter te komen wat er van hem is geworden. Daar hebben we misschien toch wat aan? Kan hij dat?'

'Waarschijnlijk wel. Hij heeft veel invloed. Het is een heel goed idee. Ik vind het alleen jammer dat hij niet positiever is over de politie erbij halen.'

'Hij vindt dat we aangifte moeten doen van de inbraak, maar hij is niet erg hoopvol als het om het geven van details gaat. Zoals ik al zei, het klinkt bespottelijk.' Bij het zien van zijn teleurstelling glimlachte ze naar hem. 'Hij vindt dat je bij me moet blijven. Op dat punt is hij het met je eens.'

'Daar wordt niet over gediscussieerd,' zei Angus wat opgewekter. 'Was hij… waren ze verbaasd toen ze hoorden dat ik hier was?'

Cordelia schudde haar hoofd. 'Nee, waarom zouden ze?'

'Ik vroeg het me gewoon af. Vind je het goed dat ik een tijdje blijf? In elk geval tot Hal meer over Simon te weten is gekomen.'

'Ik maak me zorgen over Henrietta, maar ik vind dat we moeten doorzetten. Gelukkig is Jilly bij haar. Laten we hopen dat Hal iets ontdekt waar we wat mee kunnen. Maar kun jij al je afspraken uitstellen en bij me intrekken?'

'Zaterdagochtend moet ik in Dartmouth zijn. Dan wordt de boot uit het water gehaald en in de winterstalling gezet. En ik moet wat spullen gaan halen, maar verder verheug ik me op de logeerpartij. Ik zou het niet erg vinden om weer oog in oog met Simon te staan.'

'Dank je wel,' zei Cordelia.

Angus lachte. 'Sorry, Dilly. Met officiële goedkeuring tijd met jou doorbrengen is natuurlijk een pluspunt.'

'Hoezo "officiële goedkeuring"?'

'Je weet best wat ik bedoel. Omdat jij zo ziekelijk vastbesloten bent onze relatie geheim te houden, ben ik blij met elke gelegenheid om met goedkeuring van vrienden en familie bij je te zijn. Klinkt dat beter?'

'Nee,' zei ze boos.

'Oké. Zullen we naar Dartmouth rijden, zodat ik wat kleren kan gaan halen?'

Hij zag dat ze de foto pakte en die nadenkend bekeek.

'Zou die op vingerafdrukken onderzocht kunnen worden?' vroeg ze, en ze zette de foto op de plank. 'Ja, laten we je spullen gaan halen. Eerlijk gezegd ben ik blij dat je blijft, Angus. Dit gaat te ver, hè? Na die beer en die boeken dacht ik dat Simon plotsklaps voor mijn neus zou staan, uit het niets zou opduiken, me zou laten schrikken en dat het dan voorbij zou zijn. Ik was ervan overtuigd dat hij hoopte op een verzoening en ik wist niet hoe ik erover moest beginnen. Simon is een controlefreak, dus hij zou me als het ware op het verkeerde been willen zetten. Inmiddels ben ik minder optimistisch. Het duurt te lang en dat met die foto is raar. Hij moet die foto al jaren in bezit hebben gehad. Het heeft iets beangstigends dat hij al die tijd plannen heeft kunnen maken... En ik maak me zorgen over Henrietta. Haar valt niets te verwijten, eerder het tegenovergestelde, maar ik denk nu toch dat hij in de war is en dat werpt een ander licht op de zaak.'

'Als er iets zou gebeuren, zouden we het onszelf nooit vergeven,' zei Angus. 'Ik ben het met je eens dat het tot nu toe een nogal kinderachtige grap is die Simon zou kunnen uithalen, maar hij gaat te ver.'

'Denk je dat hij zich bekend zal maken als hij ons aldoor samen ziet?'

Angus knikte. 'Zoiets.'

Ze wierp een spottende blik op hem. 'Zo te horen kijk je ernaar uit.'

Hij keek haar aan. 'Ik geniet inderdaad van het vooruitzicht Simon een klap te verkopen,' zei hij.

29

Op zaterdagochtend liep Fliss door de tuin om wat laatbloeiende bloemen te plukken. Ze dacht aan Jo's ophanden zijnde ontmoeting met Maria. Hij was de afgelopen twee dagen nogal stil geweest en Fliss had met hem te doen. De vrolijkheid was afgezwakt, al werd dat deels wellicht veroorzaakt doordat Henrietta's vriendin Jilly bij haar logeerde. Jo en Henrietta hadden besloten dat het verstandig was hun relatie geheim te houden, vooral vanwege Jo's bekendheid. Jilly was ook een vriendin van Susan, en Henrietta was er nog niet uit of ze Susan moest bellen of moest wachten tot ze aan het eind van de maand thuiskwam. Ondertussen hield Jo zich op een afstand en bereidde zich voor op een openhartig gesprek met zijn moeder.

Fliss sneed wat herfstasters af en dacht na over de vraag van Cordelia: zijn wij de eerste generatie die per se vrienden willen zijn met onze kinderen?

Fliss vond het een interessante vraag. Haar ouders waren omgekomen toen ze nog maar negen jaar was, dus ze had geen referentiekader voor haar relatie met haar eigen kinderen, maar ze vermoedde dat ze inderdaad een vriendin van hen wilde zijn. Ze wilde hun blijdschap en zorgen delen, met Bess kletsen aan de telefoon, en ze was nieuwsgierig naar Jamies ideeën, wilde weten wat hij dacht en welke boeken hij las. Ze boog zich naar voren om een takje met bessen van de kamperfoelie af te knippen, die tegen de oude muur achter de kruidentuin groeide.

'We kunnen wel denken dat we allemaal vrienden zijn, maar hebben we nog wel evenveel gezag als onze ouders?' had Cordelia gevraagd. 'Tot op de dag van haar overlijden kon mijn moeder me met één blik het zwijgen opleggen, maar we waren dan ook geen vriendinnen. Ontnemen we onze kinderen een veilige thuishaven als ze echt in de problemen zitten door erop te staan vrienden van hen te zijn?'

Opnieuw had Fliss geen vergelijkingsmateriaal. Toen ze over het gazon liep en de tuinkamer in ging om de bloemen in een vaas te zetten, dacht ze aan haar grootmoeder, dat geduchte gezinshoofd. Haar gezag werd nooit in twijfel getrokken.

Fliss dacht: toch voelden we ons veilig bij haar. Buiten gevaar.

Had Cordelia gelijk? Als je te vriendschappelijk met je kinderen omging, ontnam je hun dan een cruciaal gevoel van veiligheid? Wat was het gezag van haar grootmoeder van essentieel belang geweest toen Mol, Susanna en zij uit Kenia terugkeerden; wat was het belangrijk om je veilig te voelen, te weten dat iemand de leiding had.

'Je doet me denken aan de oude mevrouw Chadwick,' had Maria tegen haar gezegd. 'Je bent wel minder lang, maar toch heb je iets…'

Ze had haar zin niet afgemaakt, was over iets anders begonnen, maar Fliss had een vermoeden wat ze bedoelde. Meer mensen hadden er een opmerking over gemaakt. Toch voelde ze zich lang niet zo zelfverzekerd en sterk als haar grootmoeder. Ze had zeker haar gezag niet. Fliss vond een vaas, draaide de kraan open en keek om zich heen. Ze herinnerde zich dat haar grootmoeder hier bezig was geweest en dat ze zelf, nog een klein kind, net terug uit Kenia, opgerold als een balletje in de oude rieten stoel had gezeten en de bewegingen van haar grootmoeder had gevolgd. Opeens voelde ze weer de angst en het verdriet van lang geleden, maar de angst werd vergezeld door dat hoogst belangrijke gevoel van veiligheid dat ze in The Keep en bij haar grootmoeder had gevonden.

'Gaat het?' Jolyon stond in de deuropening, met de honden op zijn hielen. Fliss schrok.

'Je liet me schrikken,' zei ze. 'Ik was met mijn gedachten ver weg. Ik dacht aan die lang vervlogen tijd toen we als kinderen in The Keep arriveerden. Het huis kwam op ons over als een vesting. Een toevluchtsoord. Het was zo'n opluchting om de verantwoordelijkheid voor Mol en Susanna over te kunnen dragen en grootmoeder was heerlijk geruststellend.' Ze keek hem peinzend aan en zag de strakke trek om zijn mond. 'Jij herinnert je haar zeker niet? Je was nog heel klein toen ze overleed. Ze zou erg trots op je zijn geweest, Jo. Echt. Haar grootste wens was dat The Keep een toevluchtsoord voor de hele familie zou zijn, niet slechts voor een of twee mensen, of voor degene die zich het huis zou kunnen veroorloven, maar voor ons allemaal. Ze zou het geweldig hebben gevonden als ze kon zien hoe je Keep Organics hebt ontwikkeld en ze zou blij zijn geweest dat jouw bedrijf zo'n grote bijdrage levert aan het onderhoud van The Keep. Nu ga je natuurlijk zeggen dat we aandelen in de porseleinaardefabriek hebben en dat Hals pensioen ook in de grote pot gaat, maar zonder jou, Jo, zou The Keep waarschijnlijk al zijn verbouwd tot een tiental appartementen of een hotel. Je hebt het echt geweldig gedaan en we zijn allemaal trots op je.'

Hij keek ongemakkelijk en wat verlegen, maar ook blij. 'Dank je,' mompelde hij. 'Het leek vanzelfsprekend om het landgoed in zijn eigen onderhoud te laten voorzien, zichzelf te laten bedruipen.'

'Ja, maar jíj hebt dat bedacht. Niemand anders.'

Hij knikte. 'Dat is waar. Het leek me zonde dat er zo veel grond niet werd gebruikt. Ik herinner me dat ik daar met oom Theo over sprak. Hij was degene die zei dat we het land achter de stallen misschien konden ontwikkelen en stelde voor het er met papa over te hebben. Dat was voor mij het duwtje in de rug.'

Ze grijnsde naar hem. 'Vergeet ook niet die folietunnel die je voor je achttiende verjaardag van Miles hebt gekregen.'

Hij grijnsde terug. 'Alsof ik dat ooit zou vergeten. Dat was een belangrijk keerpunt. Miles was briljant. Hij schreef mijn bedrijfsplan voor me.' Er verscheen een trieste uitdrukking op zijn gezicht. 'Ik zat 's avonds vaak bij hem nadat hij die beroerte had gekregen en dan vertelde ik hem over mijn plannen. Hij was heel enthousiast. Dan schreef hij iets op zijn blocnote, weet je nog, omdat hij niet goed meer kon praten?'

Hij zweeg toen hij tranen in haar ogen zag, liep naar haar toe en sloeg zijn armen om haar heen. 'Sorry,' mompelde hij, 'dat was tactloos van me.'

'Nee,' zei ze, en ze keek naar hem op, probeerde te glimlachen. 'Dat was niet tactloos. Herinneringen ophalen is goed. Miles zou ook trots op je zijn geweest. Wat heb je me ook alweer verteld? Dit jaar een omzet van anderhalf miljoen pond, een nettowinst van veertien procent en zeven bestelwagens op de weg. En dan ben je ook nog eens een bekende tv-presentator. Je bent een echte Chadwick en een waardig bewaker van The Keep, Jo.'

Hij bloosde. Ze richtte haar aandacht weer op de bloemen en deed alsof ze zijn verlegenheid niet bemerkte.

'Ik ga straks...' Hij aarzelde en Fliss schoot hem te hulp.

'Je hebt toch met Maria afgesproken bij The White Hart? Goede keus. Na afloop kunnen jullie door de tuinen wandelen en verder praten. Jo, je hebt groot gelijk dat je eerlijk wilt zijn over Henrietta en deze voorgestelde verhuizing naar Devon. Ik denk dat Maria de breuk echt wil herstellen, maar ze moet jou ook ruimte geven. Je weet straks heus wel wat je moet zeggen.'

'Dat hoop ik maar,' zei hij. Er lag weer een sombere uitdrukking op zijn gezicht. 'Ik ga me omkleden. Tot straks.'

Fliss zag hem gaan, gevolgd door de honden, en pakte de vaas. Hal was in de hal, stond met zijn handen in zijn zakken en leek in gedachten verzonken. Ze zette de vaas op tafel en trok haar wenkbrauwen op.

'Problemen?'

'Waarschijnlijk wel,' zei hij. 'Alan belde. Hij had informatie over Simon March.'

'En?' vroeg ze, bang door zijn sombere blik. 'Wat is er? Is hij terug in Engeland?'

'Nee,' zei hij. 'Simon is bijna een jaar geleden aan kanker overleden.'

Fliss keek hem ontzet aan. 'Wat vreselijk,' zei ze. 'Het is erg dat hij is overleden, maar ook in een ander opzicht is het vreselijk, want als het Simon niet is, wie dan wel? Heeft Alan zijn vrouw, ik bedoel zijn weduwe gesproken?'

'Dat is nog merkwaardiger,' zei Hal. 'Simon is nooit getrouwd. Er is geen vrouw, er zijn geen kinderen, er is geen tweede gezin.'

'Maar dat was de reden dat hij het contact met Henrietta heeft verbroken, om zich helemaal op zijn nieuwe gezin te richten.'

Hal haalde zijn schouders op. 'Dat zijn de feiten.'

Ze keek hem zorgelijk aan. 'Wat moeten we doen?'

'We moeten het aan Cordelia en Angus doorgeven. Dit maakt het eigenlijk erger, hè? Ik dacht dat we het met z'n allen wel voor elkaar zouden krijgen dat Simon zich kalm zou houden. Dit werpt een ander licht op de zaak. Wil jij bellen of moet ik het doen?'

Fliss beet op haar lip, dacht na. 'Bel jij maar,' zei ze uiteindelijk, 'en laten we hopen dat Angus opneemt. Cordelia zal het heel moeilijk hebben met dit nieuws.'

Onderweg naar Dartington oefende Jolyon verschillende zinnen die hij tegen zijn moeder kon zeggen. Fliss had hem meer moed gegeven dan ze kon weten. Het was ongelofelijk dat ze uitgerekend was begonnen over dingen waar zijn moeder zich ooit zo smalend over had uitgelaten. Zijn verlangen om The Keep zichzelf te laten bedruipen van de bijbehorende grond was slechts de eerste stap geweest. Zijn hart zwol van dankbaarheid en trots toen hij bedacht wat Fliss had gezegd: 'Je bent een echte Chadwick en een waardig bewaker van The Keep, Jo.'

Dat was waar, hield hij zichzelf voor. Niemand anders van de familie zou erin zijn geslaagd ervoor te zorgen dat The Keep ook in de eenentwintigste eeuw nog privébezit was. Die wetenschap gaf hem zelfvertrouwen toen hij de auto bij Dartington Hall parkeerde en de binnenplaats van het grote middeleeuwse huis op liep. Hij zag Maria, samen met een andere vrouw, voor The White Hart staan. Ze keek naar hem uit en zwaaide toen ze hem zag. Als groet stak hij zijn hand op. De andere vrouw keek hem nieuwsgierig en blij aan, en hij wist al wat ze zou gaan zeggen.

'Ik heb je op tv gezien.' Precies op het juiste moment. 'Maria heeft beloofd dat ze een handtekening voor me zou regelen. Ze boft maar met zo'n beroemde zoon.'

Haar begroeting en daarna de introductie maakten het gemakkelijk voor hem om zijn ontmoeting met zijn moeder te verdoezelen. Glimlachend gaf hij Penelope een hand, hij zei precies de juiste dingen en stemde ermee in dat ze elkaar later nog zouden zien. Met tegenzin ging Penelope weg, en ze keek lachend naar hem om.

'Ze hoopte dat we haar zouden uitnodigen om koffie met ons te drinken,' zei Maria zelfingenomen, die duidelijk van haar voorrecht genoot, 'maar dat willen we niet, hè?'

Hij schudde zijn hoofd en hield de deur van de bar voor haar open. Ze gingen aan een tafeltje bij het raam zitten. De open haard brandde en er hing een vrolijke, knusse sfeer. Hij liep naar de bar om koffie en chocoladebroodjes te bestellen en ging terug naar het tafeltje. Zijn hart klopte onregelmatig.

'Dit is leuk,' zei ze. 'Fijn dat je bent gekomen, Jolyon. Het is prettig om voor de verandering een keer onder ons te zijn. Vind je niet?'

De vraag klonk onzeker en toen hij haar aankeek, zag Jolyon de nervositeit in haar ogen en haar gespannen, vastberaden glimlach. Het was raar dat het zorgvuldig geverfde haar en de keurig aangebrachte make-up, de fel gelakte nagels en de mooie kleren niet het gewenste effect opleverden, maar haar eerder tot een zielige verschijning maakten. Hij herinnerde zich hoe mooi ze was geweest, hoe smaakvol, en hij voelde een steek van medelijden.

'Ja,' zei hij. 'Het is zeker leuk en ook noodzakelijk. Ik moet namelijk met je praten.'

Opnieuw zag hij die minieme flikkering van onrust achter haar opgewekte glimlach. 'Waarover?' vroeg ze. 'Er zijn toch hopelijk geen problemen?'

De koffie en de chocoladebroodjes werden gebracht. Jo wachtte tot ze weer alleen waren voordat hij antwoordde. Hij verzamelde moed, dacht aan de opmerkingen van Fliss en waagde de sprong.

'Ik ben niet volkomen eerlijk tegen je geweest,' zei hij bedaard.

'Toen je kwam logeren wist ik nog niet zeker hoe de toekomst eruit zou zien en ik heb je over een belangrijke zaak misleid.'

Het kwam er anders uit dan hij in zijn hoofd had gehad – het klonk vormelijk en hoogdravend – maar hij kon geen natuurlijkere manier vinden om het te zeggen.

Ze zette grote ogen op, stak de draak ermee, maar hij wist nu dat ze net zo zenuwachtig was als hij en dat gaf hem moed.

'Dat klinkt ernstig,' zei ze. 'Wat is er aan de hand?'

'Ik ben verloofd, ik ga trouwen,' zei hij. Hij zag de glimlach van haar gezicht verdwijnen en haar ogen werden nog groter van schrik.

'Trouwen,' herhaalde ze zacht. 'Lieve help. Met wie? Met Lizzie?'

'Nee, niet met Lizzie.' Hij nam een paar slokken koffie. 'Herinner jij je Henrietta March? Ze kwam op mijn verjaardag lunchen.'

'Ja, natuurlijk herinner ik me haar.' Maria leek moeite te hebben met praten, alsof haar lippen stijf waren. 'Maar waarom heb je niets tegen me gezegd? Jullie deden zo... onverschillig. Ik heb geen moment gedacht dat jullie iets samen hadden.'

'We wilden niet dat je iets zou vermoeden.' Het was wreed om dat te zeggen, maar hij zag geen andere mogelijkheid. 'We waren toen nog niet verloofd en we wilden allebei niet dat je zou weten... dat er iets tussen ons was.'

Ze keek hem aan, dacht niet meer aan haar koffie en haar chocoladebroodje. 'Wil je zeggen dat iedereen het verder wist? Fliss en Hal? Cordelia?'

'Ja,' zei hij met tegenzin. Hij had hier een hekel aan. 'Ja, die wisten het, maar ze hadden beloofd niets te zeggen. Alleen de familie wist het.'

'Maar ik ben ook familie,' zei ze woedend. 'Ik ben je moeder.'

Hij keek haar met een kalme blik aan en ze sloeg haar ogen neer.

'Vond je dat ik het niet verdiende om het te weten?' vroeg ze uiteindelijk.

Ze dronk wat koffie en hij probeerde te bedenken hoe hij moest antwoorden. Hij moest haar de waarheid zeggen.

'Ik kon je niet vertrouwen,' zei hij. 'In het verleden heb je nooit geaarzeld om heel duidelijk te laten merken hoe je over mij en wat ik deed dacht. Dat kon ik met Henrietta niet riskeren. Ik wist niet hoe je zou reageren. Natuurlijk zijn er de laatste tijd dingen veranderd, dat besef ik. Adam is overleden en Ed is naar de Verenigde Staten vertrokken...' Hij aarzelde, kreeg het niet uit zijn mond om eraan toe te voegen dat hij een bekende tv-persoonlijkheid was geworden.

Op verbitterde toon verwoordde zij het voor hem. 'En je bent nu beroemd. Ik wist dat je zou denken dat mijn bezoek daarmee te maken had.'

'Dat is toch zo?'

Ze keek hem aan. Haar boosheid was weg en ze keek verslagen. 'Volgens mij niet. Daar was het me echt niet om te doen. Het is waar dat het alleen-zijn me enorm heeft veranderd. Dat zal ik niet ontkennen. Toen Adam overleed, besefte ik opeens dat je mensen gemakkelijk voor lief neemt en dat liefde kostbaar is. Het was een schok. Toen besloot Ed een eind bij me vandaan te gaan wonen, al zag ik hem niet vaak sinds hij een relatie met Rebecca had gekregen, en dat was een volgende klap. Ik snap dat die omstandigheden me in een ongunstig daglicht stellen, maar ik wilde een nieuwe start met je maken. Ik zal niet doen alsof ik het niet geweldig vind dat je beroemd bent, maar volgens mij was dat niet de reden dat ik je kwam opzoeken. Hal had me een mooie brief geschreven nadat Ed was vertrokken. Het was net alsof hij snapte hoe leeg mijn leven nu was en opeens had ik er behoefte aan jullie allemaal weer te zien. Niet alleen jou, maar ook Hal en Prue en The Keep. Ik ben dom geweest, dat weet ik. Ik heb in het verleden vreselijke dingen tegen je gezegd en ik heb me zeer slecht gedragen, maar ik hoopte dat we het opnieuw zouden kunnen proberen. Wil je zeggen dat het te laat is?'

Ze keek ongelukkig en hij voelde zich schuldig, bedacht hoe blij ze naar hem had gezwaaid en hoe verwachtingsvol ze toen had gekeken. Hij dacht aan haar plannen om naar Devon te verhuizen en aan alles waar ze op moest hebben gehoopt. Hij had haar toekomstdromen verpletterd.

'Nee,' antwoordde hij voorzichtig. 'Ik zeg niet dat het te laat is, maar ik denk dat je op korte termijn te veel verwacht.' Ze keek hem nu gretig en hoopvol aan en hij probeerde zich te herinneren wat hij wilde zeggen.

'Ik vind Henrietta aardig,' zei ze op bijna smekende toon tegen hem. 'Het is een schat van een meid. Ik snap niet waarom je dacht dat ik niet blij zou zijn.'

'Moet je horen…' Hij kon zich er nog steeds niet toe brengen haar 'mama' te noemen. Ze was bijna een vreemde voor hem. 'Of je haar aardig vindt of niet, doet er voor mij niet toe. Het punt is dat je min of meer besloten had om mij uit jóúw leven te weren toen ik nog erg jong was. Je kunt nu niet míjn leven binnenwandelen alsof er niets is gebeurd. Het spijt me als dat wreed klinkt, maar als we opnieuw willen beginnen, moeten we allebei weten waar we aan toe zijn. Ik ben blij dat je het licht hebt gezien als dat betekent dat we een nieuwe start kunnen maken, maar aan onze onderlinge relatie moet heel wat verbeterd worden. We kunnen niet doen alsof we de afgelopen twintig jaar een hecht en gelukkig gezin hebben gevormd. Ik kan dat althans niet. Dat betekent echter niet dat het niets kan worden.'

Ze knikte, dronk wat koffie en deed er het zwijgen toe. Hij leunde achterover in zijn stoel en keek om zich heen. Het leek lichtjaren geleden sinds ze hier waren gekomen en opeens drong het geklets en gelach tot hem door alsof hij tot op dat moment doof was geweest.

'Ik snap wat je bedoelt.' Eindelijk zei ze iets en hij keek haar aan. 'Je hebt volkomen gelijk. Ik liet me meeslepen. Ik heb zo genoten van mijn laatste bezoek aan The Keep, vond het heel fijn jullie allemaal weer te zien en had het gevoel dat we echt vooruitgang hadden geboekt.'

Hij keek haar bedachtzaam aan, weigerde zich schuldig te voelen en na een tijdje keek ze van hem weg.

'Maak je geen zorgen,' zei ze luchtig. 'Ik zal geen overhaaste beslissingen nemen, zoals een huis kopen in Staverton. Dat was een uitzinnig idee, dat besef ik nu.'

Hij had het gevoel dat hij haar een klap had gegeven, maar hij wist dat hij nu niet moest terugkrabbelen. 'Het is te vroeg,' zei hij zo vriendelijk mogelijk. 'Veel te vroeg. Kunnen we niet één stap tegelijk nemen? Je komt toch op papa's verjaardag? Dat is iets om naar uit te kijken en dan kun je onze verloving samen met de rest van de familie vieren. Ik zou het fijn vinden als je het tot die tijd aan niemand zou vertellen.' Als troost voegde hij eraan toe: 'Zelfs Kit weet het nog niet.'

'Het zal raar zijn om Kit na al die jaren weer te zien,' zei ze rustig. Hij voelde zich ongemakkelijk, maar ook opgelucht. Hij had zijn standpunt duidelijk gemaakt maar had de deur naar de toekomst niet gesloten. Ze glimlachte naar hem, alsof ze zich kon inleven in zijn gevoelens.

'Penelope komt straks hierheen om met me te gaan lunchen,' zei ze tegen hem. 'Haar kennende zal ze je met gevlei proberen over te halen met ons mee te eten. Ze is een groot fan van je. Misschien is het een goed idee om je uit de voeten te maken nu dat nog kan.'

Voor het eerst voelde hij iets van ware genegenheid voor haar en hij knikte dankbaar.

'Bedankt voor de waarschuwing,' zei hij. 'We kijken er allemaal naar uit je over een paar weken te zien. Je moet van iedereen de groeten hebben.'

Glimlachend knikte ze, ze had zichzelf weer helemaal in de hand. Hij stond op, aarzelde en bukte zich toen om vlug een kus op haar wang te drukken.

'Bedankt voor de koffie,' zei ze. Hij glimlachte onbeholpen en ging haastig naar buiten.

Hij rende min of meer naar de parkeerplaats, bang als hij was om Penelope tegen te komen, opgelucht dat de afspraak voorbij was, en bezorgd dat hij het had verknoeid. Zodra hij in de auto zat, pakte hij zijn mobiele telefoon. Hij moest Henrietta spreken.

*

30

Maria bleef zitten, met een lachje om haar lippen voor het geval er anders iemand zou denken dat er iets mis was. Verschillende mensen hadden Jolyon herkend en ze was erg blij dat hij haar bij het afscheid een kus had gegeven, zodat niemand zou vermoeden dat hij van die vreselijke dingen had gezegd. 'Ik kon je niet vertrouwen,' en 'Of je haar aardig vindt of niet, doet er voor mij niet toe'. Het was lastig om ondanks zo veel verdriet te blijven glimlachen, maar ze kon het niet verdragen dat een van deze mensen, van wie sommigen van tijd tot tijd nog steeds een blik op haar wierpen, ook maar even zouden vermoeden dat er geen bijzondere band tussen Jolyon en haar bestond.

Ze was dolblij geweest dat ze in zo'n openbare gelegenheid hadden afgesproken. Penelope had groen gezien van jaloezie en had duidelijke hints gegeven dat ze hem graag wilde ontmoeten. Het was schattig geweest om te zien dat Jolyon zich er niet van bewust was dat de mensen naar hem keken en elkaar aanstootten. En het was leuk geweest om mensen naar haar te zien kijken, zich afvragend wie ze was, maar ze had niet verwacht dat hij haar zo zou kwetsen. Hij leek sprekend op Hal. Wat raar dat de kleine Jolyon, die haar altijd had willen behagen en haar liefde had willen winnen, was uitgegroeid tot een harde man met een scherpe blik. Als jongetje was hij bang geweest voor ruzies en boze stemmen, had hij zich uitgesloofd om de vredestichter te zijn. Hij had zielsveel van haar gehouden en zij had hem diep gekwetst.

Het was onmogelijk om te blijven glimlachen en ze maakte haar tas open en deed of ze erin keek. Haar koffie was koud geworden, maar ze had geen zin om op te staan en naar de bar te lopen om nieuwe te bestellen. Ze had trouwens iets sterkers nodig: echte drank. Ze voelde zich slap, alsof ze een klap had gekregen, en in zekere zin was dat ook zo, maar diep vanbinnen wist ze dat Jolyon niets had gezegd wat onwaar of onredelijk was. Zoals gewoonlijk had ze vanuit haar eigen standpunt geredeneerd, had ze er niet over nagedacht hoe het voor anderen zou zijn. Zo was het idee om naar Devon te verhuizen in een opwelling ontstaan. Met het weekend nog vers in haar geheugen had de mogelijkheid om naar het westen te verhuizen een geweldige kans geleken, een opwindend vooruitzicht. Ze had niet doorgedacht, had zich niet afgevraagd hoe de Chadwicks, en dan vooral Jolyon, ertegenaan zouden kijken. Denkend aan het verleden moest ze bekennen dat ze zich eigenlijk nooit had afgevraagd wat Jolyon ergens van vond. Ze had hem genegeerd en gebruikt, had hem afgedankt ten gunste van Ed en Adam. Nu ging hij trouwen en het kon hem niet schelen of ze zijn toekomstige bruid aardig vond. Na al die jaren van afwijzing lieten haar gevoelens hem koud.

Onwillekeurig, alsof ze op die manier vlug van de pijnscheuten in haar hart verlost kon worden, deed ze haar handtas dicht, stond op en ging bij de bar een glas wijn halen. Toen ze in de korte rij stond te wachten, bedacht ze hoe vernederend het was dat ze dat weekend in The Keep had gelogeerd en dat iedereen, behalve zij, het had geweten van Jolyon en Henrietta. Ze kreeg het warm van schaamte. Ze zouden achter haar rug wel gelachen hebben en wat was het nu moeilijk om naar Hals verjaardag te gaan. Kon ze dat? Toch besefte ze vaag dat als er ooit een soort verzoening zou komen, ze de vernedering en het verdriet geduldig moest accepteren en erdoorheen moest zien te komen. Op de een of andere manier had Jolyon zijn verdriet en het feit dat zij hem had afgewezen overwonnen. Hij was een sterke, succesvolle man geworden. Zijn familie en een charmante, mooie vrouw hielden van hem. Nu moest ze proberen een beetje van de genegenheid terug te winnen die hij ooit voor haar had gevoeld.

Tot haar ontzetting zag ze dat Penelope was binnengekomen en met heldere, verwachtingsvolle ogen om zich heen keek. Ze was verdorie extra vroeg gekomen in de hoop Jolyon te zien. Maria zwaaide, gebaarde dat ze een drankje ging bestellen en wees naar haar tafeltje. Ze haalde diep adem en verzamelde moed en wat vrolijkheid. Penelope mocht niet merken dat er iets mis was.

Noch Angus, noch Cordelia nam op toen Hal belde. Ze waren tegelijkertijd uit het huis vertrokken, elk met hun eigen auto, en hadden afgesproken elkaar later op de dag voor een late lunch bij het huis van Angus in Dartmouth te treffen.

Bij Kingsbridge sloegen Cordelia en McGregor af naar de parkeerplaats. Angus knipperde met zijn koplampen en reed door naar Dartmouth. Opgelucht reed Cordelia de parkeerplaats op. Hoewel ze dol was op Angus genoot ze van dit moment van vrijheid. Ze had er niet bij stilgestaan dat ze het niet meer gewend was om aldoor iemand om zich heen te hebben en ze vond het wat beklemmend. Ze kon natuurlijk in haar werkkamer gaan zitten om te werken, maar dan voelde ze zich schuldig, omdat ze dacht dat Angus zich verveelde of zich afvroeg wat hij moest doen, en dan kon ze zich niet concentreren. Hij stond er zelfs op om met haar mee te gaan als ze in het dorp een krant ging kopen, en ze begon te denken dat ze nog liever Simon tegen het lijf liep dan dat ze het gevoel had een gevangene te zijn. Ze schrok van die gevoelens, maar ja, ze had het de afgelopen twintig jaar in haar eentje gerooid en ze had er moeite mee om niet meer alleen te zijn. Toch hield ze van Angus. Ze had altijd van hem gehouden.

Genoeg om met hem samen te wonen? vroeg een bekend stemmetje in haar hoofd pienter.

'Kop dicht,' mompelde ze. Ze stapte uit de auto en liep naar de parkeerautomaat. Somber en nerveus wierp ze er geld in en haalde haar ticket eruit.

'Leuk je weer te zien,' zei een stem achter haar. Het was de lange vrouw die bij de boekwinkel haar sjaal had teruggegeven. Cordelia groette haar en deed een stap opzij, zodat de vrouw een ticket kon kopen.

De vrouw glimlachte en keek haar scherp aan. 'Gaat het? Je ziet er vanmorgen nogal terneergeslagen uit. De vorige keer dat we elkaar ontmoetten was je nog zo opgetogen.'

Cordelia dwong zich te glimlachen, vond het ontroerend dat de vrouw dit vroeg. 'Het gaat wel. Ik zit met een probleem, meer niet.'

'Vervelend voor je.' De vrouw aarzelde. 'Zou een kop koffie helpen? Ik wilde net bij Mangetout koffie gaan drinken.'

'Dat zou ik leuk vinden,' zei Cordelia verbaasd. Ze wapperde heen en weer met haar ticket. 'Ik leg dit even in de auto en dan ben ik zo terug. Ik zie je straks op de hoek.'

Ze liepen samen de delicatessenzaak binnen en gingen aan een tafeltje achter in de tearoom zitten. Ze bestelden koffie en Cordelia keek om zich heen. Hier had ze de laatste keer gezeten, toen ze Angus was tegengekomen, en opeens herinnerde ze zich nog iets.

'Volgens mij heb ik je een paar weken geleden hier gezien,' zei ze. 'Je zat op een kruk. Ik wist dat ik je eerder had gezien.' Ze glimlachte. 'Zullen we onszelf maar voorstellen?'

'O, maar ik weet wie jij bent,' zei de vrouw, die haar strak aankeek. 'Jij bent Cordelia Lytton, de bekende journalist.'

Cordelia trok haar wenkbrauwen op. 'Zo beroemd ben ik helaas nou ook weer niet. Hoe weet je dat? Laat me raden… Dat heb je van Pat Abrehart gehoord, die keer dat je mijn sjaal in de boekwinkel hebt opgeraapt. Pat en ik zijn al heel lang bevriend.'

'O, maar daarvoor wist ik al alles over je,' antwoordde ze.

'Je gaat me toch niet vertellen dat je een van mijn boeken hebt gelezen, hè?' vroeg Cordelia op luchtige toon en ietwat verlegen. Ze was blij toen de koffie werd gebracht, zodat ze een ander onderwerp kon aansnijden. 'Je hebt me nog niet verteld hoe je heet.'

De vrouw deed suiker in haar koffie en glimlachte bij zichzelf, alsof ze nadacht over haar antwoord.

'Wat dacht je van Elinor Rochdale?'

Cordelia verbaasde zich over de manier waarop de vrouw haar antwoord verwoordde. 'Dat klinkt bekend,' antwoordde ze langzaam, van haar stuk gebracht door de geamuseerde uitdrukking op het gezicht van de vrouw. Ze begon zich ongemakkelijk te voelen. 'Hebben we elkaar eerder ontmoet? En dan bedoel ik niet hier in het dorp, maar ergens anders. Ik voel me dom en heb het idee dat jij geduldig wacht tot het kwartje valt.'

'We hebben elkaar nooit ontmoet. Niet officieel althans. Maar ik weet heel veel over je.'

Opeens viel het kwartje alsnog en Cordelia voelde een vlaag van angst. Elinor Rochdale. Ze keek om zich heen. Alle tafeltjes waren bezet en het was druk in de winkel. Ze was hier veilig. Het zou belachelijk zijn om in paniek te raken.

'Elinor Rochdale,' herhaalde ze. Ze keek de vrouw recht aan, vastbesloten kalm over te komen. 'Heel gewiekst. Daar hou ik van. Je bent dus de vrouw van Simon of...' Ze aarzelde, was minder zeker van haar zaak. 'Of ben je, gezien de naam die je gaf, zijn weduwe?'

De vrouw beantwoordde haar blik. 'Allebei niet,' zei ze. Ze dronk van haar koffie en zette het kopje terug op de schotel. 'Ik was zijn minnares.'

Cordelia zweeg. Ze weigerde zich te laten verlokken tot medelijden of nieuwsgierigheid. 'Als dat zo is, waarom noem je jezelf dan Elinor Rochdale?' vroeg ze kalm. Ze vroeg zich af of haar hand zou trillen als ze het kopje optilde en waagde het toch. 'Dat is toch de naam van de heldin in *The Reluctant Widow*? Dat boek dat je op mijn lessenaar hebt gezet, samen met *Simon the Coldheart*. Waar sloeg dat op?'

De vrouw zette haar ellebogen op tafel en met haar lichtgrijze ogen keek ze Cordelia aan. 'Hij wilde niet met me trouwen,' zei ze. 'Ik was gek op hem en hij was gek op jou.'

Cordelia's zelfbeheersing liet haar een beetje in de steek. 'Wil je zeggen dat hij niet getrouwd was? Maar dat heeft hij als reden aangevoerd voor het verbreken van alle contact met Henrietta. Hij ging naar Australië om daar een nieuw leven te beginnen, een nieuw gezin te stichten.'

De vrouw tegenover haar schudde haar hoofd. 'Geen vrouw, geen kinderen, alleen ik. Hij heeft me alles over je verteld. Op een bepaald moment had ik het idee dat ik meer over jou wist dan over hem. Je was een obsessie voor hem.'

'Maar hij heeft me in de steek gelaten.' Cordelia boog zich naar voren en sprak zacht: 'Ik wilde ons huwelijk niet beëindigen. Híj besloot weg te gaan. Als hij zo veel van me hield, waarom liet hij Henrietta en mij dan in de steek?'

De vrouw trok haar wenkbrauwen een beetje op. 'Wie zei dat we het over liefde hadden?' vroeg ze zacht. 'Een obsessie is geen liefde. Een obsessie gaat over onzekerheid, behoefte en bezitsdrang. Zoiets drijft je tot waanzin. Simon werd er gek van. Hij vervloekte zichzelf soms omdat hij was weggelopen, hoewel hij er wel eerst voor had gezorgd dat jouw kans op geluk verkeken was. Toen de voldoening daarvan verzadigd raakte, besloot hij Henrietta's leven te ruïneren, waarbij hij tegelijkertijd op jouw leven inhakte. Hij vermoedde dat het voor jou net zo vernietigend zou zijn als ze zou weten waarom hij was weggegaan en tegen die tijd had hij geen warme gevoelens meer voor Henrietta.' Ze schudde haar hoofd. 'De arme schoft. Toch hebben we ook zeer gelukkige perioden gekend, waarin ik dacht dat hij het bijna had verwerkt, maar er was altijd wel iets waardoor alles weer van voren af aan begon. Doodzonde.'

Cordelia keek in haar koffiekopje. 'Hij is zeker overleden?'

'Ja, hij is in april aan kanker gestorven. Mijn familie woont nog steeds in Engeland, in de Border Country, en dus besloot ik naar huis te gaan. Ik moest je zien, wilde weten wie zijn leven, en het mijne, had verpest.'

'En dus ging je me stalken?'

De vrouw snoof geamuseerd. 'Het was een makkie,' zei ze peinzend. 'Dat er vlak voor je huis een kustpad loopt, was een geschenk uit de hemel. Ik kon altijd doen alsof ik bij een groep wandelaars hoorde en achterop was geraakt. Ik keek naar je door een verrekijker, zag je in je tuintje. Een paar keer ben ik je auto gevolgd en heb ik foto's genomen. Bovendien heb je er een handje van de deur niet op slot te doen.

Na een tijdje besloot ik om nog wat dichterbij te komen.'

Cordelia legde haar ineengeslagen handen in haar schoot. Ze was vastbesloten niets te laten merken van het klamme angstzweet dat langs haar wervelkolom naar beneden drupte en tot in haar haarwortels doordrong.

'Wat hoopte je te bereiken?' vroeg ze kil. 'Wilde je me bang maken?' De vrouw dacht na over deze vraag. 'Zou kunnen,' zei ze uiteindelijk. 'Ik had er gewoon behoefte aan om vlak bij je te zijn. Vergeet niet dat ik het gevoel had dat ik je al kende. Simon had het zo vaak over je dat ik het gevoel had dat we een trio waren. Het was heel vreemd, na al die dingen die hij over je had verteld, om lichamelijk zo dicht bij je te zijn. Na een tijdje vond ik het niet leuk meer om je te volgen. Ik besloot het erop te wagen en ging je huis binnen. Uiteraard had ik een smoes bedacht voor het geval je me in de gang zou betrappen. "Sorry, ik had op de deur geklopt, maar je had me niet gehoord." Ik wist alleen niet of ik daarmee weg zou komen. Daarin lag voor een deel de opwinding. De eerste keer dat ik het probeerde, wist ik dat je iemand op visite had en in de tuin was. Ik maakte de deur open en glipte naar binnen. Ik wist waar je werkkamer was, ging naar binnen en rommelde met je computer. Een paar dagen later ben ik je gevolgd toen je hier naar binnen ging en heb ik de koalabeer in je mand gestopt.'

'Maar ik heb een man naar buiten zien gaan.' Cordelia was verward. 'Hij tikte me op de schouder.'

Bijna afkeurend schudde de vrouw haar hoofd vanwege Cordelia's naïviteit. 'Die truc is al zo oud. Let op. Ik sta rechts van je, bij de kassa. Ik steek mijn hand uit en tik op je linkerschouder. Je draait je om en ziet een man de winkel uit lopen. Ondertussen stop ik de koalabeer in je mand. Het is zo simpel als wat.'

'En die andere koalabeer en de boeken. Was dat ook simpel?'

'Tegen die tijd was ik zelfverzekerder geworden. Ik zag je de trap naar het strand af gaan, dus ik wist dat ik tijd genoeg had. Voor de zekerheid had ik zelf exemplaren van de boeken meegenomen. Simon had me verteld dat je een groot fan van Georgette Heyer bent en dat je al haar boeken hebt. Het leek me dan ook interessanter om je eigen boeken te gebruiken. Hij had me verteld dat je hem ooit "Simon de koelbloedige" had genoemd, naar een personage uit *Simon the Cold-heart*. Ik koos *The Reluctant Widow* omdat dit de beste aanwijzing leek.'

'Je hoopte dus dat ik zou weten dat jij erachter zat?'

De vrouw haalde haar schouders op. 'Het werd saai,' bekende ze. 'Ik wilde dicht bij je komen. Snap je dat? We hadden met z'n drieën in bed gelegen en ik wilde meer dan je alleen maar volgen en bang maken. Je moest me zien en ik wilde met je praten. Ik dacht dat je een vermoeden had, maar ik wilde het je niet al te gemakkelijk maken. Je had toch een vermoeden?'

'Ik dacht dat het Simon was,' zei Cordelia. 'Ik ging ervan uit dat jij – of beter gezegd, zijn vrouw – was overleden en dat hij was teruggekomen, hopend op een verzoening. Het was een rare manier om zo mijn aandacht te trekken, maar dat paste wel bij Simon.'

Ze leek oprecht blij met die opmerking. 'Dat vond ik ook. Hij had een rare levensvisie.'

'En die sjaal,' vroeg Cordelia. 'Was dat echt?'

'Ik zocht een aanleiding om je aan te spreken, en dus heb ik de sjaal uit je mand gehaald, terwijl jij met de vrouw in de boekwinkel stond te praten. Toen je naar buiten was gelopen, heb ik hem opgeraapt van de vloer en ben ik je gauw achternagekomen.' Ze zweeg en er verscheen een rimpel op haar voorhoofd.

'En toen?' vroeg Cordelia nieuwsgierig.

'Het was raar,' zei ze langzaam. 'Toen je me aankeek en iets tegen me zei, veranderde alles. Op dat moment was het echt en opeens was je niet meer dan een gewone vrouw. De betovering was verbroken. Later spraken we elkaar weer op het parkeerterrein en je leek erg gelukkig. Op de een of andere manier was het middelpunt helemaal verschoven. Je was zo sterk aanwezig geweest in ons leven en je had zo'n krachtige uitwerking op ons gehad, dat toen ik opeens vlak bij je was en we elkaar recht aankeken dat een schok voor me was.'

'En?' vroeg Cordelia prompt.

Ze haalde haar schouders op. 'Er veranderde iets. Ik had er geen aardigheid meer in. Voor het eerst sinds ik Simon had leren kennen, had ik namelijk het gevoel dat ik de overhand had. Ik had de leiding. Maar toen we elkaar spraken, was dat niet meer zo. Het was net alsof alles plotseling weer in de juiste verhouding kwam te staan en ik besefte dat ik er niet meer mee door hoefde te gaan.'

'Toch heb je die foto gestuurd.'

De vrouw schudde haar hoofd. 'Ik wilde dat ik dat niet had gedaan, maar de envelop was al onderweg. Er was niets meer aan te doen, hoewel ik dat graag had gewild. Het leek inmiddels allemaal dwaas, alsof ik Simon nog steeds toestond macht over me te hebben door jou te blijven straffen, door te proberen de haat en de obsessie in stand te houden, en ik wilde daar niet meer mee doorgaan. Ik besloot te proberen je nog een keer te ontmoeten om te zeggen dat ik er spijt van had.'

'Maar hoe weet ik dat dat waar is? Het kan wel een volgende slimme zet in jouw spel zijn. Mijn vrienden proberen me over te halen naar de politie te stappen. Hoe weet ik dat je me niet meer zult volgen of van een klif af zult duwen?'

Met een zucht leunde de vrouw achterover en dronk van haar koffie. 'Die zekerheid heb je niet,' zei ze. 'Je zult me op mijn woord moeten geloven. Het was een moment van waanzin en de betovering is verbroken. Ik besefte opeens dat ik niet het gevoel wil hebben dat ik vanuit het graf word gemanipuleerd. Ik ben jaren onderworpen geweest aan Simon en ik wil de macht breken die hij over me had. Nu hij dood is, we elkaar hebben ontmoet en erover hebben gesproken, geloof ik dat ik dat kan. Ik heb genoeg tijd verspild. Nu wil ik verder met mijn leven.' Ze slaakte nogmaals een diepe zucht, alsof ze voor het eerst sinds lange tijd schone, frisse lucht inademde. Haar gelaatsuitdrukking was kalm, zelfs tevreden. 'Ik verwacht niet van je dat je me zult geloven, maar ik beloof je dat je veilig bent.'

'Gek genoeg,' zei Cordelia, 'ben ik daar altijd van overtuigd geweest. Andere mensen maakten zich zorgen om mij. Een paar keer ben ik flink geschrokken, maar diep vanbinnen ben ik nooit doodsbang geweest.'

De vrouw glimlachte. 'Daar ben ik blij om,' zei ze. 'Dan zijn we allebei vrij, na al die jaren. Wat ga je nu doen? De draad weer oppakken met Angus Radcliff of heb je ontdekt dat Simon het voor elkaar heeft gekregen dat jullie relatie geen schijn van kans maakt? Hij haatte Angus, maar hij had het gevoel dat hij erin was geslaagd hem...' Ze zweeg even, zoekend naar het juiste woord. '... te neutraliseren.'

'Waarom was Simon daar zo zeker van? We hadden net zo goed minnaars kunnen blijven.'

Ze schudde haar hoofd. 'Hij zei dat hij Angus daar te goed voor kende. Simon beweerde dat nu Angus getrouwd was hij daar veel te fatsoenlijk voor was, te schijterig.'

Voor het eerst glimlachte Cordelia oprecht geamuseerd. 'Dus hij zei niet dat ík te fatsoenlijk was om het met een getrouwde man aan te leggen.'

De vrouw glimlachte ook. 'Ik heb begrepen dat zijn vrouw een van je beste vriendinnen was. Simon had het idee dat dat afschrikwekkend genoeg was.'

Cordelia's glimlach verflauwde. 'Hij heeft bijna een jaar gewacht. Al die tijd, tot Angus getrouwd was, moet hij me om die reden hebben gehaat.'

'Voor iemand als Simon was het onderscheid tussen haat en liefde niet altijd even helder. En hoe zit het met Angus? Het was toch Angus met wie ik je heb gezien? Ik weet dat hij weduwnaar is. Ja, Simon hield hem ook in de gaten. Hij was woest toen Angus zijn vierde streep kreeg.'

'Is het nooit bij Simon opgekomen dat ik zou kunnen hertrouwen?'

Ze schudde haar hoofd. 'Gek genoeg niet. Hij zei dat je een vrouw voor één man was en dat je alleen met hem was getrouwd omdat hij je niet met rust liet en omdat je dacht dat je Angus kwijt was.'

'Dat klopt. Toen kwam Angus terug. We lieten ons één keer gaan en toen begon alles opnieuw. Nadat Simon was vertrokken, wist ik dat het niet werkte om met minder genoegen te nemen. Dat risico wilde ik nooit meer nemen. Voor Angus en mij was het te laat. Wat maakt seks ons toch dom.'

'Wie zei dat ook alweer, dat het net zoiets is als aan een gek vastge-ketend zitten? Mijn ketenen zijn in elk geval gebroken. Ik ben einde-lijk vrij.' Ze pakte haar tas en knikte naar de koffiekopjes. 'Ik reken wel af,' zei ze. 'Het ga je goed, Cordelia.'

Cordelia zag haar naar de kassa lopen en betalen. Ze draaide zich om, stak haar hand op en verdween.

31

'Die vrouw is gek,' zei Hal voor de derde keer. 'Over het klif sluipen, in je huis inbreken, boeken en beren laten rondslingeren, foto's opsturen. Dat is waanzin. En jij hebt koffie met haar zitten drinken?'

'Wat zou jij dan hebben gedaan?' vroeg Cordelia, die een poging deed om te glimlachen.

Ze wilde dat ze niet in een opwelling had besloten om onderweg naar Dartmouth bij The Keep aan te gaan, maar ze had behoefte gehad aan geruststellende woorden en aan menselijk gezelschap. Ze had niet alleen willen zijn totdat ze later op de dag met Angus in Dartmouth had afgesproken.

'Hal zou een burgeraanhouding hebben verricht en haar op haar stoel hebben vastgebonden tot de politie er was,' zei Fliss vrolijk. Ze zag de spanning op Cordelia's gezicht en schudde haar hoofd naar Hal, wilde dat hij kalmeerde.

Hal zag haar gebaar en stoorde zich eraan. Ze snapten toch wel dat dit gevaarlijk kon zijn?

'Ik heb altijd gezegd dat ik nooit heb gedacht dat ik in gevaar was.' Cordelia probeerde hem gerust te stellen. 'Nu ik haar heb ontmoet, ben ik daar nog meer van overtuigd. Volgens mij was het een vreselijke fascinatie van haar. Ik snap dat wel. Jij niet dan?'

'Ik wel,' zei Fliss vlug, voordat Hal kon reageren. 'Je wilt zien wie je rivaal was. Dat is uit de hand gelopen, zoals bij een dom spelletje dat door kinderen wordt gespeeld. De grens tussen fantasie en werkelijkheid is overschreden, maar toen ze Cordelia sprak, kreeg ze zichzelf weer in de hand. Arme vrouw. Ik heb met haar te doen.'

Hal keek haar aan alsof ze ook gek was en Fliss moest zich inhouden om niet in lachen uit te barsten.

'Misschien is dat typisch iets voor vrouwen,' zei ze verzachtend, maar Hal liet zich niet vermurwen.

'Je weet niet eens haar naam. Ze noemt zich naar een personage uit een boek. Dat is belachelijk. Volgens mij is het een list om je een vals gevoel van veiligheid te geven.'

'Het was een dom spel,' zei Cordelia vermoeid. 'Meer moet je er volgens mij niet achter zoeken.'

'We zullen zien wat Angus ervan zegt.' Hal stond op. 'Ik ga hout hakken voordat het gaat regenen.'

Hij gaf Cordelia een kus en ging de bijkeuken in, waar ze hem zijn laarzen hoorden aantrekken en tegen de honden hoorden praten, die hem waren gevolgd. Fliss trok vragend haar wenkbrauwen op naar Cordelia, die even een lang gezicht zette. Ze hoorden de deur van de bijkeuken dichtgaan en Cordelia slaakte een zucht.

'Misschien ben ik naïef,' zei ze, 'maar dat denk ik niet. Gevoelsmatig weet ik dat ik niet in gevaar ben. Je hebt gelijk. Het was net een spel dat uit de hand is gelopen, maar nu is het voorbij. Ik wil het vergeten en weer een normaal leven leiden.'

'Zal Angus dat toestaan?'

'Weet je, het irriteerde me toen Hal dat zei van: "We zullen zien wat Angus ervan zegt." Alsof Angus bepaalt hoe ik verder moet. Ik ben erin geslaagd het grootste deel van mijn leven zonder hem te leven.'

Het bleef een tijdje stil aan de keukentafel.

'Dat snap ik,' zei Fliss uiteindelijk. 'Maar je hebt hem er zelf bij gehaald en dus voelt hij zich erbij betrokken.'

'Ja,' bekende Cordelia boos. 'Ik weet dat ik dat heb gedaan. Dat was toen tot me doordrong dat als Simon deze geintjes uithaalde, hij Angus misschien ook moest hebben. Het leek me billijk hem te waarschuwen. Ik ben er nu van overtuigd dat het voorbij is en ik wil niet...'

Ze zweeg en er verscheen een denkrimpel op haar voorhoofd. Fliss keek haar peinzend aan.

'Je wilt niet dat Angus voor cipier speelt?' opperde ze.

Cordelia keek haar met een merkwaardige blik aan: schuldgevoelens vermengd met geschoktheid en teleurstelling. 'Ik had nooit gedacht dat het zo... beklemmend zou zijn,' zei ze ter verdediging. 'Ik ben al heel lang alleen en Angus en ik... We zijn het niet gewend om huiselijk te doen als we bij elkaar zijn.'

Fliss grinnikte. 'Je bedoelt dat jullie je nog steeds als geliefden gedragen. Jullie zijn hoffelijk tegen elkaar en intieme momenten zijn nog steeds opwindend. Jullie ruziën niet over alledaagse dingen zoals wie de autosleutels is kwijtgeraakt en wie de vuilniszak buiten moet zetten. Er is geen onenigheid over het al dan niet doorgeven van telefoontjes of wie er aan de beurt is om de hond uit te laten. Je draagt nog steeds sexy ondergoed en Angus gaat zich douchen en trekt een schoon overhemd aan voordat hij komt eten.'

Cordelia lachte ontspannen. 'Ik had er niet bij stilgestaan hoe saai samenwonen kan zijn,' zei ze. 'En hoe lastig. Ik ben het niet gewend om de badkamer te delen, ik werk graag op rare tijdstippen, als ik opeens inspiratie heb, en ik eet als het me uitkomt. Angus is een schat, maar hij is een man van de klok. Het is al een paar keer voorgekomen dat hij zich aan me ergerde omdat ik doorwerkte terwijl het lunchtijd was of omdat ik om half vier 's middags opeens zin in een gin-tonic had. Een paar keer heb ik me moeten inhouden om hem niet met een stomp voorwerp te slaan. Daar kun je wel om lachen, Fliss, maar wat moet ik doen?'

'Waarom zou je iets doen?' vroeg Fliss kalm. 'Laat deze rare toestand doodbloeden. Kom hem tegemoet als het om suggesties voor je veiligheid gaat en kijk wat er gebeurt. Zo te horen zal Angus, terwijl wij dit gesprek voeren, bedenken dat het toch wel heel lekker is om in zijn eentje in Dartmouth te zijn met zijn boot een eindje verderop in de rivier. Doe niets en gedraag je alsof er niets is veranderd.'

'Ik hoop maar dat dat kan. Raar, hè? Het lijkt erop dat Simon toch zijn zin heeft gekregen en het idee dat hij heeft gewonnen vind ik vreselijk.'

'Bekijk het eens van de andere kant. Wie weet heeft dit je voor een vreselijke fout behoed. Wees daar blij om.'

Cordelia zuchtte. 'Bij Hal en jou werkte het wel.'

'Ja, maar Hal en ik hebben ons hele leven al heel intensief contact gehad. We zijn familie, zagen elkaar heel vaak. Toen Miles twee jaar in Hongkong zat en ik met de kinderen in The Keep was komen wonen, was Hal in Devonport gestationeerd en woonden Jolyon en hij hier ook. O, er is niets onfatsoenlijks gebeurd – daar was ook weinig gelegenheid voor met al die anderen om ons heen – maar we zijn altijd zeer goede vrienden geweest. Toch wel raar, hè, dat Maria, jij en ik één ding gemeen hebben, namelijk dat we op een man verliefd werden maar met een ander zijn getrouwd. Arme Maria. Ze is dit weekend met vrienden in Salcombe. Jo heeft haar eerder vandaag gesproken en heeft haar duidelijk gemaakt dat ze niet zomaar zijn leven binnen kan wandelen alsof er niets is gebeurd. Ze had opeens besloten dat ze naar Devon wil verhuizen.'

'Nee toch.'

Fliss haalde haar schouders op. 'Ze mag wonen waar ze wil, maar het punt is dat ze de afgelopen twintig jaar in Salisbury heeft gewoond en ik vind het te vlug na Adams dood voor zo'n ingrijpende verandering. Vermoedelijk zal ze zwaar op ons leunen voor vriendschap en gezelligheid en daar is Jo nog niet aan toe. Hij vond het vreselijk om haar onverbloemd de waarheid te zeggen. Hij zei dat de boodschap hard was aangekomen maar dat ze dapper was geweest. Ik weet niet of ik haar nu moet uitnodigen of dat dat Jo's goede werk juist zou ondermijnen.'

'Weet ze het al van hem en Henrietta?'

'Ja. Hij vond het niet fair haar nog langer in het ongewisse te laten en hij voelt zich een stuk zekerder nu ze zijn verloofd. Ze vond het vernederend dat iedereen het voor haar geheim had gehouden toen ze hier was. Arme Maria. Ik heb medelijden met haar, maar ik wil me er niet mee bemoeien. Waarschijnlijk is ze sowieso niet in de stemming om bij ons op bezoek te komen.'

'Zal ik haar bellen?' opperde Cordelia. 'Dan nodig ik haar uit om koffie bij me te komen drinken. Hoe lang blijft ze?'

'Volgens mij tot dinsdag. Kun je dat aan? Het is een goed idee. Een soort zoenoffer voor haar trots. Ik weet zeker dat ze graag zal komen. Het punt is alleen dat ze geen auto heeft en de vrouw bij wie ze logeert is volgens Jo nogal een bazig type.'

'Ik haal haar wel op,' zei Cordelia. 'Heb je haar telefoonnummer?'

'Dat moet hier ergens liggen. Ze heeft het doorgegeven, zodat Jo haar kon bellen.' Fliss stond op en zocht tussen de papieren op de buffetkast. 'Weet je het zeker?'

'Honderd procent. Ik ben het met je eens dat het voor jou lastig zou zijn, maar ik denk dat het op dit moment het juiste gebaar is. Zoet na zuur.' Ze pakte het papiertje aan. 'Vind je het goed als ik haar meteen bel?' Fliss gaf haar de telefoon. Ze toetste het nummer in en wachtte. 'Hallo, u spreekt met Cordelia Lytton. Is Maria er misschien ook? Zou ik haar even kunnen spreken?' Ze grinnikte naar Fliss en knikte. 'Hallo, Maria. Hoe gaat het met je?... Ik zat zojuist met Fliss te praten en die vertelde dat je in de buurt was. Ik neem aan dat je het goede nieuws hebt gehoord. Wat een heerlijke verrassing, hè? Ik kon het amper bevatten. Moet je horen, zal ik je een keer op een ochtend ophalen en dat we dan bij mij thuis koffie gaan drinken? ... Zou je maandag kunnen?... Geweldig!... Nee, dat is geen punt. Ik moet maandagochtend in Kingsbridge zijn dus ik kom toch praktisch langs Salcombe. Kwart voor elf ongeveer? Prima. Geef het adres maar... Goed. Tot dan. Dag.'

'Je moest eens weten hoe opgelucht ik ben,' zei Fliss. 'Bedankt, Cordelia. Jo moest streng zijn, maar ik vind het sneu voor haar. Ze heeft zich tegenover hem vreselijk gedragen, maar als je er goed over nadenkt is het erg moeilijk om het zo zwart-wit te stellen. Vind je niet?'

Cordelia knikte. 'Ik kom er maar niet uit als het over Henrietta gaat en ik voel me schuldig omdat zij er de dupe van is geworden. Was het de schuld van Angus omdat hij me in de steek liet? Was het mijn schuld omdat ik Simon met hem heb bedrogen toen hij terug was?

Was het de schuld van Simon omdat hij me heeft verlaten en Henrietta aan haar lot overliet? We hebben er allemaal de hand in gehad.'

'Dat is mijn conclusie ook,' zei Fliss. 'Vroeger vond ik dat het Maria's fout was, omdat zij Hal had verlaten en Jo daardoor min of meer aan zijn lot had overgelaten. Ik kon er zelf dus altijd heel deugdzaam over doen. Nu besef ik dat het probleem veel eerder is ontstaan. Hal en ik hadden tegen mijn grootmoeder en Prue in verzet moeten komen toen ze besloten dat we niet met elkaar mochten trouwen. En Hal had nooit aan Maria moeten vertellen wat we voor elkaar voelden. Hal en ik hebben altijd van elkaar gehouden, maar omdat we lichamelijk trouw bleven aan Miles en aan Maria, hadden we het idee dat wíj heel nobel waren en dat hún gedrag niet deugde. De waarheid is dat we er allemaal op de een of andere manier aan hebben bijgedragen. Jo heeft daaronder geleden, lijdt daar nog steeds onder. Ik ben zo blij dat Henrietta en hij elkaar hebben, Cordelia.'

'Ik ook. Henrietta is dolgelukkig. Het is gewoon hartverscheurend. Mijn angst is dat er iets mis zal gaan. En nu moet ik haar vertellen dat Simon is overleden. Eerlijk gezegd ben ik nog steeds in shock. Ik had dan wel twaalf jaar niets van hem gezien of gehoord, maar hij is ooit een deel van mijn leven geweest. En van dat van haar.'

'Hadden ze een hechte band?'

Cordelia schudde haar hoofd. 'Toen Henrietta jong was, is hij te vaak van huis geweest. Je weet hoe dat gaat met een zeemansvrouw. En hij is voorgoed vertrokken toen ze vijf was. Daarna ging hij wel eens met haar op stap als hij verlof had en dat in een schoolvakantie viel, maar een hechte band is er nooit geweest. Hij woonde in de mess, dus ze konden nergens heen. Op haar vijftiende is hij naar Australië gegaan en dat was het. Ze is daar, begrijpelijkerwijs, nog steeds verbitterd over en ik vrees dat al haar wrok weer zal bovenkomen, net nu het geluk ons toelacht.'

'Zorg ervoor dat Jo weet dat Simon is overleden,' zei Fliss. 'Hal en ik hadden besloten om er niets tegen hem over te zeggen totdat we jou hadden gesproken. Nu moet hij klaarstaan om Henrietta te troosten en er met haar over te praten. Dat zal ze nodig hebben.'

'Ja,' zei Cordelia na een tijdje. 'Je hebt gelijk. Ze zal er waarschijnlijk gemakkelijker met hem over praten dan met mij. Is hij thuis?'

Fliss schudde haar hoofd. 'Hij is naar een vriend in Exeter. Ze zouden naar de bioscoop gaan. Later is hij er weer.'

Cordelia dacht na. 'Zou jij het aan hem willen vertellen als hij terug is? Het maakt immers niet uit van wie Jo het hoort. Hij zal er toch niet door van streek raken? Dan hoef ik niet te piekeren wanneer ik het aan Henrietta zal vertellen. Ik moet een goed moment kiezen. Druk hem op het hart dat hij haar niet vertelt dat hij het van ons heeft gehoord. Is het eigenlijk wel eerlijk om hem erbij te betrekken?'

'Jo zal begrijpen waarom we het doen. Ik vertel het hem vanavond, dan weet je dat hij klaarstaat om hulp te bieden.'

'Bedankt, Fliss. Ik moet nu echt gaan. Die arme McGregor zit in de auto en anders raakt Angus in paniek en denkt dat ik van een klif af ben geduwd. Ik laat je weten hoe het verdergaat.'

'Graag en bedankt dat je dit voor Maria doet. Dat waardeer ik heel erg. Ik vind het een vreselijk idee dat ze met een ellendig gevoel teruggaat naar Salisbury. Pas goed op jezelf, Cordelia.'

Cordelia grinnikte. 'Dat zegt Hal ook altijd,' zei ze. 'Geef hem een kus van me en zeg maar dat ik de aanwijzingen van Angus stipt zal opvolgen. Ik bel je maandag nadat ik Maria heb teruggebracht naar Salcombe.'

Fliss zwaaide haar uit en ging terug naar de hal. Hal legde houtblokken in de mand die in de nis van de enorme granieten open haard stond.

'Je hoeft bij mij niet aan te komen met gezeur over vrouwelijke intuïtie,' zei hij boos, hijgend van inspanning. 'Mag ik je er even aan herinneren dat jíj in alle staten was over Cordelia en dat ík degene was die zei dat het een poets was?'

'Dat weet ik,' zei Fliss sussend. 'Ik geef toe dat ik in paniek raakte en ik wilde inderdaad dat je Simon zou natrekken en zo, maar ik vind dat we op Cordelia's oordeel moeten vertrouwen. Nu ze die vrouw heeft ontmoet, bedoel ik. Het klinkt gek, maar ik geloof haar als ze zegt dat ze denkt dat alles voorbij is.'

'Tot we haar lichaam onder aan het klif vinden,' mompelde hij.

'Ze heeft Maria uitgenodigd om maandag bij haar op de koffie te komen,' zei Fliss, die vastbesloten was positief te blijven. 'Goed, hè?'

'Dat is inderdaad aardig van haar.' Hal rechtte zich en sloeg zijn handen af. 'Dan hebben wij even adempauze en heeft Maria toch het gevoel dat ze bij de familie hoort.'

'Precies.' Ze keek op haar horloge. 'Prue en Lizzie zullen zo wel terugkomen uit Totnes. Als jij de haard aansteekt, zal ik theezetten. Wie weet hebben we zelfs wel vijf minuten voor onszelf.'

Hij glimlachte naar haar. 'Fliss, vind je het vervelend om in een leefgemeenschap te wonen?' vroeg hij. 'Vraag je je ooit af hoe een normaal leven eruit zou zien? Als we met z'n tweeën waren?'

Fliss dacht aan wat Cordelia eerder had gezegd en dacht ook aan haar eigen opvattingen over het civiliserende effect dat andere mensen om je heen hebben sorteert.

'Ik woon al sinds mijn negende in deze vorm,' zei ze. 'Toen ik met Miles getrouwd was, was hij heel vaak weg. Eerst voor de marine en later in Hongkong. Bij jou hetzelfde verhaal. We hebben toch nooit een normaal leven gehad? Volgens mij past dit wel bij me.'

'Maar goed ook,' zei hij. 'Laten we hopen dat Henrietta er ook zo over denkt.'

32

De maan balanceerde op de rand van de heuvel, scheen met zijn licht over de gebleekte velden en wierp scherpe schaduwen onder de doornhagen. Hij leek over de top te rollen, zacht over de pieken en door de valleien te stuiteren, tot hij uiteindelijk opsteeg en zich duidelijk van de aarde losmaakte.

'Als het volle maan is,' had Jo gezegd, 'gaan we een keer naar Crowcombe Park Gate en dan gaan we naar de top van Harenaps. Het is echt ongelofelijk hoe ver je bij maanlicht kunt kijken. Ik weet zeker dat je dat prachtig zult vinden.'

Henrietta stond bij het raam en trok haar warme karmozijnrode pashmina dichter om zich heen. Ze had blote voeten en duwde haar tenen in het zachte, dikke tapijt. Morgen ging Jilly naar huis en zou ze Jo weer zien. Het was vijf dagen geleden sinds hun laatste ontmoeting, hoewel ze elkaar wel een paar keer per dag sms'ten.

'We kunnen het risico gewoon niet nemen,' had ze tegen hem gezegd. 'Jilly en Susan zijn al heel lang bevriend. Jilly gaat rechtstreeks terug naar Londen en zal het aan iedereen vertellen. Als je niet zo bekend was, zou het niet zo erg zijn, maar ze zal het geweldig vinden. Ik weet dat het frustrerend is om het geheim te moeten houden, maar ik kan maar niet beslissen hoe ik Susan moet vertellen dat ik wegga. Ze zal daar moeite mee hebben. Eerst Iain, nu ik. Aan de ene kant is het verleidelijk om te wachten tot ze terug is, omdat dat persoonlijker is. Aan de andere kant is het eerlijker om haar te bellen, dan heeft ze meer tijd om erover na te denken.'

Ze huiverde in het felle maanlicht. Gek genoeg leek de maan kleiner te worden naarmate hij steeg. Henrietta leunde met haar voorhoofd tegen de koude ruit, zat met één knie in de vensternis. Het probleem was dat ze niet wist hoe ze erover moest beginnen. Zou ze eerst wat kletsen alsof er niets aan de hand was en zou ze het onderwerp dan aansnijden? Of moest ze meteen met de deur in huis vallen?

Maggie had gebeld om te vragen of alles goed ging. Ze had de groeten gedaan van Susan en zei dat de kinderen haar misten. Henrietta had gezegd dat alles in orde was en dat Jolyon Chadwick langs was geweest om de boeken op te halen. Ze had ansichtkaarten van Susan en de kinderen gekregen, maar daar stonden alleen geijkte toeristenopmerkingen op. Ze had dan ook geen idee hoe het met Susan ging. Het zou fijn zijn geweest om er met Jilly over te praten, die kende Susan immers goed, maar het zou niet eerlijk zijn om haar te laten beloven het tegen niemand te zeggen.

'Ik wil het zelf aan mijn vrienden en vriendinnen vertellen,' had ze tegen Jo gezegd. 'Ik wil niet dat andere mensen dat voor me doen. En het is toch ook nog niet officieel? Ik popel om een ring uit te zoeken.'

Hij had haar na zijn gesprek met Maria vanuit de auto bij Dartington Hall gebeld. Hij had vreemd en vlak geklonken, alsof alle emotie uit zijn stem was weggevloeid, en ze had op dat moment bij hem willen zijn. Ze was blij dat Maria het nu wist, dat Jo zich sterk genoeg had gevoeld om het haar te vertellen. Het leek nu bijna onmogelijk dat ze ooit bang was geweest dat iemand zou vermoeden dat Jo en zij iets samen hadden. Ze was zo gelukkig dat iedereen het mocht weten. Toen hij die middag in The Keep zo onverschillig had gedaan, alsof ze elkaar inderdaad slechts oppervlakkig kenden, had ze dat vreselijk gevonden. Even, toen ze hem met Lizzie zag praten, had zijn onverschilligheid echt geleken, en ze was bang geweest dat ze hem kwijt was, dat hij zich door haar bijna paranoïde angst had laten afschrikken. Daarom had ze niet gewild dat hij zou langskomen als Jilly bij haar logeerde. Zoiets kon ze niet nog een keer aan en bovendien zou Jilly het meteen doorhebben.

Opeens nam ze een besluit. Morgen, nadat Jilly was vertrokken, zou ze Susan bellen en het haar vertellen. Het was dwaas om hiermee door te gaan, iedereen zwijgplicht op te leggen over hun verloving en Jolyon niet te durven ontmoeten als er vrienden in de buurt waren. Ze zouden samen naar Bath gaan om een ring te kopen. Dan mocht iedereen het weten en konden ze vrij en gelukkig zijn.

Nu de beslissing was genomen, was ze blij. Ze haalde diep adem en keek uit naar morgen, als ze Jo weer zou zien. Ze probeerde zich voor te stellen dat ze samen in de portierswoning zouden wonen.

'Je zult veel willen veranderen,' had hij gezegd. 'Het is echt een vrijgezellenhuis. Als ik huiselijkheid zocht, kon ik altijd de binnenplaats oversteken naar The Keep. We zullen onafhankelijker willen zijn.'

Ze vroeg zich af hoe ze het zou vinden, of het gemeenschappelijke leven haar zou bevallen als ze eenmaal was getrouwd. Ze zou niet weten waarom niet. Ze had het leven in Londen immers heerlijk gevonden en ze had er met Lizzie over gesproken, om een idee te krijgen van het leven in The Keep.

'Je moet de juiste instelling hebben,' had Lizzie gezegd. 'Ik heb met drie meiden een flat gedeeld voordat ik hier kwam wonen, dus ik weet niet beter. Het bevalt me prima. Ik heb mijn eigen kamers, maar de Chadwicks zijn er heel goed in om je het gevoel te geven dat je bij de familie hoort, terwijl je privacy toch wordt gerespecteerd. Het zal wel vergelijkbaar zijn met het leven in een klooster of aan boord van een schip. De Chadwicks zijn het gewend. Gelukkig heb je hier zeeën van ruimte en het is leuk dat er verschillende generaties wonen. Het zou misschien niets worden als je, zeg maar, twee gezinnen met jonge kinderen zou hebben die alles samen willen doen. Hier heb je aan de ene kant Sam, van twaalf, en aan de andere kant Prue, die drieëntachtig is. De rest zit ertussenin. Sam brengt in de vakanties vrienden mee naar huis en zijn oom Charlie en mijn twee broers komen wel eens logeren, evenals de andere Chadwicks. Als je ervan houdt is het geweldig. Ik kom uit een legergezin, dus ik ben het gewend dat mensen komen en gaan.'

'Het klinkt leuk,' had Henrietta gezegd.

En dat meende ze. De afgelopen weken was ze eenzamer geweest dan ze wilde toegeven en ze vroeg zich af hoe ze deze twee maanden doorgekomen zou zijn zonder Jo in haar leven. Ze keek er echt naar uit om weer mensen om zich heen en werk omhanden te hebben. Aanvankelijk had ze het heerlijk gevonden om alleen maar de honden uit te hoeven laten en de twee oude pony's in de omheinde wei te moeten verzorgen. De rest van de tijd kon ze in de warme herfstzon zitten lezen. Inmiddels was ze rusteloos. Er leek geen eind aan de natte dagen te komen en ze was klaar voor de volgende stap. Uiteraard zou ze bij Susan blijven tot die een ander kindermeisje had gevonden – en ze had zin om weer een tijdje in Londen te zijn – maar nu was alles anders en ze popelde om bij Jo te zijn en hun nieuwe leven samen te beginnen.

'Dus Simon is dood.' Angus stond bij het raam naar de weerspiegeling van de maan in het zwarte, woelige rivierwater te kijken. 'En die vrouw… Ik kan het amper bevatten. En jij hebt gewoon met haar zitten kletsen alsof jullie al jaren vriendinnen waren.'

'Je klinkt als Hal,' zei Cordelia slaperig. 'Schat, ik ben doodop. Kunnen we niet gewoon gaan slapen?'

Hij draaide zich om, liep naar het bed toe en ging op de rand zitten. 'Het lukt me niet om te ontspannen,' zei hij. 'En ik vind het nog steeds eng dat je alleen bent, zelfs met McGregor.'

'Daarom blijf ik vannacht toch hier?' zei ze tegen hem. 'Het leek onzin om terug te gaan terwijl we hier samen kunnen zijn. Het was toch fijn om een avond in de pub te zitten en te kunnen drinken omdat je na afloop te voet naar huis gaat, zonder eraan te hoeven denken dat je nog een eind moet rijden? Dat was prettig na al die spanning van de afgelopen week. Of ben ik harteloos? Simon is immers dood.'

'Nee,' zei Angus vlug. 'Dat is niet harteloos. Simon en jij hadden al heel lang geen contact meer. Arme Simon.'

'Ik voel me triest,' bekende ze. 'Stiekem hoopte ik dat Simon erachter zat, dat hij zich oppepte voor een verzoening. Het voelt als een gemiste kans en dat maakt me verdrietig. Ik heb geen idee hoe Henrietta dit zal opvatten. Angus, het spijt me. Je zult het wel spuugzat zijn dat ik telkens over Henrietta begin, maar ik zat hier echt niet op te wachten, net nu ze zo gelukkig is. Ik dacht echt dat het met haar en mij de goede kant op ging.'

'Ik voel me ook verantwoordelijk,' bracht hij haar in herinnering. 'We zijn er allemaal bij betrokken.'

'Dat weet ik.' Ze keek hem schuldbewust en vol genegenheid aan. Haar liefde voor hem was sterker geworden nu hij weer in zijn eigen huis was. Hier hoorde hij. Ze was graag bij hem te gast en de ongedwongenheid tussen hen was terug, net zoals het goed werkte als hij bij haar op bezoek was. Gevoelsmatig wist ze dat dit de juiste vorm voor hen was. Zodra ze elkaar eerder vandaag weer zagen, had ze vermoed dat hij er ook zo over dacht. Hun vorm van intimiteit was heel bijzonder. Die had dan wel niet de diepte en de verstandhouding die door veertig jaar huwelijk en het ouderschap waren ontstaan, maar hun vriendschap werkte heel goed. Waarom zouden ze het risico nemen er meer eisen aan te stellen? De afgelopen week samen had hun allebei veel stof tot nadenken gegeven en ze hadden het allebei niet aangedurfd hun gedachten te verwoorden.

'Kon ik maar geloven dat het voorbij is,' zei hij. 'Wat je me hebt verteld is zo bizar dat ik denk dat het een list is. Snap je?'

'Om me een vals gevoel van veiligheid te geven?' opperde Cordelia. 'Je klinkt precies als Hal. Daar hebben we het al over gehad en het is te laat om alles nog een keer door te spreken. Kom terug in bed, Angus. Laten we er een nachtje over slapen.'

Hij stond op en trok de gordijnen dicht. Ze deed haar mond open om te protesteren – ze vond het fijn als het maanlicht naar binnen scheen – maar klapte die dicht. Zijn huis, zijn regels. Ze stak haar armen uit en trok zijn koude lichaam tegen zich aan, hield hem in haar armen en verwarmde hem.

Toen ze over de wegen naar de kust toe reden, klaarde Maria's humeur op. Dankzij het telefoontje van Cordelia, kort na haar ontmoeting met Jolyon, was haar zelfvertrouwen grotendeels teruggekeerd. Het was fijn geweest om heel nonchalant te kunnen zeggen dat ze gebeld was door Cordelia Lytton, de journalist. 'Jullie hebben vast wel eens van haar gehoord.' Penelope en Philip hadden inderdaad van haar gehoord. Penelope had een paar boeken van haar gelezen. 'Ze lezen lekker weg, Maria, en je steekt er nog wat van op ook. Je kunt wel een boek van me lenen.' Ze had genoten van hun jaloezie. Had ze maar kunnen zeggen dat Jolyon met Cordelia's dochter was verloofd, maar ze had haar belofte aan Jolyon niet durven breken en bovendien was het leuk om dat later te vertellen. Het was een beetje gênant geweest om te moeten zeggen dat de Chadwicks haar niet hadden uitgenodigd en dat het er niet naar uitzag dat ze Jolyon dit weekend nog zou zien. ('Wil je hem hier uitnodigen?' had Penelope hoopvol gevraagd. 'We kunnen een borrel geven.') Maria had heel omzichtig te werk moeten gaan, had laten doorschemeren dat Jolyon het erg druk had met zijn nieuwe tv-programma en had gezegd dat ze eigenlijk hierheen was gekomen om huizen te bekijken. Ook dat was vernederend, want na haar gesprek met Jolyon had het geen zin meer om hier een huis te zoeken, hoewel ze nu moest doorzetten en enthousiast moest doen over de huizen die Philip op internet had gevonden. Dat had ze slim aangepakt. Ze deed alsof ze er nog niet uit was en zei tegen Penelope dat ze een mooi appartement in de Cathedral Close in Salisbury had gezien. Die wijsneus van een Philip had allerlei vragen over het appartement gesteld en zei dat hij het op internet zou opzoeken, zodat Penelope het ook kon zien. Dat maakte op zich niet uit. Het was immers geen leugen, want er stond inderdaad een appartement in Sarum St Michael te koop. Philip had de gegevens afgedrukt, waarna Penelope haar erop had gewezen dat het appartement maar één slaapkamer had, niet wetend dat Maria zich niet meer kon veroorloven. Penelope had gevraagd waar de jongens moesten slapen als ze met de feestdagen kwamen logeren. Ze had op haar woorden moeten letten. Dus had ze vlug gezegd dat er ook een appartement in Century House in Endless Street te koop stond, wat ze eigenlijk mooier vond. Philip was uiteraard meteen gaan zoeken. Bij het zien van de vraagprijs had Penelope naar adem gehapt en grote ogen opgezet. Maria had haar erop gewezen dat het in een monumentaal Georgian gebouw lag, dat het twee slaapkamers had en dat er parkeerruimte bij zat. 'Goudstof, Penelope, ik zweer het.' Ze had benadrukt dat ze haar vrienden en de bridgeclub misschien zou missen als ze naar Devon verhuisde...

'Leuk,' zei Cordelia, 'om vrienden met een vakantiehuisje in Salcombe te hebben.'

'Dat is weer eens iets anders dan The Keep,' zei Maria vlug, die de indruk wilde wekken dat ze kon kiezen. Ze was plotseling verlegen, vroeg zich af hoe ze over Henrietta en Jolyon moest beginnen, want het was nog steeds pijnlijk dat ze haar geen deelgenoot hadden gemaakt van hun geheim. Cordelia bespaarde haar de moeite.

'Geweldig nieuws, hè?' vroeg ze ongedwongen. 'Het was voor ons allemaal een grote verrassing. De verloving, bedoel ik. Vind je het niet vreselijk dat we er niets over mogen zeggen? Die jongelui kunnen zo gevoelig zijn. Ik ben bang dat mijn dochter de schuldige is. Heeft Jo je verteld waarom het geheim moet blijven?'

'Nee,' zei Maria vlug, 'niet met zo veel woorden.'

Ze kon toch niet zeggen dat Jolyon zo weinig vertrouwen in haar had dat hij haar zelfs niet had verteld dat ze verliefd waren? Dat hij bang was geweest dat ze een onaardige of kwetsende opmerking tegen zijn geliefde zou maken? Natuurlijk kon ze dat niet zeggen en waarschijnlijk wist Cordelia dat al. Ze was dat weekend immers in The Keep geweest. Gevoelens van vernedering dreigden haar weer te verzwakken en ze deed haar best om zich op het verhaal van Cordelia te concentreren. Ze had het erover dat Henrietta aan haar werkgever, Susan, moest uitleggen dat ze zou weggaan omdat ze ging trouwen. Ze wilde niet dat Susan het van een ander zou horen omdat Susans man bij haar weg was en ze nogal over haar toeren was...

De details konden haar eigenlijk weinig schelen, zo opgelucht was ze dat Cordelia niet op de hoogte scheen te zijn van de stand van zaken tussen Jolyon en haar. Ze kon zich ontspannen, om zich heen kijken en zichzelf toestaan om te genieten. Toen ze de rij huisjes aan het eind van het klif zag, slaakte ze een verrukte kreet. Waarschijnlijk overdreef ze een beetje om Cordelia te belonen, omdat ze zo aardig voor haar was.

Eenmaal binnen hoefde ze haar verbazing niet meer te veinzen. Ze liep een kamer vol schitterend, trillend licht binnen. De zee en de lucht waren één gigantische kom van trillende schittering. Ze hapte naar adem, stond zwijgend en met ontzag vervuld te kijken. Zelfs de grote hond die statig uit zijn mand kwam, leek een deel van de pracht te zijn. Cordelia maakte de openslaande deur voor haar open, zodat ze het grote balkon op kon stappen. Zwijgend stond ze te kijken, overweldigd door het glinsterende water en een vreemd, verontrustend gevoel van oneindigheid. Even voelde ze volmaakte vrede, alsof het licht met zijn louterende glans tot haar ziel was doorgedrongen en al haar zwakheden en bekrompenheid had weggespoeld. Een doop die haar reinigde, uittilde boven de dwaze inspanningen van deze wereld en haar op een nieuwe plek neerzette. Ze zoog de frisse, zoute lucht binnen en opeens besefte ze dat haar wangen nat waren van tranen.

Ze draaide zich ontsteld om, maar Cordelia was koffie aan het zetten en had niets in de gaten. Ze veegde vlug haar wangen droog, likte haar zoute lippen, kneep haar ogen wat dicht tegen het felle licht en hield zich vast aan de muur.

'Is het warm genoeg om buiten koffie te drinken?' Cordelia kwam de keuken uit, gevolgd door de grote hond, die tegen de muur aan ging zitten. 'Ik zit hier vaak met een sjaal om en kleden om me heen omdat ik dit zo'n heerlijke plek vind. Na al die jaren heb ik er nog steeds geen genoeg van. Volgens mij kan het wel. Er staat toch geen wind? De stoelen zullen wel nat zijn. Nog niet gaan zitten, hoor, ik maak ze eerst even met een doek droog.'

Het droogvegen van de stoelen en het neerzetten van de koffiespullen hielp haar over haar eerste reactie heen, hoewel haar blik telkens naar het oneindige schouwspel voorbij de muur werd getrokken. Cordelia schonk koffie in en ging zitten. Maria ging ook zitten. De noodzaak om uitbundig te reageren leek verdwenen. De kale, steile kliffen en het verblindende water leken alle emoties tot één simpele eis te hebben teruggebracht: de waarheid.

'Het is onvoorstelbaar,' zei ze, en ze merkte dat haar stem bijna toonloos was. Er klonk geen vleiende zangerigheid of vastberaden vrolijkheid in door, zelfs het bekende gejammer van irritatie en teleurstelling ontbrak. 'Went dit ooit?'

Cordelia schudde haar hoofd. 'Het is bijna nooit hetzelfde en het is altijd verbazingwekkend. Met de zee als buur leer je dat je de situatie nooit meester bent. Na een tijdje accepteer je dat en dat geeft rust. Dat is bijzonder bevrijdend, als je snapt wat ik bedoel.'

'Ik denk het wel. Maar dat gevoel blijft niet, hè? Niet als je niet aldoor hier kunt zijn.'

Cordelia keek haar nadenkend aan. 'Het blijft een tijdje hangen, zoals dat voor elke verheffende ervaring geldt. Je moet er moeite voor doen om je te herinneren hoe het was en het ophalen van zulke herinneringen moet je oefenen, neem ik aan. Het is zoiets als mediteren. Of contemplatief gebed. Je hebt één moment van schitterende helderheid en daarna daal je weer af naar de grote vlakten van twijfel en onrust.'

Maria dacht aan het gesprek met Jolyon. 'Het licht zien, zoals Paulus op de weg naar Damascus?' vroeg ze. Ze nipte van haar koffie: de eerste schrik was voorbij en ze kon zich weer normaal gedragen. Toch had ze er geen behoefte aan om, zoals anders, van alles te zeggen en het beeld te projecteren – charmant, amusant, bekoorlijk – waarmee ze automatisch de onzekerheden en tekortkomingen van haar persoonlijkheid maskeerde. Het was verbazingwekkend rustgevend om niet te hoeven doen alsof.

'Het punt is,' zei ze, waarna ze van haar koffie nipte, 'dat ik me de laatste tijd zo schuldig voel.' Ze fronste haar wenkbrauwen, want ze was niet van plan geweest om dat te zeggen en dat was best verontrustend, omdat het erop leek dat ze de controle inderdaad kwijt was.

'Vertel mij wat,' zei Cordelia, die verbitterd lachte. 'We lijken allemaal door schuldgevoelens te worden gedreven. Hoe zou dat toch komen? Bij mijn weten hebben schuldgevoelens geen versterkend effect op het leven dat ze noodzakelijk maakt voor het overleven van de soort.'

'Het overlijden van Adam heeft mijn ogen voor veel dingen geopend en ik neem het mezelf erg kwalijk dat ik in het verleden zo veel fouten heb gemaakt. Ik heb de verantwoordelijkheid altijd bij anderen neergelegd, maar dat gaat me steeds moeilijker af. Ik schaam me diep. Telkens als ik aan het verleden denk, heb ik scherpe zelfkritiek.' Ze zuchtte triest. 'Nederigheid zal wel goed zijn voor de ziel.'

Cordelia fronste haar wenkbrauwen. 'Jezelf de schuld geven is niet noodzakelijkerwijs hetzelfde als nederigheid. Vaak is het een vorm van jezelf afkeuren. Ware nederigheid is iets heel anders. Ik vind het nogal gevaarlijk om aan te nemen dat, omdat we onszelf de les lezen, we ook het echte probleem aanpakken. We kunnen ons zelfs zelfgenoegzaam voelen, in plaats van dat we ons afvragen waarom we met schuldgevoelens rondlopen. Misschien verhinderen schuldgevoelens wel dat we eerlijk naar onszelf kijken en ons afvragen waarom we onszelf afkeuren, en daar dan iets aan doen.'

Maria was verward. Onrust knaagde aan de randen van haar nieuwe vreedzaamheid. 'Hoe bedoel je?'

Cordelia glimlachte quasizielig. 'Let maar niet op mij,' zei ze. 'Het is een theorie die ik aan het uitwerken ben in een poging mezelf te genezen van die ondermijnende schuldgevoelens. We maken allemaal fouten en andere mensen lijden daaronder. Maar er moet toch een moment zijn waarop we daar vergeving voor kunnen vragen, zodat we het kunnen loslaten?'

Het bleef even stil.

'En dan?' vroeg Maria aarzelend.

Cordelia haalde haar schouders op en tuitte haar lippen. 'Dan staan we misschien toe dat er voldoende ruimte om mensen heen is en gaan we ons toeleggen op het beoefenen van ware nederigheid. Dan hebben we evenveel respect voor hen als voor onszelf en proberen we samen een goede oplossing te vinden, niet alleen goed voor ons, maar ook voor hen, zonder aan te nemen dat we wel weten wat goed voor hen is. Hoe klinkt dat? Verwarrend? Aanmatigend?'

'Het klinkt… goed,' zei Maria voorzichtig.

Cordelia grijnsde. 'Mooi,' zei ze. 'Ik denk dat ik er een artikel over ga schrijven.'

Maria lachte. 'Als je jou hoort praten is het zo gemakkelijk.'

'Het artikel schrijven misschien, hoewel ik dat betwijfel. Een redacteur zover krijgen dat het in een tijdschrift wordt geplaatst is een ander verhaal.'

Maria liet zich nog een kop koffie inschenken en slaakte een zucht van puur genot. Wat heerlijk om hier in de herfstzon te zitten met deze vreemde, sympathieke vrouw, zonder enige spanning of stress te voelen.

'Raar idee, hè, schoonmoeder worden?' merkte ze op. 'Het lijkt volkomen…' Ze aarzelde en zocht naar het juiste woord.

'Willekeurig?' opperde Cordelia. 'Toevallig? Ik ben het helemaal met je eens. Hun kinderen zullen onze genen delen. Dat is nog eens een eng idee.'

'Binnenkort moet ik verhuizen,' zei Maria redelijk kalm, 'en ik weet niet waar ik naartoe moet. Ik kan niet bij Penelope in het bijgebouw blijven wonen. Dat is ook zoiets willekeurigs. Ik kan overal heen, niemand houdt me tegen.'

Cordelia wierp een vlugge blik op haar – een merkwaardige, indringende blik vol medeleven – en Maria trok even een lelijk gezicht alsof ze het eens was met iets wat Cordelia hardop had gezegd.

'Ik weet dat het zielig klinkt, maar ik ben het niet gewend om beslissingen te nemen,' legde ze uit. 'Er zijn altijd andere mensen geweest die de beslissingen voor me namen, mijn ouders, Hal, Adam. Ik ben bang dat ik een verkeerd besluit neem en dat niemand dat iets kan schelen. Niemand zal me tegenhouden als ik een vreselijke fout maak. Dat is een eng idee.'

'Moet je nu al verhuizen?' vroeg Cordelia vriendelijk. 'Misschien is het over een tijdje gemakkelijker om een besluit te nemen.'

'Het wordt gênant om daar te zitten en van hen afhankelijk te zijn,' zei ze. 'Ik wil niet dat Penelope me zat wordt, al vindt ze het volgens mij wel leuk om gezelschap te hebben, maar ik spring liever zelf dan dat ik word geduwd, als je snapt wat ik bedoel. En er speelt nog iets. Mijn jongste zoon, Ed, heeft bij het zakendoen veel geld verloren. Mijn huis diende als onderpand. Het was een gedwongen verkoop. Niemand weet dat. Zelfs Penelope en Philip niet. Ik kan de vernedering en het medelijden gewoon niet verdragen. Ik zit heus niet aan de grond, hoor, want ik heb enkele goede investeringen en er is geld genoeg om een klein huis te kopen, maar het is een angstige ervaring.'

Ze keek uit over de glanzende zee, was er zelf verbaasd over dat ze zoiets had bekend, dat ze niet de moeite had genomen om de schone schijn op te houden. Ze keek naar Cordelia, die geen tekenen van medelijden of afschuw vertoonde maar alleen 'het leven is toch vreselijk' mompelde en daarna nadenkend van haar koffie dronk. De opluchting van eindelijk de waarheid te hebben verteld was zo stimulerend dat Maria nog een dappere stap zette.

'Ik had gedacht hier te komen wonen, om dichter bij Jolyon en de Chadwicks te zijn.' Ze trok een lelijk gezicht. 'Jolyon stond niet te juichen, en dat is nog zacht uitgedrukt.'

'Het is te vroeg,' zei Cordelia. Toen Maria zich omdraaide om haar aan te kijken, besefte ze dat Cordelia ook de schijn niet ophield. 'Denk je ook niet,' vervolgde Cordelia langzaam, alsof ze er al pratend over nadacht, 'dat wat wij als een afwijzing van een ander opvatten, gewoon hun behoefte kan zijn om zich te beschermen tegen onze behoeften? Misschien zijn ze niet in staat om alles te bieden wat we van hen verlangen, en dus trekken ze zich terug om zichzelf wat ruimte te geven. En dan zijn wij beledigd. Maar we hoeven onszelf, of hun, niets te verwijten, we moeten gewoon accepteren dat we allemaal onze beperkingen hebben. Wie weet heeft Jo momenteel behoefte aan ruimte. Hij staat immers op het punt een gedenkwaardige periode van zijn leven in te gaan. Deze verloving is voor hen allebei een grote stap. Dit is je kans om Jo te laten zien hoeveel je van hem houdt. Denk je ook niet?'

'Door me niet met hem te bemoeien?'

'Door hem niet onder druk te zetten,' corrigeerde Cordelia. 'Dan beseft hij dat je nu aan hem en zijn behoeften denkt, niet aan jezelf en de jouwe.'

Het was even stil.

'Dat is wel deprimerend, hè?' zei Maria weemoedig. 'Niets doen, afwachten.'

'O, maar er kunnen geweldige dingen gebeuren als alles braak ligt,' riep Cordelia. 'Denk aan de winter, als de aarde gesloten en stil is, maar ondergronds groeit er van alles. En dan wordt het voorjaar…'

'Denk je dat dat zal gebeuren?'

'Natuurlijk. Je hebt de eerste stap gezet, wat dapper was, ongeacht de achterliggende gedachte, en daar is op gereageerd. Het is begonnen. Het balletje is aan het rollen gebracht. Je bent uitgenodigd voor Hals verjaardag en het verlovingsfeest voor de familie.'

'Dat is waar, al zie ik er wel tegen op. Ik zal me echt een buitenstaander voelen als de hele Chadwick-clan aanwezig is, en dat na al die jaren. Mijn staat van verdienste stelt namelijk niets voor en ik ben nogal bang voor Kit. Ik heb haar jaren niet gezien en we zijn nooit echt vriendinnen geweest. Laat maar.' Ze rechtte haar schouders alsof ze zich automatisch wapende voor de strijd. 'Het zal een goede oefening voor me zijn om Jo te laten zien dat ik het echt anders wil. De Chadwicks en masse kunnen behoorlijk machtig zijn.'

'Ik kan me voorstellen dat het wat angstaanjagend is,' gaf Cordelia toe. 'Moet je horen, ik heb een idee. Wil je dat weekend hier komen logeren? Dan kunnen we komen en gaan wanneer ons dat uitkomt en dan vragen we Jo en Henrietta op de thee. Die zullen waarschijnlijk ook blij zijn er even tussenuit te kunnen.'

Maria keek haar verbaasd aan. 'Meen je dat? Dat zou fantastisch zijn. Weet je het zeker?'

'Natuurlijk weet ik het zeker. Wij schoonmoeders moeten elkaar steunen. We moeten niet toestaan dat we door de Chadwicks worden overdonderd, hoe aardig ze ook zijn.'

'Reuzebedankt. Ik weet gewoon niet wat ik moet zeggen.'

'Je hoeft niets te zeggen.' Cordelia stond op. 'We zullen iets te drinken nemen terwijl ik nadenk over de lunch. Blijf zitten. Ik kan er niet tegen als mensen op mijn vingers kijken terwijl ik eten klaarmaak.'

Ze ging het huis in. Maria bleef zitten, was volmaakt gelukkig en in haar hoofd was het helemaal stil. Niets van de gebruikelijke rusteloosheid en ze deed geen poging om het afgelopen half uur tot een amusant voorval samen te vatten dat ze aan Philip en Penelope kon vertellen, geen bezorgdheid of ze zich wel voldoende had vrijgepleit, alleen deze wonderlijke vrede.

Deel drie

33

Dichte grijze mist, die deed denken aan een blinde muur, onttrok de vallei en de heuvels in de verte aan het zicht. Alleen de toppen van de hoge beuken waren zichtbaar, staken scherp en helder uit de wolk. Elke naakte twijg glom, was helder van kleur. Jolyon stond op de heuvel onder The Keep en wilde dat hij goed kon schilderen, zodat hij dit surrealistische tafereel kon vastleggen. Hij was blij dat het weekend, waar zo lang naar was uitgekeken, voorbij was. Hij kon zich niet exact herinneren wanneer zijn vaders verjaardag een grootse gebeurtenis was geworden. Jolyon was alleen maar opgelucht dat Henrietta het ermee eens was geweest dat hun verloving de aanleiding voor zo veel vrolijkheid was geworden.

Kit was uit Londen overgekomen, Sam had twee schoolvrienden mee naar huis gebracht – het was immers vakantie – en de rest van de familie was al dagen van tevoren druk in de weer geweest met alle voorbereidingen. Jackie, de vrouw uit het dorp, was gevraagd om opnieuw op het huis te passen en de honden en de pony's te verzorgen, en hij had Henrietta op zaterdagochtend opgehaald om haar naar The Keep te rijden. Haar gezicht was bleek geweest en ze was gespannen, en hij had zich ongerust gemaakt en had zich schuldig gevoeld, omdat zijn familie de regie grotendeels had overgenomen.

'Het draait om papa's verjaardag,' had hij gezegd om haar bezorgdheid weg te nemen, 'en om die van Kit natuurlijk, want ze zijn een tweeling. Sam heeft vakantie. Lizzie heeft hem gisteren opgehaald. Hij heeft twee vrienden meegenomen, dus het is een hels kabaal, maar dat is het in deze tijd van het jaar altijd. Dat is altijd al zo geweest. Het was namelijk ook de verjaardag van mijn overgrootmoeder, want die was op dezelfde dag als Kit en papa jarig, en omdat dat meestal in de schoolvakantie viel, is het een traditie geworden. Dat wij ons hebben verloofd is niet zo belangrijk.'

Ze grijnsde naar hem. 'Nou, bedankt,' had ze gezegd.

'Je weet dat ik het niet zo bedoel,' had hij geprotesteerd. 'Ik wil alleen maar zeggen dat we meerdere dingen vieren en dat er geen reden is om erg verlegen te zijn.' Ze had hem omhelsd en ze hadden zich allebei wat ontspannen.

'Het is wat overweldigend,' had ze toegegeven. 'Jullie zijn met nogal veel – Fliss zegt dat Susanna met een deel van haar gezin ook komt – en als enig kind ben ik dat niet gewend. Ik vind het wel leuk, hoor, en als ik al die nieuwe mensen eenmaal heb ontmoet, zal het heus wel gaan. Het is fijn dat iedereen zo blij is met onze verloving. Let maar niet op mij.'

Dat ze moeilijk deed, kwam deels doordat Susan negatief op het nieuws had gereageerd, dat wist hij. Henrietta was daardoor van streek.

'Ik had het wel verwacht,' had ze na het telefoontje naar Nieuw-Zeeland tegen hem gezegd. 'Daarom stelde ik het waarschijnlijk telkens uit, maar ze reageerde min of meer verbitterd. Ze zegt dat het niet persoonlijk bedoeld is, want ze is dol op je, maar ze vroeg of ik het wel honderd procent zeker wist en zo. De timing is natuurlijk ongelukkig. Ze is diep teleurgesteld en je kunt niet van haar verwachten dat ze heel positief over de huwelijkse staat is. Het was vreselijk om het telefonisch door te geven, maar ik ben blij dat het achter de rug is. Ik heb gezegd dat ik bij haar blijf tot ze een nieuw kindermeisje heeft gevonden, maar ze was sowieso behoorlijk negatief en zei dat ze niet wist hoe ze aan de kinderen moest vertellen dat ik ook wegga.'

Jo draaide de met wolken gevulde vallei de rug toe, klom de heuvel op en riep de honden. Hun geblaf klonk ergens onder hem, weerkaatste in de bijna enge stilte. Susans reactie had hem ook beïnvloed, had de oude bindingsangst opgeroepen, en het was moeilijk voor hen geweest om de opgetogenheid van de weken ervoor terug te vinden.

Gelukkig had het vooruitzicht van het weekend in The Keep hen gedwongen om vrolijker te worden en uiteindelijk was het ontspannen en leuk geweest. Dat er drie drukke twaalfjarige jongens in huis rondliepen, had de aandacht afgeleid van het pas verloofde stel, en het was duidelijk dat Hal en Kit niet zouden toestaan dat iemand te veel gras voor hun voeten wegmaaide. Het was een familiefeest en algauw waren Henrietta en hij erin geslaagd zich te ontspannen. Dat zijn moeder bij Cordelia logeerde, had ook geholpen, had de druk van hem af gehaald. Nu hij erover nadacht, was het raar dat beide moeders het prima hadden gevonden om te doen alsof ze dikke vriendinnen waren, in plaats van de boel onder controle te willen houden. Dat had het voor hem en Henrietta minder stressvol gemaakt en hij had een zweem van bewondering voor zijn moeder gevoeld. Gezien het verleden kon het immers niet gemakkelijk voor haar zijn geweest om te midden van zo veel Chadwicks te zijn. Ze had het er goed van afgebracht, was ongekend rustig en bescheiden geweest. Het was hem duidelijk dat Cordelia haar onopvallend steunde en haar zelfvertrouwen gaf.

'Je moeder is echt aardig,' had hij gezegd, toen hij Henrietta op zondagmiddag terugreed naar Somerset nadat ze over het klif hadden gewandeld en bij Cordelia en Maria in het kustwachthuisje op de thee waren geweest. 'Ze is geweldig.'

'Jouw moeder deed het ook goed,' had ze gezegd. 'Ditmaal was ze veel meer relaxed en leek ze het prima te vinden zich op de achtergrond te houden. De boodschap die je haar in The White Hart hebt verteld, lijkt te zijn doorgedrongen. Ik kon heel goed met haar opschieten.'

Nadat ze over het klif hadden gelopen en aan de thee zaten, had zijn moeder Henrietta een mooie armband geschonken: een verfijnde zilveren armband met koraal.

'Die heb ik van mijn grootmoeder gekregen toen ik achttien was,' had ze gezegd. 'Ik heb hem altijd prachtig gevonden, maar je hebt er een smallere pols voor nodig dan ik nu heb. Ik zou het fijn vinden als jij hem wilt dragen, al hoop ik maar dat het niet politiek incorrect is om koraal te dragen nu dat een bedreigde soort is.'

Zoals gebruikelijk was hij automatisch ongerust geworden, wat telkens het geval was als Henrietta en zijn moeder samen waren. Zijn beschermingsdrang was gewekt voor het geval ze een kwetsende opmerking zou maken die Henrietta pijn kon doen, zoals dat bij hem ooit was gebeurd. Tot zijn opluchting had Henrietta de armband meteen omgedaan en had ze zijn moeder een kus gegeven. Cordelia had proostend haar theekopje opgeheven. Er had een gelukkige sfeer gehangen en er was een echt familiegevoel tussen hen vieren geweest. Doordat Cordelia een vriendin van haar was geworden, was hij geneigd nog vriendelijker tegen zijn moeder te doen.

De honden waren met natte vacht uit de krullende mist tevoorschijn gekomen. Ze renden langs hem naar de groene deur in de muur. Hij bleef even staan als eerbetoon aan de andere honden die hier, bij de muur, begraven lagen, en deed de deur open, waarna ze allemaal naar binnen gingen.

Hal kwam net uit kantoor toen Jolyon verscheen.

'Ik moet een paar telefoontjes plegen,' zei hij tegen zijn vader. 'Tot straks.'

Hal liet hem zijn gang gaan en liep terug naar het huis, zijn schouders wat gebogen tegen de oprukkende mist. Als hij aan het weekend van zijn verjaardag dacht, voelde hij nog steeds een heerlijke tevredenheid en hij wilde Ed een mailtje sturen om hem erover te vertellen, maar hij voelde zich ook rusteloos. Er was iets waar hij eigenlijk niet aan wilde denken, maar dat toch aan zijn bewustzijn knaagde. Het feest was een groot succes geweest, hield hij zichzelf voor. Iedereen had het naar zijn zin gehad. Zelfs Maria had zich voorbeeldig gedragen. Hal trok een lelijk gezicht. Dat klonk bevoogdend, maar ze hadden er allemaal over ingezeten of het wel goed zou gaan met Maria erbij, dat kon hij net zo goed toegeven. Daar was die herinnering weer. Die was verbonden aan een andere belangrijke gebeurtenis, hoewel hij niet wist welke. Er waren ook zo veel feesten in The Keep geweest.

Er was niemand in de keuken en hij liep de hal in. Zijn moeder zat bij het haardvuur te dutten. De natte honden lagen languit voor de vlammen. Hun staarten kwispelden zacht als welkomstgebaar, maar zijn moeder verroerde zich niet. Hal pakte de krant en vroeg zich af waar Fliss was. Fliss en Lizzie hadden zo hard gewerkt om het weekend speciaal te maken dat Fliss nu even de tijd nam om bij te komen. Ze was zo blij geweest toen de voorbereidingen eenmaal achter de rug waren en alles liep, maar zo ging het met die lieve, oude Flissy altijd: zenuwachtig en in gedachten verzonken, maar zodra de eerste gast arriveerde, verdween haar angst als sneeuw voor de zon en was ze net een kind, genoot ze met volle teugen. Ze had er goed uitgezien. Een paar keer had hij haar tussen de familie zien staan, in gesprek met Kit en Susanna of aan het grappen met de jonge Sam en zijn vrienden, of ze kwam de hal in lopen met een dienblad met glazen voor de champagne, haar gezicht stralend van plezier...

Hal fronste zijn wenkbrauwen. Hij kon de herinnering nu plaatsen en zag het tafereel weer duidelijk voor zich. Ook een feest in The Keep, in het weekend, een zomer dertig jaar geleden. De plannen voor het feest waren uit de hand gelopen, zodat er ook genodigden waren die niet tot de familie behoorden. Maria en hij moesten toen in de accommodatie voor getrouwde stellen in Compton Road in Plymouth hebben gewoond. Wat had Maria een hekel aan die accommodatie gehad na het fraaie huis in Hampshire waar ze na hun trouwen waren gaan wonen. Ook toen al had hij gemerkt dat Maria opzag tegen grote familiebijeenkomsten. Hij herinnerde zich dat ze zo gespannen was geweest dat hij zijn moeder had gebeld en had gevraagd of ze wilde komen om Maria moreel te steunen. Hal keek vol genegenheid naar zijn moeder, die nog steeds sliep, haar hoofd naar opzij gezakt tegen het kussen. Ze was in die beginjaren heel aardig voor Maria geweest, had haar gestimuleerd en was geduldig geweest.

'Kom alsjeblieft langs, mam,' had hij op smekende toon gezegd. 'Ik denk niet dat Maria het zonder jou aankan. Ze is een beetje van slag door de zwangerschap van Fliss – je weet dat ze zelf naar een baby verlangt – en Kit is altijd zo geneigd om haar te plagen. Heel goedmoedig natuurlijk, maar Maria is op het moment erg gevoelig...'

Ze was met de trein uit Bristol gekomen, herinnerde hij zich. Maria en hij hadden haar in Plymouth van het station gehaald en ze had het weekend bij hen gelogeerd. Kit en wat vriendinnen waren uit Londen naar The Keep gekomen en Fliss en Miles waren uiteraard overgekomen uit hun huisje in Dartmouth. Miles had enthousiast over zijn ophanden zijnde stationering in Hongkong verteld. Toen was hij tijdens het feest opeens Fliss tegen het lijf gelopen toen die een dienblad met glazen naar tuin bracht, en zijn liefde voor haar dreigde hem plotseling te overstelpen. Hij had niet gewild dat ze naar Hongkong zou gaan, zo ver bij hem vandaan. Hij had zijn handen uitgestoken en die over die van haar gelegd, zodat ze het dienblad samen vasthielden. Maria had het gezien en later was er een vreselijke ruzie ontstaan.

Hij herinnerde zich dat hij zijn liefde voor Fliss had ontkend en Maria van jaloezie had beschuldigd, de fout bij haar had gelegd, haar een schuldgevoel had bezorgd...

Prue werd opeens wakker. Hal zat tegenover haar, staarde zonder iets te zien met een nors gezicht voor zich uit. Ze keek hem even zorgelijk aan, wetend dat hij aan iets dacht wat hem veel verdriet deed. Ze hield zich stil en bedacht waar hij mee kon zitten. Het was immers zo'n gelukkige periode en iedereen genoot nog na van het weekend. Fliss was zo blij geweest, hoewel ze wenste dat Bess en Jamie erbij hadden kunnen zijn. En Jo met dat lieve meisje. Wat had hij er knap uitgezien, sprekend Hal op die leeftijd... Maria had zich heel goed gedragen, had niet overdreven gereageerd om haar onzekerheden te maskeren, zoals ze had gedaan toen ze jonger was...

Prue ging rechtop zitten, verstoorde Hal, die nog steeds grimmig keek, alsof hij haar niet echt zag.

'Aan het verleden denken,' begon ze onzeker, amper wetend wat ze wilde zeggen, 'kan een mens flink uit zijn doen brengen.'

Hal keek haar niet aan. 'Het openen van de doos van Pandora,' zei hij. 'Zo noemde Fliss het en ze had gelijk.'

'Soms kan dat goed zijn,' zei Prue.

'Ik zie niet in wat er goed aan kan zijn om te beseffen welke fouten je allemaal hebt gemaakt als het te laat is om die recht te zetten.'

'We hebben allemaal fouten gemaakt,' zei ze kalm, nog steeds aftastend waar ze heen wilde. 'Niemand van ons gaat vrijuit. Maar we moeten wel eerlijk zijn en bedenken hoe het toentertijd was.'

'Eerlijk ten opzichte van wie?' vroeg hij verbitterd.

'Van iedereen,' antwoordde ze. 'Je schuldig voelen ten opzichte van iemand kan net zo veel schade aanrichten als het maken van de fout heeft gedaan. Het kan een relatie onder druk zetten, uit balans brengen.'

'O, het is dus niet erg,' zei hij oneerbiedig. 'We kunnen alles vergeten.'

'Je hebt mij niet horen zeggen dat je niets moet doen,' zei ze. 'Ik probeerde duidelijk te maken dat schuldgevoelens op zich een vernietigende emotie zijn. Helen is echter een bijzondere genade.'

Hij keek haar aan met zo'n vreemde uitdrukking op zijn gezicht – een mengeling van ongeloof en hoop – dat ze zich heel ongerust en volkomen ontoereikend voelde. 'En hoe bereiken we dat?' vroeg hij bijna spottend.

Prue schudde machteloos haar hoofd en dacht opeens aan Theo. 'Door daar meer naar te verlangen dan naar wat ook ter wereld,' antwoordde ze.

Hij legde de krant neer. 'Het is raar,' zei hij, 'en verwarrend dat er na al die jaren van die kleine herinneringen naar boven komen.'

Tot haar opluchting zag ze dat hij weer zichzelf was. 'Het is een emotionele periode geweest,' zei ze. 'Adam is overleden en Maria is weer in ons leven gekomen. Jolyon en Henrietta hebben elkaar ontmoet en zijn verliefd geworden. Dan komt het verleden geheid boven. Toch denk ik dat het tot iets goeds zal leiden.'

'Als jij het zegt.' Hij stond op. 'Ik heb een borrel nodig.'

'Dat is een heel goed idee,' zei Prue vriendelijk. 'Als je toch staat, gooi dan ook meteen wat houtblokken op het vuur.'

34

'Het punt is,' zei Cordelia, 'dat ik het blijf uitstellen om Henrietta te vertellen dat Simon is overleden en nu weet ik dus niet hoe ik het moet doen. Of waar. Angus, ik weet dat ik vervelend ben. Nee, je hoeft je niet als een heer te gedragen en beleefd te reageren. Ik weet dat ik lastig ben, maar je begrijpt het toch wel? Het eerste punt is: waar vertel ik het haar? Volgens jou maakt dat niets uit, maar ik wil niet dat ze na afloop alleen is en ik voorzie hoe dan ook problemen. En zeg nou niet dat ik het erger maak dan het is. Ik kan haar moeilijk helemaal hierheen laten komen zonder te vertellen waarom en ik vind echt dat ik het niet telefonisch moet doen. Als ze hierheen zou komen, moet ze het hele eind weer alleen terugrijden en dan gaat ze zitten malen, tenzij ze die vrouw uit het dorp laat komen om de dieren te verzorgen, dan kan ze hier blijven. Maar dan moet ik haar wel een goede reden geven waarom ze moet blijven. Ik kan natuurlijk daarheen gaan, en ik weet dat je hebt gezegd dat ik zo nodig bij haar kan blijven, dat is een mogelijkheid, maar normaal gesproken ga ik niet naar het huis, want het is een eind rijden voor me. Gewoonlijk gaan we ergens lunchen, bij Pulhams Mill bijvoorbeeld, maar ik kan het haar moeilijk daar, in het openbaar vertellen. Dus dan zou ik na de lunch moeten zeggen: 'Laten we teruggaan naar het huis.' Dat vindt ze vast raar en dan vraagt ze zich natuurlijk af waarom ik het niet meteen heb verteld. En dan het tweede punt: hoe vertel ik het haar? Hoe langer ik erover nadenk, hoe minder ik durf. Had ik het maar meteen verteld, maar eerst logeerde Jilly bij haar en zodra Jilly was vertrokken, besloot ze Susan te bellen en haar te vertellen dat ze verloofd is. Daar was ze behoorlijk overstuur van en dus besloot ik te wachten. En toen was er natuurlijk dat feestweekend in The Keep en dat wilde ik niet voor haar bederven. Het is dus nogal uit de hand gelopen en dan ga jij natuurlijk zeggen: "Vertel het haar gewoon, dan heb je het maar gehad." Maar hoe? Zo eenvoudig ligt dat niet. Ik zie mezelf haar nog niet bellen en zeggen: "Moet je horen, je vader is overleden." Ik weet dat jij vindt dat ik onnodig moeilijk doe. Ze heeft al tien jaar niets van hem gehoord of gezien, dus het zou veel en veel erger kunnen. Dat weet ik best. Maar ik weet nog steeds niet hoe ik het moet doen en ik wil het niet verknoeien. Sinds haar verloving met Jo gaat het een stuk beter tussen ons. Ik was zo blij. Dit zal het verleden geheid weer oprakelen en dan zal ik me gedwongen voelen mezelf te rechtvaardigen. Het heeft geen zin om tegen me te zeggen dat ik geen vernietigende kritiek op mezelf moet hebben en zo. Ik kan er gewoon niet tegen. Het ging net zo goed en dit gaat de boel vreselijk in de war sturen... Verdorie, mijn mobiele telefoon gaat. Waar is dat ding? O, hier. Help, het is Henrietta.

Hallo, lieverd. Hoe gaat het?... O ja? Dat is fijn... Tot morgenochtend? Nou ja, dat is toch ook leuk? Doe hem de groeten van me... Nee, eh... ja. Ja, ik ben helemaal alleen... Is dat zo? Eerlijk gezegd ben ik een beetje van streek. Ik heb slecht nieuws voor je, lieverd. Ik heb zojuist gehoord dat je vader eerder dit jaar aan kanker is overleden... Dat weet ik. Het is een grote klap... Ik heb het van een wederzijdse vriend gehoord. Ik vind het heel erg voor je, lieverd... Ja, dat is zo. Ik kan me voorstellen dat je je zo voelt. Geschokt maar ook emotieloos. We hadden al zo lang geen contact meer... Ja, natuurlijk is het buitengewoon triest. Ik ben blij dat Jo bij je is... Nee, met mij gaat het wel. Maak je over mij geen zorgen. Het is lief van je dat je daaraan denkt, maar ik red het wel zolang het met jou maar goed gaat... Ja, we spreken elkaar morgen. Dag, lieverd.

Gossie. Frappant, hè Angus? Na alle scenario's die ik had bedacht, gebeurde het zomaar opeens. En ze vatte het goed op, had er geen grote problemen mee. Ze maakte zich zorgen over mij, omdat ik alleen ben. Kijk niet zo naar me, Angus. Je moet toegeven dat dit niet het juiste moment was om te zeggen dat uitgerekend jij om bijna tien uur 's avonds bij me zit. Maar het gaat goed met haar. Ik kan er gewoon niet over uit. Ze reageerde heel kalm, zei dat ze zich emotieloos voelde. Geschokt maar emotieloos. Wat een geluk dat Jo er was. Anders had ik het natuurlijk ook niet verteld. O, wat een opluchting. Wat zit je daar nou, schat? Zeg iets. Wacht, ik heb een beter idee: schenk wat te drinken voor me in. Een heel groot glas.'

'Papa is dood,' zei Henrietta. 'Ik kan het amper bevatten. Mama flapte het er zomaar uit. Volgens mij was ze in shock. Dat is logisch. Ze zijn immers getrouwd geweest, ook al was dat lang geleden en hadden ze geen contact meer. Het is toch ook een schok? O, graag, Jo. Ik wil nog wel een kopje thee. Ik weet dat het al laat is, maar ik ben min of meer verdoofd. Misschien warm ik ervan op. Eerlijk gezegd kan ik het niet geloven. Hij had kanker. Wat afschuwelijk. Hij was niet eens erg oud. Had hij het maar geweten van ons, dan had ik hem kunnen vragen waarom hij zomaar was weggegaan. Ik weet dat je hebt gezegd dat het een gevoelige man moest zijn voor wie alles zwart of wit was, die het niet kon verwerken dat mama hem ontrouw was geweest en die niet wist hoe hij een relatie met mij kon onderhouden als hij een nieuw leven begon. Dat weet ik allemaal, maar toch had ik vrede met hem willen sluiten, snap je? Me een brief sturen toen ik te jong was om de boodschap te kunnen verwerken is iets anders dan een relatie verbreken als je allebei volwassenen bent. Maria en jij krijgen nu een kans om vrede te sluiten en ik heb het gevoel dat mij die kans is ontnomen. Ik heb overwogen hem een brief te sturen, iemand had hem vast wel kunnen opsporen, om het hem te laten weten van jou en mij. De afgelopen weken zijn fantastisch geweest. Ik ben anders tegen sommige dingen aan gaan kijken en dat wilde ik hem eigenlijk laten weten. Het gaat wel. Heus. Ik huil niet, echt niet, en ik ben ook niet erg van streek, want ik wilde hem eigenlijk niet terug in mijn leven. Dan zou ik ontzettend zenuwachtig zijn geworden, want zoals je al zei, zoals hij zich tegenover mama en mij heeft gedragen, dat is kil en berekenend, en ja, ook eng. Ik zou niet blij zijn geweest met zijn terugkeer, vooral niet als we kinderen zouden hebben, snap je? Ik had hem nooit kunnen vertrouwen en dat had tot gênante en lastige situaties kunnen leiden. Wat klinkt dat erg, hè? Je begrijpt het toch wel? Natuurlijk is het een schok. Dat kan haast niet anders, hè? Hij was toch mijn vader, een deel van mijn leven, ook al herinner ik me weinig uit de tijd dat we een echt gezin waren, omdat hij toen vaak op zee zat. Nadat hij was vertrokken, konden we elkaar alleen zien als ik vakantie van kostschool had en hij verlof had, dus dat was lastig. Hij schreef zelden en als we elkaar zagen, hadden we elkaar weinig te zeggen en was het moeilijk om te bedenken hoe we de tijd moesten vullen. Op de een of andere manier werkte het niet. Dank je wel, Jo. Warme thee. Heerlijk. Kom naast me zitten en knuffel me eens terwijl ik mijn thee opdrink.'

Lizzie stak de laatste lepel pap in haar mond en bleef even zitten, genoot van de ongebruikelijke stilte in de keuken. Jo was al naar Bristol vertrokken en Hal was op kantoor om de vannacht binnengekomen e-mails en faxen door te nemen. Het was voor iedereen prettig dat Hal, door zijn vele jaren bij de marine, de gewoonte had 's ochtends vroeg op te staan. Nadat hij had gecontroleerd of alles volgens plan liep, kwam hij terug voor koffie. Op dagen dat Jo weg was, kon Lizzie het dankzij Hals zelfdiscipline rustig aan doen en daar was ze blij om.

Ze reikte naar het geroosterde brood en met haar botermes maakte ze de eerste van twee brieven open. Hij was van haar moeder. Ze legde de velletjes naast haar bord neer, en smeerde boter en marmelade op haar geroosterde brood. Het was een vrolijke brief, vol nieuws over de familie en de honden. Haar moeder schreef dat ze er nog niet uit waren of ze een puppy zouden nemen en vroeg of Lizzie met kerst naar huis kwam...

Lizzie vouwde de brief op en deed die terug in de envelop. Ze was van plan geweest om kerst dit jaar bij haar ouders in Pin Mill door te brengen, maar dat was voordat ze had geweten dat Jolyon zich zou verloven en dat Henrietta en hij met kerst en oud en nieuw in Schotland zouden zitten. Het zou vreemd zijn zonder Jo en ze vroeg zich af of Sam en de anderen het zouden redden als zij ook besloot weg te gaan. Fliss had gelijk gehad toen ze zei dat Lizzie de brug was tussen de oudere familieleden en Sam, maar ook Jo was een zeer sterk en noodzakelijk onderdeel van die brug gebleken. Ze zouden het zonder hen heus wel redden, maar ze kon zich goed voorstellen dat het dan anders zou zijn en schuldgevoelens staken de kop op.

Ze stond op om koffie te zetten. Haar schuldgevoelens kwamen deels voort uit de wetenschap dat Bess en haar gezin dit jaar niet zouden komen en ook Jamie had laten weten dat zijn plannen heel onzeker waren. Het zag er dus naar uit dat het met kerst erg rustig in The Keep zou zijn. Lizzie zette de cafetière op tafel, pakte een mok uit de kast en keek nadenkend naar de brief die gericht was aan admiraal Sir Henry en Lady Chadwick. Ze herkende Maria's handschrift en vroeg zich af wat voor nieuws die envelop zou bevatten. Fliss kwam binnen terwijl ze koffie inschonk en ze kreeg een bang voorgevoel toen ze terugdacht aan die andere ochtend, twee maanden geleden, toen een brief van Maria voor grote commotie had gezorgd. 'Wat was het vannacht koud, hè?' zei Fliss. 'Het heeft flink gevroren.' Ze wierp een blik op de envelop – keek er vlug nog een keer aandachtiger naar – aarzelde even, liet hem liggen en pakte een mok.

Lizzie schonk koffie voor haar in en vroeg zich af of ze over haar plannen voor de kerst zou beginnen. Ze besloot af te wachten wat er in de brief van Maria stond. Misschien was dit niet het juiste moment om Fliss haar eigen nieuws te vertellen. Ze at haar geroosterde brood verder op en keek vanuit haar ooghoek toe toen Fliss een rekening openmaakte, die opzij legde en een catalogus uit de verpakking haalde. Prue kwam binnen. Lizzie glimlachte vriendelijk naar haar en nam Prues kus met ware genegenheid in ontvangst. Ze was dol op Prue.

'Kijk eens aan,' zei Prue meteen. Tot Lizzies plezier aarzelde Prue geen moment. 'Is dat een brief van Maria?'

Fliss reageerde zogenaamd verbaasd. Ze pakte de envelop alsof ze het handschrift beter wilde bekijken en zei toen dat ze dacht van wel.

'Hij is voor jullie allebei,' merkte Prue op, alsof dat bijzonder was. Fliss knikte.

Prue wachtte en keek Fliss met ongeveinsde verwachting aan alsof ze dacht dat Fliss net zo blij zou zijn als zij dat de brief zowel aan Fliss als aan Hal was gericht. Lizzie besefte dat eerdere brieven van Maria inderdaad alleen aan Hal waren gericht. Ze merkte dat ze net zo nieuwsgierig was als Prue en wilde weten of dit een bijzondere brief was. Toch aarzelde Fliss.

'Misschien wil ze met kerst hier komen,' zei Prue vrolijk. Lizzie schrok, alsof Prue haar eigen dilemma had geraden. Fliss pakte haastig de envelop en scheurde hem open. Prue glimlachte stralend naar Lizzie en vroeg of er nog pap was. Lizzie stond op, glimlachte terug en probeerde te bepalen wat Prue zo innemend maakte. Ze had een zachtaardig karakter, wat deels de verklaring was, maar ze kon ook verbazingwekkend streng tegen Sam zijn als die over de schreef was gegaan. Ook velde ze – en dat was misschien wel het beste aan Prues karakter – niet meteen een oordeel, ze was niet sentimenteel of saai, maar ze bekeek mensen en situaties vanuit haar eigen evenwichtige, meelevende en nogal excentrieke standpunt.

Lizzie schepte pap in een kom en zette de kom voor Prue neer, die haar bedankte maar haar blik niet van het gezicht van Fliss afwendde. Toen Fliss zachtjes 'o!' riep, keken ze haar allebei verwachtingsvol aan.

'Maria heeft besloten met kerst in Salisbury te blijven.' Fliss legde de brief neer en pakte haar mok koffie. 'Ze schrijft dat het heel vreemd zal zijn om kerst zonder Adam te vieren, maar ze is eerste kerstdag bij de buren uitgenodigd en tweede kerstdag zal ze zelf een borrel geven. Verder heeft ze besloten om nog een tijdje in het bijgebouw te blijven wonen. Haar vrienden willen dat en ze heeft besloten het nu officieel voor een half jaar te huren en te kijken hoe het er dan voor staat.'

'Wat een opluchting,' zei Prue onomwonden. Bij het zien van de ietwat verbaasde blik op het gezicht van Fliss had Lizzie zin om in lachen uit te barsten.

Ze dronk haar mok leeg en stond op. 'Ik zal Hal hierheen sturen voor koffie,' zei ze. 'Tot straks.'

'Dat was heel tactvol van Lizzie,' zei Prue goedkeurend, nadat Lizzie was vertrokken. 'Ze weet dat je het moeilijk vindt om in haar bijzijn openhartig over Maria te praten.'

Fliss lachte. 'Ik had niet door dat ik openhartig wilde zijn,' protesteerde ze, hoewel ze diep vanbinnen wist dat de opluchting zeer groot was. 'Ik was een beetje bang dat Maria zichzelf min of meer zou uitnodigen voor de kerst, dat Hal haar zielig zou vinden en dat ik me dan schuldig zou voelen als ik er mijn veto over uitsprak. Het heeft geen zin om hierheen te komen als Jolyon in Schotland zit. Als ze het wil bijleggen, kan ze beter in het nieuwe jaar komen, als hij terug is. Het was goed van haar om niet te proberen hoever ze kan gaan. Ik zal haar laten weten dat Jolyon en Henrietta naar Schotland gaan. Dan zal ze het idee hebben dat haar edelmoedigheid de moeite waard is geweest.'

Prue at tevreden van haar pap. 'Ik denk dat het goed zal uitpakken,' zei ze. 'Al zal het raar zijn om kerst zonder Jolyon te vieren.'

'Ja,' zei Fliss nogal kortaf. Ze voelde de inmiddels bekende pijn van verlatenheid in haar hart toen ze aan Bess, Matt en de kinderen dacht, en aan die lieve Jamie, die met kerst zo ver weg zouden zitten. Dit jaar zou Jo er niet zijn om grapjes te maken met Sam, hem bezig te houden en hen allemaal aan het lachen te maken. Susanna en Gus kwamen gelukkig wel.

'Binnenkort hoort Henrietta er echt bij,' zei Prue vriendelijk, 'en dan zullen Jolyon en zij kinderen krijgen. Dat is toch leuk? Bess heeft het erover met Pasen over te komen voor de trouwerij. Misschien kan Paula bruidsmeisje zijn. Tjonge! Er moeten plannen worden gemaakt en er is zo veel om naar uit te kijken, nietwaar?'

Fliss beet op haar lip, wilde niet huilen en was boos op zichzelf. Ze was tegenwoordig erg emotioneel. Ze deed haar best om naar Prue te glimlachen en vroeg zich af hoe de oudere vrouw erin slaagde zo positief te blijven, herinnerde zich hoe dapper ze was geweest nadat Caroline was overleden, haar hartsvriendin en vertrouwelinge, de laatste in The Keep van haar eigen generatie. Opeens bedacht Fliss hoe vreselijk het zou zijn als er iets met Prue zou gebeuren. Ze was er geweest sinds die allereerste dagen na hun terugkeer uit Kenia en had met haar warme moederlijkheid de drie jonge wezen in haar hart gesloten.

Prue slikte de laatste hap pap door en omvatte met haar warme hand de koude hand van Fliss. Toen kwam Hal binnen. 'Tjonge, wat is het koud buiten. Is er koffie? Goedemorgen, ma.' Fliss gaf een kneepje in de hand van Prue en knikte naar haar ten teken dat het wel weer ging en dat het moment voorbij was.

'Ik moet zeggen,' zei Hal later, toen Fliss en hij alleen waren, 'dat ik erg blij ben dat Maria niet heeft voorgesteld om met kerst hier te komen. Het is heel verstandig van haar om bij haar vrienden te blijven wonen, zeker omdat die dat prima vinden.'

Zodra hij de keuken binnen was gekomen, had hij een verandering in Fliss bemerkt. Haar reactie was heel anders dan toen die andere brief was gekomen en de hel was losgebarsten. Deze brief veroorzaakte geen strijd. Hij voelde zich niet, zoals anders, gedwongen de brief te bagatelliseren of Maria te verdedigen, en dat was een grote opluchting. Fliss had terloops, bijna onverschillig, verteld dat er een brief van Maria was en had daarna opgemerkt dat het raar zou zijn dat Jo er met kerst niet was en dat het jammer was dat de kinderen van Susanna pas met Nieuwjaar zouden komen. Maar dat was niet het enige. Toen hij naar haar keek, zag hij dat de spanning uit haar kleine gezicht was verdwenen. Waarschijnlijk had ze Maria, nu die weduwe was, een bedreiging voor hen allemaal gevonden en daar dacht ze nu kennelijk anders over.

Hal ging staan en ruimde de ontbijtboel op. Hij had die verandering ook aan andere kleine dingen gemerkt. Het was begonnen toen Maria hierheen was gekomen toen ze bij Cordelia logeerde en ook na het verjaardagsweekend. Fliss was uiteraard emotioneel geweest omdat ze de tweeling miste bij zo'n groot familiefeest – dat snapte hij best – maar die vreselijke verbittering die hun relatie flink had kunnen beschadigen, was geleidelijk verdwenen. Deels kwam dat doordat Jo zijn moeder de waarheid had verteld, zijn kaarten op tafel had gelegd, zodat het nu heel onwaarschijnlijk leek dat ze hem kon kwetsen. Maar deels kwam het ook doordat Fliss en hij samen over hun eigen gevoelens hadden gesproken en dat was het echte verschil. Hij had haar verteld dat hij zich schuldig voelde over dingen die in het verleden waren gebeurd en hij had geaccepteerd dat de schuld daarvan deels bij hemzelf lag. Op de een of andere manier had dit tot een gezamenlijk helingsproces geleid. Het was raar geweest dat die korte scènes uit het verleden hem de afgelopen weken hadden achtervolgd. Het was niets voor hem om aan zelfonderzoek te doen. Hij kon het niet verklaren, wilde dat ook niet, want het had geen zin om er lang bij stil te staan, maar hij was blij dat de lucht was gezuiverd en dat ze allemaal verder konden.

De trouwerij zou uiteraard genoeg afleiding bieden van het verleden – de vrouwen deden er nu al uitgelaten over – al was het jammer dat het met kerst waarschijnlijk ongekend rustig zou zijn.

'Ik heb een idee voor de kerst,' zei hij tegen Fliss, terwijl hij de vaatwasser inruimde en Fliss aan tafel koffie zat te drinken. 'Zullen we Cordelia eerste kerstdag uitnodigen? Ze kan het goed met Susanna en Gus vinden en anders zit ze waarschijnlijk ook maar alleen.'

Fliss wierp hem een merkwaardige blik toe, alsof hij iets had gemist, en hij trok vragend zijn wenkbrauwen op. 'Wat?'

'Ik heb je toch over Angus verteld?'

'Ja, maar... O, ik snap het. Zijn ze officieel weer een stel?'

Fliss beet op haar lip en schudde haar hoofd. 'Waarschijnlijk niet officieel. Vermoedelijk zal Cordelia de boot afhouden tot Henrietta is getrouwd en dan nog… Ze is al een hele tijd alleen.'

'Wat wil je nu eigenlijk zeggen?' Het irriteerde hem dat ze een slag om de arm hield. 'Nodig ze dan allebei uit om te komen lunchen. Hij is toch single? We zijn allemaal volwassen, hoor. Het is toch niet nodig om een spelletje te spelen?'

'Nee,' zei ze, 'maar dat is aan hen, hè? Ik vraag eerst wel aan Cordelia wat de plannen zijn. Misschien gaat Angus wel naar een van zijn zonen of komen ze bij hem in Dartmouth. Op zich is het een goed idee.'

'Nou dan. Ik ga mijn e-mail checken. Wie weet is er nieuws van Ed. Hij heeft het goed naar zijn zin in zijn nieuwe baan. Hopelijk blijft dat zo.' Hij was tevreden, voelde zich weer gelukkig. Van die emotionele toestanden, dat was niets voor hem en hij was opgelucht dat alles weer normaal was. Hij liep de studeerkamer in en zette de computer aan.

35

Ze herkende de stem meteen.

'Hallo, Henrietta. Ik bel even om te zeggen dat we net terug zijn op Tregunter Road. We maken het goed, maar we zijn wel moe na de lange vlucht. We blijven nog een paar dagen hier tot Susan en de kinderen weer op orde zijn, maar in de loop van donderdag komen we naar huis. De groeten van iedereen.'

Henrietta zette het antwoordapparaat uit. Roger en Maggie zouden donderdag thuiskomen. Dat betekende dat ze over drie dagen naar Londen zou terugreizen. Het leek onmogelijk dat het nog maar acht weken geleden was dat ze Jo voor het eerst had ontmoet. Er was sindsdien zo veel gebeurd. Het zou raar zijn om weer in Londen bij Susan en de kinderen te zijn, de draad weer op te pakken en veel verder bij Jo vandaan te zijn.

Ze liep de keuken in en ging aan tafel zitten. Het was vanochtend te koud om in de kleine tuin te zitten, hoewel de zon door het raam naar binnen scheen en de bessen op het twijgje haagdoorn fel karmozijnrood deed oplichten. Juno kwam naar haar toe, legde haar kop op Henrietta's knie. Tacker scharrelde met zijn rubberbot aan een gerafeld touw bij haar voeten rond. Hij schudde het bot flink heen en weer, gooide het omhoog en sprong ernaar om het te pakken, haar uitnodigend het voor hem weg te gooien. Ze gaf er een trap tegen en hij sprong erachteraan, struikelde over Pans liggende gestalte. Henrietta voelde een steek van droefheid: ze zou dit ontzettend missen, het huis, de honden en de twee oude pony's, de wandelingen over de Quantock Hills, Jo die op de terugweg vanuit Bristol langskwam en de houtkachel aanstak en dan tot laat op de avond bij hem zitten, praten, plannen maken, vrijen. De afgelopen twee maanden hadden ze uit de wereld kunnen stappen en met z'n tweetjes kunnen zijn, met alleen de honden als gezelschap.

Hoe zou dat in Londen gaan? Susan was niet bepaald blij met hun verloving en daar kon ze nergens met Jo heen om rustig met hem te praten. Het zou niet gemakkelijk zijn om tijd te vinden om samen weg te kunnen van Tregunter Road. Nu Iain er niet was, zou Susan haar nog harder nodig hebben, vooral in het weekend als de kinderen niet naar de crèche gingen.

'We vinden wel een oplossing,' had Jo troostend gezegd. 'Het is per slot van rekening niet jouw fout dat Susans huwelijk op de klippen is gelopen. Er kan niet van jou worden verwacht dat je de vader vervangt. Ik weet dat het moeilijk zal zijn en dat we de heerlijke vrijheid die we hier hadden zullen missen, maar we zullen een datum prikken voor de trouwerij. Dan ziet Susan wel in dat ze zo gauw mogelijk een ander kindermeisje moet zoeken. We moeten niet besluiteloos zijn. Dat zou voor iedereen, vooral voor de kinderen, funest zijn. Ze moeten zo gauw mogelijk aan de nieuwe situatie wennen.'

'Maar ik heb Susan beloofd dat ik zal blijven tot ze een ander kindermeisje heeft gevonden,' had Henrietta ongerust gezegd. Ze had het gevoel dat ze gevangenzat tussen Jo's vastberadenheid en Susans behoeften. 'Het maakt het veel lastiger nu ik weet dat ze onze relatie afkeurt.'

'Susan is heus niet zo dom om te denken dat jouw huwelijk een fiasco zou worden omdat het bij haar verkeerd is uitgepakt. Ze is overstuur en ik ben het met je eens dat het nu slecht uitkomt. Maar we kunnen onze eigen plannen niet voor onbepaalde tijd opschorten en als er geen datum wordt geprikt, blijft dit slepen. We willen toch met Pasen trouwen?'

Opeens had er ongerustheid in zijn stem doorgeklonken, alsof hij zich afvroeg of ze van gedachten was veranderd, en haar hart stroomde over van liefde voor hem.

'Ja, natuurlijk,' had ze fel geantwoord. 'Mama, Fliss en ik zijn al plannen aan het uitwerken. Het wordt geweldig. Alleen... die arme Susan. Ik voel me schuldig, omdat ik dolgelukkig ben terwijl zij diep in de put zit.'

Hij had haar stevig vastgehouden. 'Ik snap je gevoelens en tot Pasen zullen we voor haar doen wat we kunnen. Gelukkig is die reis met kerst al geboekt en doet ze daar niet moeilijk over.'

Maggie was te hulp geschoten. Ze had gezegd dat Roger en zij de kerstdagen bij Susan en de kinderen in Londen zouden doorbrengen. Die informatie had Henrietta de moed gegeven om het plan door te zetten en het hotel in Schotland te boeken. Opeens bedacht ze dat ze zich weken geleden had afgevraagd wie dat bericht op het antwoordapparaat had ingesproken en dat ze vlug naar een winkel in Bicknoller was gegaan om cake te kopen. Een paar uur later was Jo gekomen en was haar leven drastisch veranderd. Bovendien was haar vader overleden...

Henrietta bukte zich om Tacker te aaien, ging naast hem op de grond zitten en knuffelde hem. Het was zo moeilijk om dat te verwerken. Ze wist dat haar vader er zelf voor had gekozen om weg te gaan, haar uit zijn leven te bannen. Op haar vijftiende was ze te geschokt en te beledigd geweest en had ze te weinig levenservaring gehad om zijn besluit aan te vechten. Maar later had ze hem wellicht kunnen opsporen en had ze aan hem kunnen vragen waarom zíj onder de fouten en tekortkomingen van haar ouders had moeten lijden. Maar het was gemakkelijker en minder pijnlijk geweest om haar moeder de schuld te geven. Ze had haar op allerlei manieren gestraft, soms onbewust, maar nu dacht ze daar anders over. Ze had meer medelijden en voelde zich zeer triest. Had ze haar fotoalbum maar meegenomen, dan zou ze foto's van hen als gezin kunnen bekijken, als bewijs dat ze ook goede herinneringen had.

'Misschien is het maar goed dat je je fotoalbum niet bij je hebt,' had Jo gezegd. 'Je zit zo vaak alleen. Foto's bekijken kan uit de hand lopen, je kunt je zelfbeheersing verliezen en dan kun je misschien niet meer ophouden met huilen. Het is heel moeilijk om je exact te herinneren hoe het was en soms word je door schuldgevoelens en wrok overspoeld. Je moet zeer evenwichtig en tevreden zijn om je blijde gebeurtenissen op een positieve manier te herinneren. Het kan gemakkelijk verzanden in pure sentimentaliteit, gevolgd door spijt en allerlei andere emoties. Zoiets kun je beter doen als je andere mensen om je heen hebt.'

Het had raar geklonken toen hij dat zei, maar ze wist wat hij haar probeerde te vertellen. Omdat hij het zelf ook allemaal had meegemaakt, snapte hij hoe ze zich voelde. Zijn eigen ervaring had hem kracht en stabiliteit geschonken, waarmee hij haar steunde. Ze drukte een kus op Tackers zachte kop, stond op, reikte naar haar mobiele telefoon en stuurde Jo een sms'je: CU 18H. HVJ X.

Ze keek verdrietig om zich heen. Dit werd de laatste avond samen in dit huis. In een opwelling pakte ze haar telefoon weer en toetste een nummer in.

Ze had al twee telefoontjes gehad voordat ze zelfs maar bij haar bureau was, ze was een belangrijk telefoonnummer van een redacteur bij een tijdschrift kwijt en haar koffie was koud, maar ze was te gelukkig om zich daar iets van aan te trekken.

Cordelia zuchtte tevreden, ging zitten en keek naar haar monitor. Zelfs nu lukte het haar niet om zich te concentreren. Het eerste telefoontje, vlak na het ontbijt, was van Henrietta geweest.

'Jo is net vertrokken,' had ze weemoedig gezegd, 'en dit is mijn laatste hele dag hier alleen. Maggie en Roger komen morgen thuis en ik voel me… gedesoriënteerd. Het is heel raar. Eerlijk gezegd zie ik ertegen op om terug te gaan naar Londen en Susan en de kinderen na al die tijd weer te zien. Ik zal het huis en de honden missen, vooral Tacker. Het is alsof ik hier al jaren woon. Je hebt zeker geen tijd om hierheen te komen en met me te gaan lunchen? Je zit vast te werken, maar we zouden bij Pulhams Mill kunnen afspreken en na afloop bij Wimbleball Lake kunnen gaan wandelen.'

'Natuurlijk kan ik naar je toe komen,' had ze meteen gezegd. 'Geen punt. Zullen we om één uur afspreken? Leuk! Dan kun je bij de hobbywinkel alvast je kerstcadeau uitzoeken... Het is echt geen probleem. Tot straks. Dag, lieverd.'

Cordelia glimlachte. Zijn wij de eerste generatie die per se vrienden willen zijn met onze kinderen? Dat artikel en het stuk over de *soke* waren geaccepteerd. Ze was nu het idee aan het uitwerken waar ze het met Maria over had gehad toen ze op het balkon hadden gestaan en het over het verschil tussen zelfverwijt en ware nederigheid hadden gehad. Het was ingewikkeld en waarschijnlijk te hoog gegrepen voor haar, maar ze wilde het evengoed proberen.

Het tweede telefoontje, van haar agent, had haar een ander soort voldoening geschonken. Ze had Dinah een samenvatting van een idee voor een roman gemaild en had in spanning zitten wachten tot Dinah haar zou vertellen dat het waardeloos was. Tot haar verbazing was Dinah enthousiast geweest en had tegen haar gezegd dat ze uitkeek naar de eerste drie hoofdstukken.

'Verschrikkingen met een vleugje humor!' had ze gezegd. 'Lastig om dat voor elkaar te krijgen, maar het heeft wel wat. Ik ben benieuwd hoe je dat aanpakt. Heb je veel ervaring met gestalkt worden?' Ze gniffelde, omdat dit zo'n absurd idee was.

Cordelia had ook gelachen. 'Daar zou je nog van opkijken,' had ze luchtig gezegd.

De ideeën bruisten in haar hoofd: personages, flarden van gesprekken, stukken van de plot, de cruciale vraag waar het zich afspeelde. Ze had het verhaal al in blokken opgesplitst, wist precies hoe het moest aflopen. Nu moest ze nog wat aantekeningen maken voordat ze naar Henrietta toe ging. Toen haar mobiele telefoon ging, moest ze overeind komen om het toestel te zoeken. Het bleek in de keuken te liggen.

'Angus,' zei ze hijgend. 'Sorry, schat. Ik kon die stomme telefoon niet vinden. Alles in orde?'

'Met mij gaat het prima,' zei hij. 'Dilly, gaat het vanavond nog door?'

'Reken maar. Moet je horen… Henrietta belde net om te vragen of ik met haar ga lunchen. Geweldig, hè? Zíj vroeg míj. Uit zichzelf. Ik hoefde geen hint te geven. Aan het eind van de middag ben ik terug, dus kom maar rond een uur of zes.'

'Klinkt goed,' zei hij. 'Jij klinkt trouwens ook goed, opgewekt. Komt dat alleen door Henrietta's uitnodiging of is er nog meer gebeurd?'

'O, schat,' zei ze. 'Er is meer goed nieuws, maar dat ga ik niet over de telefoon vertellen. Ik weet het zelf nog maar net… Ik vertel het je vanavond. Dat beloof ik. Maar het moet geheim blijven.'

'Ik kan haast niet wachten. Het heeft toch niets met die vermaledijde vrouw te maken, hè?'

'Nee, nee. Dat is allemaal voorbij. Ik heb toch gezegd dat je je daar niet druk om hoeft te maken?'

'Mmm,' zei hij neutraal. 'Goed. Tot later, Dilly.'

Cordelia ging terug naar haar werkkamer en bleef even staan. Ze dacht aan de afgelopen weken. Toen pakte ze een ansichtkaart, die tegen de klok aan stond. Ze bekeek de foto van een indrukwekkend landschap in de North Country, draaide de kaart om en las de boodschap op de achterkant:

Ik was vergeten hoe mooi dit land is. Ik heb besloten het verleden achter me te laten en hier bij mijn familie te gaan wonen. Het was fijn je te ontmoeten. Ik wens je het allerbeste. Vaarwel.
Elinor Rochdale

Cordelia zette de kaart terug op de plank. Ze leerde zelf ook om het verleden een plek te geven. De donkere wolken van schuldgevoelens en verdriet zouden ongetwijfeld door de lucht blijven trekken, maar dat betekende niet dat ze haar hoofd erin hoefde te steken. Ze kon ervoor kiezen dat niet te doen. Ze ging terug naar haar bureau en met een zucht van heerlijk verlangen ging ze aan de slag.

36

Enkele weken later zat Prue bij de open haard in de hal toe te kijken hoe Jolyon en Sam de kerstboom aan het neerzetten waren. Toen Sam voor het eerst hoorde dat Jolyon en Lizzie met kerst allebei weg zouden zijn, was hij onthutst geweest bij het vooruitzicht. Jolyon had benadrukt dat er bepaalde zaken waren die Sam en hij moesten regelen voordat hij wegging: het neerzetten van de kerstboom, het binnenbrengen van het enorme joelblok en op de heuvel hulsttakken knippen. Jolyon vroeg aan Sam of die tijdens zijn afwezigheid ook andere belangrijke taken op zich wilde nemen, zoals het verzorgen van de honden en het vullen van de houtmanden in de hal en de salon. Dat was heel slim van Jolyon. Het idee dat Sam over bepaalde zaken de leiding zou hebben en een noodzakelijke schakel zou zijn voor het gladjes verlopen van de dagelijkse gang van zaken, had hem het gevoel gegeven dat hij belangrijk was en verantwoordelijkheid droeg. Voor Prue was duidelijk dat Sam bijna reikhalzend naar het vertrek van Jo en Lizzie uitkeek, omdat hij dan helemaal alleen de leiding zou hebben.

Nu en dan wierp Sam een blik op Prue, om er zeker van te zijn dat ze zijn heroïsche inspanningen volgde. Dan knikte ze goedkeurend en vol bewondering en deed hij extra zijn best om de grote boom overeind te krijgen. Jolyon knipoogde naar haar en ze glimlachte naar hem, was ontzettend trots op hem en was heel dankbaar. Ze wist dat ze van geluk mocht spreken dat ze deel uitmaakte van deze familie. Er werd van haar gehouden, er werd voor haar gezorgd en ze werd gewaardeerd. Naarmate ze ouder werd, was ze haar schoonmoeder,

Freddy Chadwick, er steeds dankbaarder voor dat die haar had uitgenodigd om in The Keep te komen wonen bij de mensen van wie ze het meest hield. Het was een pijnlijk moment toen ze aan het gemeenschappelijk gebed op kerstavond dacht: 'We gedenken hen die deze dienst met ons meevieren aan een andere kust en in een feller licht.' Ze waren allemaal overleden, de vrienden uit de tijd dat ze een jonge vrouw was: Ellen en Fox, die zo hard hadden gewerkt om van The Keep een thuis te maken; oom Theo, met zijn grote wijsheid en trouwe steun; die lieve Caroline, haar oudste en beste vriendin – o, wat miste ze Caroline – en Freddy zelf natuurlijk: die autocratische vrouw die hen allemaal bij elkaar had gehouden in die moeilijke jaren nadat de drie jonge kinderen – Fliss, Mol en Susanna – uit Kenia waren gearriveerd.

Terwijl ze toekeek, merkte Prue dat haar gedachten afdwaalden naar vroeger, naar andere keren dat het kerst was geweest. Soms leek Jo op zijn grootvader, haar lieve Johnny, vlak voordat hij naar de oorlog was vertrokken, dan weer leek hij op Hal. Sam leek sprekend op zijn vader. Telkens als hij trots naar haar keek, was het net Mol die worstelde om de boom rechtop te houden, terwijl Jolyon grote stenen rondom de stam in de enorme aardewerken pot stapelde.

Fliss kwam binnen met de kartonnen doos met kerstversiering, die ze van de zolder had gehaald, en glimlachte naar de harde werkers.

'Ziezo,' zei ze. 'Goed gedaan, Sam. Wat een prachtige boom.'

Beiden deden een stap naar achteren om het resultaat van hun inspanningen te bewonderen. Toen ging Sam de kerstversiering uitpakken. Jo liep naar de haard toe en bleef naar zijn werk kijken.

'Het is een goede boom,' zei hij. 'Het zou fijn zijn als hij is opgetuigd voordat ik wegga, ook al staat hij dan een paar dagen eerder dan gebruikelijk.'

'Ben je klaar voor de lange tocht naar het noorden?' vroeg Fliss. 'Ik ben blij dat je onderweg bij Maria aangaat. Dat zal ze geweldig vinden.'

'Dat klopt,' zei hij. 'Mijn gevoel zegt dat ik dat moet doen. Het punt is alleen dat ik nog geen cadeau voor haar heb.' Hij fronste zijn wenkbrauwen. 'Het blijkt lastiger te zijn dan ik dacht, maar misschien doe ik er te moeilijk over.'

'Volgens mij weet ik wat je bedoelt,' zei Prue. 'Het is belangrijk, hè? Als er een breuk is geweest en je dan weer tot elkaar komt, is het eerste cadeau dat je geeft belangrijk, hè?'

Hij keek haar dankbaar aan. 'Precies. Ze had van kerst immers best een probleem kunnen maken, maar dat heeft ze niet gedaan. Ze heeft geaccepteerd wat ik tegen haar heb gezegd over ons allemaal ruimte geven en dat waardeer ik in haar. Het was mijn idee om op weg naar Londen bij haar langs te gaan als ik Henrietta ga ophalen. Ze heeft geen druk uitgeoefend. Ik wil haar laten zien dat we een toekomst hebben. Als ik een doos chocolaatjes of een stuk zeep koop, lijkt dat wat min. Maar ik zal gauw een besluit moeten nemen. Ik ben van plan om vanmiddag naar Totnes te gaan en daar rond te kijken. Wacht even, Sam. Niet hoger reiken dan waar je bij kunt, anders valt de boom straks om. En voordat we de boom gaan versieren moeten eerst de lampjes erin. Wacht even, dan ga ik een trapje halen.'

Hij liep de hal uit.

'Geweldig, hè?' zei Prue tevreden. 'Die lieve jongen lijkt een stuk gelukkiger. Vind je ook niet? Dat hij zijn moeder kan vergeven speelt daarbij een grote rol. Dat is fijn voor Maria, maar voor Jo zelf is het van cruciaal belang. Als hij haar genereus kan benaderen, zal dat het helingsproces bij hem bevorderen en zal het hem nieuwe kracht en meer zelfvertrouwen geven. Ik ben ervan overtuigd dat alles goed komt.'

'Dat denk ik ook,' beaamde Fliss wat afwezig. 'Je hebt me op een idee gebracht. Ik ben zo terug.'

Ze liep achter Jolyon aan de hal uit en Prue ging weer in haar hoek zitten. Ze zag Sam op zijn hurken bij de doos zitten, tussen de versieringen zoeken en geliefde voorwerpen eruit halen: victoriaanse glazen kerstballen, figuurtjes van houtsnijwerk, glinsterend engelenhaar. Ze dacht aan bomen uit andere jaren, lang geleden, en vooral aan een kerst veertig jaar terug. Hal en Kit waren aan het begin van de kerstvakantie naar Devon gegaan, herinnerde ze zich, en zij was met de trein uit Bristol gekomen zodra ze klaar was met werken. Later op kerstavond was ze in The Keep aangekomen.

Kerstmis 1965
Fox heeft haar van het station gehaald en als ze de hal binnenloopt, staan ze allemaal op haar te wachten. De boom, die helemaal tot aan het plafond komt, schittert door het licht van alle kaarsjes die, op de dansende vlammen in de enorme granieten open haard na, als enige branden. Het engelenhaar en de ballen glimmen en schitteren, en prachtig verpakte cadeautjes hangen aan de stevigere takken. Hulst en maretak zijn met paars lint bijeengehouden en versieren de hal. Er staan pasteitjes en sherry op de tafel bij de haard klaar. Ze staat heel stil, vlak achter de deur, en kijkt er vol vreugde naar, terwijl de familie glimlacht om haar pret.

'Het is volmaakt,' zegt ze uiteindelijk en – alsof de betovering is verbroken – schieten ze naar voren om haar te begroeten, te omhelzen, te kussen en welkom te heten.

Met z'n allen gaan ze rond het vuur zitten, terwijl Susanna en Mol om de boom heen kruipen en aan alle cadeautjes voelen die eronder opgestapeld liggen. Hal, die doet alsof hij een gesprek voert, geeft Fliss een zoen onder de maretak, terwijl Kit glimlachend naar hen kijkt.

Later gaan Prue en Caroline met de twee meisjes en Hal en Theo naar de nachtmis. Caroline rijdt. Hal zit achterin met Fliss op schoot, terwijl Prue en Kit naast hem geklemd zitten. De oude grijze kerk baadt in het kaarslicht en als ze weer naar buiten komen, hangt er een koude, witte maan aan de sterrenhemel. Hun adem dampt in de ijskoude lucht en de rijp knerpt onder hun voeten.

Als de auto de binnenplaats op rijdt, gaat de voordeur open en stroomt het licht uit de hal naar buiten de trap af tot op het gazon. Freddy staat op hen te wachten, lang en slank, in haar hooggesloten blouse en lange fluwelen rok, met een sjaal om haar schouders geslagen.

'De kinderen liggen eindelijk in bed en de sokken hangen,' zegt ze. 'Nu maar kijken of de Kerstman komt. Fox heeft het vuur opgestookt en Ellen heeft net een pot hete koffie gezet. Kom binnen en word warm. En een heel gelukkig Kerstmis voor ons allemaal.'

Even blijven ze staan luisteren naar de kerkklokken die door het stille landschap te horen zijn, en ze glimlachen naar elkaar. Dan gaan ze naar binnen en doen de deur achter zich dicht.

'Niet te geloven dat we echt onderweg zijn,' zei Henrietta, toen ze in noordelijke richting de M1 op reden. 'Het valt mee, hè, met de drukte op de weg? Morgen is het vast veel erger. De dag voor kerst rijden is vreselijk.'

'Met Susan leek het wel te gaan,' zei Jo. 'Ik had verwacht dat ze moeilijker zou doen. Eigenlijk deed ze heel vriendschappelijk. Doordat Maggie en Roger er waren, kon ze natuurlijk niet veel anders. Die zijn dolenthousiast. Het was geweldig om hen te zien.'

Henrietta trok even een lelijk gezicht. 'Ze heeft een zwak voor je en het is lastig voor haar om echt negatief te doen, omdat jouw familie haar familie al heel lang kent. Maar bij vlagen is ze nog steeds heel somber en als we alleen zijn, steekt ze een saaie preek af, zegt dat ik het wel zeker moet weten en zo. Dat is best deprimerend. Gelukkig kan het nieuwe kindermeisje meteen na de kerst beginnen. Ze is heel aardig en de kinderen zijn dol op haar. Volgens mij komt het wel goed.'

'We hebben geluk dat Susan zo snel iemand heeft gevonden, maar kan ze het zich veroorloven om in dit huis te blijven wonen?'

Henrietta haalde haar schouders op. 'Er is sprake van geweest dat Maggie en Roger hun huis verkopen en op de bovenste etage gaan wonen, zodat ze Iain kunnen uitkopen.'

Jo keek twijfelachtig. 'Dat heb ik ook gehoord. Zou dat verstandig zijn? Die arme Roger zou het zeilen vreselijk missen, en hoe moet het dan met de honden en de pony's?'

'Het zal niet gemakkelijk zijn. Ik zeg alleen dat er over die mogelijkheid wordt gesproken. Eerlijk gezegd zal ik blij zijn als ik er weg ben. Dat klinkt hard, maar ik kan toch niets doen en onze verloving heeft de relatie tussen Susan en mij veranderd. Ik heb het idee dat ik haar amper tot steun ben. Het lukt me niet om weer helemaal in het oude ritme te komen en ik vind het niet leuk om ver bij jou vandaan te zijn. Het was zo fijn om ruimte voor onszelf te hebben. En ik mis de honden ontzettend, vooral Tacker. Dat was zo'n schatje.'

'Raar, hè, dat het leven cyclisch is,' zei Jo. 'Uit het niets gebeurt er iets en dat verandert alles.'

Ze knikte. 'Net zoals bij je moeder en jou. Ik ben blij dat dat goed is gegaan.'

'Ik was best zenuwachtig,' bekende hij. 'Ik dacht dat ze misschien weer dramatisch zou gaan doen als we alleen waren, want zo ging dat vroeger ook, maar het ging goed met haar. Ze lijkt evenwichtiger, kalmer. Ik ben blij dat ze heeft besloten nog een tijdje bij Penelope en Philip te blijven. Dat zijn vrienden waar ze echt wat aan heeft en het geeft iedereen een adempauze.'

'Je cadeau voor haar was een geweldig idee.'

'Dat had Fliss verzonnen, maar toen we het erover hadden gehad, wist ik dat ze gelijk had. Ik hoop maar dat mijn moeder de betekenis ervan zal snappen.'

'Natuurlijk. Ik wist ook niet wat ik mijn moeder moest geven, maar ik denk dat ze erg blij zal zijn met haar mobiele telefoon. Die van haar is oud en ouderwets. Het was heel aardig van Fliss en Hal om haar uit te nodigen voor eerste kerstdag. Ik ben blij dat ze dan niet alleen zit. Wat heb je eigenlijk voor mij gekocht?'

Jo ging op de buitenste baan rijden en trapte het gaspedaal in, dacht aan het gesprek dat hij een paar weken geleden met Maggie had gevoerd.

'Het is maar een idee, hoor, Jo,' had ze gezegd. 'Er staan misschien grote veranderingen op stapel voor ons allemaal en die arme Tacker mist Henrietta ontzettend. Ik heb al iemand die de pony's wil overnemen als het zover komt, maar ik zie het niet zitten om met drie honden in Londen te wonen. Wat denk je? Zouden jullie met z'n tweeën voor Tacker willen zorgen, in jouw portierswoning? Beschouw het maar als een voortijdig huwelijkscadeau.'

Hij had ingestemd en had geregeld dat Tacker zou worden gebracht de dag nadat Henrietta en hij in The Keep waren teruggekeerd. Ze keek hem aan en hij glimlachte.

'Je krijgt een klein cadeautje,' zei hij plagend. 'Je echte cadeau krijg je pas als we weer thuis zijn.'

'Thuis,' zei ze blij. 'O, Jo, wat zal dat leuk zijn!'

'Dat was een sms'je van Henrietta,' zei Cordelia, die haar mobiele telefoon neerlegde en haar glas pakte. 'Ze zijn veilig aangekomen in het hotel en alles is geweldig. Eet, drink en wees vrolijk.'

Angus sloeg zijn arm om haar heen. 'Jammer dat we met kerst niet samen zullen zijn,' zei hij voor de zoveelste keer. 'Het leek de jongens geweldig om een huis in Cornwall te huren, zodat de hele familie met kerst bij elkaar kan zijn. Ik had het hart niet om te zeggen dat ik niet zou komen.'

'Natuurlijk niet,' zei ze vlug. 'Het is belangrijk dat jullie bij elkaar zijn. Ik heb je al gezegd dat ik het prima naar mijn zin zal hebben in The Keep en we gaan met oud en nieuw toch samen naar Pete en Julia op Trescairn? Dat wordt heel leuk.'

Hij knikte en ze voelde zich opgelucht. Het leek erop dat ze stilzwijgend overeen waren gekomen dat ze hun relatie zouden voortzetten zoals die nu was. Cordelia had hem verteld over haar ideeën voor haar nieuwe roman en had laten doorschemeren dat ze dan hard moest werken. Hij had haar verteld dat hij met Pete had afgesproken dat ze komende zomer een lange zeiltocht over de Middellandse Zee zouden gaan maken. Beiden opperden niet dat ze hun huidige woonsituatie moesten veranderen. Ze lieten allebei duidelijk merken dat ze zeer blij waren met elkaars gezelschap.

'Ik heb tegen Henrietta gezegd dat jij en ik oud en nieuw op Trescairn gaan vieren,' zei ze. 'Dat was best dapper van me. "Veel plezier," zei ze. Dat was zo'n opluchting.'

'Dat is mooi,' zei hij. 'Ik snap dat ze tijd nodig heeft om eraan te wennen dat ik in de buurt ben. Als ze onze relatie kan accepteren, zou dat een wonder zijn. Ik hoop dat ik word uitgenodigd voor de trouwerij.'

'Natuurlijk word je uitgenodigd,' zei ze vastberaden. 'Voorlopig zullen we op ons gevoel afgaan. Zolang iedereen maar tevreden is. Dat is voor mij het enige wat telt.'

Hij glimlachte, hield haar dicht tegen zich aan en hief zijn glas. 'Vrolijk kerstfeest, Dilly.'

Fliss reed na afloop van de nachtmis alleen naar huis. Gelukkig waren Susanna en Gus in de kerk geweest. Ze was heel blij geweest hen te zien. Op het laatste moment had Hal besloten niet mee te gaan. Hij zou met Prue en Sam naar de ochtenddienst gaan, had hij gezegd, terwijl Susanna en zij de lunch regelden en op de komst van Cordelia wachtten. Fliss had zich over zijn besluit verbaasd, maar was er niet tegenin gegaan. Hij had zich gedragen alsof hij een verborgen agenda had en ze vermoedde dat het met haar cadeau te maken had. Misschien zou ze een gezamenlijk cadeau van Sam, Prue en Hal krijgen en wilden ze tijd samen hebben om dat te regelen. Bovendien had ze het een vervelend idee gevonden om Prue en Sam samen achter te laten, de jongste en de oudste, al zou ze niet willen dat ze dat zouden vermoeden. Ze waren allebei heel onafhankelijk en zeer capabel. Het lag aan haar moederkloekgevoelens dat ze zich zorgen over hen maakte.

Toen ze door de poort reed, viel het haar op hoe raar het was dat de portierswoning in duisternis was gehuld, hoewel de lampen in de hal vrolijk straalden. Ze parkeerde de auto en stak de binnenplaats over, ging de trap op en deed de deur open. Tot haar verbazing was Prue nog op. Ze zat bij de haard. Hal stond op haar te wachten, was zo te zien net overeind gekomen. Sam was er ook. Blijkbaar had hij om de een of andere reden toestemming gekregen om laat op te blijven. Hij keek haar stralend aan – leek zo sprekend op Mol dat het hartverscheurend was – en ze zag dat ze haar alle drie verwachtingsvol en met een soort onderdrukte opwinding aankeken. Verbaasd deed ze de deur dicht en keek om zich heen om te zien wat haar zou moeten opvallen. Vanuit haar ooghoek zag ze een gestalte uit de schaduw vlak achter zich vandaan komen. Ze draaide zich vlug met een verschrikte kreet om en Jamie zei: 'Hallo, mama. Verrassing! Vrolijk kerstfeest.' En hij stak zijn armen naar haar uit.

Maria kon niet slapen. Ze keek op de wekker: tien voor half een. Het was eerste kerstdag; de eerste kerst zonder Adam. Vlug trok ze haar ochtendjas aan, schoof haar voeten in haar schapenleren pantoffels en liep naar de keuken. Onder de doorgang, in de zitkamer, had ze de kleine, mooie kerstboom neergezet, in een hoek op een stevig tafeltje. De gekleurde lampjes troostten haar op donkere winterochtenden en onder de versierde takken had ze haar cadeaus opgestapeld. Ze was blij dat ze hier was; blij en dankbaar. Later vandaag zou ze bij Penelope en Philip gaan lunchen, met nog wat vrienden, allemaal heel beschaafd, en morgen zou ze zelf een feestje geven, het eerste sinds Adam was overleden. Het was voor veel dingen de eerste keer... Zoals Cordelia vertellen over de ramp die Ed veroorzaakt had en dat ze het huis had moeten verkopen. Tijdens het weekend van Hals verjaardagsfeest hadden Cordelia en zij er weer over gesproken, ontspannen en kalm, hadden het van de nachtmerrieachtige proporties ontdaan. Dat had haar nieuw zelfvertrouwen en een heerlijk gevoel van bevrijding gegeven. Binnenkort – ze wist dat dat moment niet lang meer op zich zou laten wachten – zou ze in staat zijn Penelope de waarheid te vertellen...

Het water kookte en ze zette kamillethee en keek door de doorgang naar de boom en de fraai ingepakte cadeaus. Eds cadeau was plat en langwerpig. Waarschijnlijk een sjaal, dacht Maria bedroefd, uitgekozen door Rebecca. Prue had al verklapt dat haar cadeau een grote doos chocolaatjes was door op het bijbehorende kaartje te schrijven dat ze ze niet allemaal in één keer moest opeten. Aan de vorm te zien was het cadeau van Hal en Fliss een fles sterkedrank, al was er ook een klein pakje met hun namen op het bijbehorende kaartje. Het was lief van hen om aan haar te denken, daar ging het om, maar dit jaar was er eigenlijk maar één cadeau dat telde: Jolyons cadeau, een grote doos, fascineerde haar.

'Wees er voorzichtig mee,' had hij haar gewaarschuwd, nadat hij het onder de kerstboom had neergelegd. 'Het is heel breekbaar.' Hij had haar met een intense, ernstige blik aangekeken en ze vroeg zich nog steeds af wat hij precies had bedoeld. Ze had beloofd dat ze voorzichtig zou zijn en hij had haar omhelsd, een echte omhelzing, zoals toen hij op school had gezeten, en ze had zijn omhelzing blij en dankbaar beantwoord. Ze had grote moeite gedaan voor een cadeau voor hem. Het moest iets bijzonders zijn, iets waaraan hij kon zien dat ze haar best deed om te veranderen en dat ze spijt had van hoe ze zich in het verleden tegenover hem had gedragen. Niets leek aan die eisen te voldoen. Toen op een ochtend wist ze opeens wat het moest zijn. Ze vond het leren doosje in haar grote juwelendoos, had het eruit gehaald en had het opengemaakt. Er lag een paar prachtige, gedreven gouden manchetknopen in, oud en zeer kostbaar. Ze waren van haar grootvader geweest – de vader van haar moeder – en ooit, jaren geleden, hadden Ed en Jolyon er ruzie over gemaakt wie ze mocht hebben.

'Ik ben de oudste,' had Jolyon gezegd, 'ik hoor ze te krijgen.' Ed had geprotesteerd. Ze had de manchetknopen gepakt en opgeborgen, had gezegd dat ze allebei nog te jong waren om manchetknopen te dragen. Jolyon had haar met een verbitterde uitdrukking op zijn gezicht aangekeken. Hij had geweten dat ze meer van Ed hield en dat ze eigenlijk wilde dat Ed ze zou krijgen.

Ze had wat goudkleurig papier gevonden, had het leren doosje met manchetknopen ingepakt en had het cadeau aan Jolyon gegeven in de hoop dat hij, nadat hij het had uitgepakt, zich het voorval zou herinneren en het gebaar zou snappen, het cadeau wilde accepteren in de nieuwe geest waarin ze het aanbood.

Ze liep met de beker thee naar de kerstboom en zette hem op de lage tafel neer. Daarna knielde ze bij de boom neer en ze keek naar de doos die ze van Jolyon had gekregen. Ze wist wat hij op het kaartje had geschreven; ze had al gekeken, had gehoopt dat het een speciale boodschap zou zijn. 'Vrolijk kerstfeest, mama. Liefs, Jo' had hij erop geschreven en er stonden twee kruisjes bij. Hij had haar 'mama' genoemd en ze wist dat dit een kleine, maar cruciale stap was. Voorzichtig haalde ze de doos tussen de andere cadeaus vandaan. Het was kerstochtend, ze ging het cadeau nu uitpakken. Haar hart klopte snel. Zou het een nietszeggend cadeau zijn dat vlug was uitgezocht, haastig was ingepakt? Of had hij erover nagedacht, had hij aan haar gedacht?

Met trillende vingers verwijderde ze het kaartje en legde het op de tafel naast haar beker. Toen scheurde ze het papier open. Het was een gewone, gebruikte, kartonnen doos die met plakband was dichtgeplakt. Maria trok het plakband eraf en maakte de twee flappen open. De doos zat vol noppenfolie en ze stak beide handen in de doos om de inhoud er voorzichtig uit te halen. Het was een stevig, rond voorwerp, niet heel zwaar. Ze zette het op het kleed en haalde het noppenfolie weg om het cadeau te onthullen. Toen het folie wegviel, ging ze verbaasd op haar hurken zitten en keek ze naar de mooie kleuren. Haar vingers volgden de fijne patronen en gleden over de barsten. Er biggelden tranen over haar wangen en haar hart stroomde over van dankbaarheid en blijdschap. Het was de gemberpot.